Ein Song in zwei Herzen

Rockstar-Herzen Buch 1

LINA HANSSON

Verlag:
Zeilenfluss Verlagsgesellschaft mbH
Werinherstr. 3
81541 München

Texte: Lina Hansson
Cover: Giusy Ame/Magcicalcover.de
Korrektorat: TE Language Services – Tanja Eggerth
Satz: Zeilenfluss

Alle Rechte vorbehalten.
Jede Verwertung oder Vervielfältigung dieses Buches – auch auszugsweise – sowie die Übersetzung dieses Werkes ist nur mit schriftlicher Genehmigung des Verlags gestattet. Handlungen und Personen im Roman sind frei erfunden. Ähnlichkeiten mit lebenden oder verstorbenen Personen sind rein zufällig und nicht beabsichtigt.

ISBN: 978-3-96714-429-1

EIN *Song* IN ZWEI *Herzen*

Lina Hansson

Für meinen Papa, der alle meine Bücher liest, obwohl er gar nicht zur Zielgruppe gehört

VORWORT

Liebe Leserinnen und liebe Leser,

keines meiner Manuskripte habe ich so oft überarbeitet wie dieses hier. Vor sieben Jahren war es meine erste Geschichte, die ich in Buchform bringen wollte, nachdem ich etliche nur für mich aufgeschrieben hatte. Schon in diesem Prozess wurde vieles verändert, gestrichen, umformuliert – und das Endergebnis hatte wenig mit der ursprünglichen Idee gemeinsam.

Fünf Jahre nach der Veröffentlichung als „Zimtschneckenjahre" lief mein Verlagsvertrag aus, was ich zum Anlass nahm, mich noch einmal mit der Geschichte von Lea und Ben zu befassen. Inzwischen hatte Lina Hansson die Bildfläche betreten, die wesentlich mehr Schreiberfahrung besaß als die Person, die damals ihren ersten Roman verfasst hatte. Sie betrachtete das Manuskript noch einmal kritisch, löschte da, verbesserte dort – und am Ende blieb kaum ein Buchstabe auf dem anderen.

Das vorliegende Buch ist eine – im wahrsten Sinne des Wortes – komplett überarbeitete Neuauflage meines Debüts als Autorin. Es ist dieselbe Geschichte, neu erzählt von einer anderen Stimme.

Das Buch war immer als Auftakt einer Reihe gedacht, die jedoch bisher nicht als solche erkennbar erhältlich war. Deshalb möchte ich an dieser Stelle dem Zeilenfluss Verlag dafür danken, dass gleich alle drei Bücher, die bereits geschrieben sind, unter Vertrag genommen wurden. Es bedeutet mir viel, dass ihr nicht nur dem Pianisten, sondern auch dem Sänger und dem Bassisten meiner Band die Chance gebt, sich in die Herzen der Leserinnen zu spielen. Und wer weiß, vielleicht schließt sich irgendwann auch noch der Drummer an.

Lina Hansson, Februar 2024

PROLOG
STOCKHOLM

SEUFZEND LIEß Lea ihren Blick durch das Wohnzimmer schweifen. Vor dem Haus herrschte Aufregung, Koffer wurden in den Minibus gepackt, die Sitzordnung im Auto diskutiert. Kinderlachen, Zwischenrufe der Eltern, die eine oder andere Beschwerde, weil sich jemand ungerecht behandelt fühlte. Der übliche Trubel, der sieben Jahre lang Leas Leben bestimmt hatte. Der heutige Tag war das Ende eines Lebensabschnitts.

Zum letzten Mal setzte sich Lea an Eriks Piano, klappte den Deckel hoch und legte die Hände auf die Tasten. Automatisch spielten ihre Finger ein Lied, eines, das sie seit Jahren begleitete. Wie immer lief in ihrem Kopf der Text mit ab, wie immer hatte sie das Gefühl, die Worte erzählten ihre eigene Geschichte.

Sie brach ab, weil ihr Blick auf einen kleinen Gegenstand fiel, der auf dem Klavier stand. Eine Minidrehorgel, die ihr gehörte und die sie beim Packen schon vermisst hatte. Sie griff danach und drehte an der kleinen Kurbel. Nur wenige, nicht zusammenhängende Töne erklangen.

»Ich wollte sie reparieren«, sagte plötzlich eine Stimme hinter ihr. Sie wandte sich um und sah den dreizehnjährigen Erik in der Tür stehen. »Und dann habe ich vergessen, sie dir zurückzugeben«, entschuldigte er sich. »Ist mir gerade erst wieder eingefallen.«

»Hast du herausgefunden, welche Melodie sie spielen sollte?«

Er schüttelte den Kopf.

Wie er es in den letzten Jahren so oft getan hatte, setzte er sich zu Lea auf den Klavierhocker. Sie betrachteten gemeinsam die Drehorgel, deren Rätsel sie seit Leas Ankunft beschäftigt hatte. Nie hatte sie genügend Töne von sich gegeben, dass sie die Melodie hätten erkennen können. Das Spielzeug war bereits kaputt gewesen, als Lea es vom Gehsteig vor ihrem damaligen Wohnhaus aufgelesen hatte. Dennoch hatte sie es behalten und all die Jahre wie einen Schatz gehütet, weil es sie an ihre große Liebe erinnerte.

Die Minidrehorgel ihres Ex-Freundes hatte ›*Stairway to Heaven*‹ gespielt. Obwohl der vollständige Text des Liedes eine völlig andere Geschichte erzählte, hatte Lea den Titel immer auf ihre Beziehung mit Ben bezogen. Bis die Stufen plötzlich unter ihr weggebrochen waren, und sie tief gefallen war. Dank der Familie Larsson war sie zumindest weich gelandet.

»Jetzt gehst du weg und unser Rätsel ist immer noch nicht gelöst«, stellte Erik fest.

Lea legte den Arm um den Teenager. »Eines Tages finde ich es heraus und dann bist du der Erste, der es erfährt.«

»Versprochen?«, fragte er.

»Versprochen.«

KAPITEL 1
WIEN

LEA

»ER IST HIER«, hauchte Lea atemlos in ihr Handy. Auf dem schnellsten Weg rannte sie zurück in die Buchhandlung, in der sie seit zwei Monaten als Verantwortliche für den Onlineshop arbeitete. Sie wollte dringend in die Sicherheit ihres Büros – und gleichzeitig ihre Panik niederringen, indem sie die schockierenden Neuigkeiten mit Selina besprach.

Ihre Nachbarin war innerhalb weniger Wochen nach der Rückkehr nach Österreich zu Leas bester Freundin und engster Vertrauten geworden. Das lag unter anderem daran, dass es auch zwischen ihren sechsjährigen Söhnen Liebe auf den ersten Blick gewesen war. Über den Sommer hatten die Frauen viele Stunden damit verbracht, einander kennenzulernen, während Jan und Tobias je nach Wetterlage am Spielplatz oder in einer der Wohnungen gespielt hatten. Vorzugsweise in der der Familie Weber, denn sie war doppelt so groß wie die von Lea und Jan und deutlich heimeliger. Mittlerweile hatte Lea zwar alle Umzugskartons ausgepackt, richtig wohnlich fand sie ihre eigenen vier Wände jedoch nicht.

Offenbar kannte Selina Lea noch nicht gut genug, um auch

die Informationen zu empfangen, die sie ihr vorenthalten hatte, denn sie fragte hörbar irritiert: »Wer?«

»Jans Vater«, keuchte Lea und sperrte hektisch die Hintertür der Buchhandlung auf. Glücklicherweise gelangte sie ungesehen in ihr Büro und sank in ihren Sessel.

Inzwischen hatte Selina die Tragweite der Nachricht verstanden und stieß einen spitzen Laut aus.

»Hast du ihn gesehen? Wo? Hat er dich gesehen? Habt ihr geredet? Erzähl!«

Lea ließ für einen Moment die beruhigende Wirkung des Landschaftsfotos, das auf ihrem Computer als Bildschirmschoner diente, auf sich wirken. Erst dann sagte sie: »Nein, nicht ihn, Martha.«

»Und Martha ist ... die Katze, die ihr damals zusammen hattet?«, riet Selina ins Blaue.

»Nein, seine Mum!«, widersprach Lea energisch, musste sich aber eingestehen, dass sie die Namen von Bens Eltern wahrscheinlich nie erwähnt hatte.

»Seine Mum, von der du die ganze Zeit über wusstest, dass sie in dieser Stadt wohnt? Wieso beweist das, dass auch Ben hier ist?«

»Weil sie zu ihm gegangen ist!«, behauptete Lea zuerst, doch dann setzte langsam ihr klarer Verstand wieder ein und sie ergänzte: »Glaube ich jedenfalls.«

»Und warum glaubst du das?«

»Weil das Haus, in dem sie verschwunden ist, sein Traumhaus wäre.«

»Dir ist klar, dass das ziemlich viele Spekulationen sind?«, bemerkte Selina vorsichtig. »Wo hast du seine Mutter überhaupt getroffen? Und bist du sicher, dass sie es war?«

»Nein. Doch. Eigentlich schon.« Inzwischen dämmerte es Lea, dass sie völlig überreagiert hatte, trotzdem konnte sie ihren Verdacht nicht als Hirngespinst abtun. Sie spürte, dass etwas dran war. Deshalb begann sie ganz von vorne, damit Selina besser nachvollziehen konnte, warum sie so überzeugt war, dass Ben nicht nur in Wien war, sondern noch dazu ein paar Straßen von Lea und Jan entfernt wohnte.

»Ich habe heute verschlafen«, erklärte sie.

»Ist mir gar nicht aufgefallen«, neckte Selina, die mitbekommen hatte, dass Tobias eine Viertelstunde auf Jan hatte warten müssen, ehe sie sich zusammen auf den Schulweg gemacht hatten. Glücklicherweise hatten alle beide einen Platz in der privaten Volksschule unweit ihres Wohnhauses bekommen. Nicht dass Lea ein Problem mit der öffentlichen Schule gehabt hätte, die die Alternative gewesen wäre, aber die Privatschule hatte einen Musikschwerpunkt. Da nicht ganz auszuschließen war, dass Jan das musikalische Talent seines Vaters geerbt hatte, war es ihr vernünftig erschienen, für ihn eine Schule zu suchen, in der er entsprechend gefördert wurde. Das Schulgeld hätte sie sich jedoch ohne Unterstützung ihrer Eltern niemals leisten können.

»Jedenfalls hatte ich gerade noch genug Zeit, um für Jan ein Pausenbrot zu machen«, fuhr sie unbeirrt fort. »Für mich konnte ich kein Mittagessen mehr einpacken, deshalb wollte ich vorhin am Hannovermarkt dem Kebabhändler meines Vertrauens einen Besuch abstatten.«

»Ich bin noch immer der Ansicht, dass es mehr auf das Brot als auf die Soßen ankommt«, unterbrach Selina sie. Seit ihrer ersten Begegnung waren sie sich uneinig, wer auf dem Markt den besten Kebab verkaufte. Fest stand nur, dass die Marktwirtschaft im zwanzigsten Wiener Gemeindebezirk bestens funktionierte und man kaum irgendwo anders ein günstigeres Mittagessen bekam, weil sich die Händler, die auf engstem Raum um die Kundschaft buhlten, ständig gegenseitig unterboten.

Diesmal ließ Lea sich auf keine Diskussion ein, sondern berichtete weiter: »Da war eine Frau bei einem der Gemüsestände. Ich schwöre, alles an ihr hat wie Bens Mutter ausgesehen. Schlank, kinnlange, blonde Haare, der Stil ihrer Kleidung.«

»Und ihr Gesicht?«

»Das habe ich nicht gesehen«, gab Lea kleinlaut zu. »Ich wollte ja nicht, dass sie mich bemerkt, deshalb bin ich die ganze Zeit hinter ihr geblieben.«

»Die ganze Zeit?« Selina klang zurecht skeptisch.

»Ich bin ihr ein Stück gefolgt.« Im Nachhinein kam Lea sich wie eine Stalkerin vor. Sie war Martha Talbot – oder der Frau, die sie für Martha Talbot hielt – nachgeschlichen wie ein Geheimagent in ›Der dritte Mann‹. Allerdings oberirdisch, nicht irgendwo in mysteriösen Gängen unterhalb der Stadt.

»Sie ist in einer Seitengasse in einem dieser Altbauten verschwunden, die total schön sein könnten, aber aussehen, als hätte sich jemand mit der Renovierung finanziell völlig übernommen. Leer stehendes Lokal unten drin und überall hässliche Graffitis. Nur die oberen Stockwerke schauen aus, als wären dort tolle Wohnungen.«

Selina gab ein Brummen von sich, das Lea annehmen ließ, dass sie verstand, was sie meinte. Ben hatte immer schon ein Faible für diese Häuser gehabt, insbesondere für die schmalen, die ein oder zwei Stockwerke niedriger waren als die Nachbargebäude und deshalb aus der Reihe fielen. Er hatte gern darüber fantasiert, dass er in so einem Haus alles unterbringen könnte, was er brauchte. Großzügigen Wohnraum mit genügend Platz für seine Klaviere – insbesondere den heiß geliebten Flügel seiner Granny, wenn er ihn eines Tages erbte – und einen Bereich für ein eigenes Tonstudio. Das Ganze sollte sich idealerweise über irgendeinem Lokal befinden, wo er sich rasch etwas zu essen besorgen konnte. In dieser Hinsicht war er etwas eigen, denn im Gegensatz zum Rest der Menschheit hatte Nahrungsaufnahme für ihn häufig keine Priorität. Das war einer der Gründe, warum Lea überzeugt davon war, seine Mutter gesehen zu haben. Sie versorgte ihn bestimmt mit Lebensmitteln, weil er selbst nicht daran dachte. Immerhin war das drei Jahre lang ihr Part gewesen. Ben war sogar ein guter Koch und verwöhnte gern seine Freunde – doch was ihn betraf, bewirkte seine Musik häufig, dass er seinen eigenen Hunger schlicht und einfach nicht bemerkte.

Davon hatte Lea Selina erzählt, und diese erinnerte sich wohl daran, denn sie folgerte: »Okay, du meinst also, die Mama will verhindern, dass der Sohnemann versehentlich verhungert.«

»Ich hab's schon oft gesagt: Bens Genie hat seinen Preis. Er ist allein nicht überlebensfähig.«

»Ja, das hast du erwähnt. Trotzdem sind das viele Spekulationen. Selbst wenn es seine Mutter war, kann es immer noch tausend andere Gründe dafür geben, warum sie in dieses Haus gegangen ist«, gab Selina zu bedenken. »Vielleicht wohnt sie selbst da.«

»Bens Eltern haben ein sehr schönes Haus mit Garten am Stadtrand.« Lea konnte sich einfach nicht vorstellen, dass Martha ihr Elternhaus verkauft hatte, um in einen der Bezirke zu ziehen, die einen deutlich schlechteren Ruf hatten als ihre Wohngegend. Sie liebte vor allem ihren Garten. Soweit Lea wusste, war die Nähe zur Natur ein Grund gewesen, warum Martha ihren Mann damals überzeugt hatte, London den Rücken zu kehren und mit der Familie nach Wien zu ziehen. Obwohl Henry Talbot ein echter englischer Gentleman aus bestem Haus war und die Familie somit in einem der nobleren Londoner Stadtteile gelebt hatte, hatte es Martha in ihre Heimat gezogen. Ben war sechs Jahre alt gewesen, als sie nach Österreich gekommen waren. Die Verbindung zu England war jedoch stets eng geblieben, insbesondere die zu seiner Granny. Er konnte seine englische Herkunft auch nicht verleugnen, hatte er doch die Angewohnheit, in seine Erstsprache zu verfallen, wenn ihn etwas emotional aufwühlte.

»Ja, okay, trotzdem …« Selina dachte kurz nach, dann schlug sie vor: »Warum befragst du nicht mal Google? Finde heraus, ob in der Klatschpresse irgendwas darüber steht, wo er derzeit lebt! Und schau, ob in dem Haus irgendwelche Firmen, Organisationen, Personen – irgendwas – gemeldet sind! Eine

Tafel, die Lebensmittel sammelt, oder so was. Vielleicht gibt es eine ganz simple, logische Erklärung und du kannst dich wieder entspannen.«

»Okay«, gab Lea nach, war aber noch nicht ganz überzeugt.

»Was soll denn schon passieren?«, fragte Selina. »Wovor hast du Angst?«

Lea hatte ihr einmal eine Auswahl ihrer Wiedersehenshorrorvorstellungen geschildert. Daran anschließend sagte sie jetzt: »Das Schlimmste, was passieren kann, ist, dass sich nicht nur der Boden *nicht* unter mir auftut, wenn wir uns gegenüberstehen und er mich nicht erkennt, sondern sich auch kein anderer Fluchtweg bietet, ich der peinlichen Situation hilflos ausgeliefert bin und auf seinen ratlosen Blick hin sagen muss: ›Erinnerst du dich noch? Lea. Du wolltest einmal ein halbes Album über mich veröffentlichen, hast es dann aber eingestampft, nachdem ich dich Hals über Kopf verlassen habe, weil du bei einem Festival irgend so eine Schlampe gevögelt hast.‹ – Oder so ähnlich.«

»Okay, die gute Nachricht: Wenn du ihm das so hinknallst, ist er möglicherweise lange genug verdutzt, dass du abhauen kannst.«

»Ha, ha«, murmelte Lea.

»Du steigerst dich da höchstwahrscheinlich nur in etwas hinein«, bemühte sich Selina, sie zu beruhigen. »Also mach bitte, was ich dir gesagt habe! Und nach dem Elternabend heute erzählst du mir, was du herausgefunden hast.«

Damit versetzte sie Lea den zweiten Schock des Tages. »Der Elternabend ist heute?«

KAPITEL 2

LEA

KURZ NACH ACHT Uhr am Abend verließen Lea und Selina das Schulgebäude ihrer Söhne und steuerten auf das Beisl an der Ecke zu. Es wirkte von außen etwas heruntergekommen, weshalb die übrigen Eltern, die zum Kennenlernen zusammen etwas trinken gehen wollten, es gar nicht in Erwägung zogen, sondern die andere Richtung einschlugen.

Normalerweise hätten sich Lea und Selina ihnen angeschlossen, denn eigentlich wollten sie sich in die Gemeinschaft integrieren. Auch wenn einige der Elternpaare – besonders jene, die tatsächlich zu zweit zu dem Informationsabend aufgetaucht waren – wirkten, als wären sie deutlich betuchter als sie und würden das teure Schulgeld aus der Portokasse bezahlen. Selina, die in einem Museum arbeitete, und ihr Mann Matthias, der von Beruf Polizist war, verdienten gemeinsam nicht schlecht, aber teure Uhren oder der neueste Tesla waren bei ihnen auch nicht drin.

Das Lokal wählten sie aber keinesfalls, weil sie sich nichts anderes leisten konnten. Erstens war das Preisniveau höher, als die Fassade vermuten ließ, und zweitens war es im Inneren eigentlich recht hübsch. Außerdem war das Essen richtig gut. Vorausgesetzt, man mochte österreichische Hausmannskost. Veganern wurde vom Oberkellner angeblich schon mal nahegelegt, sich doch bitte ein anderes Restaurant zu suchen.

»Einen wunderschönen guten Abend, die Damen! Was darf es sein?«, begrüßte eben jener sie, nachdem sie an einem Zweiertisch Platz genommen hatten.

»Bier«, antworteten sie wie aus einem Munde.

»Sehr gern.« Ohne nach Details zu fragen, verschwand er und servierte ihnen kurz darauf zwei Krügel. Als Lea zum ersten Mal mit Selina hier gewesen war, hatte diese ihr verraten, dass der Kellner die Meinung vertrat, ein Seidel, also ein kleines Bier, wäre gar keines. Deshalb brachte er automatisch einen halben Liter, wenn man ein Bier bestellte.

»Berichte!«, eröffnete Selina das Gespräch, als sie wieder allein waren. »Was hast du herausgefunden? Du bist so durch den Wind. Hast du von dem Elternabend überhaupt irgendwas mitbekommen?«

»Wenig«, gestand Lea zerknirscht.

»Wenig herausgefunden oder wenig mitbekommen?«

»Beides.« Die Infos zum Musikschwerpunkt waren zum Glück nicht alle neu gewesen. Dass ab Oktober zweimal wöchentlich Studenten des Konservatoriums in die Schule kommen und die Kinder mit verschiedensten Instrumenten vertraut machen würden, hatte Lea bereits im Vorfeld gewusst. Während der Vorstellungsrunde war sie schnell überfordert gewesen und hatte sich mit Mühe und Not die Instrumente gemerkt, die im Laufe des Jahres durchgenommen werden würden. Selina dagegen hatte eifrig mitgeschrieben und sich sogar die Namen aller Studenten notiert. Lea vermutete, sie würde auf diese Liste gelegentlich zurückgreifen müssen.

»Ich hatte in der Mittagspause nicht lang Zeit für eine detaillierte Recherche«, erzählte sie. »Aber aus einem der letzten Interviews konnte ich herauslesen, dass Ben immer noch in England lebt.«

»Dorthin ist er unmittelbar nach eurer Trennung gezogen, oder?«

»Ein paar Monate später. Er wollte wohl lieber alles, was ihn an mich erinnert hat, zurücklassen, anstatt für mich zu kämpfen.« Bis heute tat es Lea weh, dass die Band das Album, an dem sie gearbeitet hatte, komplett umgeschrieben hatte. Ben hatte keinen einzigen der Songs, den er für sie komponiert hatte, veröffentlicht. Weder auf dieser CD noch irgendeiner der folgenden, die ihnen eine Menge Fans, Ruhm und vermutlich auch Geld eingebracht hatten, war eine der Melodien zu hören, von denen sie heute noch Demotapes aufbewahrte. Für die Texte war meistens Bens Bruder Jonas zuständig, doch Lea wusste auch von einigen Songs, die komplett aus Bens Feder stammten und fast alle von ihr handelten. Einer davon war ihr besonders im Gedächtnis geblieben, und obwohl sie davon keine Aufnahme besaß, kannte sie jedes Wort auswendig.

Sie schüttelte leicht den Kopf, um zu verhindern, dass die Erinnerung sich schmerzhaft durch ihren Körper ausbreitete, bis sie nichts anderes mehr fühlte. Sieben verdammte Jahre und noch immer hatte sie nicht mit der Beziehung mit Ben abgeschlossen. Vermutlich war es nicht hilfreich, dass sie seine blauen Augen jeden Tag im Gesicht seines Sohnes sah.

»Wenn sie ihrem üblichen Rhythmus folgen, arbeiten sie an einem neuen Album«, sagte sie, um die Gedanken an das Vergangene zu vertreiben. »Bis April waren sie auf großer Tour. Danach folgte in den vergangenen Jahren normalerweise eine kurze Pause, dann ging es recht bald wieder ins Studio.«

»Hast du noch zu irgendwem aus seinem Umfeld Kontakt oder woher weißt du das?«, wollte Selina wissen.

Lea wurde ein wenig rot. »Ich habe seit unserer Trennung jedes einzelne Interview gelesen oder gesehen, das die Band jemals gegeben hat und das im Internet zu finden war. Und ich verfolge alle Social Media Accounts, die öffentlich zugänglich sind. Also auch die seiner Bandkollegen. Ben hat keinen eigenen.«

Selina beugte sich ein wenig vor. »Das nennt sich Stalking, weißt du das?«

»Er ist der Vater meines Sohnes!«, verteidigte sich Lea händeringend, womit sie ihr Gegenüber zum Lachen brachte.

»War nur ein kleiner Scherz«, versicherte Selina grinsend. »Ich hätte es an deiner Stelle genauso gemacht. Wobei ... nein, ich bin nicht sicher, ob ich es durchgezogen hätte, einfach zu verschwinden und den Kontakt zu ihm vollständig abzubrechen. Ich hätte ihm vermutlich zuerst gewaltig den Marsch geblasen, wenn er mich beschissen hätte – und mich erst dann nach Schweden abgesetzt.«

»Ich habe mich nicht nach Schweden ›abgesetzt‹«, widersprach Lea. »Das klingt ja, als hätte ich sein ganzes Geld genommen und wäre damit untergetaucht.«

»Das hättest du vielleicht auch tun sollen.«

»Damals hat er hauptsächlich als Klavierlehrer gearbeitet, der Plattenvertrag war noch ganz frisch. Reich wird man damit nicht.«

»Aber er kommt doch aus einer ziemlich wohlhabenden Familie, oder nicht?«

»Ja, das schon«, bestätigte Lea. Solange sie bei Ben gewohnt hatte, hatte er nie einen Cent Miete von ihr verlangt, weil er gewusst hatte, dass es um ihre Finanzen deutlich schlechter stand als um seine. Lea hatte sich sofort nach ihrer Ausbildung zur Webdesignerin selbstständig gemacht und anfangs um jeden einzelnen Job hart gekämpft. Ohne Bens Unterstützung hätte sie ihr Konto mehr als einmal überzogen, weil sie darauf hatte warten müssen, dass Kunden endlich ihre Rechnungen bezahlten.

»Da war zu dem Zeitpunkt trotzdem nichts zu holen. Was wir nicht zum Leben gebraucht haben, hat er in die Band gesteckt. Sie haben ja das erste Album komplett selbst finanziert und am zweiten schon einige Zeit auf eigene Kosten gearbeitet, bevor sie dann überraschend bei dem Label untergekommen sind.« Nach einer kurzen Pause fügte sie hinzu: »Außerdem wollte ich mich nie an ihm rächen.«

»Wirklich nicht? Du hast ihm seinen Sohn vorenthalten. Ist das keine Rache? Oder glaubst du, er hätte sich ohnehin nicht für Jan interessiert?«

»Er hätte sich ziemlich sicher sehr über die Nachricht gefreut«, sagte Lea langsam. »Und ich wollte es ihm ja erzählen. Ich wollte nur zuerst ein Zeichen setzen, das er nie mehr vergisst, weil dieser Seitensprung wirklich ein einmaliges Ereignis bleiben sollte. Wie hätte ich sonst weiter mit ihm leben sollen? Mit der ständigen Angst, er könnte mit einer anderen Frau im Bett liegen? Ich musste irgendwas tun, das ihm für alle Zeiten im Gedächtnis bleibt. Bloß für ein paar Wochen abzutauchen wäre nicht genug gewesen, weil er sonst vielleicht geglaubt hätte, er könnte solche Situationen zukünftig aussitzen. Dass wir uns immer mal wieder länger nicht sehen würden, war ja quasi vorprogrammiert.«

»Aber anstatt dir hinterherzuschmachten und seine verlorene Liebe in traurigen Balladen zu besingen, hat er im Nullkommanichts ein neues Leben in England angefangen.«

»Genau.« Lea hatte Ben verlassen, sobald sie von seinem Seitensprung erfahren hatte, hatte alle Brücken hinter sich abgebrochen und einen Job als Au-pair in Stockholm angenommen, den sie übers Internet gefunden hatte. In der Ferne wollte sie warten, bis das neue Album erschien, weil sie überzeugt gewesen war, dass Ben ›ihren‹ Song darauf veröffentlichen würde. Daraufhin wollte sie ein Wiedersehen inszenieren, das sie sich bereits auf dem Weg nach Schweden in blühenden Farben ausgemalt hatte. Doch dann war alles anders gekommen.

»Jan wurde eine Woche vor Erscheinung des Albums geboren«, berichtete Lea. »Und an jedem dieser Tage wollte ich nichts mehr, als mit Ben Kontakt aufnehmen und ihn an diesem Wunder teilhaben lassen. Der Brief war fertig geschrieben und an ihn adressiert. Ich bin erst etwas später draufgekommen, dass er ihn ohnehin nicht erreicht hätte, weil er aus der Wiener Wohnung längst ausgezogen war. Aber zu dem Zeitpunkt war ich zu hundert Prozent überzeugt, dass ich mir dieses Album anhören, vor Rührung Rotz und Wasser heulen und sofort zum nächsten Briefkasten rennen werde. Und dass es nur eine Frage von Tagen wäre, bis er vor meiner Tür stünde und wir uns versöhnen und bis zum Ende unseres Lebens zusammenbleiben würden.«

»Kann es sein, dass du damals ziemlich viele Kitschromane gelesen hast?«, fragte Selina.

»Es kann auch sein, dass ich damals total naiv und dumm und überhaupt war.«

»Und verliebt.«

»Ja. Sehr. Ben war meine große Liebe und vielleicht wird er das immer sein. Jedenfalls ist mir in den vergangenen sieben Jahren kein Mann begegnet, der auch nur ansatzweise solche Gefühle wie er in mir ausgelöst hat. Was insofern egal ist, weil ohnehin alle Typen die Flucht ergriffen haben, sobald ich meinen Sohn erwähnt habe.«

»Dabei gelten die Schweden doch als so kinderfreundlich«, bemerkte Selina.

»Die Jungen wollen aber wahrscheinlich noch ihre eigenen«, erwiderte Lea schulterzuckend. »Das mit den Patchworkfamilien kommt erst später im Leben.«

»Ja, vermutlich.«

Beide griffen zu ihren Gläsern.

»Also was machst du jetzt?«, fragte Selina, nachdem sie ihres wieder abgestellt hatte. »Lässt du dich von deiner heutigen Beobachtung verrückt machen? Oder haken wir das unter ›Hirngespinst‹ ab?«

Lea seufzte tief. »Letzteres wäre vermutlich besser, wenn ich nicht total den Verstand verlieren will.«

»Ja, das denke ich auch«, stimmte Selina zu. »Ich meine, das wäre schon ein irrer Zufall, dass ihr beide nach so langer

Zeit nach Wien zurückkommt, in den gleichen Bezirk zieht und euch da einfach so über den Weg lauft.«

»Ein irrer Zufall oder Schicksal.«

»Hm«, machte Selina. »Vom Schicksal mit der großen Liebe wiedervereint werden, wäre natürlich total romantisch.«

»Wenn er überhaupt noch was von mir wissen will, wenn er draufkommt, dass ich ihm verschwiegen habe, dass er seit sechseinhalb Jahren ein Daddy ist.«

Selina verzog nachdenklich das Gesicht. »Ja, das könnte für Komplikationen sorgen«, gab sie zu. »Aber da du gerade beschlossen hast, dich nicht in die Sache zu verrennen, musst du dir darüber ja nicht den Kopf zerbrechen.« Sie hob ihr Glas und prostete Lea zu. »Auf das Nicht-verrückt-Machen! Und auf die Hoffnung, dass sich unsere Söhne von all den Instrumenten, die sie in diesem Schuljahr kennenlernen, nicht ausgerechnet in das Schlagzeug verlieben.«

Kichernd stieß Lea mit ihrer Freundin an. Was Jan betraf, traute sie sich fast zu wetten, dass er sich für ein Tasteninstrument entscheiden würde. Die Macht des Pianos war stark in seiner Familie.

KAPITEL 3

LEA

LEA HATTE SICH FEST VORGENOMMEN, nicht dauernd über die Möglichkeit, Ben könnte in ihrer Nähe wohnen, nachzudenken. Das fiel ihr jedoch deutlich schwerer, als sie Selina gegenüber zugab. Insgeheim sehnte sie sich schon so lange nach diesem Wiedersehen. Einerseits, weil sie wissen wollte, ob es ihr einen emotionalen Abschluss der Beziehung ermöglichte. Andererseits, weil sie seit dem Tag, an dem der Schwangerschaftstest den zweiten blauen Strich angezeigt hatte, mit dem schlechten Gewissen lebte, dass sie Ben so etwas Wunderbares wie seinen Sohn vorenthielt.

Sie hatten nie über Kinder gesprochen, immerhin waren sie sehr jung gewesen und hatten geglaubt, vor ihnen läge eine gemeinsame Ewigkeit. Ben hatte davon geträumt, mit seiner Band den Durchbruch zu schaffen, Lea hatte an ihrer eigenen Karriere gebastelt. Die war wesentlich bescheidener als seine angelegt, aber sie hatte darauf hingearbeitet, eines Tages von ihrer eigenen Firma leben zu können.

Der Anfang war mehr als schwer gewesen. Sie hatte gerade

erst halbwegs Fuß gefasst, als sie alles hingeworfen hatte, um Ben klarzumachen, dass sie dem angehenden Rockstar genau *einen* Ausrutscher verzeihen würde.

Ein lautes Poltern, dicht gefolgt von aufgebrachten Schreien, die aus dem Verkaufsbereich an Leas Ohr drangen, riss Lea aus ihren Gedanken. Eigentlich sollte sie arbeiten, doch stattdessen hatte sie minutenlang untätig auf ihren Monitor gestarrt. Sie konnte sich heute nicht konzentrieren und war froh über jede Ausrede, warum sie mit der Überarbeitung der Startseite so lang brauchte, deshalb stand sie auf, um nachzusehen, was es mit dem Lärm auf sich hatte.

Lea schlich zu der Tür, die Backoffice und Buchhandlung miteinander verband, öffnete sie vorsichtig und lugte durch den Spalt. Neben einem umgekippten Comicständer, den er offensichtlich zu Fall gebracht hatte, stand ein junger Mann, dessen Attraktivität auch sein Entsetzen über das, was er angerichtet hatte, nicht schmälern konnte. Für einen kurzen Moment trafen sich ihre Blicke, ehe er seine Aufmerksamkeit wieder auf Maria lenkte, die neben dem Schlamassel stand und aufgebracht die Hände über dem Kopf zusammenschlug.

Lea platzte beinahe und zog sich schnellstens in ihr Büro zurück, um nicht an ihrem unterdrückten Lachanfall zu ersticken.

Als sie sich Minuten später wieder erholt hatte, merkte sie, dass etwas Seltsames mit ihr passiert war. Sie sah plötzlich anstelle des vertrauten blauen Augenpaares ein braunes vor sich. Wer auch immer der Unglücksrabe da draußen war, er hatte etwas geschafft, was seit Jahren niemandem mehr gelungen war.

Leas Konzentration ließ auch weiterhin zu wünschen übrig. Zum Glück genoss sie in diesem Unternehmen so etwas wie Narrenfreiheit, deshalb kontrollierte niemand, ob sie wirklich arbeitete, solange das Ergebnis stimmte. Weder der Inhaber selbst noch die Kolleginnen – allesamt Buchhändlerinnen der alten Schule – interessierten sich sonderlich für den Onlineshop und die Vermarktung der Bücher im Internet. Bert hatte eingesehen, dass er ohne nicht konkurrenzfähig war, und hatte alle nötigen Schritte gesetzt. Das beinhaltete vor allem, jemanden einzustellen, für den Suchmaschinenoptimierung und Social-Media-Werbung keine Fremdwörter waren. Lea hatte daher völlig freie Hand und konnte es sich leisten, auch mal an einem Tag weniger zu schaffen. Nachdem sie zuerst ihre Grübeleien rund um Ben abgelenkt hatten, war es nun die Frage, ob der Typ mit den warmen braunen Augen wohl die Flucht ergriffen hatte oder ob er sich noch immer nebenan befand und sie sich gerade den ersten interessanten Mann, der ihr in den letzten sieben Jahren über den Weg gelaufen war, durch die Lappen gehen ließ.

Sie zuckte erschrocken zusammen, als es an ihrer Tür klopfte. Eine kurze Bewegung ihrer Maus deaktivierte den Bildschirmschoner gerade noch rechtzeitig, bevor Bert seinen Kopf durch den Spalt schob und Zeuge ihrer Untätigkeit werden konnte.

»Hast du einen Moment Zeit?«, fragte er.

»Äh, ja, sicher, kurz«, stammelte Lea und hoffte, dass sie dabei nicht rot wurde. »Soll ich aufräumen helfen?«

»Besser nicht, sonst lernst du ein paar wirklich unschöne Schimpfwörter von Maria«, erwiderte er schmunzelnd. »Julie ist zufällig vorbeigekommen. Ich habe sie gebeten, die Kasse zu übernehmen und alle Kinder von den Comics fernzuhalten, bis nicht mehr die Gefahr besteht, dass mich ihre Eltern verklagen, weil sie bei uns so schreckliche Wörter lernen.«

»Julie arbeitet doch nur am Wochenende«, warf Lea ein. Die Studentin war für wenige Stunden angestellt und hauptsächlich samstags im Geschäft.

»Zum Glück ist sie jung und braucht das Geld. Ich habe ihr einen Bonus versprochen.«

»Ach, und mich fragst du gar nicht erst, ob ich den Tag retten will«, tat Lea beleidigt.

»Dich habe ich für Höheres vorgesehen«, behauptete Bert. »Kannst du kurz mitkommen?«

»Klar.« Sie machte eine Show daraus, ihren Browser zu schließen, um den Eindruck zu erwecken, sie hätte wirklich gearbeitet, und folgte ihrem Chef zu dessen Büro. Auf dem Weg ins obere Stockwerk erklärte er: »Ich habe gerade ein Bewerbungsgespräch und hätte gern, dass du ein paar Fragen rund um den Onlineshop stellst. Ob er sich mit so was auskennt. Mir könnte er alles erzählen.«

»Äh, okay.« Damit hatte Lea nicht gerechnet, aber ein paar Dinge, über die sie mit dem Bewerber reden konnte, fielen ihr spontan ein. Ihr Chef schien ja nur wissen zu wollen, ob er in der Materie überhaupt Ahnung hatte.

»Keine Angst, ich will dich nicht ersetzen«, versicherte Bert, der ihr Zögern falsch deutete. »Aber du möchtest ja bestimmt mal Urlaub nehmen. Und wenn Julie dann auch nicht da ist, steht der ganze Internetladen still. Sosehr ich die Erfahrung meiner reiferen Mitarbeiterinnen schätze, bei der Nachfolge von Rosemarie muss ich auf andere Dinge achten.«

Dem konnte Lea nur zustimmen, und sie straffte vor dem Eintreten ihre Schultern, um bei dem Bewerber einen selbstbewussten und kompetenten Eindruck zu machen. Doch als sie einander gegenüberstanden, liefen beide in der Sekunde knallrot an. Er, weil er sie als Zeugin seines Missgeschicks wiedererkannte, und sie, weil sie in der letzten halben Stunde an nichts anderes als seine braunen Augen hatte denken können.

»Er heißt Michael und alles Weitere erzähle ich dir später gern bei einem Kaffee.« Eigentlich hatte Lea Selina angerufen, um sie zu fragen, ob sie ihr irgendwas aus dem Supermarkt mitbringen sollte. Jan hatte sich Pudding gewünscht, allerdings hatte Lea vergessen, Milch einzukaufen. Um den zusätzlichen Weg nicht nur wegen einer Sache zu machen, bot sie ihrer Freundin an, auch gleich ihre Einkäufe zu erledigen. Irgendwie hatte Selina Leas federleichte Stimmung via Mobilfunk aufgenommen und sofort gefragt, ob heute irgendwas Aufregendes passiert sei.

»Okay, wir kommen dann gleich rüber, wenn ich Tobi vom Hort abgeholt habe. Ich bringe Kekse mit. Aber ich verstecke sie unter meinem Hoodie, bis die zwei Rabauken im Kinderzimmer verschwunden sind, damit sie uns nicht alle wegessen.«

»Guter Plan«, fand Lea und verabschiedete sich. Sie bezahlte die Milch an der Selbstbedienungskasse und verließ den Supermarkt nach nur wenigen Minuten. Da sie Jan allein zu Hause gelassen hatte, beeilte sie sich auch auf dem Rückweg. Hoffentlich wirkte die Bestechung mit dem Pudding, und er erledigte inzwischen den Rest seiner Hausaufgaben. Lea hatte keine Lust, noch eine halbe Stunde neben ihm zu sitzen und ihn zu motivieren, die Zeile zu Ende zu schreiben. Viel lieber wollte sie Selina von Michael erzählen, von seinen schönen Augen und dem schiefen Lächeln, das ein warmes Kribbeln in Leas Bauch erzeugt hatte.

»Autsch!« Von dem heftigen Zusammenstoß geriet sie ins Schwanken und hätte um ein Haar das Gleichgewicht verloren, hätte der Mann, in den sie gekracht war, nicht geistesgegenwärtig ihren Arm gepackt. Der gut gemeinte Griff tat weh, und Lea wand sich sofort heraus. Aber sie wollte nicht undankbar erscheinen, deshalb entschuldigte sie sich gleichzeitig: »Tut mir leid, ich habe nicht auf den Weg geachtet.« Sie wollte der peinlichen Situation schnellstens entkommen.

»Lea?«

Erst jetzt hob sie den Kopf und musterte den Mann. Er war deutlich größer als sie, seine blonden Haare reichten ihm weit über die Schultern und sahen aus, als könnten sie dringend Pflege gebrauchen. Denselben Eindruck vermittelte der wilde Vollbart, der – wenn überhaupt – in letzter Zeit nur ungleichmäßig gestutzt worden war. Lea mochte Vollbärte, wenn sie ordentlich gepflegt waren, aber auf diesen hier traf das eindeutig nicht zu.

Ihr Blick wanderte weiter zu den blauen Augen und streifte dabei die blasse Haut und die dunklen Augenringe. Erst hier regte sich etwas in ihr, die Augenfarbe weckte eine vage Erinnerung. Sie schnappte kurz nach Luft und rief bestürzt seinen Namen: »Ben!«

Wie oft hatte sie sich dieses Wiedersehen ausgemalt? Der Ort war nicht so verkehrt. Irgendwie hatte sie immer damit gerechnet, dass sie sich eines Tages auf der Straße über den Weg laufen würden. Aber in ihrer Vorstellung hatte Ben so ausgesehen, wie sie ihn bis vor sieben Jahren gekannt hatte, und nicht wie eine ausgemergelte Karikatur seiner selbst.

Was war aus dem unglaublich gut aussehenden Typen geworden, von dem sie damals kaum hatte glauben können, dass er sich in sie verliebt hatte? Er hatte tatsächlich nur Augen für sie gehabt und all die anderen hübschen Mädchen links liegen lassen. Bis auf die Eine, die nach drei Jahren das Ende ihrer Beziehung bedeutet hatte. Mit ihr war Leas größte Angst wahr geworden: Ben hatte sich mit einem Fan eingelassen, obwohl er ihr immer versichert hatte, dass er das nie tun würde.

»Wo kommst du auf einmal her?«, fragte sie verwirrt.

»Ich wohne gleich ums Eck«, erwiderte er und deutete die Straße hinunter.

»Das habe ich nicht gemeint.« Sie rang nach Worten und merkte plötzlich, dass sie dabei nicht nur mit ihren Händen, sondern auch mit einem halben Liter Milch hilflos in der Luft herumfuchtelte. Einige Augenblicke lang starrte sie auf die Packung, dann ließ sie beide Hände sinken.

Ben war ihren Bewegungen ebenfalls mit dem Blick gefolgt. Nun richtete er ihn wieder auf Leas Gesicht, und sie zwang sich, ihn zu erwidern.

Sie atmete tief durch. »Ich meinte«, sagte sie, »wieso du gerade jetzt, hier, heute, aus heiterem Himmel, nach so langer Zeit, einfach so und ohne Vorwarnung um die Ecke kommst?«

»Das Gleiche könnte ich dich fragen«, erwiderte er. »Vielleicht noch mit dem kleinen Zusatz, wohin du – verdammt noch mal – vor sieben Jahren spurlos verschwunden bist?«

Sein Fluch brachte Lea vollends aus dem Konzept. Sie war über die Jahre zu der Überzeugung gelangt, dass er sie längst vergessen hatte. Er hatte mit seiner Band beachtliche Erfolge gefeiert, die Fans lagen ihm zu Füßen. Lea war sich sicher, dass er sie angesichts des damit einhergehenden Überangebots an Frauen aus seinem Gedächtnis gestrichen hatte. Und doch hatte er sie im Bruchteil einer Sekunde wiedererkannt, während sie eine halbe Minute dafür gebraucht hatte, die Verbindung zwischen ihrem Gegenüber und den Bildern in ihrem Kopf herzustellen.

Er sah seinem alten Ich aber auch einfach nicht ähnlich.

Lea öffnete den Mund, um ihm eine Antwort zu geben, doch es kam nichts heraus, deshalb schloss sie ihn wieder. Da hörte sie zum zweiten Mal innerhalb weniger Minuten, wie ihr Name gerufen wurde, und drehte sich zu der Stimme um. Tobias lief mit Schultasche auf dem Rücken einige Meter vor seiner Mutter her und winkte Lea zu.

»Kann ich gleich zu Jan?«, fragte er, als er sie erreichte.

»Ich muss erst kontrollieren, ob er mit der Hausübung fertig ist«, zischelte Lea ihm zu und hoffte, Ben würde sie nicht verstehen oder wenigstens nicht die richtigen Schlüsse ziehen. Weil sie nicht wollte, dass Tobias ihre Abweisung persönlich nahm, gab sie Selina ein Zeichen, dass sie bitte einfach weitergehen sollten. Ihre Freundin verstand und scheuchte ihren Sohn mit den Worten ›Du musst mir auch noch zeigen, ob du alles ordentlich gemacht hast‹ um die nächste Ecke.

»Hast du ein Kind?«, fragte Ben ohne Umschweife, kaum dass die beiden außer Hörweite waren.

»Wie kommst du darauf?«, wich sie aus. Dass er so von Jan erfuhr, war nicht der Plan gewesen.

»Weder Haustiere noch erwachsene Männer müssen Hausaufgaben machen.« So viel zu der Hoffnung, er würde ihr Gemurmel nicht verstehen.

Lea presste die Lippen aufeinander, wie um zu verhindern, dass die Wahrheit ihren Mund verließ. Doch nach einigen Sekunden gab sie sich geschlagen und bestätigte: »Ja, ich habe ein Kind.«

»Jan?«

»Ja.«

»Schöner Name.«

»Danke.«

»Du solltest ihn wahrscheinlich nicht zu lange allein lassen«, meinte er dann. »Und sein Freund hat anscheinend Sehnsucht.«

Lea fragte sich, ob der erste Teil der Aussage der Versuch war, herauszufinden, ob jemand bei Jan war. Interessierte sich Ben nach all den Jahren für ihren Beziehungsstatus?

Ben. Sie konnte noch immer kaum glauben, dass er vor ihr stand. In seinem schrecklichen Aussehen suchte sie vergeblich den Typen, in den sie bis über beide Ohren verliebt gewesen war. Sie fühlte sich komplett zerrissen, weil sie nicht wusste, was die richtige Reaktion auf ihren Zusammenstoß war. Davonrennen oder die Chance nutzen und Ben endlich zu verraten, was sie ihm vorenthalten hatte?

»Ich muss gehen.« Obwohl sie entschlossen klang, blieb sie wie angewurzelt stehen und hörte sich auch noch fragen: »Trinken wir mal zusammen einen Kaffee?«

Die Miene ihres Gegenübers hellte sich deutlich auf und für einen kurzen Moment spürte Lea ein Zucken in ihrem Bauch – als hätte sich irgendeine Faser daran erinnert, was dieser Mann mit seinem Lächeln früher bei ihr bewirkt hatte.

»Okay, gern«, antwortete Ben.

»Halt die bitte kurz!«

Sie drückte ihm die Milchpackung in die Hand, um in ihrer Tasche nach einem Stift zu suchen. Als sie ihn gefunden hatte, griff sie nach Bens freier Hand und schrieb ihm ihre Telefonnummer auf den Unterarm.

Welche Ironie, dachte sie dabei, verscheuchte aber sogleich wieder die Gedanken an den Tag, als sie herausgefunden hatte, dass er sie betrogen hatte. Stattdessen konzentrierte sie sich darauf, die Ziffern leserlich und in der richtigen Reihenfolge zu schreiben.

»Kannst du das lesen?«, wollte sie wissen.

»Ja. Ich hätte mir die Nummer aber auch einfach ins Handy einspeichern können.«

»Äh, ja stimmt«, stammelte sie und vertrieb die Erinnerung an das nagelneue Smartphone, das sie damals auf dem Fußboden ihres Schlafzimmers zerschmettert hatte. »Wie auch immer. Ruf mich an, okay? Oder schick mir eine Nachricht!«

Letzteres hatte er am Tag, nachdem sie sich nach einem Auftritt seiner Band kennengelernt hatten, gemacht. Darüber war Lea heilfroh gewesen, denn vor lauter Nervosität hätte sie bestimmt nur Blödsinn geplappert und den süßen Musiker damit womöglich verschreckt. Den Vorabend hatten sie in Gesellschaft seiner Bandkollegen verbracht, sodass keine Intimität entstanden war. Bis auf die wenigen Minuten, als er sie zur U-Bahn begleitet und zum Abschied auf die Wange geküsst hatte. Den restlichen Heimweg hatte Lea praktisch schwebend zurückgelegt.

Doch jetzt schüttelte sie den Kopf, um auch diese Erinnerung auszulöschen. Der Typ, der vor ihr stand, hatte so überhaupt nichts mit dem von damals gemein.

Warum gab sie ihm überhaupt ihre Telefonnummer?

Ach ja.

Jan.

»Okay, mache ich«, versprach er. »Du musst los! Dein Sohn und sein Kumpel warten.«

»Und meine Milch wird sauer«, erwiderte Lea, nahm ihm

die Milchpackung aus der Hand und wandte sich zum Gehen. Kaum war sie um die Ecke gebogen, verfiel sie in einen Laufschritt und erreichte nur wenige Sekunden später ihr Wohnhaus.

Und nun brach mit noch stärkerer Wucht als am Vortag ihre Vergangenheit über sie herein.

KAPITEL 4

LEA

»Ich kann nicht glauben, dass das wirklich Ben Talbot gewesen sein soll!« Selina hatte vor lauter Überraschung Mühe, so leise zu sprechen, dass die Kinder in Jans Zimmer sie nicht hörten. »Auf den Bildern im Internet sieht er doch ganz anders aus!«

Sie griff zu ihrem Smartphone und tippte den Namen in die Suchmaschine ein. Gleich darauf hielt sie Lea ein Foto unter die Nase, auf dem er viel mehr dem Ben ähnelte, den sie einmal gekannt hatte.

»Da!«, rief sie aus. »Wo bitte sehen die sich ähnlich?«

Selina übertrieb, Lea fand sehr wohl Gemeinsamkeiten. Auch auf dem Foto, das bei einem Konzert entstanden war, hatte Ben ziemlich lange Haare, wenngleich sie hier zu einem lässigen Zopf gestylt waren. Den Vollbart trug er auf dem Bild ebenfalls bereits, er war jedoch deutlich kürzer als heute und sorgfältig gepflegt. Was sie wirklich schockierte, war der Ausdruck in seinen Augen. Hier wirkten sie lebhaft, heute dagegen waren sie völlig leer gewesen.

»Ich habe keine Ahnung, was mit ihm los ist«, bemerkte

Lea kopfschüttelnd. »Selina, ich habe ihn nicht erkannt! Ich habe mich entschuldigt und wollte weitergehen, und da sagt er auf einmal meinen Namen.«

»Dabei hast du erwartet, dass er nicht mehr wissen würde, wer du bist, weil du ihm egal geworden bist.«

»Ja, und dass ich ihn sofort erkennen würde, weil ich doch von den Fotos im Internet ungefähr weiß, wie er inzwischen aussieht. Aber nichts von dem, was Google ausspuckt, hat mich auf diesen Anblick vorbereitet. Er sieht aus wie ein Säufer!«

»Ist er dir auch so vorgekommen?«

Lea verneinte. »Er hat ganz normal geredet und auch nicht nach Alkohol gerochen oder so.«

»Ob er krank ist?«

Der Gedanke versetzte Lea für einen kurzen Moment in Panik. »Ich habe keine Ahnung.«

»Hast du noch alte Fotos?«, erkundigte sich Selina.

Mit einem Nicken stand Lea auf und holte aus einer Schublade ihres Schreibtisches eine längliche Box, die mit einem kleinen Nummernschloss gesichert war. Sie wollte nicht, dass Jan die Bilder irgendwann zufällig fand, daher hatte sie die Erinnerungen weggesperrt. Doch jetzt trug sie die Sammlung zum Couchtisch und öffnete das Schloss. Selina schnappte sich sofort das oberste Bild.

»Meine Güte, wie sehr kann man sich verändern?«, fragte sie angesichts des vor Lebenslust strahlenden Abbilds des acht Jahre jüngeren Ben. Damals hatte er angefangen, sich die Haare wachsen zu lassen, und sie reichten ihm knapp über die Ohren. Er war auch auf dem Foto nicht rasiert, aber anstelle des wilden Vollbarts von heute bedeckte ein sexy Dreitagebart seine Wangen. Die blauen Augen leuchteten und er lächelte breit. Das Foto war bei der Geburtstagsfeier seines Bruders aufgenommen worden.

»Huch, und das erst!«, stellte Selina schmutzig grinsend

fest. »Dass du ihn da heiß gefunden hast, verstehe ich voll und ganz.«

Sie hielt Lea ein Foto von ihrem letzten Sommerurlaub mit Ben hin, auf dem er braun gebrannt und durchtrainiert in Badehose an einem Strand in Italien zu sehen war.

»Wow, du hattest mal so kurze Haare.« Selina deutete auf das nächste Foto. Es zeigte Ben und Lea gemeinsam. Seine Haare reichten bis zum Kinn, ihre dagegen waren kurz und strubbelig gestylt. »Schaut süß aus, aber eigentlich gefällst du mir mit den langen besser.«

»Ja, ich mir auch«, stimmte Lea ihr zu.

Die kurzen Haare passten nicht mehr zu ihrem heutigen Ich, obwohl sie die Frisur an ihrem sieben Jahre jüngeren Abbild toll fand. Ben standen die kinnlangen Haare fantastisch. Seine aktuelle Frisur – falls man das überhaupt so nennen konnte – traf Leas Geschmack dagegen gar nicht. Insgesamt hatte sein Äußeres einfach nur ungepflegt gewirkt.

Die Jeans mit den vielen Löchern konnte ja noch als modisch durchgehen. Das Shirt dagegen war eine ganz andere Sache. Es war weniger das Aussehen, das sie daran gestört hatte, als vielmehr die Tatsache, dass es zwei Nummern zu groß erschien. Der Ben auf den Fotos war schlank, aber muskulös. Der heute auf der Straße dagegen war mager gewesen.

»Ich kann mir das gar nicht anschauen«, murmelte Lea, packte die Fotos zurück in die Box und verstaute sie wieder in ihrem Schreibtisch.

»Oje, Tobi hat vorhin ausgeplaudert, dass es Jan gibt, oder?«, erinnerte sich Selina auf einmal. »Habt ihr über ihn geredet?«

»Oberflächlich. Er hat aus der Frage nach Jan den richtigen Schluss gezogen, dass *ich* ein Kind habe. Aber wir sind nicht näher darauf eingegangen. Ich habe ihm meine Telefonnummer gegeben und ihn gebeten, sich zu melden, damit wir uns treffen und reden können.«

»Also wirst du ihm alles erzählen?«

»Er hat gesagt, er wohnt in der Nähe. Ich muss es ihm sagen, bevor ich ihm das nächste Mal zusammen mit Jan über den Weg laufe.«

»Du meinst also, er wohnt wirklich in dem Haus, bei dem du die Frau beobachtet hast, die dich an seine Mutter erinnert hat?«

»Inzwischen bin ich mir sicher, dass sie es war. Und auch, dass er dort wohnt. Er hat in die Richtung gedeutet. Und was sollte Martha da sonst tun?«

»Wahrscheinlich hast du recht. Und wahrscheinlich ist es auch das Richtige, gleich reinen Tisch zu machen. Alles andere würde nur zu unnötig unangenehmen Situationen führen.«

Lea vergrub das Gesicht in den Händen und murmelte: »Er wird mich hassen.«

»Wäre das schlimm?«, wollte Selina wissen.

»Ich weiß es nicht.« Lea blickte auf und seufzte tief. »Ich meine, ich wollte ihm nie wehtun. Also, nicht absichtlich. Doch, schon, aber nicht in dieser Sache. Ich wollte nur, dass er wegen seines Seitensprungs so entsetzlich leidet, dass er, solange wir ein Paar sind, nie wieder auch nur auf die Idee kommt, mit einer anderen Frau ins Bett zu gehen. Aber ihn um so viel Zeit mit seinem Kind zu bringen ...« Plötzlich traf Lea die Tragweite ihrer Entscheidung von vor sieben Jahren mit voller Wucht. Ihre Augen füllten sich mit Tränen, die sogleich in kleinen Bächen über ihre Wangen liefen. »Scheiße, vielleicht hätte ich es verhindern können.«

»Was verhindern?«

»Dass er so wird, wie er jetzt ist. Was, wenn er abgestürzt ist, weil ihm der Halt fehlt, den Jan und ich ihm hätten geben können, nein, müssen? Ich weiß doch, wie Ben ist.«

»Allein nicht überlebensfähig?«

»Ich weiß, dass das komisch klingt.« Lea schlang die Arme um ihren Oberkörper. »Dass das klingt, als wäre er irgendwie merkwürdig. Aber das ist er nicht. Er braucht einfach nur ein funktionierendes Umfeld, um selber zu funktionieren. Früher war das seine Familie, als er daheim ausgezogen ist, seine beste Freundin. Rebekka hat sich mit ihm gemeinsam eine Wohnung genommen, weil sie genau wusste, dass er besser nicht allein leben sollte. Versteh mich nicht falsch, er ist keine Diva oder so. Er hat allerdings Phasen, da taucht er in seine Musik ab und ohne triftigen Grund nicht so schnell wieder auf.«

»Das hört sich nach einem echten Künstler an«, bemerkte Selina, und Lea war froh, dass sie es nicht abfällig sagte. Es war ihr wichtig, dass ihre Freundin verstand, dass Ben ein wahnsinnig liebevoller, hilfsbereiter und loyaler Mensch war. Sein musikalisches Talent überstieg jedoch jede andere seiner guten Eigenschaften, und wenn er komponierte, kippte er in eine ganz eigene Welt aus Tönen und Rhythmen.

»Er ist ein Genie«, hielt Lea fest. »Das Problem ist nur, dass die Musik manchmal einen zu großen Teil seines Gehirns beansprucht.«

»Hat dir das nie was ausgemacht?«, fragte Selina, und auch jetzt hörte Lea nur echtes Interesse.

Sie zuckte mit den Schultern. »Nicht wirklich. Er kam quasi mit einer Gebrauchsanweisung daher. Die Freunde, die ihn von klein auf kennen, haben mich gleich zu Beginn vor seinen Eigenheiten gewarnt. Anfangs war ich zu verliebt, um mich daran zu stören, und später hatte ich mich damit arrangiert. Sein Verhalten war ja immer sehr vorhersehbar.«

Weil das so war, hatten seine Freunde einige strenge Regeln für ihn eingeführt, zu denen gehörte, dass er sein Telefon nicht auf ›lautlos‹ drehen durfte, wenn er mit einem Klavier allein war, und dass er die Frage ›Isst du mit uns?‹ niemals verneinen durfte. Während Lea mit ihm zusammengelebt hatte, hatte es für sie außerdem automatisch dazugehört, dass sie sich um die Einkäufe kümmerte und meistens das Essen kochte. Außer, sie hatten Gäste. Dann stand Ben gern am Herd, um seine Lieben zu verwöhnen.

»Und es macht dich so fertig, dass du das heute nicht vorhergesehen hast?«, fragte Selina nach einer kurzen Stille.

»Es macht mich so fertig, dass er wirkt, als würde sein sicheres Umfeld nicht mehr existieren.«

»Aber du warst doch gestern noch überzeugt, dass seine Mutter ihn mit Essen versorgt.«

Lea nickte zwar, konnte jedoch ihr ungutes Bauchgefühl nicht ignorieren. Irgendetwas war passiert, das Löcher in Bens Sicherheitsnetz gerissen hatte. Sie wurde die Ahnung nicht los, dass sie es selbst gewesen war, die den ersten Faden durchtrennt hatte.

KAPITEL 5

LEA

LEA HATTE SCHLECHT GESCHLAFEN, das unerwartete Wiedersehen mit Ben lag ihr im Magen. Insbesondere seit er ihr am späten Abend eine Nachricht geschickt hatte, um sie zu fragen, wann sie mit ihm Kaffee trinken wollte. Ein Teil von ihr schrie ›nie!‹, der andere riss sich zusammen und vereinbarte gleich für den folgenden Nachmittag ein Treffen. Je schneller sie den unangenehmen Teil hinter sich brachte, desto besser.

Am darauffolgenden Morgen war sie durcheinander und fahrig und heilfroh, als sie es geschafft hatte, Jan samt Schultasche, Pausenbrot und dem gepackten Rucksack für die Übernachtung bei den Großeltern aus der Wohnung zu schieben. Draußen wartete bereits Tobias, und die beiden machten sich gemeinsam auf den Schulweg. Nicht zum ersten Mal war Lea dankbar, dass sie auf der kurzen Strecke keine gefährliche Straße überqueren mussten. Somit brauchte sie Jan nicht zu begleiten und konnte sich auf sich selbst und ihre Sorgen konzentrieren.

Als sie die Buchhandlung durch den Hintereingang betrat,

traf sie mit Michael zusammen. Ihr Herz setzte einen Schlag aus, und sie stammelte verwirrt: »Was machst du denn schon hier?«

»Der Chef wollte, dass ich heute zur Probe arbeite«, erwiderte er.

»Das weiß ich.« Lea brauchte einen Moment, um sich zu sammeln. »Aber bist du nicht zu früh?« Sie warf einen Blick auf ihre Armbanduhr und unterdrückte einen Fluch.

Michael schmunzelte. »Kann es sein, dass du zu spät dran bist?«

»Ja, ach du Schande ... Verpfeif mich bitte nicht bei Bert!«

Er verschränkte empört die Arme vor der Brust. »Gehört das etwa zu den Sachen, die du mir heute erklären sollst? Wie ich deine Ausrutscher decke?«

Lea wollte zuerst ihren positiven Eindruck von Michael revidieren, doch dann bemerkte sie das Zucken um seinen Mundwinkel. Er war keine Petze, sondern erlaubte sich bloß einen Spaß mit ihr. Dass sie dafür heute nicht in der Stimmung war, war nicht seine Schuld.

»Eigentlich sollte ich dir beibringen, wie man sich in einer Buchhandlung bewegt, ohne dabei Bücherständer umzuwerfen«, erwiderte sie trocken. »Was ist dir lieber?«

Er lief augenblicklich rot an und sah dabei so süß aus, dass Leas Herz ein wenig flatterte.

»Touché«, murmelte er, doch dann fing er sich und fuhr fort: »Aber du hast Glück. Ich war gerade auf dem Weg zurück zum Chef, weil ich dich nicht finden konnte.«

Nun war es Lea, die rot wurde. »Sorry, normalerweise bin ich nicht so unpünktlich«, versicherte sie rasch und bedeutete ihm, ihr ins Büro zu folgen. »Die Nacht war ...« Sie brach ab, weil sie nicht wusste, was sie einem Wildfremden – auch wenn er ihr neuer Kollege war – als Rechtfertigung liefern sollte.

»Zu kurz?«, schlug er vor.

»Oder zu lang, wie man es nimmt«, entgegnete sie. Sie

hatte sich definitiv zu lang mit ihren Gedanken gequält. Bevor diese eine Chance hatten, sie schon wieder zu vereinnahmen, hängte sie ihre Jacke auf einen Haken und atmete dabei einmal bewusst aus und ein, um sich auf Michael und ihre Arbeit konzentrieren zu können.

»Bitte, nimm Platz!« Sie deutete auf den Besuchersessel gegenüber von ihrem Arbeitsplatz. »Aber fahr rüber, damit du meinen Bildschirm siehst!«

Schmunzelnd sah sie zu, wie er sich tatsächlich zuerst hinsetzte und sich dann mit den Füßen anschob, um neben sie zu rollen. Inzwischen drückte sie auf den Einschaltknopf ihres PCs und wartete, dass er hochfuhr.

Gern hätte sie die Zeit genutzt, um Michael aus der Nähe zu betrachten. Sie hatte seine Frisur, die ein bisschen wirkte, als hätte auch er eine unruhige Nacht gehabt, nur am Rande wahrgenommen. Und war er etwa unrasiert? Lea wagte es nicht, den Kopf zu drehen, um die Vermutung zu überprüfen. Jedenfalls war er deutlich größer als sie, das merkte man auch im Sitzen. So groß, dass sie sich auf die Zehen stellen müsste, um ihn zu küssen.

Den Gedanken verscheuchte sie rasch wieder. Sie waren schließlich zum Arbeiten hier.

»Übrigens, zu meiner Verteidigung«, unterbrach er die Stille. »Der Chef hat sich den Bücherständer angesehen und festgestellt, dass am Sockel ein paar Schrauben locker waren. Er hätte auch von allein umfallen können.«

Nun drehte Lea doch den Kopf in seine Richtung und erwiderte: »Das kann jeder behaupten.«

»Es stimmt!«, beharrte er. Nach einigen Sekunden ergänzte er allerdings: »War aber klar, dass das ausgerechnet mir passieren muss.«

Lea lachte unwillkürlich. »Kleiner Schussel?«, fragte sie.

»Das hast du nett gesagt.«

»Also müssen wir uns auf weitere Katastrophen einstellen?«

»Malen wir den Teufel mal besser nicht an die Wand«, brummte er und deutete mit dem Kinn auf den Monitor, der inzwischen den Startbildschirm anzeigte. »Computer mögen mich eigentlich.«

»Dann mache ich euch mal miteinander bekannt.«

Michael erwies sich als aufmerksam und lernte schnell. Schon nach kurzer Zeit war Lea sich ziemlich sicher, dass Bert eine gute Wahl getroffen hatte. Nicht, dass er allzu viele Möglichkeiten gehabt hatte. Soweit sie das mitbekommen hatte, hatten ihm die Bewerber nicht gerade die Tür eingerannt. Für Lea war das unverständlich. Sie war heilfroh, einen Job in einem kleinen, familiären Unternehmen gefunden zu haben. Bert lag das Wohlbefinden seiner Angestellten am Herzen, und er zahlte ein faires Gehalt. Lea vertrat die Meinung, dass ihr nichts Besseres hätte passieren können. Deshalb durfte ihr so etwas wie heute Morgen zukünftig nicht mehr passieren. Und aus diesem Grund musste sie schnellstens dafür sorgen, dass Ben sich nicht mehr negativ auf ihre Zuverlässigkeit auswirkte. Vermutlich wäre es das Beste, das Gespräch am Nachmittag rasch hinter sich zu bringen und dann endlich mit dieser Beziehung abzuschließen, damit sie offen sein konnte für eine neue.

Vielleicht ja für eine mit ihrem Kollegen. Selbst als Michael längst gegangen war, um sich vorne im Verkaufsbereich alles zeigen zu lassen, brachte er Lea noch zum Schmunzeln. Er war süß, sein Humor gefiel ihr und außerdem roch er gut. Lea ertappte sich dabei, wie sie schnupperte, ob eigentlich noch ein Hauch von seinem Eau de Toilette in der Luft lag.

Bei ihren Kolleginnen kam er leider nicht so gut an, wie Lea in einer Pause feststellen musste. Als sie die Küche betrat, um sich ein Glas Wasser zu holen, schnappte sie auf, wie Maria sich bei Annabell ausgiebig darüber beschwerte, dass dieser ungeschickte Kerl nur Unruhe ins Haus brachte und sie sich sicher war, dass Bert mit seiner überstürzten Einstellung einen Fehler beging. Michaels ›Verbrechen‹ war in der Tat unerhört. Er hatte vorgeschlagen, die Kinderbuchecke umzugestalten.

Mit einem Seufzen schlich Lea zurück in ihr Büro. Dass Maria mit Neuerungen nur schlecht umgehen konnte, hatte sie am eigenen Leib zu spüren bekommen. Sie hielt nicht viel von Onlineshops und hatte offen angezweifelt, ob es wirklich notwendig wäre, Lea dafür einzustellen. Inzwischen verzeichnete die Buchhandlung einen leichten Anstieg bei den Verkaufszahlen, daher hielt sie mittlerweile zu dem Thema den Mund und versuchte sogar, die Technik in den Griff zu bekommen. Mit mäßigem Erfolg. Leider neigte sie dazu, ihre eigenen Unzulänglichkeiten dadurch zu verschleiern, dass sie andere kritisierte. Lea hoffte wirklich, dass Michael sich von diesem Verhalten nicht unterkriegen ließ, ehe er seinen neuen Job richtig angetreten hatte. Dass Maria ihm das Leben schwer machte, tat ihr nicht nur leid, weil sie ihn süß fand. So eine Behandlung hatte in Leas Augen niemand verdient, der neu in einem Unternehmen anfing.

Während sie noch darüber nachdachte, was sie tun konnte, um ihn zu unterstützen, ohne dabei Marias Groll auf sich zu ziehen, stürzte Michael in Leas Büro und rief erleichtert aus: »Gott sei Dank, du bist noch da!«

»Womit habe ich diese Freude bei meinem Anblick verdient?«, erkundigte sie sich schmunzelnd.

»Maria wollte mir gerade zeigen, wie ihr Pakete einpackt und verschickt«, erklärte er händeringend. »Aber beim Ausdrucken der Rechnung hat sie es irgendwie geschafft, die Bestellung zu löschen. Ich kann sie nicht wiederherstellen.«

Lea seufzte und wandte sich ihrem Bildschirm zu. Das war genau eine von diesen Situationen, über die sie gegrübelt hatte. Maria machte sich wichtig, wollte vor Michael gut dastehen, stolperte dabei jedoch über ihre eigenen Unzulänglichkeiten und schob ihm den Fehler in die Schuhe. Zum Glück hatte sie ihn allein zu Lea geschickt, sodass sie keine Skrupel hatte, sich mit ihm zu verbünden.

»So ziemlich das Erste, was ich hier gemacht habe, war, das System so einzurichten, dass ich von jeder Bestellung eine Sicherungskopie bekomme«, berichtete sie gelassen. »Das mit dem Löschen kommt mindestens einmal in der Woche vor. Maria wird das in diesem Leben leider nicht mehr lernen.«

»Seit wann arbeitest du hier?«, wollte Michael wissen, während sie auf ihrem Computer herumklickte.

»Seit drei Monaten.«

»Und ich dachte, du wärst seit einer Ewigkeit hier. So, wie sie da draußen von dir reden, klingt es, als wärst du eine Institution. Wenn es um irgendwas Technisches geht, heißt es nur ›Lea hat gesagt‹.«

Grinsend reichte sie ihm einen Ausdruck. Ihr gegenüber hätte Maria das niemals zugegeben. »Du musst die Bestellung händisch noch einmal eingeben«, erklärte sie. »Wenn das System eine Bestätigung verschicken will, klick bitte auf ›Nein‹, das sorgt sonst nur für Verwirrung beim Kunden. Erst wenn du die Bestellung als ›versendet‹ markierst, soll wieder eine Info rausgehen. Alles klar?«

»Ja, danke!«, sagte er und lächelte sie erleichtert an.

»Kein Problem, jederzeit wieder. Aber vor denen da draußen kannst du ruhig so tun, als hätte es gerade all meine Programmierfähigkeiten gebraucht, um den Tag zu retten.«

»So schaffst du es also, dass sie dich akzeptiert«, stellte Michael fest.

»Lass dich nicht unterkriegen, sie hat ein Problem mit Veränderungen, nicht mit dir persönlich.«

Er seufzte. »Ich versuche, mir das vor Augen zu halten, wenn sie das nächste Mal verächtlich schnauft, sobald ich den Mund aufmache.«

»Sie ist eigentlich ziemlich nett«, versicherte Lea.

»›eigentlich‹ und ›ziemlich‹?«

»Sie ist nett«, korrigierte sie sich. »Gib ihr ein bisschen Zeit, dann klappt das schon mit euch. Aber reiß bitte die

Abwicklung der Bestellungen aus dem Onlineshop sofort an dich!«

»Jawoll!« Er salutierte grinsend, dann verließ er das Büro und schloss die Tür hinter sich. Lea wandte sich wieder ihrer Arbeit zu, konnte aber eine ganze Zeit lang nicht zu lächeln aufhören.

Doch ihre Stimmung verschlechterte sich rapide, als sie aus der Tür der Buchhandlung trat.

KAPITEL 6

LEA

NORMALERWEISE GENOSS LEA DIE FREITAGNACHMITTAGE, denn sie arbeitete an diesem Tag nur bis eins und hatte danach kinderfrei. Ihre Eltern holten Jan mittags direkt von der Schule ab, und er blieb über Nacht bei ihnen. Die Freitage waren also ihre Chance auf eine Auszeit vom Alltag. Allerdings war es auch die beste Zeit, um Dinge zu erledigen, die ihr Sohn nicht mitbekommen sollte – wie zum Beispiel nach über sieben Jahren seinen Vater zu treffen.

Sie erreichte das kleine Café als Erste und wählte einen Tisch für zwei in einer ruhigen Ecke. Nervös studierte sie die Getränkekarte, warf aber alle paar Sekunden einen Blick Richtung Eingangstür. Die fünf Minuten Wartezeit kamen ihr wie eine Ewigkeit vor, trotzdem fühlte sie sich nicht bereit, als Ben das Lokal betrat. Er entdeckte sie sofort und kam zielstrebig auf sie zu.

»Darf ich?« Er deutete auf den Platz gegenüber von Lea.

Sie konnte nur stumm nicken, denn wie am Vortag war sie von seinem Anblick wie erschlagen. Er trug die langen Haare in einem lässigen Zopf, was cooler aussah als gestern, aber das war die einzige Verbesserung. Der Bart war immer noch zu lang und zu struppig, die Wangen wirkten eingefallen und die dunklen Augenringe vervollständigten den Eindruck eines Junkies. Am allerschlimmsten quälte sie jedoch, dass auch heute der lebhafte Ausdruck in seinen blauen Augen fehlte.

Sie hatte Mühe, in einem freundlichen Ton zu sagen: »Danke, dass du gekommen bist.«

»Ich freue mich, dich zu sehen«, erwiderte er. »Hast du schon bestellt?«

Lea schüttelte nur stumm den Kopf. Wenn sie Ben gleich verriet, dass Jan sein Kind war, würde er ihn dann sofort treffen wollen? In diesem Zustand? Wie sollte sie ihren Sohn bloß auf diese Begegnung vorbereiten?

Andererseits war da heute etwas wie ein kleiner Schimmer aus der Vergangenheit, der Lea daran erinnerte, welch liebevollem Menschen sie gegenübersaß. Ben war bestimmt ein großartiger Dad, wenn er endlich die Gelegenheit dazu bekam, seinen Sohn kennenzulernen. Aber was würde Jan von diesem heruntergekommenen Typen halten?

Die Kellnerin trat an ihren Tisch und verschaffte Lea damit einige Minuten Zeit, um sich zu fangen und ihre widersprüchlichen Gefühle zu sortieren. Sie war dankbar für das Timing, das eine peinliche Stille verhinderte.

»Kommst du öfter hierher?«, erkundigte sich Ben, nachdem sie ihre Bestellungen aufgegeben hatten.

»Manchmal«, erwiderte Lea zurückhaltend.

»Ich kenne noch gar keine Lokale in der Umgebung«, bemühte er sich, die Unterhaltung am Laufen zu halten. »Ich wohne aber auch erst seit ungefähr drei Monaten hier.«

Lea zuckte überrascht zusammen und war mit einem Mal ganz da. »Wirklich? Ich auch noch nicht länger.«

»Du hast gestern meine Frage nicht beantwortet, wohin du verschwunden bist«, stellte er fest und fixierte sie dabei mit seinem Blick. Lea wich ihm aus, weil sie nicht damit umgehen konnte, wie vertraut und fremd ihr seine Augen gleichermaßen waren.

»Nach Stockholm«, antwortete sie leise.

»Stockholm?« Er runzelte verwundert die Stirn. »Was hat dich dorthin verschlagen?«

»Ein Inserat im Internet, dass eine Familie in Stockholm ein Au-pair sucht.«

Jetzt wurde sein Blick ungläubig. »Au-pair?«

»Ich habe das Erstbeste genommen, was ich gefunden habe«, erklärte sie eisig. Die Erinnerung daran, wie sie verzweifelt nach etwas gesucht hatte, um Ben – zumindest für eine Weile – so weit wie möglich hinter sich zu lassen, war plötzlich sehr präsent.

»Ist das nicht ein ziemlich heftiger Sprung von Webdesign zu Kinderbetreuung?«, fragte er.

»Es war auch ziemlich heftig herauszufinden, dass mein Freund mich betrogen hat«, warf sie ihm gereizt hin. Zum Glück brachte die Kellnerin in diesem Moment ihre Bestellung und bat darum, gleich kassieren zu dürfen. Ben ließ es sich nicht nehmen, die Rechnung für beide zu bezahlen, wodurch Lea Gelegenheit hatte, ein paarmal tief durchzuatmen.

Nach der kurzen Unterbrechung setzte er das Thema nahtlos fort: »Wie lange hast du das gemacht?«

»Die ganze Zeit über. Bis heuer im Juni. Jetzt sind die Kinder so groß, dass sie ohne zusätzliche Hilfe auskommen.«

»Wie viele Kinder?«

»Am Anfang drei, dann vier. Beziehungsweise fünf, mit meinem.«

Er sah sie skeptisch an. »Du warst bei einer anderen Familie Kindermädchen, obwohl du selber eines hast?«

»Der Job war ein bisschen speziell«, gab sie zu, ohne auf die Details des Arrangements einzugehen. »Ursprünglich war nicht geplant, dass ich so lange bleibe, aber es hat für Jette, Nils und mich – und natürlich auch für die Kinder – perfekt gepasst.«

»Nils?«

»Der Vater. Jettes Mann.«

»Der Vater der Kinder, die du betreut hast?«

Lea wusste genau, dass Ben eigentlich darauf abzielte zu erfahren, wer Jans Vater war, doch sie ließ ihn zappeln.

»Ja«, antwortete sie nur.

»Von allen?«

»Das weiß nur Jette.«

»Von Jan auch?«, wurde er nun direkt.

Langsam schüttelte sie den Kopf. Er war nicht der Erste, der diese Frage stellte, Nils hatte sie sich öfter gefallen lassen müssen. Manche Leute hatten geglaubt, er würde mit seiner Frau und seiner Geliebten unter einem Dach wohnen. Darüber hatten er, Jette und auch Lea immer herzlich gelacht.

»Nein, von ihm nicht«, sagte sie jetzt.

»Wann wurde Jan geboren?«

»Im April nachdem ich gegangen bin.«

Lea hätte es ihm leichter machen können, doch sie ließ ihn rechnen. Der Satz ›Du bist sein Vater‹ wollte ihr nicht über die Lippen kommen. Aber immerhin gelang es ihr, zu nicken, als er sie direkt fragte: »Also bin ich der Vater?«

Eine Zeit lang herrschte Stille, dann platzte er heraus: »Und das hast du mir sieben Jahre lang vorenthalten!«

Lea senkte betreten den Blick und presste die Lippen aufeinander. Sie wusste, sein Vorwurf war berechtigt. Doch es erschien ihr falsch, sich zu entschuldigen. Vielleicht, weil das, was sie getan hatte, unentschuldbar war. Oder fand sie, er müsse zuerst sie um Verzeihung bitten?

Plötzlich stieg die Wut über seinen Seitensprung in ihr hoch, und sie fuhr ihn an: »Immerhin kommt nur eine Person als Vater infrage, weil ich nicht mit einem anderen Kerl im Bett war!«

Der Ausdruck in seinen Augen jagte Lea einen Schauer über den Rücken. Er beugte sich ein Stück nach vorne und erwiderte eisig: »Das kann ich dir jetzt glauben – oder nicht.«

Ohne ein weiteres Wort stand er auf und verließ das Lokal. Lea starrte ihm fassungslos hinterher und machte keine Anstalten, ihn aufzuhalten. Diese Aussage musste sie erst einmal verkraften.

♪

BEN

Fuck, das war ja mal komplett schiefgelaufen. Zwanzig Meter von dem Café entfernt blieb Ben stehen und lehnte sich gegen eine Hauswand. Ihm war schwindelig, so, als wäre er zu schnell aufgestanden. Aber obwohl das definitiv der Fall gewesen war, hatte der Wirbel in seinem Kopf nichts mit seinem Blutkreislauf zu tun. Es lag ganz allein daran, dass sich der Verdacht, den er seit dem Vortag hegte, bewahrheitet hatte.

Lea war schwanger gewesen, als sie ihn verlassen hatte. Verdammt noch mal, Lea war schwanger gewesen, als er sie betrogen hatte. Aus dieser Perspektive betrachtet, sah die Sache ganz anders aus. Schuldgefühle, die ihn seit Jahren quälten, betraten sofort wieder die Bühne, und es schien, als hätten sie sich potenziert. Bis jetzt hatte er sich lediglich Vorwürfe gemacht, weil er die Liebe seines Lebens achtlos weggeworfen hatte. Nun war plötzlich alles größer und mächtiger. Er hatte nicht nur eine Frau verloren, sondern eine Familie.

Oder die Frau hatte ihm die Familie genommen. Auch Leas Verschwinden bekam eine ganz neue Dimension. Sie hatte alles, was sie miteinander gehabt hatten, zurückgelassen. Aber nicht nur, weil er sie verletzt hatte, sondern ... war das ihre Rache? Hatte sie ihm seinen Sohn vorenthalten, um ihm den Seitensprung heimzuzahlen? Er – und jeder seiner Freunde – hatte Leas Reaktion immer schon als extrem und unverhältnismäßig eingestuft. Sie hatte nicht nur ihn verlassen, sondern seinen ganzen Freundeskreis. Und das, obwohl sie sich mit allen bestens verstanden hatte. Rebekka hatte mitunter mehr Zeit mit ihr als mit ihm verbracht, obwohl sie seit Volksschultagen *seine* beste Freundin war. Und zu Linus hatte Lea von Anfang an einen besonderen Draht gehabt. Der Drummer hatte am allerwenigsten verstanden, warum sie auch ihn aus ihrem Leben gestrichen hatte.

Bis vor fünf Minuten hatte Ben sich ganz allein die Schuld für Leas radikalen Bruch gegeben. Er hatte gedacht, er hätte es nicht besser verdient, weil er ihre Liebe mit Füßen getreten hatte.

Doch nun fühlte er sich verraten.

KAPITEL 7

LEA

»Du bist schon zurück.« Selina stand völlig perplex in ihrer Wohnungstür. »Ist er nicht gekommen?«

»Doch. Aber er ist sehr schnell wieder gegangen.« Lea fühlte sich elend, weil sie Ben nicht aufgehalten hatte. Nun hing sie noch mehr in der Luft als vor dem Treffen.

»Nachdem du es ihm verraten hast?«

Lea nickte. »Und nachdem wir uns gegenseitig ein paar Sachen an den Kopf geknallt haben.«

»Dass du es ihm nicht früher gesagt hast?«, vermutete Selina.

»Ja.«

»Und du, dass er eigentlich an allem schuld ist?«

»So ungefähr.«

»Willst du reinkommen und reden? Oder sollen wir zu dir gehen? Da haben wir wahrscheinlich mehr Ruhe.«

»Hast du Zeit?«

»Ich nehme sie mir«, erklärte Selina, ehe sie über ihre Schulter rief, wo Matthias und Tobi sie finden konnten, falls sie einer in nächster Zeit suchte.

In ihrer Wohnung kochte Lea zuerst Kaffee. Den, den sie vor einer halben Stunde bestellt hatte, hatte sie fast unangetastet zurückgelassen. Die Packung Kekse, die Selina am Vortag mitgebracht hatte, war noch halb voll. Sie stellte alles auf den Couchtisch und setzte sich neben ihre Nachbarin auf das schmale Sofa. Es war nicht sonderlich bequem, aber für ein größeres gab es keinen Platz in der winzigen Wohnung.

»Hast du ihm gesagt, dass du es ihm eigentlich schreiben wolltest?«, erkundigte sich Selina, während sie zu ihrer Kaffeetasse griff.

Lea schüttelte den Kopf. »Dafür war gar keine Zeit. Er ist so schnell aufgesprungen und davongerannt.«

»Du hättest ihn aufhalten können. Oder es ihm wenigstens nachrufen.«

»Ich bezweifle, dass er mir das geglaubt hätte. Er hat mir ja sogar unterstellt, dass es eine Lüge war, dass nur er als Vater infrage kommt.«

Selina verschluckte sich an ihrem Keks. »Er hat was?? So ein Arsch! Er ist doch fremdgegangen, nicht du!«

Lea nahm den Ausbruch schweigend hin. Im Gegensatz zu ihrer Freundin nahm sie Ben diese Aussage nicht sonderlich übel. Sie hatte gespürt, was sich hinter dem Ausdruck in seinen Augen verbarg. Er war verletzt. Sie hatte ihn verletzt. Seine Reaktion war die eines verwundeten Tieres, das nach allem schnappt, was es erwischt.

»So, wie ich das sehe, hast du zwei Möglichkeiten«, verkündete Selina, nachdem sie eine Weile über die Neuigkeiten nachgedacht hatte. »Abwarten, ob er sich noch einmal meldet – was er vermutlich nicht tun wird, weil du ihn vor den Kopf gestoßen hast. Oder auf ihn zugehen – wenigstens, um klarzustellen, dass du ihn nicht von Anfang an aus der Sache heraushalten wolltest.«

Einen Mittelweg schien es tatsächlich nicht zu geben, aber Lea sagte keine der Varianten sonderlich zu. Die erste wäre leicht. Lea könnte sich einreden, dass sie ihre Pflicht erfüllt und

Ben bei der ersten sich bietenden Gelegenheit von seinem Sohn erzählt hatte. Okay, streng genommen war es die zweite, rechnete man ihren Zusammenstoß am Vortag mit. Aber das war vernachlässigbar. Nun lag es an ihm, was er mit dieser Information anstellte. Er besaß Leas Telefonnummer, konnte sich also jederzeit bei ihr melden, wenn er Jan kennenlernen wollte. Ob er das tun würde, stand in den Sternen. Unschön könnte es allerdings werden, falls sie sich noch einmal unbeabsichtigt über den Weg liefen – vor allem, wenn Jan dann dabei war.

Was für ein Zufall, dass sie beide zur selben Zeit in dieselbe Gegend gezogen waren! Welch unglückliche Fügung ...

Mit der zweiten Option würden sich unangenehme Begegnungen vielleicht dauerhaft vermeiden lassen. Also nicht die Begegnungen selbst, nur das Unangenehme daran. Aber sie erforderte, dass Lea über ihren Schatten sprang und aktiv den Kontakt zu Ben und das Gespräch mit ihm suchte. Den Mut dazu musste sie erst aufbringen.

»Was wirst du machen?«, fragte Selina, nachdem Lea längere Zeit ihre Kaffeetasse hypnotisiert hatte.

»Ich weiß es nicht«, antwortete sie ratlos. »Am liebsten würde ich die Zeit zurückdrehen.«

»Bis vor eurem Wiedersehen oder bis vor der Trennung oder irgendwann dazwischen?«

Lea lachte freudlos auf. »Am liebsten bis zu dem Morgen, an dem mir so schlecht war, dass ich nicht zu dem Festival gegangen bin, weil ich dachte, ich hätte mir ein Virus eingefangen.« Alles wäre anders gekommen, wenn sie an diesem Tag schon geahnt hätte, dass es für ihre Übelkeit einen viel schöneren Grund als eine Magen-Darm-Erkrankung geben könnte.

NACHDEM SELINA GEGANGEN WAR, musste Lea mit ihrer Unruhe allein zurechtkommen, was ihr nicht sonderlich gut gelang. Sie tigerte durch die Wohnung, fand keine Beschäftigung, auf die sie sich länger als ein paar Minuten konzentrieren konnte. Der positive Nebeneffekt war, dass sie mal hier, mal da ein wenig aufräumte oder putzte. Doch nichts, was sie tat, half gegen das drängende Gefühl in ihrem Bauch. Der schien längst entschieden zu haben, was das Richtige war, doch Lea brachte mehrere Stunden lang nicht den Mut auf, auf ihn zu hören.

Es dämmerte bereits, als sie schließlich ihr Telefon zur Hand nahm – mit dem festen Vorsatz, Ben anzurufen oder ihm endlich eine Nachricht zu schicken. Doch sie starrte nur minutenlang auf das Display. Vielleicht gelang es ihr, ihm telepathisch mitzuteilen, dass er sie anrufen sollte?

Irgendwann gab sie sich einen Ruck und lief hinaus in die Garderobe. Schnell schlüpfte sie in Sneakers und Lederjacke und verließ die Wohnung. Einerseits brauchte sie frische Luft, andererseits war sie der Meinung, dass zumindest eine kleine Chance bestand, Ben zufällig in der Nähe seiner Wohnung anzutreffen. Wo die lag, meinte sie ja, zu wissen. Doch als sie vor dem Haus stand, kam sie zu der Erkenntnis, dass sie es bisher noch nie geschafft hatte, Zufälle herbeizuführen. Sie musste die Sache wohl doch selbst in die Hand nehmen.

Sie drückte gegen die Haustür, durch die Martha verschwunden war, und fand sich in einem Treppenhaus wieder. An der Wand hingen vier Briefkästen, von denen drei mit Reklamematerial vollgestopft waren. Offensichtlich machte sich niemand die Mühe, sie zu entleeren oder wenigstens die ›Bitte keine Werbung‹-Sticker zu erneuern, von denen nur noch Reste zu sehen waren. Nur Nummer vier war nicht überfüllt – und trug ein Namensschild. Lea trat mit klopfendem Herzen näher und las tatsächlich ›Talbot‹. Hier wohnte also entweder Ben selbst oder jemand, der ihr sagen konnte, wo er zu finden war.

Rechts und geradeaus befanden sich Türen, die Lea beide ignorierte. Sie nahm an, dass eine davon in den Innenhof führte und die andere zu dem leer stehenden Geschäftslokal. Stattdessen wandte sie sich der Treppe zu.

Typisch für Wiener Altbauten war der Aufgang von einem

geschmiedeten Geländer mit Holzgriff begrenzt und zog sich in einem Bogen nach oben. Die einst wahrscheinlich hübsch bemalten Wände hatten eindeutig schon bessere Tage gesehen und die Treppenstufen waren ausgetreten. Trotzdem hatte das Gebäude Charme, und Lea verstand, was Ben daran vermutlich mochte.

Über den ersten Wohnungstüren, an denen sie vorbeikam, waren Schilder mit den Nummern zwei und drei angebracht, daher setzte Lea ihren Weg fort, ohne innezuhalten. Ein Stockwerk höher blieb sie stehen und betrachtete alles genau. Die einstmals hübschen Fliesen am Boden waren abgeschlagen und der Verputz bröckelte von den Wänden. Nur die linke Seite war relativ frisch verputzt. Wahrscheinlich hatte sich hier eine Tür befunden, bevor man zwei Wohnungen zusammengelegt hatte, um eine große zu schaffen, in die eine hölzerne Flügeltür mit vergitterten Glasflächen führte. Auf der Innenseite verhinderten Vorhänge, dass man direkt ins Innere blicken konnte.

Lea bemerkte eine altmodische Klingel und probierte sie aus, ohne sich selbst Zeit zu geben, darüber nachzudenken, was sie hier tat. Sie gab einen schrillen Ton von sich.

Es war noch nicht so spät, dass Lea meinte, Ben wäre bereits im Bett. Falls doch, war er nun bestimmt wach. Ebenfalls hellwach waren jedoch auch Leas Zweifel an der ganzen Aktion. Was tat sie hier eigentlich? Sollte sie nicht Ben die Entscheidung überlassen, ob und wann er mit ihr reden wollte? War das, was sie gerade tat, nicht ziemlich übergriffig? Sie drang in seine Privatsphäre ein, obwohl er ihr nicht einmal seine Adresse gegeben hatte. Noch war es nicht zu spät, abzubrechen und zu verschwinden.

Lea wandte sich ab, als sie im Augenwinkel eine Bewegung bemerkte. Hatte da jemand den Vorhang zur Seite geschoben? Sie zögerte und verpasste ihre Chance, die Flucht zu ergreifen. Allerdings war es vermutlich ohnehin schon zu spät, denn wer auch immer hinter der Tür stand, hatte sie bereits gesehen.

Ein Schlüssel drehte sich im Schloss, und einer der Flügel

bewegte sich. Für einen kurzen Moment war Lea erleichtert, Bens Gesicht zu sehen – sie hatte also richtig kombiniert –, doch dann bemerkte sie seine Miene, und ihr kleiner Triumph fiel in sich zusammen.

Sie hätte nicht unangemeldet herkommen sollen.

»Was willst du noch?«, fragte er forsch, trat jedoch einen Schritt zur Seite, um Lea hereinzulassen. Sie achtete darauf, ihn nicht zu berühren. Was für ein dummer Einfall, herzukommen!

»Reden vielleicht«, schlug sie kleinlaut vor.

»Ach, auf einmal willst du reden«, ätzte er und verschränkte die Arme vor der Brust. Die Tür fiel krachend ins Schloss. »Aber über sieben Jahre lang hattest du mir nichts Wichtiges zu sagen.«

»Als ob es dich interessiert hätte!«, blaffte sie zurück.

»Woher willst du wissen, wofür ich mich interessiert habe, nachdem du abgehauen bist?«, fuhr er sie an. »Du hast sehr sorgfältig alle Brücken hinter dir abgerissen, um zu verhindern, dass ich jemals wieder irgendetwas gutmachen kann. Du warst es, die kein Interesse mehr an einem Leben hatte, in dem ich noch eine Rolle spiele!«

Lea verdrehte spöttisch die Augen. »Ja, klar, und du hast die letzten sieben Jahre unablässig nach mir gesucht. Das hast du ja auch in tausend Liedern auf den vergangenen drei Alben festgehalten.«

Er kniff die Augen zusammen. »Du wolltest mich öffentlich leiden sehen?«

Nein, darum war es ihr nie gegangen. Lea hatte lediglich gehofft, über die Musik eine Botschaft von ihm zu erhalten, die ihr bewies, dass sie ihm immer noch etwas bedeutete. Auf dieses Zeichen hatte sie Monate, wenn nicht Jahre gewartet. Dass sie nie eines erreicht hatte, tat bis heute schrecklich weh und ließ ihre Wut neu aufflammen.

»Du hast ein halbes Album wieder eingestampft, um jeden Hinweis auf mich zu vernichten!«, warf sie ihm vor.

»Ja, das habe ich.« Bens Augen leuchteten zornig. »Was hast du denn erwartet? Dass ich dir den Rest meines Lebens hinterherschmachte? Entschuldige, dass ich irgendwann auf die Stimmen der Vernunft um mich herum gehört habe, die mir geraten haben, nach vorne zu schauen.«

»Das waren bestimmt drei harte Tage bis zu dieser Erkenntnis«, meinte Lea giftig.

»Pah, du hast echt keine Ahnung, was du mir angetan hast, oder?«

Ihre Stimme überschlug sich. »Was *ich dir* angetan habe? *Du* warst der, dem sein One-Night-Stand die Telefonnummer auf den nackten Oberkörper gemalt hat!«

»Ich hatte niemals auch nur den Hauch einer Chance, mich zu entschuldigen! *Du* hast einfach alles hingeschmissen!«

»Nein, *du* hast unsere Beziehung hingeschmissen, hast sie einfach kaputtgemacht!«, rief Lea aufgebracht.

»Es soll vorkommen, dass sich Dinge reparieren lassen, die man versehentlich kaputtgemacht hat. Das geht aber nicht, wenn jemand absichtlich auf den Trümmern herumtrampelt.«

»Gut zu wissen, dass du mir die Schuld für das Ende unserer Beziehung in die Schuhe schiebst!«

Ben schnaufte genervt. »Ich schiebe dir überhaupt nichts in die Schuhe! Ich sage nur, dass ich nie eine Chance hatte, meinen Fehler auszubügeln!«

»O doch, die hattest du!« Lea tippte energisch mit dem Zeigefinger auf seine Brust. Genau auf die Stelle, die ihn damals verraten hatte. »Wenn du mich wirklich hättest finden wollen, dann hättest du es über die Musik versucht! Dann wärst du über deinen Schatten gesprungen, selbst wenn es bedeutet hätte, dass du Millionen Mal in Interviews die Frage beantworten musst, worum es in dem Lied geht!«

»Und dann wärst du zu mir zurückgekommen? Du hast mich eiskalt verlassen, obwohl du schwanger von mir warst, und behauptest, ein einziges Lied hätte dich zurückgebracht?« Unglaube stand in Bens Augen.

Lea wich zurück. »Ich wusste es nicht«, gestand sie leise. »Ich wusste es noch eine ganze Weile nicht.«

Seine Stimme klang einen Hauch ruhiger, als er fragte: »Ich habe ja keine Ahnung von Schwangerschaften, aber wie lange kann es bitte dauern, bis man merkt, dass man schwanger ist?«

»Ziemlich lange, wenn man alle Symptome auf seinen Liebeskummer schiebt.«

»Wie lange?«

Ärgerlich fuhr sie ihn an: »Willst du herausfinden, wer von uns beiden länger gebraucht hat, um wieder nach vorne zu schauen?«

»Oh, *du* willst das bestimmt!«, gab er ebenso gereizt zurück. »Tut mir leid, dass ich nur schlappe drei Monate bieten kann, in denen ich deine halbe Familie gequält habe, weil mir keiner sagen wollte, wo du steckst! Eines muss man euch lassen, Loyalität wird bei euch wirklich großgeschrieben. Obwohl ich bei deiner Mutter ja den Eindruck hatte, dass sie auf meiner Seite ist. Und vielleicht hätte ich sie auch noch weichgeklopft. Nur haben mir die Jungs dann den Kopf gewaschen, dass wir den Plattenvertrag verlieren, wenn ich mich nicht endlich zusammenreiße.«

»Du hast meine Mutter bestimmt keine drei Monate lang dauernd besucht«, stellte Lea ungläubig fest.

»O doch, das habe ich. Frag sie!«

»Das werde ich, glaub mir, das werde ich«, versicherte Lea, deren Auffassung der vergangenen Jahre Risse bekommen hatte.

»Also, wann hast du gemerkt, dass du schwanger bist?«, wiederholte Ben seine Frage.

»Erst im vierten Monat«, antwortete Lea endlich. »Dein unerlaubter Heimaturlaub von der Tour hatte eine Nebenwirkung.«

Falls Ben noch Zweifel an seiner Vaterschaft hatte, sprach er sie nicht mehr aus. Lea war sich ziemlich sicher, dass in seinem Kopf gerade derselbe Film ablief wie in ihrem. Er hätte an dem Tag gar nicht zu Hause sein sollen, eigentlich war die Band gerade als Vorgruppe auf Tour. Die Gigs hatte ihr neues Label organisiert, weil die Produzenten testen wollten, welche Songs live gut ankamen. Ben hatte mit diesem ungewohnten Druck nicht umgehen können und deshalb auf eigene Faust zwischen zwei Konzerten einen Umweg über Wien gemacht. Weil er Lea brauchte, um abschalten zu können und die Erwartungen der anderen wenigstens für ein paar Stunden auszublenden. Weil Lea sein sicherer Ort war.

Die gemeinsame Erinnerung beruhigte die aufgeheizte Stimmung.

»Ich hatte nie vor, dir dein Kind vorzuenthalten«, sagte Lea hinein in die lange Stille. »Aber dann kam das Album heraus und da war nichts, gar nichts, nicht das kleinste Anzeichen, dass du mich vermisst. Erst da habe ich entschieden, Jan allein großzuziehen. Nicht etwa, weil ich Zweifel hatte, wer sein Vater ist.«

»Es tut mir leid«, entschuldigte er sich betreten. »Ich weiß nicht, warum ich das gesagt habe.«

Sie nahm die Entschuldigung mit einem Nicken an. Diese eine Sache hatten sie aus der Welt geschafft, doch ihr Kopf drohte vor lauter neuen Fragen zu explodieren. Nun war nicht mehr Ben die Person, mit der sie am dringendsten reden wollte, sondern ihre Mutter. Wenn an seiner Geschichte etwas dran war, änderte das so vieles. Wieso hatte ihr nie jemand von seinen Besuchen erzählt? Falls die wirklich stattgefunden hatten.

»Das wollte ich nur klarstellen«, murmelte sie und griff zur Türklinke. Sie standen immer noch im Eingangsbereich. Ein Teil von ihr hätte sich gern umgedreht und sich Bens Heim angesehen. Doch sie war zu verwirrt und durcheinander, deshalb öffnete sie die Tür und verließ die Wohnung, ohne sich zu verabschieden. Diesmal war Ben es, der sie nicht aufhielt.

KAPITEL 8

BEN

Eine seltsame Stille blieb zurück, nachdem Lea gegangen war. Die Ruhe *nach* dem Sturm. Sie hatte ihn mit ihrem plötzlichen Auftauchen völlig überrumpelt. Woher wusste sie überhaupt, wo er wohnte? Und wieso war ihm das nicht gleich komisch vorgekommen?

Im Kopf ging er die Namen aller Personen durch, die ihr seine Adresse verraten haben konnten. Rebekka? Wohl kaum. Sie war über Leas Verschwinden so wütend gewesen, dass sie gedroht hatte, die Möbel, die sie zurückgelassen hatte, anzuzünden. Rebekkas Temperament prädestinierte sie nicht gerade dafür, aus dem Nichts eine Versöhnung einzufädeln.

Einer von den Jungs aus der Band? Linus wäre am naheliegendsten. War der Drummer etwa all die Jahre mit Lea in Verbindung geblieben und hatte es Ben verschwiegen? Das hätte er doch nicht so lange durchziehen können.

Jakob? Der Bassist war seit dem Sommer auf Weltreise und nur schwer zu erreichen. Nicht, dass Ben es allzu oft versuchte. So wenig Kontakt wie in den letzten Monaten hatte er zu seinem ältesten Freund noch nie gehabt.

Jonas kam eher nicht infrage, denn mit seinem Bruder hatte Ben schon ein halbes Jahr lang kein Wort gesprochen. Möglicherweise kannte der seine neue Adresse gar nicht. Außer Mum oder Dad hatten sie ihm gegeben. Die beiden könnten auch Lea zu Ben geführt haben, denn sie wohnten noch immer im selben Haus wie früher.

Wie wahrscheinlich war es, dass Lea zu ihnen gefahren war, nachdem er aus dem Café gerauscht war? Sieben Jahre, nachdem sie ihren Sohn verlassen hatte? Ziemlich unwahrscheinlich, dass sie sich getraut hatte, plötzlich unangemeldet vor ihrer Tür zu stehen und nach seiner Adresse zu fragen.

Vermutlich war sie ihm schlicht und einfach gefolgt. So durch den Wind, wie er gewesen war, hätte er es nicht einmal bemerkt, wenn sie mit dem Auto direkt neben ihm her gefahren wäre.

Nicht, dass er sich jetzt wesentlich besser fühlte. Immerhin hatten sie seinen dummen Vorwurf aus der Welt geschafft. In Wahrheit hatte er keine Sekunde daran gezweifelt, dass er der Vater von Leas Kind war. Der Satz hatte seinen Mund verlassen, ohne eine Gehirnwindung zu passieren, und ihm leidgetan, sobald er realisiert hatte, was er da von sich gegeben hatte. Dass ein anderer Mann der Grund für Leas Verschwinden sein könnte, war ihm niemals in den Sinn gekommen. Er hatte immer gewusst, dass es allein seine eigene Schuld war.

Minutenlang stand er regungslos da und starrte auf die Stelle, von der aus Lea ihn angeschrien hatte. Er versuchte, das Bild festzuhalten, als wäre es das Letzte, was ihm noch von ihr geblieben war. Sie hatte ziemlich fertig ausgesehen – und wunderschön. Mit den langen Haaren wirkte sie viel erwachsener als mit dem strubbeligen Kurzhaarschnitt, den sie früher getragen hatte. Oder war es nicht nur die Frisur, sondern ihr ganzes Auftreten? Sie war nicht mehr Anfang zwanzig. Und sie war eine Mutter. Es passte alles zusammen.

Was jedoch gar nicht ins Bild passte, war die Tatsache, dass Ben ein Vater sein sollte.

LEA

ANSTATT DIREKT NACH HAUSE zurückzukehren, lief Lea ziellos durch die Straßen. Sie war von dem kurzen Gespräch mit Ben extrem verwirrt. Wie kam er dazu, ihr Vorwürfe zu machen? Was hatte sie ihm angetan? Stimmte etwa ihr Verdacht, dass *sie* ihn so völlig aus der Bahn geworfen hatte, dass er nur noch ein Schatten seiner selbst war? Aber ihre Trennung war sieben Jahre her. Er hatte inzwischen mit seiner Band Karriere gemacht und bestimmt kein schlechtes Leben geführt. Auf den Fotos im Internet hatte immer alles wunderbar ausgesehen.

Und was war an der Geschichte mit ihrer Mutter dran? Hätte Ben so etwas behauptet, wenn es nicht wahr wäre? Er wusste doch, wie schnell sie diese Lüge entlarven konnte.

Dass sie trotzdem eine halbe Stunde brauchte, bis sie eine Nachricht an ihre Mama tippte, schrieb Lea dem generellen Chaos in ihrem Kopf zu. Sie konnte nicht mehr klar denken.

Ihr Handy klingelte nur Sekunden, nachdem sie die SMS abgeschickt hatte.

»Schatz, wie kommst du auf einmal darauf?«, fragte Lisbeth Ebner überrascht.

Lea war mitten auf dem Gehweg stehen geblieben und sah sich um, wo sie überhaupt gelandet war. Der Klingelton hatte sie in die Gegenwart zurückgeholt.

»Ist Jan schon im Bett?«, erkundigte sie sich anstelle einer Antwort.

»Opa liest ihm noch vor.«

»Okay.« Dann bestand wohl keine Gefahr, dass ihr Sohn versehentlich mithörte, was sie mit seiner Großmutter zu besprechen hatte. »Ich bin gestern in Ben hineingelaufen.«

Einige Sekunden blieb es still in der Leitung, dann kam ein vorsichtiges ›und?‹.

»Und ich habe ihn heute noch mal getroffen und ihm von

Jan erzählt. Jetzt befinden wir uns in einem seltsamen Stadium eines unerwarteten Wiedersehens, in dem jeder dem anderen seine Verletzungen vorwirft.«

»Er hat dir also erzählt, dass er dich damals keineswegs sofort aufgegeben hat.«

»Wieso hast du nie erwähnt, dass er bei dir war? Hat er das wirklich so oft gemacht, wie er behauptet? Die Rede war von Monaten. Regelmäßig.«

Lisbeth schwieg.

»Mama! Ich will die Wahrheit hören! Warum hast du mir das unterschlagen?«

»Du wolltest es doch so!«, verteidigte sich ihre Mutter. »Du hattest uns sehr ausführlich deinen Plan dargelegt, dass du komplett von der Bildfläche verschwinden wolltest, um Ben ein für alle Mal klarzumachen, was er verlieren würde, wenn er sich noch einmal so eine Aktion leisten würde. Du hast uns strengstens verboten, irgendjemandem aus seinem Umfeld auch nur einen Hinweis auf deinen Aufenthaltsort zu geben.«

»Aber das hättest du ja mir sagen sollen, nicht ihm.«

»Ich war auf deiner Seite«, erklärte Lisbeth ruhig. »Obwohl ich seine Reue jedes Mal gesehen habe, war ich der Meinung, dass du recht hast, dass du ihm das nicht durchgehen lassen kannst. Seine Karriere hatte gerade erst begonnen und bei der ersten Gelegenheit bricht er meinem Kind das Herz. Ich wollte nicht, dass dein Leben mit ihm so aussieht. Dein Plan war gut. Und er sollte nicht daran scheitern, dass du einknickst, bevor sich die Information bei ihm bis in alle Ewigkeit eingebrannt hat.« Nach einer kurzen Pause fuhr sie fort: »Mein Standpunkt dazu hat sich allerdings radikal geändert, als du uns erzählt hast, dass du schwanger bist.«

»Ich weiß, da wolltest du mich ins nächste Flugzeug zerren und zurück nach Hause holen.«

»Nicht nur das, ich wollte es vor allem Ben bei seinem nächsten Besuch sofort verraten – inklusive deiner Adresse und allem, was nötig war, um dich zu finden.«

»Obwohl ich euch da erst recht eingebläut habe, dass er nichts von der Schwangerschaft erfahren darf.«

»Ja.«

»Warum hast du es nicht durchgezogen?«

»Er ist nicht mehr gekommen.«

Lea setzte die Bestandteile aus den Gesprächen mit ihrer Mutter und Ben zusammen und stellte fest: »Er hat gesagt, der Rest der Band hätte ihm den Kopf gewaschen. Er war wohl nicht bei der Sache und der Plattenvertrag war dadurch gefährdet.«

»Das wird der Grund gewesen sein.«

Lea spürte einen dumpfen Schmerz, der neu war. Bisher war alles, was Ben betraf, brennend oder stechend gewesen, auch wenn die Intensität über die Jahre abgenommen hatte. Doch dieses neue Gefühl war wie eine Vorahnung auf etwas, das richtig wehtun würde.

»Bist du noch da?«, fragte ihre Mutter in die entstandene Stille hinein.

»Ja. Aber ich weiß nicht, was ich mit all den neuen Informationen tun soll.«

»Versuch, drüber zu schlafen!«, riet ihre Mutter. »Vielleicht sieht morgen alles ganz anders aus.«

Obwohl Lea bezweifelte, in dieser Nacht auch nur ein Auge zutun zu können, entschied sie, dem Rat zu folgen. Im Licht des neuen Tages würde sich vielleicht mancher Knoten von allein lösen.

AN SCHLAF WAR ALLERDINGS KAUM zu denken, stundenlang wälzte Lea sich unruhig von einer Seite auf die andere. Zum Glück war Jan nicht zu Hause, denn so bekam er nicht mit, dass sie irgendwann nach Mitternacht aus dem Bett kletterte und sich auf die Suche nach etwas machte. Irgendwo zwischen den Dingen, die sie einfach in irgendein Regalfach geschoben hatte, um die Umzugskartons endlich loszuwerden, musste sich noch ein alter Briefumschlag befinden. Sie erinnerte sich daran, dass sie ihn nie weggeworfen, sondern in ein Tagebuch gestopft hatte. In ihrem ersten Jahr in Schweden hatte sie mehrere mit ihren neuen Erfahrungen und ihrem Liebeskummer gefüllt.

Die Suche gestaltete sich langwierig. Zuerst dachte sie, die Notizbücher würden zwischen den Fotoalben im Wohnzimmer stehen, dann durchwühlte sie jede einzelne Lade ihres Schreibtisches. Etwas ratlos wandte sie sich ihrem Schlafzimmer zu, wo ihr Blick auf die kleine Drehorgel fiel, die neben Fotos von ihrer schwedischen Familie auf einer Kommode stand. Sie hatte es noch immer nicht übers Herz gebracht, das kaputte Spielzeug wegzuwerfen.

Als wäre es jetzt der entscheidende Hinweis, erinnerte Lea sich plötzlich, wo sie die Erinnerungen verstaut hatte, damit sie niemand außer ihr fand. Und zwischen den Seiten eines dicht beschriebenen Buches mit geblümtem Einband steckte ein Kuvert, das mit Bens Namen und ihrer alten Adresse in Wien beschriftet war. Der Brief, der ihn eigentlich über die Geburt seines Sohnes hätte informieren sollen.

Lea warf einen Blick auf die Uhr und musste zu ihrer Enttäuschung feststellen, dass es zu früh war, um ein zweites Mal unangemeldet vor Bens Haustür zu stehen. Vier Uhr, das galt definitiv als unchristliche Zeit. Für ein Frühstück war es zu zeitig, zurück ins Bett wollte sie aber auch nicht, weil ihr ganzer Körper vor Aufregung kribbelte. Sie hatte einen Beweis dafür, dass sie Ben nicht von Anfang an hatte ausschließen wollen, und den wollte sie ihm präsentieren.

Um die Stunden, bis es wirklich Morgen war, totzuschlagen, stellte Lea sich in die Küche und fing an, die Zutaten für einen Teig abzuwiegen. Sie hatte beschlossen, die Unruhe mit Backen zu bekämpfen.

KAPITEL 9

BEN

WAS ZUR HÖLLE ...? Ben hatte keine Ahnung, wie lange der schrille Ton schon anhielt, bis er endlich wach genug war und verstand, dass es sich dabei um seine Türklingel handelte. Er sah sich um und stellte fest, dass er in seinen Jeans eingeschlafen war. Wie oder wann er ins Bett gegangen war – daran konnte er sich nicht so genau erinnern. Sein T-Shirt hatte er immerhin noch ausgezogen.

Das Geräusch wollte nicht enden, deshalb blieb ihm nichts anderes übrig, als sich zum Aufstehen zu zwingen. Im Vorbeigehen griff er nach einem Hemd, das er vor ein paar Tagen achtlos liegengelassen hatte. Während er über die Wendeltreppe ins untere Stockwerk hastete, versuchte er, die Knöpfe zu schließen, brachte es aber nicht zuwege und ließ es schließlich bleiben.

Nervös schob er den Vorhang ein Stück zur Seite. Als er sah, wer da seinen Finger entschlossen auf den Knopf presste, breitete sich eine Welle der Erleichterung in ihm aus. Lea war offensichtlich noch nicht mit ihm fertig. Und das war gut so.

Er drehte den Schlüssel um und stieß die Tür auf.

»Komm rein, du Verrückte!«, forderte er sie auf. Endlich hörte der schrille Ton auf, doch er hallte noch in seinem Kopf nach, während sie die Wohnung betrat. Vielleicht war das der Grund, warum er zu langsam reagierte.

Ben hätte schwören können, dass Lea bei seinem Anblick sogar ein wenig lächelte, doch ihr Ausdruck gefror, als ihr Blick im schwachen Licht, das vom Wohnzimmer in den Eingangsbereich drang, auf seine nackte Brust fiel. In Sekundenschnelle füllten sich ihre Augen mit Tränen, etwas landete auf dem Boden und dann ging sie wie eine Wilde auf ihn los.

Ihre Schläge kamen schnell und trafen ihn an so vielen verschiedenen Stellen, dass er Mühe hatte, sie abzuwehren. Erst nach einigen Sekunden wurde ihm klar, was den plötzlichen Stimmungswechsel verursacht hatte.

Dieses Missverständnis konnte er klären, wenn er sie nur dazu brachte, sich zu beruhigen. Sanft redete er auf Lea ein und versuchte, ihre wütenden Fäuste einzufangen. Das brachte sie nur noch mehr in Rage und er spürte, wie sich ihre Fingernägel schmerzhaft in die Haut über seinem Brustbein gruben.

»*Honey, please ...*«

Endlich erwischte er ihr linkes Handgelenk und gleich darauf auch das rechte.

»*Relax*«, flüsterte er eindringlich, »*and read!*«.

♪

LEA

LEA WOLLTE SICH weder entspannen noch lesen, was da in schwarzer Farbe auf Bens Brust prangte. Dieses Tattoo erinnerte sie so sehr an die Telefonnummer, die die Schlampe mit schwarzem Edding aufgemalt hatte, dass jegliche Sicherung in ihrem Kopf im Bruchteil einer Sekunde durchgebrannt war. Bilder und Gesprächsfetzen prasselten auf sie ein, schürten ihre Wut.

Ihr sturzbetrunkener Freund, der es gerade einmal geschafft hatte, sein T-Shirt auszuziehen, bevor er neben ihr in einen komatösen Schlaf gefallen war. Die Stimme der Frau am anderen Ende der Leitung. Bis heute wusste Lea nicht, was in sie gefahren war, dass sie die Nummer von Bens neuem Smartphone aus angerufen hatte. Das Telefonat hatte viel zu schnell Klarheit darüber gebracht, wo er sich den Großteil der Nacht herumgetrieben hatte. Und mit wem er es getrieben hatte. Das Display war durch das Abprallen an der Bettkante zersplittert, auf Bens tiefen Schlaf hatte das alles jedoch keinen Einfluss gehabt.

»*Please, read!*«, wiederholte Ben so eindringlich, dass es ihm gelang, Lea zu erreichen. Die Spannung wich aus ihren Armen, und als er sie losließ, sackten sie schwer nach unten. Lea starrte ihn an, denn sie verstand nicht, was er eigentlich von ihr wollte. Er fasste sie an den Schultern, schob sie sacht ein Stück in den Raum hinein und stellte sich so ins Licht, dass sie erkennen konnte, was das eigentlich für ein Tattoo war.

Sie brauchte nur einen halben Satz, um den Text wiederzuerkennen. Es war ein Lied, das Ben für sie geschrieben, aber nicht veröffentlicht hatte.

Ihr Lieblingslied.

Was er da auf seiner Brust trug, war eine Liebeserklärung an sie, tätowiert über die Stelle, an der sich sein Seitensprung damals verewigt hatte.

Mittendurch klaffte ein Kratzer, den Lea ihm gerade zugefügt hatte. Er war so tief, dass sogar Blut heraustropfte, doch Ben schien das gar nicht bemerkt zu haben, denn er machte nicht den Eindruck, als sei ihm schlecht oder schwindelig. Früher hatte ihn die Clique immer damit aufgezogen, dass er absolut kein Blut sehen konnte. Besonders als er das erste Mal davon gesprochen hatte, sich tätowieren zu lassen.

Lea wusste nicht, was sie zu diesem Tattoo sagen sollte.

»Seit wann hast du das?«, fragte sie schließlich.

»Schon lange«, antwortete er vage.

»Warum?« Lea schaffte es endlich, den Blick von der Tätowierung loszureißen, und schaute ihm stattdessen ins Gesicht. Er hatte tiefschwarze Ringe unter den Augen und wirkte auch sonst nicht sonderlich ausgeschlafen, aber seine Antwort kam prompt: »Damit es mich immer daran erinnert, wie schnell man etwas Geliebtes verliert, wenn man nicht gut genug darauf aufpasst.« Und nach einer kurzen Pause fügte er hinzu: »Damit ich das nie wieder einem geliebten Menschen antue.«

Lea musste sich wegdrehen, sie konnte Ben nicht länger ansehen. Sollte sie wieder davonrennen? Irgendwas hielt sie zurück. Stattdessen machte sie ein paar Schritte von ihm weg, drehte sich um und suchte nach einem Ort, wo sie zur Ruhe kommen konnte. Das Fenster zog sie magisch an. Ohne den Rest des Raumes wahrzunehmen, stellte sie sich davor und ließ die Morgenstimmung draußen auf der Straße auf sich wirken.

Langsam kam ihr Gedankenchaos zur Ruhe und eine Erkenntnis kristallisierte sich heraus: Obwohl er nie versucht hatte, sie zurückzugewinnen, trug der Mann, der einmal ihre große Liebe gewesen war, einen Schriftzug auf seiner Brust, der bewies, dass er ebenso für sie empfunden hatte.

Ein Rascheln ließ Lea aufschrecken. Sie drehte sich um und sah, wie Ben, der inzwischen die Knöpfe seines Hemdes geschlossen hatte, einen Blick in die Papiertasche warf, die sie in ihrem Schock fallengelassen hatte.

»Hast du Frühstück mitgebracht?«

Sie nickte stumm.

»Ich glaube, das wäre jetzt eine gute Idee. Beim Essen redet es sich vielleicht leichter. Willst du Kaffee?«

Wieder stimmte sie wortlos zu.

»Komm mit!«, forderte er sie auf und führte sie vorbei an einer Couch in seine Küche. Doch anstatt Bens Aufforderung zu folgen, am Küchentisch Platz zu nehmen, schlug sie die Hände vor den Mund, um einen erschrockenen Aufschrei zu unterdrücken. Am anderen Ende des Raumes stand der Flügel von Bens Großmutter.

»Ist sie ...?« Mitten im Satz brach sie ab. War der Tod seiner geliebten Granny der Grund, warum Ben nur noch ein Schatten seiner selbst war?

»Nein!«, versicherte er prompt. »Sie erfreut sich bester Gesundheit. Aber sie ist aus London weggezogen und wollte den Flügel nicht zurücklassen. Deshalb hat sie ihn mir schon jetzt vermacht.«

»Verstehe«, murmelte Lea und sank erleichtert auf den Platz, den er ihr zugewiesen hatte. Grannys Tod hätte sie wirklich schockiert, denn die reizende Dame war noch nicht einmal sehr alt. Mit achtzehn Jahren war sie zum ersten Mal Mutter geworden, mit achtunddreißig Großmutter. Viel zu früh hatte sie ihren geliebten Ehemann an eine Krebserkrankung verloren. Keines ihrer zahlreichen Enkelkinder hatte den Großvater kennengelernt. Ihr neuer Partner war allerdings – zumindest aus der Sicht von Ben und Jonas – ein absoluter Glücksgriff.

»Sind die selbst gemacht?« Mit der Frage riss Ben sie aus ihren Gedanken. Er hatte die mitgebrachten Zimtschnecken auf einen Teller gelegt und stellte ihn in die Mitte des Tisches.

»Ja«, sagte Lea. »Die Alternative wäre gewesen, schon um vier vor deiner Tür zu stehen.« Bei genauerer Betrachtung stellte sie fest, dass er aussah, als wäre er um die Zeit noch auf den Beinen gewesen.

Er gab dazu keinen Kommentar ab, sondern erkundigte sich: »Kaffee wie immer?«

Dass er sich an ›wie immer‹ erinnerte, verursachte wieder dieses kurze Zucken in Leas Bauch, doch sie schüttelte den Kopf. »Ehrlich gesagt trinke ich inzwischen hauptsächlich Filterkaffee.«

Sie erwartete, dass er beleidigt reagierte, denn was Kaffee betraf, war Ben – obwohl halber Engländer – ein Nerd. Daher stand in seiner ansonsten eher billig wirkenden Küche eine italienische Siebträgermaschine, von der Lea sich sicher war, dass sie außer ihm niemand anfassen durfte, damit ja nichts verstellt wurde. Bei Kaffee kannte Ben keine Kompromisse.

Doch jetzt zuckte er mit den Schultern, murmelte etwas wie ›diese Schweden‹ und machte sich unbeirrt an der Maschine zu schaffen.

Was er Lea gleich darauf servierte, war kein Filterkaffee, sondern ein perfekter Latte macchiato – ganz so, wie sie ihn früher gern getrunken hatte. Mit geschlossenen Augen nahm sie einen Schluck, bevor sie die Tasse seufzend wieder abstellte.

Ben beobachtete sie dabei und schien den Moment für geeignet zu halten, um etwas Wichtiges loszuwerden. Er atmete tief durch und sagte: »Ich schulde dir noch eine Entschuldigung.«

KAPITEL 10

BEN

Lea spannte sich sichtlich an. Bens Herz raste wie verrückt, aber er wusste, er musste wenigstens versuchen, ihr zu erklären, was damals vorgefallen war – auch wenn er sich selbst nur an Bruchstücke erinnerte. Sie verdiente diese Entschuldigung.

»Es tut mir leid, was ich getan habe«, begann er. »Ich habe alles zerstört, was wir hatten. Ich weiß nicht einmal, was mich an dem Tag geritten hat, mich so von den anderen mitreißen zu lassen, nur weil du nicht dabei sein konntest. Ein Teil von mir hat geglaubt, wie der Rest der Band die Freiheit zu brauchen, die man in einer Beziehung nicht hat.«

»Die hast du dann ja auch bekommen«, stellte Lea nüchtern fest.

»Aber ich musste einen verdammt hohen Preis dafür zahlen.«

Darauf gab sie keine Antwort, sondern wechselte einfach das Thema. »Lass uns frühstücken!«

Ben war irritiert von ihrer Reaktion. Oder eher davon, dass sie nicht reagierte. War das nicht eigentlich der Punkt, an dem sie ihm an den Kopf werfen müsste, was für ein Arsch er gewesen war?

»Sonst willst du gar nichts dazu sagen?«, erkundigte er sich vorsichtig.

Seufzend stellte Lea ihre Kaffeetasse ab, doch sie schwieg, bis er hinzufügte: »Kannst du das irgendwie nachvollziehen?«

»Ja, das kann ich«, sagte sie langsam. »Heute kann ich das. Damals hätte ich dich nicht verstanden. Ich war verliebt in dich, ich wollte, dass das nie zu Ende geht. In unserer Beziehung habe ich mich nie eingeengt gefühlt.« Sie machte eine Pause, in der sie ihren Teller und die Kaffeetasse neu arrangierte. »Aber ich weiß heute, dass man einen Menschen wie verrückt lieben und trotzdem manchmal eine Auszeit brauchen kann. Jan ist mein Ein und Alles, aber es gibt Tage, da will ich keine Mama sein, sondern wäre lieber nur für mich und meine eigenen Bedürfnisse verantwortlich.« Sie sah ihn unsicher an, als fiele es ihr schwer, ausgerechnet ihm zu sagen, dass ihr Sohn ihr manchmal zu viel war. Der Gedanke tat Ben weh, weil sich gleichzeitig die Ahnung regte, dass es seine Aufgabe hätte sein müssen, zu verhindern, dass es so weit kam. Aber sie war stärker als er, sie gab der Sehnsucht nach Freiheit nicht einfach nach.

»Du setzt ihn allerdings an solchen Tagen nicht einfach am Straßenrand aus, so wie ich das quasi getan habe«, bemerkte Ben.

Lea lachte bitter auf. »Glaub bloß nicht, dass mir solche Gedanken noch nicht gekommen wären! In Stockholm war zum Glück Jette da, die ihn dann genommen und mich weggeschickt hat, um mir Zeit für mich zu geben.«

»Aber du bist jedes Mal wieder zurückgekommen.«

»Du bist auch zu mir zurückgekommen.«

In welchem Zustand er sich damals befunden hatte, darüber schwiegen beide. Die Wahrheit war, Ben konnte sich nicht einmal mehr erinnern, wie er in der Nacht heimgekommen war. Er nahm an, dass sie recht hatte, dass er *zu ihr* zurückgekommen war, weil sie sein Zuhause gewesen war, weil er nie vorgehabt hatte, ihr wehzutun oder sie zu verlassen. Er verstand jedoch nicht, wie er überhaupt hatte vergessen können, dass er sie mehr brauchte als irgendetwas sonst auf der Welt.

»Was hältst du davon, wenn wir die Sache abhaken?«, schlug Lea zaghaft vor. »Niemand hat etwas davon, wenn wir uns mit Dingen beschäftigen, die lange vorbei sind.«

Ben nickte langsam. Er wusste ohnehin nicht, was er ihr noch sagen könnte. Wenn er zu lange versuchte, sich an die Ereignisse von damals zu erinnern, endete das stets damit, dass er sich noch schlechter als zuvor fühlte. Deshalb bemühte er sich, die Emotionen auszublenden, und schlug vor: »Dann sollten wir wohl mal über Fakten reden.«

»Fakten?« Sie wirkte verwirrt.

»Ich schulde dir wahrscheinlich eine Menge Geld.« Er wusste, das Thema gehörte nicht gerade zu ihren liebsten, aber ihm war es ein Anliegen, wenigstens diese Schulden so rasch wie möglich zu begleichen. Lea war es allerdings noch nie leichtgefallen, von ihm finanzielle Unterstützung anzunehmen. Er hoffte, dass sie ihm jetzt die Diskussion ersparte, weil sie einsah, dass ihr der Unterhalt zustand.

»Ja, aber ...« Sie brach sofort wieder ab.

»Ich will nur, dass du weißt, dass ich die Alimente nachzahlen werde«, fuhr Ben fort, bevor sie ihre Bedenken anbringen konnte. »Laut Internet muss ich zuerst die Vaterschaft anerkennen. Dazu brauche ich Jans Dokumente.«

Sie nickte unsicher.

»Die Berechnungen dauern sicher eine Weile. Wenn du in der Zwischenzeit Geld brauchst, frag mich bitte einfach danach!«

Er hörte ihr ›Okay‹, das eigentlich keines war. Sich von ihm etwas leihen zu müssen, hatte schon an ihrem Ego gekratzt, als sie noch ein Paar gewesen waren. Lea war damals auch nur zähneknirschend bei ihm eingezogen, weil sie sich die Miete für das WG-Zimmer, in dem sie zu dem Zeitpunkt gewohnt hatte, nicht hatte leisten können.

»Bitte sag es mir, wenn du sonst irgendetwas brauchst!«, forderte Ben sie trotz dieses Wissens auf. Wenigstens in finanzieller Hinsicht konnte er sie unterstützen, obwohl er ansonsten völlig überfordert mit der Situation war.

»Ein Klavier wäre toll.«

»Bitte?« Ben sah Lea entgeistert an. Er war sich nicht sicher, was er erwartet hatte, aber *das* ganz bestimmt nicht. Lea hatte sich früher nie für sein Piano interessiert. »Wofür brauchst du eines? Lernt Jan Klavierspielen?« Bei dem Gedanken verspürte er einen Druck in seiner Magengegend. Wenn sein Sohn sich dafür interessierte, müsste es doch *er* sein, der ihn an das Instrument heranführte. So, wie Granny es bei ihm gemacht hatte.

Lea schüttelte den Kopf. »*Ich* würde gern wieder Klavier spielen.«

»Du – gern – *wieder* – Klavier – spielen«, wiederholte er und betonte dabei jedes einzelne Wort. Lea und ein Klavier, das war eine Verbindung, die sein Hirn bis zu diesem Moment eindeutig nicht abgespeichert hatte.

»Ich habe es in Stockholm gelernt«, erzählte sie, als wäre das nicht weiter ungewöhnlich. »Erik wurde zu Hause von einer Musikstudentin unterrichtet. Ich hätte mir die Stunden bei ihr nicht leisten können, aber sie hat Nachhilfe in Deutsch gebraucht. Das hat sich also für beide gut ergeben.«

Ben konnte nicht fassen, was er da hörte. Er fühlte sich fast ein wenig betrogen. Wenigstens hatte sie es nicht von einem anderen Mann gelernt, sonst würde die Eifersucht ihn vermutlich auf der Stelle auffressen. Doch auch so tat er sich schwer damit, zu verstehen, was sie ihm gerade über sich offenbart hatte. Er hatte gedacht, er wüsste alles über sie – zumindest über die Lea von vor sieben Jahren.

»Du hast nie auch nur mit einem Wort erwähnt, dass du Klavier spielen lernen willst«, stellte er ungläubig fest.

»Ich weiß«, gab Lea leise zurück.
»Warum?«
»Weil ... ich weiß auch nicht, ich, also ...«, stotterte sie.
»Ich kann mich nicht einmal daran erinnern, dass du je in die Nähe des Pianos gegangen wärst, wenn du nicht gerade irgendwas mit mir besprechen wolltest, während ich gespielt habe«, bemerkte er. »Höchstens noch, um es abzustauben.«
»Nicht, wenn du daheim warst«, widersprach Lea kleinlaut.
»Und wenn ich nicht da war, hast du dich heimlich hingeschlichen und davon geträumt, darauf zu spielen?«
»Ja, so ungefähr.«
Verständnislos starrte er sie an. Wieso hatte sie das – verdammt noch mal – nie erwähnt? Er hätte ihr mit Freuden Unterricht erteilt.
»Das Piano war dein Heiligtum«, sagte sie, als würde das alles erklären – was es für Ben nicht tat.
»Aber warum hast du nie angedeutet, dass du gern darauf spielen würdest?«
»Damals konnte ich es ja noch nicht.«
»Ich hätte es dir beibringen können.«
»Ich war mir nicht sicher, ob ich ... du –« Wieder verkam ihre Erklärung zu einem Stottern.
»Ich was? Hältst du mich für einen schlechten Lehrer?«
Wenn sie nun nickte, wäre das der ultimative Tiefschlag. Ben liebte das Unterrichten, und er war tatsächlich überzeugt davon, dass er darin sehr gut war. Dass seine Freundin darüber ganz anders gedacht haben könnte, gefiel ihm gar nicht.
»Nein!«, rief Lea zu seiner Erleichterung aus. »Du bist bestimmt kein schlechter Lehrer. Ich wusste einfach nicht, ob du ... ob du das wirklich machen würdest –«
»Was? Dich unterrichten? Du klingst, als hätte ich mich ständig in meiner Genialität gesuhlt und mich nie dazu herabgelassen, irgendetwas an andere weiterzugeben. Dass ich als Klavierlehrer meinen Lebensunterhalt verdient habe, hast du

aber schon mitbekommen, oder?« Mittlerweile kam ihm diese Unterhaltung total absurd vor.

»Ja, natürlich. Das war es nicht. Nicht der Grund.« Wieder brach sie ab, bevor sie sich sammelte und endlich einen vollständigen Satz herausbrachte. »Das mit der Genialität war das Problem. Ich war immer so gefesselt, wenn du gespielt hast, so fasziniert. Ich konnte mir nicht vorstellen, dass du dich mit deiner talentfreien Freundin abmühst.«

Ben blinzelte, um seine Irritation zu vertreiben. Was Lea da von sich gab, war ungeheuerlich.

»Hast du mir jemals vertraut?«, fragte er ernst.

»Das hat doch nichts mit Vertrauen zu tun«, wich sie aus.

»Das hat es sehr wohl«, widersprach er.

Eine Menge sogar. Wieso hatte sie das Gefühl gehabt, so einen Wunsch vor ihm verbergen zu müssen? Das konnte doch nur daran liegen, dass sie nicht bereit gewesen war, sich ihm vollständig zu öffnen. Sie, der Mensch, der über all seine Schwächen bestens Bescheid gewusst hatte. Sie, die ohne viele Worte immer für ihn da gewesen war, wenn sein komisch verdrahtetes Gehirn wieder einmal völlig überfordert mit der harten Realität gewesen war. Sie hatte ihn so oft aufgefangen, ihm Halt in seinem Leben gegeben, als es sich plötzlich in atemberaubender Geschwindigkeit verändert hatte. Die Erfüllung seines Lebenstraums war ohne sie an seiner Seite kaum zu verkraften gewesen. Dass sie die ganze Zeit über ein schräges Verhältnis zu seinem Instrument gehabt hatte, war eine schockierende Erkenntnis.

»Ben, du und dein Klavier, das war für mich immer etwas Besonderes«, behauptete Lea, doch er tat sich schwer, ihr das zu glauben. »Dir zuzuhören, das war wie ein Einblick in eine Beziehung mit einer Geliebten, die mir aber nichts anhaben konnte. Eine Dreiecksbeziehung ohne Komplikationen ... solange ich meine Finger davon gelassen habe. Verstehst du das?«

Ben runzelte die Stirn. Dass er mit der Musik eine Liebesbeziehung führte, die schon in seiner Kindheit begonnen hatte, wusste er selbst am allerbesten. Aus dieser Perspektive betrachtet, ergaben Leas Worte halbwegs Sinn.

Er nickte langsam. »Ja, aus diesem Blickwinkel verstehe ich es. Einigermaßen.«

»Es hat nichts damit zu tun, dass ich dir nicht vertraut hätte«, betonte Lea trotzdem. »Mir war nur immer klar, dass die größte Liebe deines Lebens die Musik ist und dass ich diesen Teil von dir besser zuhörend genieße, anstatt mich in irgendeiner Form einzumischen oder zu versuchen, mit ihr zu konkurrieren.«

»Seltsam, ich habe die Musik nie in Konkurrenz zu einer Frau in meinem Leben gesehen«, stellte Ben fest. »Als eine große Liebe, ohne die ich mir nicht vorstellen kann zu existieren, das ja. Aber nicht als etwas, das ich in eine Rangordnung mit Menschen setzen würde. Die größte Liebe meines Lebens, die Person, das warst immer du.«

KAPITEL 11

LEA

UNANGENEHM BERÜHRT STARRTE Lea auf ihren Frühstücksteller. Die Diskussion über ihre gemeinsame Vergangenheit hatte etwas vom alten Ben aufblitzen lassen. Aber dass sie seine große Liebe war, wollte sie nicht hören, weil sie nicht damit umgehen konnte, wie sehr er sich verändert hatte.

Mit geschlossenen Augen würde sie sich beim Klang seiner Stimme möglicherweise in ihre gemeinsame Zeit zurückversetzt fühlen. Doch sobald sie ihn ansah, war ihr alles an ihm fremd. Er wirkte wie eine leblose Hülle, entsprach so gar nicht dem Bild in ihrer Erinnerung. Alles in Lea sperrte sich dagegen, alte Gefühle aufkeimen zu lassen.

Sie war mehr als erleichtert, als Ben die Stille mit einer Frage unterbrach, die ihm wahrscheinlich schon länger auf der Zunge brannte: »Wie gut spielst du?«

»Für ›*Stillframe in my heart*‹ reicht es.« Dieser Song aus dem dritten Album seiner Band war über die Jahre zu ihrem ständigen Begleiter geworden.

»Spiel mal!«, forderte er sie mit einem Nicken in Richtung des Klaviers auf.

Sofort stieg Panik in Lea auf. Zu dem Flügel hatte sie tatsächlich bei jedem Besuch in London Respektabstand gehalten. Allein, ihn zu berühren, war ihr immer wie ein Sakrileg vorgekommen.

»Auf gar keinen Fall!«, antwortete sie entschieden.

»Warum nicht?«

»Hast du mir nicht zugehört? Das wäre Blasphemie.«

Ben lachte auf. »Blasphemie? Ernsthaft? Komm schon, ich bin doch nur neugierig. Und dem Klavier tut es nicht weh, wenn du einen falschen Ton erwischst.«

»Deinem absoluten Gehör aber.«

»Das hört dauernd schiefe Töne und hält das aus«, versicherte er. »Außerdem ist der Flügel frisch gestimmt.«

»Nein, ich fasse das heilige Klavier nicht an«, beharrte Lea und steckte sich demonstrativ den letzten Bissen ihrer Zimtschnecke in den Mund.

Ben war nicht bereit aufzugeben. Er beugte sich ein Stück nach vorne. »Nur einmal!«, lockte er. »Dafür borge ich dir eines meiner Stage-Pianos.«

Doch Lea ließ sich nicht erweichen. »Lass gut sein. Da frage ich lieber in Jans Schule, ob ich dort üben darf.«

Das war nur so dahingesagt, sie wollte das Thema beenden. Doch mit dem Satz öffnete sie unabsichtlich die Büchse der Pandora.

»In welche Schule geht Jan?«

»In der Karajangasse.«

»Und der Name ist Programm?«

»Ja, die Schule hat einen Musikschwerpunkt, eine Kooperation mit dem Konservatorium. In jeder Schulstufe gibt es ein musikalisches Jahresprojekt. In der ersten Klasse haben die Kinder im Rahmen des Musikunterrichts Schnupperstunden für verschiedene Instrumente.«

»Eine Kooperation mit dem Konservatorium?«, wiederholte er, und erst jetzt ging Lea auf, was sie da gesagt hatte.

Schlimmer noch, ihr wurde plötzlich bewusst, warum ihr der Name des Projektkoordinators auf dem Informationsschreiben, das sie zu Schulbeginn erhalten hatten, so bekannt vorgekommen war. Es handelte sich dabei um den Professor, bei dem Ben Klavier studiert hatte.

»Äh, ja«, bestätigte sie unsicher. Wie kam sie aus der Nummer wieder heraus?

»Organisiert das immer noch Professor Berger?«

»Kann sein ...«

Zum Glück hakte Ben nicht weiter nach, sondern fragte stattdessen: »Geht Jan wegen der Musik in diese Schule? Oder nur, weil die Karajangasse nicht weit weg ist?«

»Ich habe zuerst die Schule ausgewählt, dann eine Wohnung in der Nähe gesucht. Und ja, die Musik war ein Grund. Immerhin besteht bei seinen Genen eine gewisse Chance, dass er musikalisches Talent besitzt. Hier muss ich mich nicht extra um Musikunterricht kümmern. Und sie haben auch Leihinstrumente oder bieten den Kindern die Möglichkeit, direkt im Haus zu üben.«

»Das ist nicht dasselbe wie sich jederzeit hinsetzen und spielen zu können.«

»Ich weiß. Trotzdem ist es besser als nichts.«

»Du hast aber vorhin den Kopf geschüttelt, als ich wissen wollte, ob er Klavier spielen möchte.«

»Ich habe ihn nie danach gefragt«, gab Lea zu. »In Stockholm hat er gern auf Eriks Piano geklimpert. Er hat nie gesagt, dass er es richtig lernen möchte.«

»Verstehe«, erwiderte Ben. »Aber andererseits hast du auch nie erwähnt, dass du es lernen möchtest. Und du warst drei Jahre lang mit einem Klavierlehrer zusammen.«

»Bitte lassen wir das einfach, okay?«, bat Lea genervt. Sie wollte nicht mehr darüber reden und schon gar nicht noch einmal zum Spielen aufgefordert werden.

»Verstehe ich das richtig, dass du wegen der Schule nach

Österreich zurückgekommen bist?«, wechselte Ben endlich das Thema.

»Ja, ich wollte, dass Jan hier eingeschult wird. In den letzten Jahren wurde immer mehr klar, dass unsere Zeit in Stockholm ein Ablaufdatum hat. Deshalb war die Einschulung ein geeigneter Zeitpunkt für einen Neubeginn. Warum bist du aus England zurückgekommen?«

»Woher weißt du, dass ich zwischenzeitlich in England gelebt habe?«

»Internet. Nachdem ihr in den letzten Jahren recht erfolgreich wart, war dort immer wieder etwas über dich zu finden.«

»Wir waren sogar sehr erfolgreich«, erwiderte er. »Erfolgreich genug, um fast dauernd auf Tour zu sein, wenn wir nicht gerade im Studio waren. Aber unser neuer Plattenvertrag ist geplatzt, weil Jonas nicht unterschrieben hat.«

»Wieso nicht?«

»Seine Worte waren ungefähr: ›Ich muss ein Haus renovieren, ich habe keine Zeit für diesen Scheiß.‹ Dann ist er gegangen und seither haben wir uns nicht mehr gesehen.«

»Wie bitte?«, fragte Lea fassungslos. Ben und sein Bruder waren immer die besten Freunde gewesen. Sie konnte sich nichts vorstellen, was es geschafft haben könnte, sie auseinanderzubringen. Doch gleichzeitig stieg eine Ahnung in Lea auf, welche Ursache es hatte, dass Ben sich in diesem schrecklichen Zustand befand. Der Zerfall der Band musste eine Katastrophe für ihn sein.

»Wir haben uns schon länger nicht mehr besonders gut verstanden«, berichtete er überraschend gelassen. »Spätestens, seit er mit Lou zusammengekommen ist.«

Diese Information brachte Lea vollends aus dem Konzept. Lou war im Nachbarhaus der Familie Talbot aufgewachsen und ihre Beziehung zu Jonas war schon immer sehr kompliziert gewesen. »Die beiden sind zusammen? Was ist in sie gefahren? Also in Lou? Was ist mit all den Dingen, die er ihr angetan hat? Vergeben und vergessen? Hat sie nach der Aktion bei der Abschiedsparty nicht sogar den Kontakt zu ihm abgebrochen?«

Wenn die beiden wirklich ein Paar waren, konnte man das vermutlich nur unter ›was sich liebt, das neckt sich‹ zusammenfassen. Wobei es immer eine einseitige Sache gewesen war. Jonas hatte Lou Streiche gespielt, und sie hatte beteuert, ihn deshalb zu hassen. Trotzdem war Lou ein Teil der Clique gewesen, bis sie zum Studieren ins Ausland gegangen war.

»Die Distanz hat sie das meiste davon wohl vergessen lassen«, vermutete Ben. »Sie hatten tatsächlich jahrelang keinen Kontakt. Also Jonas hat sich schon ab und zu bei mir nach ihr erkundigt. Aber soweit ich weiß, haben sie weder miteinander telefoniert, noch einander geschrieben oder sich getroffen. Bis Lou nach Jahren durch Zufall zu einem unserer Auftritte kam. In Kopenhagen, wo sie gerade auf Urlaub war. Ein paar Monate später hat er uns eröffnet, dass sie ein Paar sind. Inzwischen sind sie verlobt.«

Mit so einer Neuigkeit hatte Lea absolut nicht gerechnet. »Wie lange sind sie schon zusammen?«

»Drei Jahre etwa. Das Konzert war eines der letzten der Tour zum dritten Album. Wir haben direkt danach begonnen, am vierten zu arbeiten. Er war in der Zeit allerdings sehr distanziert und hat mir die Hauptarbeit überlassen. Im Nachhinein war dann klar, dass sich damals die Sache zwischen ihm und Lou angebahnt hat.«

»Ich dachte immer, beim dritten Album wäre deine Handschrift am deutlichsten«, stellte Lea fest. »Da liegt die Betonung bei den Arrangements so stark auf dem Klavier.«

»Es war genau umgekehrt«, klärte Ben sie auf und seine Stimmung verdüsterte sich deutlich. »Jonas hat das so gemacht, damit ich mich nicht ausgeschlossen fühle oder so. In Wahrheit hat er beim dritten Album die Arbeit total an sich gerissen.«

»Und wieso hast du das zugelassen, wenn es dich so wurmt?«, hakte sie verwundert nach. Angelegenheiten der

Band waren von den Mitgliedern früher sehr offen diskutiert worden, bis alle mit einer Lösung leben konnten.

Er schwieg eine Weile, bevor er sich zu einer Erklärung durchrang. »Ich konnte nichts dagegen tun, weil ich zu dem Zeitpunkt wegen Magersucht in Therapie war.«

Lea zuckte erschrocken zusammen. »Wie bitte?«

KAPITEL 12

BEN

Über diese Zeit zu reden fiel Ben schwer, trotzdem fuhr er fort: »Ich habe durch den ganzen Druck eine Essstörung entwickelt. Solange wir auf Tour waren und unser Umfeld darauf geachtet hat, dass wir regelmäßig etwas zu essen bekommen, ging es noch einigermaßen. Ich habe zwar abgenommen, aber das haben alle auf den Stress geschoben und sich nicht weiter Gedanken darüber gemacht. Während der Pause, bevor wir die Arbeit am nächsten Album beginnen sollten, wurde es dann richtig schlimm. Zu meinem Glück hat Gran es rechtzeitig bemerkt, bevor ich mich zu Tode hungern konnte. Ab da war ich in Therapie und stand unter ständiger Beobachtung durch Granny, Per und Jonas.«

Lea sah schockiert aus, stellte aber eine Frage, die nichts mit Bens Krankheit zu tun hatte: »Granny und Per sind doch noch zusammen?«

Er unterdrückte ein Schmunzeln. Einerseits war er erleichtert, dass sie nicht weiter in einem Thema stocherte, mit dem er nach wie vor nicht gut klarkam. Andererseits freute er sich, dass sie sich für seine Großmutter interessierte. »Natürlich. Per hat sich zu Jahresbeginn aus dem Musikbusiness zurückgezogen und sie überredet, sich mit ihm in seiner Heimat zur Ruhe zu setzen.«

Lea fiel aus allen Wolken. »Deine Granny lebt jetzt in Schweden?«

Ben nickte grinsend. Grace Talbot hatte sich ›auf ihre alten Tage‹, wie sie selbst zu sagen pflegte, in einen schwedischen Musikproduzenten verliebt, den sie bei einem klassischen Konzert kennengelernt hatte.

»Wo?«

»Kristinehamn.«

Sofort korrigierte sie seine Aussprache, was ihn ziemlich beeindruckte. Irgendwie waren Sprachen in ihrer Beziehung immer sein Ding gewesen, doch nun beherrschte sie offenbar eine, die ihm nur vom Hören ein wenig vertraut war. Ob es etwas mit Per zu tun gehabt hatte, dass sie ausgerechnet in Schweden Zuflucht gesucht hatte? Er erinnerte sich, dass sie immer interessiert zugehört hatte, wenn sein Stief-Großvater von seiner Heimat erzählt hatte.

Ben kam nicht dazu, sich nach ihren Motiven zu erkundigen, denn sie wollte wissen: »Ist das Haus in London jetzt unbewohnt?«

»Weitgehend. Granny sagt, solange sie lebt, steht das Haus jederzeit jedem Familienmitglied offen und keiner darf alleinigen Anspruch darauf erheben. Sie hat einen Verwalter eingestellt, und der ist eigentlich der Einzige, der immer weiß, wann wer im Haus ist.«

»Hast du dort gewohnt?«

»Ja.« Er zögerte, ob er mehr darüber erzählen sollte. Doch dann sah er sie an, und ihm war mit einem Mal sehr bewusst, wer ihm gegenübersaß. Lea, der er wie keinem anderen Menschen vertraut hatte. Mit wem, wenn nicht mit ihr, sollte er über all das reden, was in den vergangenen Jahren vorgefallen war? »Als das mit der Magersucht herauskam«, fuhr er fort, »hat Gran mich gezwungen, meine Wohnung aufzugeben und in mein altes Zimmer zu ziehen, um mich unter Kontrolle zu haben.«

»Und du hast das wieder in den Griff bekommen?« Die Skepsis in ihrem Blick war nicht zu übersehen.

Sofort versicherte er: »Ja, ich habe das im Griff. Außerdem kümmert sich meine Mum darum, dass ich immer etwas zu essen daheim habe.«

Sie wirkte nicht überzeugt. »Ihr habt trotz deiner Krankheit mit der Band weitergemacht?«

»Jonas hat mit Jakob und Linus weitergemacht«, antwortete Ben. »Er wollte um jeden Preis den Plattenvertrag einhalten. Also hat er den gesamten kreativen Prozess an sich gerissen und mich nur zwischendurch dazugeholt. Ab dem Zeitpunkt war es nicht mehr unsere Band, sondern seine.«

»Und das hat euch nicht gefallen?«

»Du weißt ja, eine Hierarchie hat es bei uns immer schon gegeben. Jakob und Linus hatten nie ein Problem mit der zweiten Reihe.«

Wenigstens für einen kurzen Moment sah sie ihn direkt an. »Du aber schon.«

»Ja«, gab er zu.

»Hast du nie mit Jonas darüber gesprochen?«, bohrte sie weiter.

»Nein, nicht wirklich. Ich habe meinen Ärger in Alkohol ertränkt und bei der nächsten Gelegenheit das Ruder wieder übernommen. Und dann eben dem vierten Album meinen Stempel aufgedrückt, was mir eine gewisse Genugtuung verschafft hat, weil es ein noch größerer Erfolg wurde als seines.«

»Moment!«, unterbrach Lea ihn. »Was ist aus dem Vorsatz geworden, nie in die offensichtlichen Fallen im Leben eines Rockmusikers zu tappen?«

Ben fühlte sich ertappt. »Neujahrsvorsätze halten auch nur eine Woche«, versuchte er, sich herauszureden.

Doch sie ließ nicht locker. »Sagst du mir gerade wirklich,

dass du unsere Beziehung weggeworfen hast, weil du frei und ungebunden sein wolltest, und alles, was du mit deiner Freiheit angefangen hast, war, dir eine Magersucht zuzulegen und mit dem Saufen zu beginnen?«

»Niemand legt sich eine Magersucht zu, glaub mir das«, stellte er klar.

»Ja, okay«, lenkte sie ein. »Aber Frust in Alkohol zu ertränken, das tun die meisten absichtlich. Zumindest am Anfang. Bis es außer Kontrolle gerät.«

Er schwieg, weil er wusste, dass sie recht hatte. Er war in die Magersucht geschlittert, ohne es zu bemerken, doch dasselbe von der Phase zu behaupten, in der er sich mit Alkohol betäubt hatte, wäre eine glatte Lüge gewesen. Er hatte bewusst versucht, einer Realität, mit der er nicht umgehen konnte, zu entkommen.

Sein Schweigen brachte Lea erst recht in Fahrt. »Du hast also tatsächlich unser gemeinsames Leben an die Wand gefahren, nur um daraufhin auch dein eigenes zu zerstören? Dafür wolltest du frei sein? Hättest du nicht einfach ein Soloalbum aufnehmen können, während dein Bruder sich in dem Ruhm sonnt, den du ihm nicht vergönnst? Irgendetwas Positives wenigstens?« Fassungslos starrte sie ihn an.

Ben hatte das Gefühl, dass sie gerade ihre komplette Wahrnehmung der letzten sieben Jahre über den Haufen warf. Vermutlich hatte sie dem Bild geglaubt, das sie mit aller Gewalt versucht hatten, nach außen hin aufrechtzuerhalten. Dieser Fassade, hinter der es innerhalb der Band an allen Ecken und Enden gekracht hatte.

Bei offiziellen Terminen hatten sie sich nie etwas anmerken lassen, schon gar nicht bei Konzerten. Die Auftritte waren es gewesen, die die Band lange Zeit zusammengehalten hatten, weil es für sie nichts Besseres auf dieser Welt gab, als gemeinsam auf der Bühne zu stehen. Dafür nahmen sie alles in Kauf, die Strapazen, die Streitigkeiten und natürlich auch, von ihren Liebsten über längere Zeit getrennt zu sein.

Ben sah Lea an und verspürte einen neuen Schmerz in seiner Brust. Er hatte sich unzählige Male vorgestellt, wie es wäre, wenn sie zu Hause auf ihn warten würde, wenn er sie wenigstens anrufen und ihre Stimme hören könnte.

Ob er sich weniger einsam gefühlt hätte oder noch mehr, wenn er geahnt hätte, dass da auch noch ein Kind war, das er nicht in die Arme schließen konnte? So oft hatte er sich eingeredet, dass die Trennung von Lea das Beste für *sie* war, weil ihr auf diese Weise die ständige Sehnsucht erspart blieb, die ihn jeden einzelnen Tag gequält hatte. Doch nun herrschte die Gewissheit vor, dass er sie im Stich gelassen hatte und dass es daran nichts schönzureden gab.

Er wollte ihr sagen, wie leid ihm das tat, doch er fand keine Worte dafür.

Lea dagegen sprudelte über vor Frust und Ärger über ihn. »In ein paar Stunden kommt Jan nach Hause. Was erzähle ich ihm? ›Hey, willst du deinen Vater kennenlernen? Er wohnt ganz in der Nähe. Aber erschrick nicht, er sieht nicht nur aus wie ein Säufer, er ist auch einer!‹ Soll er so von dir erfahren?«

»Ich habe das im Griff«, behauptete Ben. Doch dann fasste er einen Entschluss und ergänzte: »Und du erzählst Jan am besten überhaupt nichts von mir.«

Lea stutzte und wirkte an der Oberfläche enttäuscht. Ben sah jedoch einen Hauch von Erleichterung, den sie nicht vor ihm verbergen konnte.

Sie brauchte nur einen Moment, um sich zu sammeln. »Ich verlasse jetzt also deine Wohnung, lasse dir noch irgendwie Jans Dokumente zukommen, damit du den Papierkram erledigen kannst. Und dann verschwinden wir wieder aus deinem Leben und warten nur darauf, dass irgendwann ein größerer Geldbetrag auf meinem Konto eingeht?«

»Die Dokumente bring mir bitte! Aber du kannst nicht erwarten, dass ich in drei Tagen vom völlig Ahnungslosen zum Super-Dad mutiere.«

»Ja, okay«, sagte sie ungnädig.

»Du hattest auch neun Monate Zeit, um dich an den Gedanken zu gewöhnen«, gab er zu bedenken.

»Nur fünf, weil ich es so spät kapiert habe«, verbesserte sie ihn.

»Das ist immer noch weit mehr als drei Tage. Und ein Neugeborenes stellt keine Fragen oder verlangt nach Erklärungen.«

»Ist schon gut, ich habe verstanden.« Nach einem kurzen Blick auf die Uhr erhob sie sich. »Ich gehe jetzt besser. Die Unterlagen bringe ich dir in den nächsten Tagen vorbei. Wenn du sonst etwas von mir brauchst, gib mir Bescheid! Meine Telefonnummer hast du ja.«

»Ist gut«, erwiderte er nur. Normalerweise hätte er sie zur Tür begleitet, aber er schaffte es nicht, sich von seinem Platz zu erheben.

Von der Stille, die nach ihrem Abgang zurückblieb, fühlte er sich wie erdrückt. Mit beiden Händen fuhr er durch die Haare und betrachtete, was von dem spontanen Frühstück mit Lea übrig war. Eine halb volle Tasse Kaffee und ein paar Krümel auf dem Teller.

Da schrillte plötzlich die Türglocke. Ben raffte sich auf und schlich zögernd in den Flur. Ein schneller Blick durch den Spalt zwischen den Vorhängen verriet ihm, dass Lea zurückgekommen war.

»Das wollte ich dir noch geben«, sagte sie ohne Umschweife, kaum dass er die Tür geöffnet hatte, und hielt ihm ein Kuvert entgegen. Er griff danach, und sofort machte sie auf dem Absatz kehrt und verschwand.

Ben betrachtete verwundert den Briefumschlag, auf dem in Leas Handschrift sein Name und seine alte Adresse standen. Er wog ihn in seiner Hand und stellte fest, dass er ziemlich schwer war. Es dauerte eine gefühlte Ewigkeit, bis er ein sauberes Messer aus der Küche holte und den Brief aufschlitzte. Heraus fielen ein Blatt Papier und einige Fotos. Fotos von einem Neugeborenen.

Bens Hände zitterten, als ihn die Erkenntnis traf, dass es sich bei dem Winzling um seinen Sohn handelte. Seinen Sohn. Bis jetzt war Jan nur ein Name gewesen, nun hatte er auch ein Gesicht.

Er griff zu dem beigelegten Brief, doch schon die Anrede verschlug ihm den Atem: ›Liebster Ben‹. Mit der Bezeichnung hatte Lea ihn geneckt, seit er mitbekommen hatte, dass es in ihrem Leben noch einen weiteren Freund mit dem Namen gab. Auf den ehemaligen Schulkollegen war er ziemlich eifersüchtig gewesen, weshalb sie ihm versichert hatte, dass er ihr *liebster* Ben war – vor dem anderen und Ben Kenobi.

»Liebster Ben, ich wünschte, du wärst hier und wir könnten dieses Wunder gemeinsam erleben.«

Falls Ben noch einen Beweis gebraucht hätte, dass Lea nie vorgehabt hatte, ihn auszuschließen, dann hatte er ihn nun in Form des Namens seines Sohnes vor sich: Jan Henry. Sein eigener zweiter Vorname, Name seines Vaters und seines verstorbenen Großvaters. Wenn er die Gelegenheit gehabt hätte, bei der Auswahl mitzureden, hätte er über ›Jan‹ vielleicht mit Lea diskutiert. Aber vermutlich hätte er ihr ihren Willen gelassen, solange sie bereit war, die Familientradition fortzusetzen.

Auch der Rest des Briefes war Beleg dafür, dass Ben seine Familie aufgrund von falschen Entscheidungen verloren hatte. Lea hatte fest vorgehabt, ihn in ihr Leben zurückzuholen. Alles, was er dafür hätte tun müssen, wäre die Veröffentlichung eines einzigen Songs gewesen.

Ben wünschte, er könnte die Schuld auf die Produzenten schieben, die ihnen bei diesem Album jede Menge Vorgaben gemacht hatten. Damit könnte er vielleicht Lea etwas vormachen, doch sich selbst zu belügen, war zwecklos. Die Wahrheit war, er hatte dem Label keinen der Songs, die er für Lea geschrieben hatte, präsentiert, obwohl sie ›zum Abrunden‹ unbedingt eine Ballade haben wollten. Am Ende hatten sich Jonas und Jakob hingesetzt und einen kitschigen Text über eine namenlose Geliebte geschrieben, den Ben anschließend vertont hatte. Die Nummer war auf dem Album erschienen und sofort wieder in Vergessenheit geraten.

Mit einem von Leas Songs wäre das bestimmt anders gewesen.

KAPITEL 13

LEA

Es war mittlerweile zur Tradition geworden, dass Lea ihre Eltern und ihren Sohn samstags zum Mittagessen in einem Restaurant traf. Diesen Luxus hätte sie sich niemals leisten können, doch die Rechnung übernahm stets ihr Papa. Sie hatten das so eingeführt, damit weder Lea ihren freien Vormittag noch die Großeltern die Zeit mit ihrem Enkel verschwenden mussten, um zu kochen. Außerdem stellten Lisbeth und Josef Ebner auf diese Weise sicher, dass sie nicht nur ihren Enkel, sondern auch ihre Tochter regelmäßig zu Gesicht bekamen, nun, da sie endlich nicht mehr tausend Kilometer von ihnen entfernt lebten.

Lea erleichterten diese gemeinsamen Stunden die Rückkehr in ihr Mama-Dasein, das sie freitags gern ausblendete, um mit Selina einen unbeschwerten Abend zu verbringen – was nicht selten mit einem Kater endete.

Diesmal war sie weit davon entfernt gewesen, ihr Single-Leben zu genießen. Als Jan sie vor dem Lokal mit einer überschwänglichen Umarmung begrüßte, presste sie ihn so fest an sich, dass ihm beinahe die Luft wegblieb.

»Ich hab dich lieb«, flüsterte sie.

»Ich dich auch«, stöhnte er. »Auch wenn du mich gerade erdrückst.«

Seine Antwort entlockte ihr ein Schmunzeln und half dabei, die Tränen herunterzuschlucken, die ihr beim Anblick ihres Sohnes in den Augen brannten. Die Gespräche mit seinem Vater hatten sie aufgewühlt.

Die Unterhaltung beim Essen drehte sich um Belangloses oder kindliche Errungenschaften, wie die ›geilste Kugelbahn der Welt‹, die Jan mit seinem Opa gebaut hatte. Lea stutzte über den Ausdruck, kommentierte ihn aber nicht und hörte auch sonst hauptsächlich zu. Nichts von dem, was sie beschäftigte, hatte an diesem Tisch Platz.

Da ihr Vater das Auto in der Nähe von Leas Wohnung geparkt hatte, begleiteten ihre Eltern sie nach dem Essen nach Hause. Die Frauen fielen absichtlich ein wenig zurück, bis sie außer Hörweite der anderen waren.

»Wie ist die Lage mit Ben?«, erkundigte sich Lisbeth vorsichtig.

Lea seufzte tief. »Unklar.«

»Kannst du dich nicht entscheiden, wie ihr weiter vorgehen sollt?«

»Er hat die Entscheidung allein getroffen.«

Die Mutter warf der Tochter einen verwunderten Seitenblick zu.

»Er will Jan nicht kennenlernen«, fuhr Lea fort. »Vorerst jedenfalls nicht.«

»Oh«, machte Lisbeth überrascht. »Das hätte ich von ihm nicht erwartet. Eher, dass er sich voll Begeisterung in das Abenteuer stürzt und versucht, alles nachzuholen, was er verpasst hat.«

»Ja, ich schätze, das war auch meine Erwartung«, gab Lea zu. Bens Zurückhaltung passte nicht zu seinem alten Ich. Vermutlich aber zu seinem neuen. »Er ist so anders.« Sie zögerte kurz, das Wort auszusprechen, das sie endlich fand: »Zerbrochen.«

Lea blieb stehen und wandte sich ihrer Mutter zu. »Er hat sich mit seinem Bruder verkracht. Ich weiß nicht, ob die Band überhaupt noch existiert. Über Jakob und Linus hat er kein Wort verloren. Ich meine, früher gab es kaum einen Tag, an dem nicht mindestens einer von den dreien in unserem Wohnzimmer herumgehangen ist. Die vier waren unzertrennlich. Und jetzt?« Wieder kämpfte Lea mit den Tränen. »Wir wollten mal für immer unser ganzes Leben teilen. Aber was ist da noch zum Teilen geblieben?« Sie sah ihre Mutter hilflos an. »Nur Jan.«

Lisbeth schenkte ihrer Tochter ein mitfühlendes Lächeln und zog sie in ihre Arme. »Mein Schatz, das tut mir so leid«, sagte sie. »Ich habe immer gehofft, dass ihr irgendwie wieder zusammenfindet.«

»Ich weiß gar nicht, ob ich das noch will«, schniefte Lea. »Aber ich dachte für ein paar Tage, Jan könnte doch noch seinen Daddy bekommen. Dass Ben ihn nicht mal kennenlernen will, tut im Moment einfach nur weh. Obwohl ein Teil von mir froh ist, dass ich Jan nicht erklären muss, warum sein Dad wie ein Junkie aussieht. Wahrscheinlich hätte ich ihn sogar gebeten, mit einem Treffen noch ein bisschen zu warten. Aber dass er es von sich aus ausgeschlossen hat –«

»Vielleicht ist ihm selber klar, dass er noch Zeit braucht«, meinte Lisbeth aufmunternd. »Das wäre doch etwas Positives.«

Lea hatte größte Schwierigkeiten, irgendwas Positives an der ganzen Situation zu finden, seit sie Ben das Kuvert in die Hand gedrückt hatte und abgerauscht war. Sie wusste nicht einmal, ob sie es gut fand, dass er jetzt Fotos von seinem neugeborenen Sohn besaß. Sie fand alles verwirrend und ihre Gefühlslage wechselte stündlich. Wie sie das Wochenende mit Jan überstehen sollte, war ihr ein Rätsel.

»Du hättest sagen sollen, dass du Zeit für dich brauchst,

dann hätte Jan bis morgen bei uns bleiben können.« Ihre Mutter streichelte über Leas Arme.

»Ich bin nicht sicher, ob es helfen würde, das Kind abzuschieben, das mich mit Ben verbindet«, entgegnete Lea, obwohl es verlockend erschien, sich ins Bett verkriechen zu können, ohne sich mit ihrem Sohn beschäftigen zu müssen.

»Weißt du«, erwiderte ihre Mama schmunzelnd. »Es ist auch nichts verwerflich daran, einmal ein ganzes Wochenende mit seinem Kind Filme zu schauen und Pizza beim Lieferservice zu bestellen.« Um die Aussage zu untermauern, steckte sie Lea einen Geldschein zu. »Lasst es euch gut gehen! Ich kann die Probleme mit Ben nicht für dich lösen, aber ich kann dich ein bisschen bemuttern.«

»Danke, Mama.« Lea gelang ein Lächeln. »Gibt es eigentlich noch irgendwas, was du mir über ihn verschwiegen hast?« Bevor ihre Mutter auf die Frage reagieren konnte, winkte Lea schon wieder ab. »Vergiss es, ich will es gar nicht wissen. Ich habe schon genug mit allem anderen zu tun, was ich seit gestern erfahren habe.«

Lisbeth zögerte sichtlich, ehe sie nickte. Lea wurde die Ahnung nicht los, dass es da tatsächlich noch etwas gab, was ihre Mutter ihr nicht erzählt hatte. Aber sie blieb dabei, dass ihr Gehirn vorläufig mit den neuen Informationen genügend ausgelastet war.

AM MONTAGMORGEN ERLEDIGTE Lea wenigstens eine Sache, die ihr bezüglich Ben im Magen lag. Auf dem Weg zur Arbeit deponierte sie einen Umschlag mit Jans Dokumenten vor seiner Wohnungstür. Sie war heilfroh, dass sie das Haus nach nur einer Minute unbemerkt verlassen und sich nun auf ihren Arbeitsalltag konzentrieren konnte. Obwohl sie den Ratschlag ihrer Mutter befolgt hatte, war das Wochenende mit Jan emotional aufreibend gewesen. Immerhin hatte sie kitschige Szenen in Disney-Filmen dafür verantwortlich machen können, dass sie immer wieder in Tränen ausgebrochen war. Jan hielt sie jetzt vermutlich für ein totales Weichei, weil sie sogar bei ›Cars‹ geheult hatte, aber wenigstens ahnte er nicht, was wirklich los war.

An normalen Tagen – zu denen der Freitag für sie nicht gehört hatte – war Lea die Erste in der Buchhandlung, weil für sie die Öffnungszeiten nicht als Rahmen für ihre Arbeitszeiten galten. Sie kam so früh wie möglich, um Jan auch so früh wie möglich aus dem Hort abholen zu können. Das Geschäft öffnete erst um neun, daher trafen ihre Kolleginnen üblicherweise später als sie ein. Nur Bert tauchte manchmal früher auf, aber der kam und ging als Chef ohnehin, wie es ihm beliebte.

An diesem Morgen verspürte Lea eine tiefe Dankbarkeit für diesen Job und überhaupt alles, was sich seit ihrer Rückkehr nach Österreich entwickelt hatte. Sie hatte mit Jan ein gutes Leben, meisterte ihren Alltag – bis auf einige Ausnahmen – sehr gut allein. Trotzdem freute sie sich auf ihr Date am Abend, das sie ein kleines Stück in ihr altes Leben zurückbringen würde: Sie war mit Jette zu einem Videocall verabredet. Mit ihr traf Lea sich alle paar Wochen, um den Kontakt nicht zu verlieren, nachdem sie so viele Jahre eng zusammengelebt hatten.

Zum Beginn ihres Arbeitstages überprüfte Lea ihre E-Mails und schrieb eine To-do-Liste. Sie wollte gerade mit dem ersten Punkt loslegen, als es klopfte.

»Herein!«, rief sie. Lea erwartete Bert, doch es war Michael, der eintrat. Er hatte einen Teller mit Keksen dabei.

»Ich dachte mir, ich bringe zu meinem Einstand etwas Süßes mit«, erklärte er und stellte ihn neben Lea ab.

»O danke! Sind die selbst gebacken?«

Michael warf ihr einen skeptischen Blick zu. »Sehe ich so aus, als könnte ich backen?«

Lea konnte ein Kichern nicht unterdrücken. »Die Kekse sehen so aus, als hätte sie jemand gemacht, der nicht unbedingt backen kann.«

»Ha, ha.« Er ließ sich auf den zweiten Sessel sinken.

»Meine Schwester hat sie mir mitgegeben. Die sind vom Geburtstag meines Neffen übrig geblieben. Also möglicherweise hast du gerade meine Schwester beleidigt. Aber höchstwahrscheinlich hat sie irgendein Kind verziert.«

»Hauptsache sie schmecken«, meinte Lea schulterzuckend und biss von einem Keks mit bunter Glasur ab. »Zumindest sind meine Zähne härter.«

Michael wirkte gekränkt, deshalb bemühte sie sich, ihn mit einem raschen Lächeln zu versöhnen. »Danke, die sind sehr gut.«

»Ich wollte mich bei dir bedanken.« Er erwiderte ihr Lächeln. »Ohne dich hätte ich dem Chef am Freitag wahrscheinlich erklärt, dass ich den Job doch nicht will.«

»Waren die anderen so fies zu dir?«, fragte Lea schockiert.

»Nicht alle, nur Maria. Die aber dafür umso mehr. Und der Rest hat nicht gerade etwas unternommen, damit ich mich willkommen fühle. Außer dir.«

»Hast du das Bert gesagt?«

Er verzog das Gesicht. »Damit ich ihm noch vor meinem ersten Arbeitstag wie eine Heulsuse vorkomme?«

Lea verdrehte die Augen. Männlicher Stolz war wohl auch nicht immer hilfreich. »Also heulst du dich lieber bei mir aus?«, neckte sie.

»Du warst von Anfang an so nett. Obwohl ich teilweise deine Aufgaben übernehmen soll, wirkst du nicht, als hättest du Angst, ich würde dich um deinen Job bringen. Maria scheint zu glauben, ich will sie in kürzester Zeit hinausekeln und den Laden übernehmen.«

»Hast du das vor? Den Laden übernehmen?«

»Mit dir gemeinsam vielleicht.«

Sein Schmunzeln löste ein Kribbeln in Leas Bauch aus, das sich wie eine Schutzschicht über das emotionale Chaos des Wochenendes legte. Sie genoss die Ruhe, die sich in Michaels Gegenwart in ihr ausbreitete.

Leider wurde die entspannte Stimmung jäh von einem Pochen an der Tür unterbrochen.

»Weißt du, wo der Neue steckt?«, ertönte Marias Stimme, bevor Lea sie überhaupt hereinbitten konnte.

Michael versteifte sich sofort, aber Lea war wild entschlossen, weiterhin seinem Team anzugehören.

»Guten Morgen, Maria«, grüßte sie demonstrativ. »Der ›Neue‹ sitzt gerade mit mir in einer Besprechung zum Thema SEO und Social Media Targeting.« Sie benutzte absichtlich englische Begriffe, die kompliziert klangen, um Maria den Wind aus den Segeln zu nehmen. »Da Bert ihn unter anderem eingestellt hat, damit es für mich eine Urlaubsvertretung gibt, ist es wichtig, dass er in die Konzeption einbezogen wird.«

»Verstehe«, sagte sie schroff. »Aber während der Öffnungszeiten bedient er hoffentlich im Geschäft Kunden.«

Lea warf einen schnellen Blick auf die Uhr. »In zehn Minuten gehört er dir«, versprach sie mit einem einnehmenden Lächeln.

Maria rümpfte die Nase und rauschte davon.

»Ohne dich würde ich hier untergehen«, murmelte Michael, kaum dass sie weg war.

»Ach komm schon, du wirst bestimmt auch allein mit ihr fertig. Wenn du Bert in dem Vorstellungsgespräch überzeugen konntest, obwohl du gerade seine Buchhandlung zerlegt hattest, dann kannst du auch Maria einwickeln.«

»Also erstens ist Maria der Ansicht, dass ich *ihre* Buchhandlung zerlegt habe. Und zweitens ... das werde ich nie mehr los, oder?«

»Ich fürchte nicht«, bestätigte Lea lachend. »Dafür war der Anblick zu witzig.«

»Wenigstens war es in deinen Augen lustig und kein Kapitalverbrechen«, erwiderte er und drückte sich an den Armlehnen seines Sessels hoch. »Ich sollte mich wohl langsam in die Höhle der Löwen begeben.«

»Du schaffst das!«, feuerte Lea ihn an.

Mit einem theatralischen Seufzen ging er zur Tür.
»Michael?«
Er drehte sich zu ihr um.
»Morgen ... *same time, same station?*«, schlug sie vor.
»Ich bringe Kaffee mit«, antwortete er, winkte ihr noch kurz zu und verschwand.

KAPITEL 14

LEA

NACHDEM LEA ihren Sohn ins Bett gebracht und ihm ein Kapitel aus dem aktuellen Gute-Nacht-Buch vorgelesen hatte, machte sie es sich mit Chips, einem Glas Gin Tonic und ihrem Laptop auf ihrem Bett gemütlich. Snacks und Getränke gehörten für Jette und Lea mit zum Ritual, denn es erinnerte sie an ihre gemeinsamen Abende in Stockholm, wenn Nils arbeitete, die Kinder schliefen und sie endlich ein paar ruhige Stunden hatten.

Jette war von Beruf Hebamme, ihr Mann Unfallchirurg. Diese Kombination sorgte selbst im kinderfreundlichen Schweden dafür, dass es kaum möglich war, vier Kinder ohne zusätzliche Unterstützung großzuziehen. Lea war ihre Rückversicherung gewesen, damit sie ihren Nachwuchs nicht plötzlich sich selbst überlassen mussten, wenn beide Elternteile in der Arbeit gefordert waren. Ihr Job bestand neben einigen Aufgaben im Haushalt hauptsächlich daraus, zu jeder Tages- und Nachtzeit zur Verfügung zu stehen und bei der Kinderbetreuung einzuspringen. Rückblickend betrachtet waren Jette und Nils für sie allerdings mehr Freunde als Arbeitgeber.

»*Hej, hej!*«, begrüßten die Frauen einander, als beide Gesichter im Videocall angezeigt wurden. Sie erkundigten sich gegenseitig nach dem eigenen Befinden und dem der Familie, dann wollte Jette wissen, ob es bei Lea irgendetwas Neues gab.

»Ich bin in meinen neuen Kollegen verknallt und habe zufällig Jans Vater wiedergetroffen«, antwortete Lea. »Welche Geschichte willst du zuerst hören?« Sie genoss es, Schwedisch mit Jette zu reden. Es hatte sie ziemlich viel Mühe gekostet, die Sprache zu erlernen, jetzt wollte sie nicht gleich wieder alles vergessen.

Jettes Mund blieb so lange offen stehen, dass Lea schon befürchtete, das Bild sei eingefroren.

»Das ist eine unmögliche Entscheidung«, sagte sie endlich. »Zuerst Ben.«

»Okay.« Lea bemühte sich, möglichst kompakt zusammenzufassen, was sich seit dem Zusammenstoß auf der Straße zugetragen hatte. Jette hörte aufmerksam zu.

»Du hast den Brief aufgehoben?«, fragte sie, als Lea an die Stelle kam, an der sie Ben das Kuvert in die Hand gedrückt hatte und abgerauscht war.

»Ich hätte es nicht übers Herz gebracht, ihn wegzuwerfen. Schon allein wegen der Fotos.«

»Wie hat Ben darauf reagiert?«

»Gar nicht. Ich habe seit Samstag nichts mehr von ihm gehört.«

»Und er will Jan wirklich nicht kennenlernen?«

»Das hat er gesagt.«

»Wie schade. Sie haben doch schon so viel Zeit verloren.«

Lea hob resigniert die Schultern. Im Moment war sie geneigt, Jette zuzustimmen. Es war aber nicht auszuschließen, dass sie in einer Stunde völlig anders über das Thema dachte. Ihre Gefühlswelt glich in Bezug auf Ben einer Achterbahnfahrt.

Wie so oft an diesem Wochenende glitt ihr Blick zu der Minidrehorgel. Aus irgendeinem Grund zog das Spielzeug immer wieder ihre Aufmerksamkeit auf sich, als könnte es etwas dazu beitragen, die Sache zu verarbeiten. Dabei hatte Lea sich für Bens Drehorgel, an die ihre sie erinnerte, früher nie richtig interessiert. Ihr war nur aufgefallen, dass sie manchmal nicht an ihrem angestammten Platz auf dem Piano gestanden hatte. Doch sie hatte keine Ahnung, warum sie sich jetzt an dieses Detail erinnerte.

»Wie hast du in der ganzen Aufregung noch Zeit gefunden, dich in deinen Kollegen zu verlieben?«, wollte Jette nun wissen.

»Verlieben ist zu viel«, widersprach Lea, die froh über den Themenwechsel war. »Michi ist sehr, sehr süß. Er bringt Ruhe in das Chaos. Wenn ich mit ihm zusammen bin, flauen diese unkontrollierbaren Gefühlswellen ab und alles plätschert entspannt dahin.« Sie unterstrich die Darstellung ihres inneren Chaos durch wellenförmige Handbewegungen.

»Klingt, als wäre er genau der Mensch, den du derzeit in deinem Leben brauchst.«

»Ja, er tut mir gerade sehr gut.«

»Mag er dich auch?«

»Er hat mir heute Kekse gebracht und mir für morgen Kaffee versprochen.« Lea wusste genau, dass Jette das wahnsinnig sympathisch finden würde.

Tatsächlich lachte sie und gab ihr den Rat: »Den solltest du heiraten.«

»Wir wollen mal nicht übertreiben«, erwiderte Lea. »Aber sagen wir, ich hätte rein gar nichts dagegen, diese Beziehung zu vertiefen.«

»Während du vor der anderen am liebsten davonlaufen willst?«

»Ja, das würde ich tatsächlich gern.«

»Wegrennen bewirkt keine Heilung«, erinnerte Jette Lea.

»Ich weiß. Das Problem ist nur, dass ich keine Ahnung habe, durch was ich eigentlich durchmuss, damit es gut werden kann.«

»Das versteht man oft erst im Nachhinein.«

Lea seufzte.

»Wenn Ben Abstand halten will, kannst du dich ja erst mal ganz auf den Neuen konzentrieren«, meinte Jette. »Das ist vielleicht besser, als aktiv wegzulaufen. Und wenn du schon nichts an der Situation mit Ben verbessern kannst, kannst du wenigstens mit Michi Spaß haben.« Sie zwinkerte Lea zu. »Weiß er von Jan?«

Diese Frage dämpfte Leas Euphorie in Bezug auf Michael ein wenig. »Nein. Also jedenfalls nicht von mir.«

»Hast du Angst, dass er dir keine Kekse mehr bringt, wenn er von ihm erfährt?«

»In den letzten Jahren war das eine todsichere Methode, Typen loszuwerden«, stellte Lea fest.

»Ich weiß, ich war das eine oder andere Mal dabei«, erwiderte Jette und konnte sich ein Grinsen nicht verkneifen. Lea war weit entfernt davon, ihr das übel zu nehmen. Ihr Liebesleben war nach Jans Geburt eine ziemliche Lachnummer gewesen. Umso mehr genoss sie jetzt das Kribbeln, das Michael in ihrem Bauch verursachte.

♪

BEN

Der Soundtrack in seinem Kopf war schwer auszuhalten. Ben war es gewohnt, Ohrwürmer von Melodien zu haben, doch wenn sein Unterbewusstsein ihm eigentlich die Texte unter die Nase reiben wollte, empfand er es als mühsam. Die aktuelle Kakofonie hatte er als lauter Songs entschlüsselt, in denen es um gebrochene, zerrissene oder verlorene Personen ging. Dass er das alles war, wusste er auch so.

Die Babyfotos lagen neben ihm auf dem Boden. Er wollte sie nicht mehr ansehen und griff doch immer wieder danach. Nur um gleich darauf zum wiederholten Mal von der

Erkenntnis eingeholt zu werden, dass er nicht der Vater war, den dieser kleine Mensch brauchte.

Was sollte Jan mit einem Typen anfangen, der seit Stunden neben seinem Klavier auf dem kalten Fußboden lag und es nicht fertigbrachte, aufzustehen und sich etwas zu essen zu machen? Ben spürte den Hunger, aber das Signal, das sein Magen aussendete, versandete irgendwo in seinem Gehirn. Wenn er nicht einmal seine eigenen Bedürfnisse stillen konnte, wie sollte er sich um die eines Kindes kümmern? Auf Impulse von außen reagierte er zwar üblicherweise schneller und zuverlässiger als auf seine inneren, trotzdem überstieg es seine Vorstellungskraft, sich in der Verantwortung für ein Kind zu sehen.

Nicht, solange er hier lag.

Nicht, solange es ihm nicht gelang, seinem Leben einen neuen Sinn zu geben.

Nicht, solange er es nicht schaffte, für sich selbst zu sorgen.

Die Band war tot, sie konnte ihm keinen Halt mehr geben. Seine Familie war ohne seinen Bruder nicht genug. Die Freunde hatten sich zwar nicht aus seinem Leben verabschiedet, doch sie taten genau das, was auch er tun müsste: Sie kümmerten sich um ihr eigenes Wohlergehen.

Er hatte immer gedacht, wenn er Lea nur wiederfinden könnte, würde automatisch alles gut werden. Er hätte seinen Ankerpunkt zurück, seinen sicheren Hafen, sein Refugium. Mit ihr könnte er jedes Hindernis aus dem Weg räumen.

Wie sich herausgestellt hatte, war es bei Weitem nicht so einfach. Nicht, weil Lea heute ein anderes Leben führte, das sie nicht mehr mit ihm teilen konnte oder wollte, sondern weil er nichts zu ihrem beizutragen hatte. Er war wie ein Einsiedler, der in den Tag hinein lebte, Musik machte, die außer ihm keiner hörte, und auch sonst nichts von Wert erschuf.

Es gab nur einen Ausweg: Er musste zurück zu sich selbst finden. Die Frage war: Wo fing er am besten damit an?

♪

LEA

Ben bereitete Lea Kopfzerbrechen und verfolgte sie bis in ihre Träume. Meistens waren es Albträume. Ihr Gehirn kam einfach nicht damit zurecht, wie sehr sich der Ben von vor sieben Jahren von dem unterschied, in den sie hineingelaufen war. Es war, als würde es ständig nach den Dingen suchen, die sie einst über alles geliebt hatte. Nicht selten träumte sie, dass sie versuchte, ihm diese schreckliche Maske abzunehmen, weil sie nachsehen wollte, ob darunter noch sein altes Ich vorhanden war.

In der Realität trafen sie nicht mehr aufeinander, obwohl Ben mindestens einmal in ihre Nähe kam. Außer, er hatte einen Botendienst beauftragt, doch Lea war sich ziemlich sicher, dass er das Paket persönlich vor ihrer Wohnungstür abgestellt hatte. Jan entdeckte es und erkundigte sich neugierig: »Hast du was bestellt?«

»Nein, eigentlich nicht«, erwiderte Lea, die erst die letzten Stufen erklimmen musste, bevor sie sah, was er meinte. Ein flaches Paket lag auf der Fußmatte, deutlich länger, als die Wohnungstür breit war. Sie hatte sofort einen Verdacht, was sich darin befinden könnte und von wem es stammte, verriet ihrem Sohn jedoch nichts. Stattdessen scheuchte sie ihn in die Wohnung und wies ihn an, sich auszuziehen und seine Schulsachen ordentlich hinzustellen.

Inzwischen hob sie das Paket vorsichtig an und fand darunter ein unbeschriftetes A4-Kuvert. Ein kurzer Blick hinein schaffte Klarheit. Es handelte sich um Jans Dokumente, die sie Ben vor einer Woche vor die Tür gelegt hatte. Nun retournierte er sie auf dieselbe Weise. Die Adresse hatte ihm der Meldezettel verraten.

Lea legte den Umschlag unauffällig auf ein Regal im Flur, dann forderte sie Jan auf, ihr zu helfen.

»Das ist ganz schön schwer«, stöhnte er, während sie das Paket über die Schwelle hievten. »Darf ich es auspacken?«

»Ja, aber sei vorsichtig!«

Gemeinsam lösten sie die Klebestreifen und klappten den Deckel des Kartons zur Seite.

»Hast du ein Klavier gekauft?«, staunte Jan.

Lea nickte, weil sie es für das kleinere Übel hielt, ihn in diesem Glauben zu lassen. Möglicherweise würde er ihr demnächst einen Vorwurf machen, wenn er einen kostspieligen Wunsch äußerte und sie ihm zum wiederholten Mal erklärte, dass sie sich das nicht leisten konnten. Um Geld für teure Spielsachen wollte sie ihre Eltern ganz bestimmt nicht bitten. Doch in diesem Moment war es ihr lieber, seinen Frust zu riskieren, als ihm die Wahrheit zu sagen.

Sehr zu ihrer Überraschung reagierte Jan erfreut. »Jetzt kannst du endlich wieder Klavier spielen. Und wenn ich in der Schule dann Klavier habe, kann ich auch daheim üben.«

»Ja, genau«, bestätigte Lea und war dankbar dafür, dass Jan noch über eine große Portion kindlicher Naivität verfügte. Da sie Bens Qualitätsansprüche an seine Klaviere kannte, vermutete sie nämlich, dass das Stage-Piano in etwa so viel gekostet hatte wie ihre gesamte Einrichtung.

Dementsprechend ehrfürchtig hob sie es aus der Verpackung, um es auf den beigelegten Ständer zu stellen. In ihrer winzigen Wohnung war der einzige Platz, den sie fanden, eine Nische im Flur. Wenn man spielte, war man dem anderen zwar im Weg, aber ansonsten störte das Piano an der Stelle nicht.

»Spiel mir was vor!«, forderte Jan seine Mama auf, nachdem sie das Kabel eingesteckt hatten.

»Ich brauche noch was zum Sitzen.«

Er verschwand in seinem Zimmer und kam gleich darauf mit einem Hocker zurück. »Geht der?«

»Perfekt!« Lea richtete sich ein und legte die Hände auf die Tasten. Sie war ziemlich nervös, weil sie seit Monaten kein Klavier mehr berührt hatte. »Was soll ich spielen?«

»Das von der CD«, bestimmte Jan sofort.

Ausgerechnet. Lea wusste genau, dass er damit ›*Stillframe in my heart*‹ meinte. Er kannte die Aufnahme und offenbar war ihr Spiel gut genug, dass das Lied für ihn zu erkennen war.

Einen Moment zögerte sie, doch dann siegte die Erkenntnis, dass es passend war, das Instrument mit einem Song von Bens Band einzuweihen. Außerdem beherrschte sie ohnehin kaum einen anderen komplett auswendig. Das eine oder andere Übungsstück hätte sie vielleicht noch zusammengebracht, doch keines davon erschien ihr würdig für diesen Augenblick.

Sie drückte zuerst ein paar Tasten, um sicherzugehen, dass die Lage richtig war, dann fing sie an. Zuerst spielte sie zögerlich und leise, doch bald fand sie ganz in die Melodie hinein und sang wie immer im Kopf den Text mit. Am Ende klatschte Jan begeistert in die Hände.

»Das will ich auch können«, verkündete er. »Ich hoffe, ich komme bald in die Klaviergruppe.«

»Du kannst ja inzwischen schon mal ein bisschen herumprobieren«, schlug Lea vor und rückte ein Stück zur Seite, damit auch Jan auf dem Hocker Platz fand. Bequem war das zwar nicht, aber es machte Spaß, mit ihm gemeinsam Tonleitern zu klimpern. Ihre waren sicherer als seine, aber Lea wusste, das war noch gar nichts gegen seinen Vater. Ben schaffte die Übung, die sie normalerweise zum Einspielen machte, rasend schnell und fehlerlos, während sie in deutlich langsamerem Tempo immer mal über den einen oder anderen Ton stolperte. Leas Herz wurde schwer. Es hätte Ben sein müssen, der Jan mit dem Instrument vertraut machte.

KAPITEL 15

LEA

LEA FREUTE sich jeden Morgen auf die Viertelstunde mit Michael. Wenn er den Raum betrat, fielen die anstrengenden Nächte, in denen sie regelmäßig aus dem Schlaf hochschreckte und lange nicht mehr einschlafen konnte, von ihr ab. In der Buchhandlung schaffte sie es besser als daheim sich von ihren Grübeleien über Ben abzulenken. Insbesondere wenn sie mit Michi zusammen war, kostete es sie deutlich weniger Mühe. Sie sehnte sich immer mehr nach seiner Gesellschaft, weil sie die Ruhe, die er ihr verschaffte, so dringend brauchte. Sobald er in ›seinen‹ Sessel sank, ging für sie die Sonne auf – selbst wenn er weder Kaffee noch Kekse dabeihatte. Sorgen, die Kolleginnen könnten Verdacht schöpfen, dass ihre ›Besprechungen‹ in Wahrheit rein privater Natur waren, machte sie sich nicht.

Umso mehr überraschte es sie, als Michael vorschlug: »Was hältst du davon, wenn wir unseren Morgentermin in ein Pub verlegen, damit niemand merkt, dass wir gar nicht arbeiten?«

»Ich bezweifle, dass Bert das gut findet«, erwiderte sie.

»Natürlich nach der Dienstzeit«, stellte Michael klar. »Gehst du mit mir was trinken? Oder essen? Am Montag vielleicht? Da hören wir gleichzeitig auf.«

Lea seufzte. Bis jetzt hatte sie Michael die Existenz ihres Sohnes aktiv verschwiegen, doch nun war die Stunde der Wahrheit gekommen. Bestimmt bereute er seine Frage gleich.

»Ich kann nicht«, sagte sie langsam. »Ich muss meinen Sohn aus dem Hort holen.«

»Du hast einen Sohn?« Er klang überrascht, aber immerhin nicht total abweisend.

Sie nickte.

»Wie alt ist er?«

»Sechs. Sechseinhalb. Halb sieben, wie er zu sagen pflegt.«

Michael nahm die Information stumm zur Kenntnis. Seufzend wandte sich Lea ihrem Monitor zu, um ihm die Chance zu geben, sich aus der Situation zu retten.

Doch er blieb sitzen und erkundigte sich: »Hast du vielleicht mal einen Babysitter für ihn?«

Er war tatsächlich in sechs Jahren der erste Mann, den die Information, dass sie einen Sohn hatte, nicht in die Flucht schlug.

»Immer freitags.«

»Das trifft sich doch gut. Ich meine, du müsstest mich abholen oder wir treffen uns am Abend irgendwo. Aber morgen habe ich Zeit.«

Lea konnte kaum glauben, was sie da hörte. »Es schreckt dich nicht ab, dass ich ein Kind habe?«, versicherte sie sich.

»Wieso sollte es?«

»Weil es bei den meisten Männern so ist.«

Er zuckte bloß mit den Schultern. »Also Freitag? Morgen?«

»Okay, gern.« Lea fühlte sich ein wenig überrumpelt, aber auf eine positive Weise. Ein Abend mit Michael würde Ben bestimmt für zusätzliche Stunden aus ihrem Kopf fernhalten.

SIE TRAFEN sich an einer Straßenbahnstation in der Nähe der Buchhandlung, um zu dem koreanischen Restaurant zu fahren, in dem Michael einen Tisch reserviert hatte. Während sie warteten, erzählte Michi, dass Bert ihn vorhin gebeten hatte, ihm seine Wünsche für den Dienstplan des nächsten Monats bekannt zu geben. »Scheint, als wollte er mich nach Ende der Probezeit behalten«, meinte er dazu.

»Wieso sollte er auch nicht?«, erwiderte Lea. »Nur, weil Maria dich nicht mag? Du machst deinen Job gut.«

»Vielleicht, weil ich die Frau für den Onlineshop jeden Tag eine Viertelstunde von der Arbeit abhalte?«

»Mir steht am Vormittag eine Pause zu. Dass ich die früher meistens nicht gemacht habe, darf ihn nicht jucken.«

Die Straßenbahn war an diesem Freitagabend ziemlich voll. Ihr Ziel lag in einer Gegend, in der viele Studenten unterwegs waren, daher wunderte sich Lea nicht darüber. Bestimmt wollten einige die Woche in einem Lokal ausklingen lassen.

Da sie keinen Sitzplatz fanden, stellten sie sich in den beweglichen Mittelteil der Bahn. Michi erreichte problemlos die Halteschlaufe über ihnen, Lea konnte sich nur an die Wand lehnen, was ein wenig unangenehm war, weil diese sich in jeder Kurve hin und her schob.

»Du kannst dich gern an mir festhalten«, flüsterte Michael ihr zu.

»Nicht nötig«, wehrte sie ab, obwohl sie die Vorstellung schön fand, sich an ihn zu schmiegen.

Am Alten AKH, den Gebäuden des früheren Krankenhauses, entlang schlenderte sie die letzten Meter zu ihrem Ziel.

»Das ist lustig«, bemerkte Lea, nachdem sie im Lokal Platz genommen hatten, und deutete auf die Dekoration hinter Michael. Garkörbe aus Bambus in verschiedenen Größen schmückten die weiße Ziegelwand. Auch sonst gefiel ihr die Einrichtung.

»Ja, das finde ich sehr charmant«, stimmte Michi zu.

»Warst du schon öfter hier?«

Er nickte. »Ich wohne nicht weit entfernt. In der Nähe vom Schottenring. Und ich liebe Baos.«

»Also sollte ich die probieren?«

»Was auch immer du willst. Ich kann alles empfehlen.«

Es dauerte eine Weile, bis beide eine Auswahl getroffen hatten. Nachdem sie die Bestellung aufgegeben hatten, setzte ein unbehagliches Schweigen ein. Zum ersten Mal hatte Lea keine Ahnung, worüber sie mit Michael reden sollte. Bisher hatten sich die Themen immer automatisch ergeben. Meistens war am Anfang irgendeine arbeitstechnische Frage gestanden, aus der sich ein privates Gespräch entwickelt hatte. Doch jetzt wollte Lea nicht schon wieder über etwas sprechen, das die Buchhandlung betraf. Aber worüber dann?

»Hast du Pläne für das Wochenende?«, erkundigte sie sich schließlich.

»Äh, ja, kann man so sagen«, erwiderte er zurückhaltend.

»Du triffst dich mit deiner Freundin?«, unterstellte Lea, weil sie sein Ton irritierte.

Er reagierte empört. »Was? Nein. Selbstverständlich nicht. Wenn ich eine Freundin hätte, hätte ich das erwähnt.«

»Ich hab dir erst gestern von meinem Sohn erzählt«, gab Lea zu bedenken.

»Das ist etwas anderes. Außer«, er zögerte, »außer natürlich, es gibt zu dem Sohn einen Vater in deinem Leben.«

»›in meinem Leben‹ kann ziemlich viel bedeuten«, stellte Lea fest und bemerkte gleichzeitig, wie dieses Thema ihre Stimmung verschlechterte. Sie wollte nicht über Ben reden.

»Also bist du nicht mehr mit ihm zusammen?«, versicherte sich Michael.

»Schon lange nicht mehr. Wir haben derzeit keinen Kontakt.«

Diese Information nahm er mit einem Nicken zur Kenntnis. Lea versuchte schnellstens, die Unterhaltung in eine andere Richtung zu lenken. »Deine Pläne für das Wochenende? Sind die streng geheim?«

Er schüttelte den Kopf. »Das nicht. Aber ich rede normalerweise nicht darüber.«

Nun war Leas Neugierde erst recht geweckt. »Worüber?«

Er zögerte immer noch, doch schließlich rückte er damit heraus: »Ich arbeite an einem Roman, und das Wochenende wollte ich dafür nutzen.«

»Oh wow«, sagte Lea. »Hast du schon was veröffentlicht?« Die Frage schien bei ihm einen wunden Punkt zu treffen.

»Nein, bisher schreibe ich nur für mich«, antwortete er matt.

Lea konnte das verstehen, bei ihr war es mit dem Klavierspielen genauso. Sie liebte es, aber sie hatte es nur für sich gelernt. Anders als Ben, für den das Spielen vor Publikum ein entscheidender Bestandteil seines Lebens war.

Sie verscheuchte den Gedanken an ihn und verzog dabei unwillkürlich das Gesicht, was Michael völlig verkehrt auffasste.

»Beeindruckt dich anscheinend nicht sonderlich«, brummte er gekränkt.

»Was? Nein! Doch«, stammelte sie. »Entschuldigung, den Eindruck wollte ich nicht erwecken. Ich musste an etwas anderes denken.« Leiser fügte sie hinzu: »Jans Vater.«

Michael war davon sichtlich vor den Kopf gestoßen, deshalb bemühte sie sich schnell, die Situation zu retten: »Ich habe anscheinend eine Vorliebe für Künstler. Jans Vater ist Musiker.«

Diesmal verstand er richtig, was sie sagen wollte.

»Du stehst also auf Künstler ... wie mich.«

»Ein kleines bisschen vielleicht«, relativierte sie, um nicht gleich mit der Tür ins Haus zu fallen, was er mit einem hinreißenden Schmunzeln zur Kenntnis nahm. Lea spürte das Flattern in ihrem Bauch.

»Erzähl mir mehr!«, bat sie. »Woran du schreibst.«

»An einem historischen Roman«, berichtete er bereitwillig. »Spielt hier in Wien, in der Zeit der ersten Türkenbelagerung.«

»Wie weit bist du?«

»Mittendrin. Ich habe mir vorgenommen, bis zu meinem dreißigsten Geburtstag im nächsten Jahr fertig zu sein. Wenn ich das nicht schaffe, lasse ich die Schriftstellerei bleiben.«

»Warum?«

»Weil es ein aufwendiger Zeitvertreib ist.«

Lea verzog nachdenklich das Gesicht. Konnte man denn eine Leidenschaft einfach so für beendet erklären, weil man ein gesetztes Ziel nicht erreichte?

»Hast du Talent?«, fragte sie.

»Das kann man selbst nicht so leicht beurteilen. Wenn ich die Kapitel, die ich schon geschrieben habe, lese, denke ich mir, dass ich das auch gut finden würde, wenn es von jemand anderem wäre.«

»Als Schriftsteller hat man es wahrscheinlich schwerer damit, sein eigenes Potenzial einzuschätzen«, vermutete Lea. »Jans Vater ist ein fantastischer Pianist, und er weiß das auch. Aber wenn du mit vier Jahren anfängst, ein Instrument zu spielen, und jeder, der dich hört, begeistert ist, dann bekommst du ein anderes Bewusstsein für dein Talent.«

»Ja, das stimmt. Ich schreibe schon seit der Volksschule, nur hat kaum etwas davon je jemand gelesen. Daher der Vorsatz mit dem Geburtstag. Wenn ich es nicht auf die Reihe bringe, bis dahin etwas zu produzieren, das ich mich an einen Verlag zu schicken traue, dann lasse ich es für immer sein und konzentriere mich auf meinen Job. Immerhin habe ich ja jetzt eine Buchhandlung gefunden, in der ich die Weltherrschaft übernehmen könnte.« Er grinste schief.

Lea schmunzelte über den Witz, meinte jedoch: »Wäre irgendwie schade. Das Schreiben ist ja offenbar ein Teil von dir.«

»Ja, aber es schluckt einfach zu viel Zeit dafür, dass daraus bis jetzt nichts Vorzeigbares entstanden ist.«

»Darf ich mal etwas von dir lesen?«, bat sie.

Michael zögerte. »Vielleicht.«

»Hast du deine Werke überhaupt schon jemandem gezeigt? Deiner Familie?«

»Nur der einen oder anderen Ex-Freundin«, gab er zu. »Während sie meine Freundinnen waren.«

»Also müsste ich deine Freundin werden«, bemerkte Lea und warf ihm einen aufreizenden Blick zu.

Michael erwiderte ihn mit einem verschmitzten Grinsen. »Das scheint tatsächlich der einzige Weg zu sein.«

Beide lächelten und schwiegen. Lea genoss das Kribbeln, das sich in ihrem Körper ausbreitete.

»Obwohl es mit dir anders ist«, bemerkte er da.

Sie runzelte die Stirn. Wollte er ihr damit sagen, dass er sich zu ihr nicht hingezogen fühlte? War das doch nur eine rein freundschaftliche Verabredung?

»Leichter«, fügte er hinzu. »Von Anfang an.«

»Was meinst du damit?«

»Ich bin echt schlecht darin, auf neue Menschen zuzugehen«, gestand er. »Oder mich in ungewohnten Situationen zurechtzufinden. Ich meine, dieser Comicständer, der ist unter Umständen deshalb umgefallen, weil ich kurz vor einer Panikattacke war. Normalerweise beruhigen mich Bücher, darum war ich früher da, um nicht als totales nervliches Wrack in das Vorstellungsgespräch zu gehen.«

»Und dann hast du die Buchhandlung zerlegt.«

»Und hatte beinahe einen Nervenzusammenbruch, bis plötzlich dieses hübsche Gesicht in der Tür aufgetaucht ist.«

»Willst du damit sagen, ohne mich hättest du die Flucht ergriffen?«

»Vermutlich. Entweder gleich oder während des Gesprächs mit Bert oder am nächsten Tag. Irgendwie warst du immer im richtigen Moment da.«

Lea wusste nicht, was sie darauf antworten sollte. Sie fühlte sich geschmeichelt und ihr Herzschlag legte einen Gang zu. Gern hätte sie ihre Hand auf seine gelegt, doch dazu konnte sie sich nicht durchringen. Noch nicht. Aber sie war sich mehr und mehr sicher, wohin dieser Abend führen sollte.

KAPITEL 16

LEA

DAS KOREANISCHE RESTAURANT schloss für Leas Geschmack viel zu früh, bereits um zehn fanden sie sich auf dem Gehweg wieder, nachdem sie freundlich, aber bestimmt zum Zahlen aufgefordert worden waren. Neben ihnen beriet ein Grüppchen Studenten, wohin es als Nächstes gehen sollte. Die Nacht war noch jung.

Sie lauschten eine Zeit lang der angeregten Diskussion, bis Michael fragte: »Und was ist mit uns? Lust auf einen Spaziergang? Oder willst du noch was trinken? Cocktails? Wein? Oder einen Tee bei mir zu Hause?«

»Tee?«, hakte Lea nach.

»Du kannst auch Kaffee haben, aber ich trinke um diese Tageszeit keinen mehr. Sonst schlafe ich die ganze Nacht nicht. Kekse habe ich auch.«

»Was wird denn das?«, neckte Lea. »Das macht ja den Eindruck, als würdest du versuchen, mich in deine Wohnung zu locken.«

Er tat unschuldig, erwiderte jedoch: »Kann unter Umständen sein, dass diese Idee im Laufe des Abends mal aufgeblitzt ist. Wie sieht es aus? Kannst du meinem Lockangebot widerstehen?«

»Bei Kaffee und Keksen kann ich nie widerstehen«, behauptete Lea und ertappte sich dabei, wie sie nach seiner Hand griff. Ohne zu zögern, umfasste er ihre, und setzte sich in Bewegung. Lea ließ sich bereitwillig mitziehen.

Sie nahmen eine Abkürzung über das Unigelände, das sich im Alten AKH befand. Moderne Hörsäle mit Glasfronten ergänzten die gut erhaltenen Gemäuer des ehemaligen Krankenhauses.

»Hier war ich noch nie«, bemerkte Lea, als sie am Narrenturm vorbeikamen. Diese Sehenswürdigkeit kannte sie bisher nur dem Namen nach.

»Lust auf eine gruselige Ausstellung?«, fragte er, obwohl das Museum längst geschlossen hatte.

»Nein, danke«, wehrte sie ab. Auf anatomische Absurditäten hatte sie keine Lust. Der runde Turm beeindruckte sie zwar von außen, aber das Bedürfnis, ihn zu betreten, hielt sich in Grenzen.

Bei der nächsten Straße bogen sie nach rechts ab. Hier kannte Lea sich wieder aus. Bevor sie bei Ben eingezogen war, hatte sie nicht weit entfernt außerhalb des Gürtels gewohnt. Nun bewegten sie sich aber in die entgegengesetzte Richtung hin zur Innenstadt. Michis Wohnung lag ein Stück vom Ring entfernt in einer Seitenstraße.

»Bist du gut zu Fuß?«, erkundigte er sich, als er die Haustür aufsperrte.

Lea stöhnte. »Sag bitte nicht, dass du im fünften Stock wohnst und es keinen Lift gibt.«

»Im dritten«, erklärte er. Doch nach einer kurzen Pause fügte er hinzu: »Aber die Zählung beginnt erst bei den ersten Wohnungen und es gibt ein Mezzanin.« Was bedeutete, dass es durch die zusätzliche Ebene erst recht auf die fünfte Etage hinauslief.

Michael amüsierte sich über die mangelnde Begeisterung

in Leas Blick. »Es gibt einen Aufzug«, beruhigte er sie. »Aber der endet im ›vierten‹ Stock. Ins Dachgeschoss müssen wir zu Fuß weiter.«

»Okay, das geht gerade noch. Sonst müsstest du mich mit mehr locken als nur mit Kaffee und Keksen.«

Sie stiegen in den Aufzug und Michi überlegte laut: »Mehr als Kaffee und Kekse sagst du? Ob mir da noch etwas einfällt? Kakao?«

»Oder was anderes mit K.«

»Kokain?«

»Ha, ha«, machte Lea. Sie würde nicht aussprechen, woran sie gedacht hatte. Aber sie hoffte sehr, dass Michael dieselben Gedanken hatte. In der kleinen Kabine, die sie im Schneckentempo nach oben brachte, war sie sich seiner Nähe nur allzu bewusst.

Auf der steilen Treppe ins Dachgeschoss ließ Michael ihr den Vortritt. Lea wurde das Gefühl nicht los, dass er die Gelegenheit nutzte, um ihre Kehrseite eingehend zu betrachten. Die Vorstellung löste ein Kribbeln aus.

»Du willst also wirklich zu dieser späten Stunde noch Kaffee?« Michi hatte seine Schlüssel auf den Küchentisch gelegt und sah Lea fragend an. Man befand sich nach dem Betreten der Wohnung sofort in der Küche, als Garderobe dienten lediglich einige Haken an der Wand und ein Schuhregal. Die Tür daneben führte vermutlich ins Bad und eine weitere in ein Zimmer, von dessen Einrichtung die Armlehne einer Couch zu erkennen war.

»Zwei Ks hast du mir versprochen«, antwortete Lea. »Auf die Kekse bestehe ich.«

Dem Wunsch kam er unverzüglich nach, indem er eine Packung Cookies aus einem der Hängeschränke holte. Lea fiel auf, dass der ganze Raum blitzsauber war. Michael kochte hier entweder nicht oder räumte hinterher penibel auf.

»Kokain habe ich keines hier«, bemerkte er mit gespieltem Bedauern, während er den Karton öffnete und Lea den Inhalt anbot. Sie nahm sich einen Keks und biss sofort hinein.

»Karamellbonbons?«, schlug sie vor.

Er verneinte.

»Knäckebrot?«

Wieder schüttelte er den Kopf.

»Dann musst du dir selber was einfallen lassen.«

»Eine Idee hätte ich«, begann er vorsichtig und wartete, bis Lea das letzte Stück von ihrem Schokoladencookie verputzt hatte.

»Und zwar?« Sie blickte ihn erwartungsvoll an.

»Es ist nichts zum Essen oder Trinken«, stellte er klar und legte dabei eine Hand auf Leas Hüfte.

»Sondern?« Sie ließ sich widerstandslos an ihn heranziehen und hob das Kinn, um ihm weiterhin ins Gesicht sehen zu können. Seine Lippen waren verführerisch nahe. Wenn er jetzt nicht denselben dringenden Wunsch wie Lea hegte, wäre ihre Enttäuschung maßlos.

Er zögerte immer noch und sie war sich nicht sicher, ob er sich nicht traute, den nächsten Schritt zu machen, oder ob er sie zappeln lassen wollte, weil so offensichtlich war, wie sehr sie sich nach diesem Kuss sehnte. Es war eine Ewigkeit her, seit sie einem Mann so innig verbunden gewesen war – und ein Bedürfnis nach noch mehr gehabt hatte.

Sein Grinsen ließ ein kleines Grübchen auf Michis rechter Wange entstehen. »Versuchen wir es damit«, murmelte er, ehe er endlich den Kopf senkte und sein Mund ihren fand.

»Gute Wahl«, flüsterte sie noch, dann erwiderte sie den Kuss und genoss die Wärme, die sich in ihrem ganzen Körper ausbreitete.

»Wann musst du eigentlich wieder zu Hause sein?«, erkundigte sich Michael, nachdem sie sich voneinander gelöst hatten.

»Ist das eine Einladung, über Nacht zu bleiben?«

»Kann sein.«

»Ich habe weder eine Zahnbürste noch einen Pyjama mit.«

Er tat überrascht. »Soll das heißen, du hattest gar nicht den Plan, dich an mich heranzuschmeißen?«

»Vielleicht habe ich ja heute den ganzen Nachmittag meine Wohnung geputzt, weil ich den Plan hatte, dich dorthin mitzunehmen«, erwiderte sie schmunzelnd.

»Ach so, okay, das wäre natürlich auch eine Möglichkeit gewesen. Aber ich habe Zahnbürsten in Reserve und könnte dir ein T-Shirt leihen.«

»Klingt gut«, fand Lea und stellte sich auf die Zehenspitzen, um ihn leichter küssen zu können.

»Wir könnten auch ins nächste Zimmer gehen«, schlug er vor. »Dort gibt es eine gemütliche Couch. Oder auch ein Bett.«

»Du verlierst also gar keine Zeit.«

»Ich will es dir nur leichter machen, mich zu küssen. Du bist so klein, das muss doch auf Dauer anstrengend sein, sich ständig zu strecken.«

»Das ist der originellste Satz, mit dem mich je ein Typ in sein Bett gelockt hat«, stellte Lea lachend fest.

»Wir Schriftsteller können eben mit Worten umgehen«, erwiderte er und zog sie in sein Schlafzimmer.

KAPITEL 17

LEA

»Nun erzähl schon, wie es war!« Jette gab sich bei ihrem nächsten Videocall keinerlei Mühe, ihre Neugierde zu verbergen. Lea hatte ihr via SMS verraten, dass sie mit Michael verabredet war, woraufhin ihre schwedische Freundin kurzerhand für Samstagabend ein neuerliches Online-Treffen angesetzt hatte.

»Sehr, sehr schön«, antwortete Lea.

»Also ein richtiges Date? Kein rein freundschaftliches Beisammensein nach der Arbeit?«

»Ein richtiges Date«, bestätigte sie. »Mit allem, was dazugehört.«

Jette beugte sich näher an ihren Bildschirm. »Sag mal, wirst du gerade rot?«, fragte sie lachend. »Sex ist doch was ganz Natürliches.«

»Ja, Frau Hebamme«, erwiderte Lea und hoffte, dass sich ihre Gesichtsfarbe schnell normalisierte. »Aber so ein erstes Mal mit einem Mann –«

»Ist natürlich etwas Besonderes. War's gut?«

Lea dachte an Michis zärtliche Berührungen und daran,

wie er anschließend an sie geschmiegt eingeschlafen war. Alles hatte sich gleichzeitig aufregend und beruhigend angefühlt.

»Es war sehr gut«, sagte sie endlich.

»Das freut mich für dich.«

»Jetzt müssen wir uns nur überlegen, wie es mit uns weitergehen soll«, schwenkte Lea um. »In der Arbeit soll vorerst keiner was von uns wissen, und Michis Freitage sind in nächster Zeit alle verplant.«

»Was ist denn so viel wichtiger als die neue Freundin?«

Die Frage hatte Lea sich und – in abgeschwächter Form – auch ihm gestellt, aber die Antwort war ziemlich schlicht ausgefallen. »Er hat Konzertkarten.«

»Für mehrere Freitage hintereinander?«

»Ja.«

»Du könntest mitgehen.«

»Beides ausverkauft.«

»Verstehe. Was ist Plan B?«

»Wenn du nicht auf dieses Treffen bestanden hättest, würde ich jetzt versuchen, Selina zu überreden, dass Jan mal bei ihnen übernachten darf.«

»Deine Nachbarn?«

»Ja.«

»Glaubst du, die machen das?«

»Ich hoffe fest, dass Selina mein neu aufgekeimtes Liebesleben genauso am Herzen liegt wie dir«, bemerkte Lea.

»Wenn sie dich mag, dann will sie auch etwas dazu beitragen, dass du glücklich bist«, behauptete Jette.

»Du meinst, so wie für dich eine Herzenssache ist, dass ich den richtigen Mann finde?«

Jette hatte in Schweden nicht nur einmal versucht, Lea zu verkuppeln. Leider hatte jede ihrer Bemühungen zu einem Misserfolg geführt.

»Genau«, bestätigte sie. Und dann fügte sie hinzu: »Du fehlst mir. Nein, *ihr* fehlt *uns*. Lotta hatte richtig Liebeskummer, nachdem sie und Emil zuletzt mit Jan telefoniert haben.«

»Ihr fehlt uns auch«, gab Lea seufzend zurück. Nachdem sie sieben Jahre lang in einem großen Haus mit vielen Menschen gelebt hatte, kam ihr ihre winzige Wohnung manchmal ziemlich einsam vor. Jetzt gerade war einer dieser Momente, obwohl nebenan ihr Sohn schlief.

»Ihr solltet uns besuchen kommen«, schlug Jette vor.

»Für die Herbstferien ist es schon zu knapp«, entgegnete Lea. »Und ich kann meinen Eltern unmöglich sagen, dass ich Weihnachten nicht mit ihnen feiern will.«

»Also seid ihr über die Feiertage bei deinen Eltern?«

»Ja. Die Tage bis Silvester werden wir dann wohl gemütlich bei uns daheim verbringen.« So richtig hatte Lea die Ferien noch nicht durchgeplant. Noch waren es über zwei Monate bis dahin. Wenn die Beziehung mit Michi funktionierte, sollte sie ihn in ihre Vorhaben einbeziehen. Doch auch das erschien ihr noch viel zu früh.

»Vorerst versuche ich mal, einen Babysitter für Jan aufzutreiben, damit ich meinen süßen Kollegen nicht nur aus der Ferne anhimmeln kann.«

Jette lachte. »Du hast recht. Das Wichtigste zuerst. Gibt's eigentlich vom Daddy was Neues?«

Der Themenwechsel überrumpelte Lea ein wenig. »Nicht, seit ich ihm eine Nachricht geschrieben habe, um mich für das Stage-Piano zu bedanken, das er vor unserer Wohnungstür abgestellt hat. Da kam zurück: ›*My pleasure. Have fun!*‹. Das war's.«

»Er hat dir ein Piano geschenkt?«

»Ich sehe es als Leihgabe an.«

»Verstehe. Und das hat er dir einfach hingestellt?«

»Er hat Jans Dokumente zurückgebracht. Inklusive Nachweis, dass er die Vaterschaft anerkannt hat.« Das zusätzliche Blatt hatte Lea erst bemerkt, als sie den Inhalt des Kuverts wieder in die Mappe einsortiert hatte, in der sie die amtlichen Schriftstücke aufbewahrte.

»Das bedeutet doch zumindest, dass sein Interesse an seinem Sohn nicht gegen null geht, oder?«, meinte Jette.

»Schon. Aber er macht trotzdem keine Anstalten, ein Treffen zu vereinbaren. Wie lange braucht ein Mann, um sich an den Gedanken zu gewöhnen, dass er ein Kind hat?«

»Oh, bei manchen dauert das lange.« Vermutlich sprach da Jettes berufliche Erfahrung aus ihr, was Lea nicht gerade zuversichtlich stimmte. »Aber ich bin sicher, der Tag wird kommen.«

Sie wusste nach wie vor nicht, ob sie sich darauf freuen oder davor fürchten sollte.

AM MONTAGMORGEN VERSPÄTETE SICH MICHAEL. Ein Gefühl der Zurückweisung machte sich in Lea breit. War sie etwa auf einen Casanova hereingefallen, der nichts anderes vorgehabt hatte, als sie schnellstmöglich ins Bett zu bekommen, und danach sofort das Interesse verlor? Die Angst dauerte einige Minuten an, doch sie sackte in sich zusammen, als er endlich den Kopf zur Tür hereinsteckte. Er kam auf Lea zu und gab ihr einen schnellen Kuss.

»Hatten wir nicht abgemacht, das in der Arbeit nicht zu tun?«, fragte sie, obwohl sie sich freute, dass er sich nicht an die Vereinbarung hielt.

»Wir beschränken es einfach auf die Begrüßung«, entschied er und setzte sich auf seinen gewohnten Platz. »Allerdings bin ich nicht sicher, ob wir unsere konspirativen Treffen aufrechterhalten sollten.«

Darüber hatte Lea sich auch schon Gedanken gemacht. »Denkst du, die anderen schöpfen Verdacht?«

»Auf Dauer vielleicht schon. Ich meine, bis jetzt ging es vielleicht noch als Einarbeitung durch, aber wenn wir weiterhin behaupten, neue Strategien zu besprechen, will der Chef die womöglich mal präsentiert bekommen.«

»Du hast recht«, stimmte Lea zu. Ihre Begeisterung hielt sich allerdings in Grenzen.

»Ein Teil von mir hat gehofft, dass du mir vehement widersprichst«, gestand Michael.

»Weil wir uns dann praktisch gar nicht mehr sehen?«

Er nickte.

»Dazu habe ich Neuigkeiten«, verkündete sie.

»Ach, tatsächlich?«

»An welchen Abenden hast du Zeit? Für mich, meine ich. Du bist doch nicht täglich auf irgendwelchen Konzerten, oder? Falls du jetzt Ja sagst, verliert die Ausrede an Glaubwürdigkeit.«

»Das war keine Ausrede«, betonte Michael. »Ich gebe zu, das Timing mit den beiden kommenden Freitagen ist schlecht. Aber ich will mich ganz bestimmt nicht davor drücken, Zeit mit dir zu verbringen.«

Lea dachte an das ungute Gefühl, das sie erst vor wenigen Minuten heimgesucht hatte, und atmete erleichtert aus. Michi war kein Schürzenjäger, er war genau der nette Typ, für den sie ihn hielt und der ihr wahnsinnig guttat.

»Donnerstag«, sagte er unvermittelt.

»Was?«

»Am Donnerstag habe ich Zeit. Wir könnten ins Kino gehen, wenn du Lust hast.«

»Kino klingt gut.«

»Wer schaut nach deinem Sohn?«, erkundigte er sich.

»Er darf bei den Nachbarn schlafen. Also bei seinem besten Freund.«

»Hört sich nach einer Win-win-Situation an«, stellte Michael fest und erhob sich. Ein Blick auf die Uhr auf ihrem Monitor hielt Lea davon ab, ihn zu bitten, noch zu bleiben. Die Buchhandlung öffnete gleich. Es fiel ihr schwer, ihre Enttäuschung zu verbergen. Michi beugte sich zu ihr hinunter und küsste sie noch einmal.

»Du bist nicht gut darin, deine eigenen Regeln einzuhalten«, bemerkte Lea schmunzelnd.

»Wie soll ich denn dieser Versuchung widerstehen?«, erwiderte er theatralisch und verließ den Raum.

DAS ARRANGEMENT mit ihren Nachbarn erwies sich sogar als Win-win-win-Situation. Lea hatte Zeit für Michi. Jan und Tobi freuten sich extrem darüber, in einem Zimmer schlafen zu dürfen. Und Selina hatte ein Druckmittel, warum ihr Sohn aufräumen musste, weil sonst kein Platz für die zusätzliche Matratze gewesen wäre.

Bei den Kindern flaute die anfängliche Euphorie zwar nach den Herbstferien etwas ab, doch davon ließ sich Lea nicht beirren. Sie genoss die Abende mit Michael viel zu sehr – und auch die Nächte. Während ihres dritten Dates gewährte er ihr einen Einblick in seinen Roman, von dem Lea sofort begeistert war. Michis Schreibstil war lebhaft und mitreißend und sie verschlang jede Seite, die er ihr gab. Er wiederum behauptete, noch nie so gut vorangekommen zu sein wie in diesen Wochen, und Lea gefiel sich in der Rolle der Muse. Die Zeit mit ihm war jedes Mal wie ein kleiner Urlaub von ihrem Dasein als Mutter, das sich nicht immer ganz einfach gestaltete.

KAPITEL 18

LEA

»Hallo, Mama! Ich bin da! Was gibt es zu essen? Ich verhungere!«

Lea trat in den Flur und sah gerade noch, wie Jan seine Schultasche in die hinterste Ecke der Garderobe schleuderte. Mittwochs arbeitete sie nur halbtags, und er kam allein aus der Schule. Obwohl die Strecke nicht sonderlich gefährlich war, atmete sie jedes Mal auf, wenn er heil daheim angekommen war. Doch die Erleichterung, dass Jan es auch heute unversehrt nach Hause geschafft hatte, war nicht so groß wie der Ärger darüber, dass er seine Sachen durch die Gegend warf.

»Junger Mann, so geht man nicht mit seiner Schultasche um!«, rügte sie ihn deshalb anstelle einer Begrüßung. Erst nachdem er die Tasche ordentlich hingestellt hatte, drückte sie ihn kurz an sich und küsste ihn auf die Haare.

»Hallo, mein Schatz! Wie war es in der Schule?«

»Gut.« Die übliche Antwort.

»Was habt ihr gelernt?«

»Gar nichts«, behauptete er.

Offenbar hatte er keine Lust, über die Schule zu reden,

denn während er sich an den Esstisch setzte, wechselte er das Thema. »Mama, Frederik bekommt zu Weihnachten einen Lego-Roboter. Kann ich mir den auch wünschen?«

»Wünschen kannst du dir alles«, erwiderte Lea und stellte das Essen auf den Tisch.

»Das sagst du immer!«, beschwerte er sich.

Sie setzte sich ebenfalls und belud ihre Teller. »Stimmt ja auch.«

»Aber es heißt nicht, dass ich es bekomme!«

»Nein, das heißt es nicht.«

»Das ist so unfair!«

»Jan, ich weiß nicht einmal, wovon genau du redest. Aber Roboter klingt ziemlich teuer. Wie wird der gesteuert?«

»Mit einem Tablet.«

»Mit einem Tablet? Geht das nicht wenigstens von einem Smartphone aus auch?«

»Nein, die App gibt es nur für Tablets«, klärte er sie auf. Sie wunderte sich, woher er das wusste, aber vermutlich redeten die Kids in seiner Klasse darüber.

»Also wünschst du dir ein Tablet auch noch dazu? Wie stellst du dir das vor?«

»Das ist so unfair«, wiederholte er. »Frederik hat ein Tablet. Und Tobi kann das von Matthias benutzen. Nur ich habe keines. In Schweden hatte ich wenigstens eines mit den anderen zusammen.«

Lea seufzte. In den letzten Wochen war das ein Dauerthema zwischen ihnen. Seit die Kinder in der Schule verglichen, was für Spielsachen sie hatten, war Jan bewusst geworden, dass er vieles nicht mehr zur Verfügung hatte. Sätze, die mit ›in Schweden hatte ich ...‹ anfingen, konnten bei den Mitschülern keinen Eindruck schinden.

»Wir werden sehen, okay?«, sagte sie deshalb versöhnlich.

Irgendwie würde sie es schon schaffen, ein richtig cooles Weihnachtsgeschenk für ihn zu besorgen – ohne ihre Eltern darum bitten zu müssen.

Ben hatte sich nicht mehr wegen der Alimente gemeldet, daher hatte sie keine Ahnung, ob sie von ihm in naher Zukunft Geld erwarten konnte. Sie hätte einen Vorschuss verlangen können, aber dafür hätte sie ihn anrufen oder ihm schreiben müssen. Dazu war sie nicht bereit, deshalb nahm sie sich vor, eine andere Lösung zu finden, damit Jan nicht dauernd das Gefühl hatte, viel uncooler zu sein als seine Mitschüler.

Ihre Antwort genügte ihm aber offenbar nicht, denn er schmollte das restliche Mittagessen über und brauchte danach mehrere Aufforderungen, bevor er endlich anfing, seine Hausaufgaben zu machen. Währenddessen recherchierte Lea, was der Roboter und ein geeignetes Tablet kosteten. Das hob ihre Stimmung nicht gerade. Vielleicht sollte sie doch ihre Stundenzahl aufstocken? Aber dann müsste Jan mindestens einen Nachmittag mehr im Hort bleiben, was auch wieder Geld kostete. Außer Lea verzichtete auf ihre freie Zeit am Freitag. Sie wusste jedoch nicht einmal, ob Bert bereit war, sie für mehr Stunden anzustellen. Alternativ könnte sie sich einen zusätzlichen Job suchen. In der Vorweihnachtszeit war es vielleicht möglich, freitags auf einem Christkindlmarkt zu arbeiten. Davon gab es in Wien ja praktisch an jeder Ecke einen und die ersten öffneten schon Mitte November. Sie suchte gerade mithilfe von Google nach entsprechenden Inseraten, als Jan sein Zimmer wieder verließ.

»Kann ich zu Tobi?«, fragte er ohne Umschweife.

»Zuerst zeig die Hausaufgaben her!«, verlangte Lea.

Brummelnd packte er die Hefte noch einmal aus und hielt sie ihr hin. Er hatte recht ordentlich gearbeitet, deshalb erlaubte sie ihm, bei den Nachbarn zu klingeln.

Wenige Minuten, nachdem Jan die Wohnung verlassen hatte, läutete Selina an der Tür. »Willst du auch rüberkommen? Matthias und ich testen gerade Glühweinrezepte. Wenn wir den allein trinken, haben wir gleich einen Rausch.«

Lea sah auf die Uhr. »Ihr kocht um halb drei am Nachmittag Glühwein?«

Selina kicherte. »Ja, ich weiß, so weit ist es schon mit uns gekommen. Also, hast du etwas Wichtiges zu tun oder kommst du? Du kannst auch zuerst einen Kaffee haben. Und wir haben gerade Zimtschnecken im Rohr, zu denen hätten wir gern das fachmännische Urteil der alten Schweden.«

Da konnte Lea nicht Nein sagen. Sie würde ihre Geldsorgen heute ohnehin nicht lösen, daher schaltete sie den Computer aus und folgte Selina. Die Kinder spielten im Kinderzimmer, Matthias stand in der Küche und kontrollierte die Bräunung der Zimtschnecken im Ofen.

»Ah, du kannst gleich nachschauen, ob die schon passen!«, forderte er Lea auf.

»Lass sie noch zwei Minuten«, riet sie ihm und nahm auf der Wohnzimmerseite des Küchenblocks auf einem Barhocker Platz.

»Glühwein oder Kaffee?«, bot er an.

»Erst mal Kaffee. Mit dem Glühwein warte ich noch bis nach drei.«

»Okay.« Er goss ihr eine Tasse ein. Zwei Minuten später holte er das Blech mit den duftenden Zimtschnecken aus dem Ofen. Lea bekam sofort Sehnsucht nach Schweden.

»Sie riechen zumindest schon einmal sehr gut«, stellte sie fest und biss seufzend von einer ab. »Ich habe Heimweh.«

»Weil sie so gut oder so schlecht schmecken?«, fragte Selina.

»Sie sind gut«, versicherte Lea.

»Dann schauen wir mal, ob die Jungs derselben Meinung sind.« Matthias klopfte an die Kinderzimmertür, und nur Sekunden später saßen Jan und Tobi neben ihnen und futterten ebenfalls Zimtschnecken.

»Hattet ihr nicht heute zum ersten Mal das neue Instrument?«, erkundigte sich Selina.

Beide hatten den Mund voll und nickten lediglich.

»Welches?«

Tobis Antwort war nur mit etwas Fantasie als ›Klavier‹ zu verstehen.

»Schluck zuerst runter!«, mahnte Selina und schob beiden Kindern ein Glas mit Saft hin. »Wie ist der neue Lehrer? Oder die Lehrerin?« Sie warf einen Blick auf den Zettel mit ihren Notizen vom Elternabend, der mit einem Magnet an der Dunstabzugshaube befestigt war.

»Voll cool«, antwortete Tobias, nachdem er einen Schluck getrunken hatte. Und dann redeten die zwei durcheinander.

»Der ist urnett.«

»Wir lernen gleich ein Lied und müssen nicht so blöd herumprobieren wie bei Klarinette.«

»Er kann megagut Klavier spielen.«

»Ja, er hat uns was vorgespielt. Der kann das so schnell!«

Die beiden überschlugen sich förmlich.

»Und ganz viele verschiedene Sachen kann er. Er hat gesagt, wir sollen ihm irgendwelche Lieder sagen, und er spielt sie.«

»Die meisten konnte er wirklich. Nur eines nicht, aber das hat Freddy ausgesucht, das habe ich auch nicht gekannt.«

»Er hat auch eine Band.«

Hier mischte sich Matthias ein: »Wie heißt die Band?«

»Hat er nicht gesagt«, antwortete Tobias. »Nur, dass er eine hat und dass sie auch CDs aufgenommen haben. Er hat gesagt, das nächste Mal bringt er uns eine mit und spielt uns was vor.«

»Okay, und wie heißt der Klavierlehrer?«, bohrte Matthias weiter.

Jan hatte sich eine zweite Zimtschnecke geschnappt, biss herzhaft hinein und überließ die Antwort seinem Freund, der sich jedoch nicht erinnern konnte. »Irgendwas mit Berg«, überlegte er laut.

»Berger«, schlug Lea vor.

Konnte es sein, dass sie von Bens Professor unterrichtet wurden? Der spielte tatsächlich so gut Klavier, wie sie es beschrieben hatten, als ›cool‹ hätte sie ihn allerdings nicht bezeichnet. Sie war ihm jedoch nur einmal begegnet und das war Jahre her.

»Nein, Berger heißt doch der Koordinator vom Konservatorium«, widersprach Selina nach einem weiteren Blick auf ihre Notizen. »Beim Klavierlehrer habe ich mir Manuel irgendwas aufgeschrieben. Aber nach Berg schaut das nicht aus. Bist du dir da wirklich sicher, Tobi?«

Jan musste erst hinunterschlucken, bevor er sich wieder zu Wort melden konnte. »Nicht Berg, du Dummi!«, schimpfte er seinen Freund. »Tal!«

Die Erwachsenen lachten auf.

»Ist ja fast dasselbe«, meinte Matthias.

»Manuel Tal?«, fragte Selina skeptisch und versuchte, das mit dem abzugleichen, was sie aufgeschrieben hatte.

»Doch nicht Manuel!«, rief Jan. »Kannst du dir gar keine Namen merken? Er heißt Ben. Und irgendwas mit Tal.«

»Na ja, Ben ist ja fast wie Berg«, murmelte Selina schmunzelnd.

»Aber nicht Ben Talbot, oder?«, fragte Matthias stirnrunzelnd und warf Lea einen verwunderten Blick zu. Ihr war schon heiß und kalt geworden, als Jan den Vornamen genannt hatte. Bei Matthias' Frage setzte in ihrem rechten Ohr ein Pfeifton ein, der so laut war, dass er die weitere Unterhaltung fast übertönte. Trotzdem konnte sie genau hören, wie Jan ausrief: »Ja, so heißt er!«

»Echt?«, hakte Matthias nach. »Wie schaut er aus?«

Wieder redeten die zwei durcheinander.

»So blonde Haare.«

»Einen Bart.«

»Vollbart.«

»Eine Brille.«

»Ziemlich groß, größer als du, Papa.«

»Und jünger als du.«

Lea war irritiert. Als sie Ben zuletzt gesehen hatte, hatte er weder eine Brille getragen, noch hätte sie ihn jünger als Matthias eingeschätzt, auch wenn er es tatsächlich war.

Matthias ging ins Wohnzimmer zu seiner Stereoanlage und kam kurz darauf mit einer CD zurück. Der Ton in Leas Ohr wurde noch lauter.

»So?«, fragte er.

»Ja, das ist er!«, bestätigte Tobias begeistert, fügte aber gleich verunsichert hinzu: »Oder der da.«

»Ich glaube der«, mischte sich Jan ein und zeigte auf den richtigen der beiden Brüder.

»Bist du sicher?«, entgegnete sein Freund.

»Hm, lasst mich mal nachschauen.« Matthias blätterte kurz im Booklet, dann bestätigte er: »Jan hat recht, der ist es.«

»Dürfen wir die CD anhören?«, wollte Tobias wissen.

»Dann können wir ihm nächstes Mal sagen, dass wir sie schon kennen.«

»Ja, aber in deinem Zimmer! Und passt auf die CD auf!«

Die beiden versprachen es und verschwanden im Kinderzimmer. Wenig später erklangen durch die geschlossene Tür die ersten wohlbekannten Takte. Lea war gespannt, wie lange es dauern würde, bis Jan merkte, dass er das Album schon des Öfteren gehört hatte.

Sie selbst ertrug die Musik jedoch nicht. In ihr brodelte und kochte es. Wut und Ärger darüber, dass Ben ihr verschwiegen hatte, dass er in Jans Schule unterrichtete, stiegen in ihr auf, bis sie drohte auf der Stelle zu explodieren.

Auch Matthias und Selina lauschten der Musik, was sie jedoch nicht daran hinderte, Lea erwartungsvoll anzusehen.

»Kann ich Jan bei euch lassen?«, fragte sie.

»Äh, ja, sicher«, erwiderte Selina. »Aber was hast du jetzt vor?«

»Den Klavierlehrer umbringen.«

KAPITEL 19

LEA

A‍ls Lea Bens Wohnhaus erreichte, fühlte sie sich wie ein Vulkan kurz vor dem Ausbruch. Innerhalb kürzester Zeit stand sie vor seiner Tür und ließ ihre Wut an der Klingel aus. Der schrille Ton passte zu ihrer Stimmung. Leider dauerte es nur ein paar Sekunden, bis sich die Tür öffnete und sie ihren Finger von dem Knopf nehmen musste.

Ohne auf eine Einladung zu warten, stürmte Lea in die Wohnung. Im Durchgang zum Wohnbereich blieb sie stehen und fuhr herum. Sie wollte Ben anschreien, ihn beschimpfen, doch sie stutzte. Etwas stimmte nicht an dem Bild, das sich ihr bot.

Ben hatte die Wohnungstür geschlossen und lehnte nun mit dem Rücken daran. Er sah erwartungsvoll aus, doch das war es nicht, was Lea irritierte. Wie er überhaupt aussah, das verwirrte sie. Sie erkannte ihn kaum wieder.

Oder nein, vielmehr erkannte sie ihn jetzt wieder.

Vor zwei Monaten war sie mit einem Fremden zusammengestoßen – das eingefallene Gesicht, die ungepflegten langen Haare und der wilde Bart, die leeren Augen. Heute dagegen ...

Ben trug keine Brille, wie die Kinder behauptet hatten, aber abgesehen davon stimmte ihre Beschreibung. Er hatte etwas zugenommen, sodass er jetzt viel gesünder wirkte. Die Schatten unter seinen Augen waren verschwunden, was ihn zusammen mit den nur mehr kinnlangen Haaren und dem gepflegten Bart um Jahre jünger erscheinen ließ.

Lea war so erstaunt über seinen Anblick, dass sie kein Wort herausbrachte.

Er dagegen meinte gelassen: »Falls du eine Mordwaffe suchst: Küche, Messerblock ganz hinten im Eck! Aber ich würde das Ganze gern erklären, bevor du mich umbringst.«

Da es Lea ohnehin die Sprache verschlagen hatte, nickte sie ihm auffordernd zu.

»Ich weiß, ich hätte es dir sagen müssen.«

Ihr entfuhr ein aufgebrachtes Schnauben. Ja, verdammt, das hätte er tun müssen!

»Glaub mir, ich hatte noch nie vor etwas in meinem Leben so viel Angst wie vor dem heutigen Tag. Während ich auf die Jungs gewartet habe ... allein sein Name auf der Liste hat mich in Panik versetzt. Dann kam er bei der Tür rein und ich war schockverliebt.« Wie sehr ihn die Sache aufwühlte, wurde spätestens beim nächsten Satz deutlich, denn er wechselte zu Englisch, ohne es zu bemerken: »Ich weiß, es war falsch, dich rauszuhalten. Aber ich konnte den Gedanken an ein unbeholfenes erstes Treffen nicht ertragen. Ich wollte, dass er mich ohne jegliches Vorurteil kennenlernen kann.«

Nach einer kurzen Pause fügte er vorsichtig hinzu: »*Do you understand?*«

Ja, sie hatte Verständnis, immerhin hatte sie sich selbst wochenlang mit der Frage gequält, wie ein erstes Aufeinandertreffen der beiden ablaufen könnte, ohne für Jan traumatisierend zu sein. Wäre der erste Kontakt nicht so glatt verlaufen, würde sie sein Vorgehen zweifellos anders sehen. Doch nun erlaubte Lea es sich, erleichtert zu sein und die belastenden

Gedanken loszulassen. Sie strömten zusammen mit den Tränen, die in kleinen Bächen über ihre Wangen liefen, davon.

Ben kam auf sie zu und blieb eine Armlänge entfernt vor ihr stehen.

»Geht es dir gut?«, fragte er fürsorglich.

Sie schüttelte den Kopf, obwohl sie gar nicht wusste, ob das die richtige Antwort war.

Wortlos streckte er seine Hand aus und wischte ihr mit dem Daumen die Tränen von einer Wange. Die Berührung war irritierend vertraut.

»Tut mir leid«, murmelte sie und fuhr sich rasch mit dem Handrücken über die andere.

»Du musst dich doch nicht für deine Tränen entschuldigen«, erwiderte er sanft. »Willst du etwas trinken? Kaffee?«

Sie schüttelte den Kopf. »Hab ich gerade getrunken.«

»Wasser? Komm mit!«

Er wartete keine Antwort ab, sondern schob sie zum Esstisch und zwang sie sanft zum Hinsetzen, ehe er ein Glas Wasser einschenkte und vor sie stellte. Dann nahm er ihr gegenüber Platz und sah sie besorgt an. »Es tut mir leid, ich hatte nicht damit gerechnet, dass dich das so mitnimmt. Dass du hereinstürmst und mich umbringen willst, damit schon. Aber nicht, dass du gar nichts sagst.«

»Vor zehn Minuten hätte ich auch noch gewettet, dass du mit einem Küchenmesser im Rücken auf dem Boden liegst, bevor du auch nur ›Muh‹ sagen kannst«, gab Lea zu.

Er grinste. »Im Rücken? Wie feig.«

Der schelmische Glanz in seinen Augen brachte Lea wieder zum Weinen. »Wer bist du und was hast du mit dem Typen gemacht, der vor zwei Monaten behauptet hat, Ben zu sein?«, fragte sie und meinte es ernster, als es klang.

»Der Typ hat aufgrund der Nachricht, dass er ein Kind hat, endlich kapiert, dass er mit seinem Leben wieder etwas Vernünftiges anfangen muss«, erwiderte er. »Außerdem war es unerträglich für mich, dass du mich nicht einmal ansehen konntest.«

Lea senkte betreten den Blick und kaute auf ihrer Unterlippe herum. Es war ihr peinlich, dass man ihr die Verachtung für das, was aus Ben geworden war, so deutlich angemerkt hatte.

»Das muss dir nicht unangenehm sein«, versicherte Ben. »Im Gegenteil. Du hast nur dasselbe gemacht wie immer, du warst ehrlich zu mir. Alle anderen hatten Mitleid und dachten, sie tun mir damit etwas Gutes. Dabei habe ich in Wirklichkeit einen Tritt in den Hintern gebraucht, damit ich einsehe, dass ich der Einzige bin, der etwas an der Situation ändern kann. Das hätte Jonas mir schon vor Jahren ins Gesicht sagen müssen, dann wäre vielleicht einiges anders gekommen.«

»Wieso gerade er?«, hakte Lea vorsichtig nach.

»Weil er die beste Gelegenheit dazu hatte.«

»Und zwar?«

»Er hätte nicht zulassen dürfen, dass ich ›*Stillframe in my heart*‹ unter seinem Namen veröffentliche.«

Lea fiel aus allen Wolken. »Das ist von dir?«

»Ja«, gab er kleinlaut zu.

»Und wieso hast du es Jonas untergeschoben?«

Er atmete tief durch. »Im Grunde war immer klar, dass ich dich über die Musik überall auf der Welt erreichen kann«, gestand er. »Aber ich hatte panische Angst davor, dass du nicht reagieren würdest. Diesen Song, den wollte ich unbedingt aufs Album nehmen und ihn live spielen, weil es mir so gutgetan hat, ihn zu schreiben. Deshalb habe ich Jonas gebeten, seinen Namen darunterzusetzen. Und er hat es gemacht, anstatt mir zu sagen, dass ich es drauf ankommen lassen muss – was auch immer danach passiert oder nicht passiert.«

Lea starrte ihn fassungslos an. Ben hatte ihr doch über die Musik eine Botschaft geschickt. Und sie hatte sie sogar verstanden, aber nichts daraus gemacht, weil sie geglaubt hatte, nur etwas in den Text zu interpretieren. Weil sie seinen Bruder für den Urheber gehalten hatte.

»Ich fand es übrigens höchst erstaunlich, dass du ausgerechnet den Song am Klavier gelernt hast, den ich über dich geschrieben habe«, fügte er hinzu.

»Ich hatte immer das Gefühl, das Lied handelt von mir. Ich habe es so oft gespielt ...« Sie brach mitten im Satz ab, weil sie nicht sicher war, was sie eigentlich sagen wollte.

»Spiel es jetzt!«, forderte er sie auf.

Automatisch schüttelte sie den Kopf.

»Bitte!«

»Nein, vergiss es!«

»Warum?«

»Ich kann nicht. Das geht nicht. Es wird furchtbar klingen im Vergleich dazu, wie du es spielst. Und du bist zwar zu nett, um mir zu sagen, dass es schlecht war, aber dein Blick wird dich verraten, und dann werde ich mich nie wieder trauen, ein Klavier anzufassen.«

»Ich könnte die Rollos schließen und alle Lichter ausschalten, damit du meine Reaktion nicht siehst«, schlug er vor.

»Im Gegensatz zu dir, *Amadeus*, kann ich im Dunkeln aber erst recht nicht spielen.« Diesen Spitznamen benutzte normalerweise nur der Bassist Jakob für seinen besten Freund. »Ich weiß nicht mal, ob ich es auswendig kann.« Das war gelogen, aber Lea war jedes Mittel recht, um sich aus der Affäre zu ziehen.

»Also die Noten finden sich sicher irgendwo da.« Er deutete auf das Regal an der Wand hinter dem Flügel, das von oben bis unten voll mit Ordnern war. »Zur Not könnte ich sie ausdrucken.«

Lea beugte sich ein Stück nach vorne und sah Ben direkt in die Augen. »Finde dich damit ab, dass du mich niemals, niemals spielen hören wirst«, sagte sie bestimmt.

Er lehnte sich ebenfalls vor, sodass sein Gesicht ganz nahe

vor ihrem war. »Finde *du* dich damit ab, dass ich keine Ruhe geben werde, solange ich dich nicht spielen gehört habe.«

Sie sahen sich in die Augen und versuchten beide, nicht zu blinzeln. Ben gewann.

Lea lehnte sich zurück, griff nach ihrem Glas und trank frustriert einen großen Schluck. Sie musste schleunigst das Thema wechseln.

»Wie kommst du überhaupt zu diesem Job als Klavierlehrer?«, fragte sie. »Hattest du den schon, als ich das letzte Mal hier war?«

»Nein!«, versicherte er. »Das war Zufall. Du hast Gregor – Professor Berger – erwähnt, das hat mich auf die Idee gebracht, ihn zu besuchen. Der Student, der eigentlich die Klavierstunden in diesem Jahr halten sollte, hatte einen schweren Autounfall. Zuerst wollte Gregor ihn selbst ersetzen, um nicht den gesamten Jahresplan umwerfen zu müssen. Aber als ich so unverhofft zu ihm gekommen bin, hat er mich gefragt, ob ich das übernehmen will.«

»Und du hast deine Chance gesehen, dich hinter meinem Rücken an deinen Sohn heranzumachen«, unterstellte Lea.

»Nein«, widersprach er. »Nicht ›heranmachen‹. Eher, ihn erst mal aus sicherer Distanz kennenzulernen. Aber vor allem wollte ich wieder unterrichten. Zurück zu meinen Wurzeln.«

Lea nickte. »Verstehe.« Sie war mit seiner Antwort zufrieden und sah keinen Grund für weitere Vorwürfe oder Fragen. Deshalb verkündete sie: »Ich gehe jetzt wieder.«

»Du könntest gern bleiben.«

»Dann wird sich mein Nachbar, der Polizist, aber langsam fragen, ob ich tatsächlich gerade dabei bin, die Leiche des Klavierlehrers verschwinden zu lassen.«

Er sah sie skeptisch an. »Du hast einem Polizisten angekündigt, dass du mich umbringen willst, bevor du hergekommen bist?«

»Ich habe es mehr vor mich hin gemurmelt, als ich aus seiner Küche gestürmt bin. Er ist der Vater von Tobi.«

»Tobias ist euer Nachbar?«

»Ja, er wohnt gegenüber. Er ist Jans bester Freund und ohne ihn wüsste ich noch gar nicht, dass du jetzt ihr Klavierlehrer bist, denn Jan hat von sich aus nichts erzählt. Er war sauer, weil ich ihm gesagt habe, dass seine Weihnachtswünsche übertrieben sind. Aber das ist eine andere Geschichte. Ich gehe jetzt.«

Ben fragte nicht nach, was sie mit dieser wirren Ausführung sagen wollte, und hielt sie auch nicht länger vom Gehen ab, sondern begleitete sie zur Tür.

»Ruf mich an, falls du beweisen musst, dass ich lebe, okay?«, bat er. »Und gern auch sonst, wenn du Lust hast, mit mir zu reden.«

Bis zum heutigen Tag hatte Lea dazu noch kein Bedürfnis verspürt, aber als sie Ben ansah, wie er lächelnd im Türrahmen lehnte, konnte sie sich gut vorstellen, dass sie von jetzt an doch mit ihm in Kontakt bleiben wollte.

»Okay«, versprach sie deshalb. »Tut mir leid, dass ich dich so überfallen habe.«

»Immerhin hast du mich ja am Leben gelassen«, erwiderte er. »*See you soon!*«

»Bis bald«, verabschiedete auch sie sich und wandte sich zum Gehen. Doch nach zwei Schritten drehte sie sich noch einmal um.

»Wie kommt es, dass Jan und Tobi dich mit Brille beschrieben haben?«, wollte sie wissen.

Ben verdrehte die Augen, verschwand in der Wohnung und kam kurz darauf mit einer Brille in der Hand zurück.

»An die habe ich mich noch nicht gewöhnt«, rechtfertigte er sich. »Ich habe sie erst seit einer Woche. Teil meines Ich-achte-ab-jetzt-mehr-auf-mich-Programms.«

Mit einem schiefen Grinsen setzte er sie auf und schob sie mit dem Mittelfinger zurecht. Lea entlockte der Anblick ein Lächeln.

»Steht dir«, urteilte sie.

»Findest du?«

Sie nickte.

»Dann setze ich sie in Zukunft vielleicht doch konsequenter auf«, meinte er zwinkernd.

»Tu das!«, sagte sie und machte sich auf den Heimweg.

♪

BEN

DIESMAL WAR DIE STILLE, die zurückblieb, nicht unangenehm. Lea war mit einem Lächeln auf den Lippen gegangen – und das war mehr, als er zu hoffen gewagt hatte. Heute Morgen war er mit dem Gedanken aufgewacht, dass er Glück hatte, wenn er den Tag überlebte. Die erste Begegnung mit Jan zu arrangieren, ohne Lea davon in Kenntnis zu setzen, war riskant gewesen. Er war heilfroh, dass er es durchgezogen hatte, und dass die Information, dass er als Klavierlehrer eingesprungen war, nicht vorab zu ihr durchgesickert war.

Seine Gedanken wanderten zu dem Moment, als seine drei neuen Schüler den Klassenraum betreten hatten. Die Gruppe war die zweite, die bei ihm eingeteilt war. Ursprünglich hatte er überlegt, ob er versuchen sollte, mit einem Kollegen zu tauschen, damit ihm mehr Zeit blieb, bevor Jan zu ihm kam, doch nun war er froh über den Druck, den der Plan auf ihn ausgeübt hatte. Er hatte ihn dazu gezwungen, sich mehreren Baustellen gleichzeitig zu widmen. Mit jeder kleinen Errungenschaft war seine Motivation gewachsen, mehr für sich zu tun. Bis hin zu dieser nervigen Brille, an die er sich nicht gewöhnen konnte, obwohl er sie eindeutig brauchte.

Er sah Jans Lächeln vor sich, das ihn sofort an das seiner Mutter erinnert hatte. Lea hatte ihn damals bei dem Konzert völlig aus dem Konzept gebracht, als er sie im Publikum entdeckt hatte. Ihr Lächeln hatte ihn einfach umgehauen – und mit Jan war es ihm heute nicht viel anders ergangen. Noch immer konnte er kaum glauben, dass dieser entzückende Zwerg sein eigener Sohn war. Obwohl daran kein Zweifel bestehen konnte, denn Jan sah aus wie er selbst in dem Alter. Spätestens jetzt hätte er gewusst, dass er auf einen Vaterschaftstest getrost verzichten konnte. Es sei denn, er hätte seinen Bruder in Verdacht, eine Affäre mit seiner Freundin gehabt zu haben. Ihre Verwandtschaft abzustreiten war unmöglich – auch wenn Jonas das in den letzten Monaten möglicherweise tat, weil er von Ben und seinen ewigen Problemen die Schnauze voll hatte.

Inzwischen konnte er es seinem Bruder kaum noch verübeln, dass er den Plattenvertrag hatte platzen lassen. Die Zusammenarbeit mit Ben war vermutlich für die ganze Band unerträglich geworden. Warum sonst hielt sich Jakob buchstäblich am anderen Ende der Welt auf? Was Linus trieb, seit die Band zerbrochen war – davon hatte Ben nicht den Hauch einer Ahnung.

Doch diese Beziehungen zu kitten, stand erst weiter unten auf seiner Liste. Im Moment hatte Jan oberste Priorität. Er durfte das nicht vermasseln.

♫

LEA

MATTHIAS ÖFFNETE die Tür und musterte Lea von oben bis unten.

»Keine Blutspuren«, stellte er fest.

»Keine Angst, er lebt noch«, versicherte Lea. »Bekomme ich jetzt einen Glühwein?«

»Nur, wenn du unsere Neugierde befriedigst.«

»Mache ich«, versprach sie und setzte sich wieder an die Bar, wo noch immer ihre halb volle Kaffeetasse stand.

»Kalter Kaffee gefällig?«, erkundigte sich Selina, die dabei war, die Küche sauber zu machen.

»Muss nicht sein.«

Selina leerte die Tasse aus und stellte sie in den Geschirrspüler, bevor sie sich neben Lea setzte. »Also, was war das für eine Aktion?«

Lea atmete tief durch. Mit einem Blick über die Schulter versicherte sie sich, dass die Tür zum Kinderzimmer geschlossen war.

»Es ist wirklich Ben«, stellte sie zuerst klar. »Und ich hatte keine Ahnung, dass er die Kinder in Klavier unterrichten würde. Es hat sich aber erst nach unserem letzten Treffen ergeben, also hat er mich damals zumindest nicht angelogen.«

»Ben wusste, dass er seinen Sohn in einer der Gruppen haben würde?«, hakte Selina nach. »Er weiß doch, in welche Schule er geht. Und er kennt seinen vollen Namen.«

»Ja, er wusste es, und es war Teil seines Plans, ihn in einer unverfänglichen Situation kennenzulernen.«

»Und du hast ihn nicht umgebracht, weil er das hinter deinem Rücken eingefädelt hat?«, versicherte sich Matthias noch einmal.

»Ja, er lebt. Bekomme ich endlich einen Glühwein?«

»Oh, ja, klar.« Er griff nach einer sauberen Tasse und füllte mit einem Schöpflöffel Glühwein ein.

»Jan weiß nach wie vor von nichts?«, fragte er, als er die Tasse vor Lea stellte.

»Er weiß von nichts und das soll vorläufig auch so bleiben«, erwiderte sie.

Die beiden versprachen, es für sich zu behalten.

JAN UND LEA blieben noch zu einem spontanen Abendessen bei ihren Nachbarn. Als sie danach wieder die eigene Wohnung betraten, fiel Jans Blick auf das Klavier und er fragte: »Soll ich dir vorspielen, was ich heute gelernt habe?«

Eigentlich wollte Lea ihn ins Bad schicken, aber ihre Neugier, ob er etwas von der Musikstunde erzählen würde, war größer. »Ja, spiel!«, forderte sie ihn auf und schaltete das Piano ein, während er das Notenblatt aus seiner Schultasche holte.

»Ben hat gesagt, wenn wir fleißig üben, können wir beim Vorspielen das ganze Stück spielen. Nicht wie die Mädchen aus der anderen Gruppe, die haben nur so Babysachen gespielt.«

Sie betrachtete das Notenblatt und erkannte schnell Bens Intention dahinter. Die Melodie bestand aus wenigen Tönen, die bei jeder Wiederholung in einer anderen Lage gespielt wurden, sodass das Ganze in den Ohren der Kinder recht spektakulär klang, obwohl der Schwierigkeitsgrad überschaubar war. Sie mussten es nur schaffen, sich in vier Wochen eine kurze Reihenfolge von Tasten und Lagen zu merken. Das war vermutlich selbst für die weniger interessierten Kinder zu schaffen.

»Wo muss ich anfangen?«, fragte Jan.

Lea zeigte ihm den ersten Ton. Er spielte die Melodie unsicher, aber richtig – und ohne dabei auf das Notenblatt zu achten.

Lea beobachtete ihren Sohn. Sie zeigte ihm zwar jeweils den nächsten Anfangston, weil Jan die Namen der Tasten noch nicht kannte, die Melodie wiederholte er jedoch mit jedem Versuch ein bisschen sicherer.

»Ben kann das megaschnell«, berichtete Jan nach einer Weile. »Und weißt du, was er noch kann? Das, was du am Anfang auch immer spielst, das ganze Klavier rauf und runter. Das kann er hundertmal schneller als du.«

Das war zweifellos übertrieben, aber deutlich schneller als sie beherrschte Ben die Übung definitiv.

»Er hat uns auch noch was vorgespielt, ein ganz schweres Stück. Das war voll cool. Aber dafür muss man ganz lange üben, hat er gesagt.«

Die Begeisterung in Jans Stimme war Balsam für Leas Seele. Ben hatte das Richtige getan, das neutrale Aufeinandertreffen war für alle das Beste gewesen.

»Für jedes Instrument muss man ganz viel üben, damit man es richtig gut kann«, erklärte Lea.

»Weiß ich«, erwiderte er. »Aber Klavier macht auf jeden Fall mehr Spaß als die blöde Klarinette.«

Sein Dad würde sich bestimmt freuen, das zu hören.

KAPITEL 20

LEA

Es gab Tage, an denen hatte Lea das Gefühl, die Sehnsucht nach Michi würde sich förmlich in ihr aufstauen. Insbesondere an solchen, an denen sie in der Buchhandlung viel miteinander zu tun hatten, sich aber voneinander fernhalten mussten, damit niemand Wind von ihrer heimlichen Beziehung bekam. Da die Leute Ende November langsam Weihnachtsgeschenke besorgten, häuften sich die Bestellungen im Onlineshop, und Lea half Michael mehrmals in der Woche dabei, die Bücher im Lager zu suchen und zu verpacken. Dabei konnten sie sich zwar halbwegs in Ruhe unterhalten, aus Angst, jemand könnte unbemerkt den Raum betreten, war Küssen jedoch tabu.

Auch Michi schien damit nicht sonderlich gut umgehen zu können, er hatte zusehends schlechte Laune. Deshalb freute Lea sich besonders auf ihr nächstes Date. Sie hatten einiges nachzuholen.

Michael hatte Lea bereits nach ihrer vierten Verabredung den Zweitschlüssel für seine Wohnung überlassen. Sie waren übereingekommen, dass es besser war, sich direkt dort anstatt in der Nähe der Buchhandlung zu treffen. Lea kam zwar normalerweise nach ihm an, aber er bestand darauf, dass sie im Winter nicht vor dem Haus warten sollte, falls er sich einmal verspätete.

An diesem Freitag lehnte sich Lea voll bepackt gegen die Haustür und war wieder einmal froh über den Aufzug, dank dem sie ihre Einkäufe nur über ein Stockwerk schleppen musste. Sie klingelte, in der Hoffnung, dass ihr Michi zu Hilfe eilte, sperrte aber gleichzeitig mit der freien Hand die Tür auf. Drinnen lief laut Musik – ein Anzeichen dafür, dass Michael an seinem Buch arbeitete. Er hatte etliche Playlists zusammengestellt, die er beim Schreiben hörte, um sich in die passende Stimmung für die jeweiligen Szenen zu versetzen. Die aggressiven Sounds ließen Lea vermuten, dass er bei einer Kampfszene angelangt war.

»Hey!«

Er fuhr erschrocken zusammen. »Du bist schon da.«

Freude klang anders, fand Lea, deshalb erkundigte sie sich: »Alles okay?«

»Ja, nein, egal. Hat nichts mit dir zu tun«, stammelte er und schüttelte kurz den Kopf, wie um einen Nebel zu vertreiben. Dann unterbrach er die Musik. »Schön, dass du da bist.« Er gab ihr einen Kuss, doch sie spürte, dass er nicht ganz bei der Sache war.

»Was ist los?«, hakte sie nach.

»Gar nichts«, behauptete er zuerst, dann rückte er jedoch mit der Sprache heraus: »Mein Plot. Er funktioniert nicht.«

»Oh, verstehe.« Sie war ziemlich erleichtert, dass es sich um eine künstlerische Krise handelte, nicht um eine beziehungstechnische. »Was ist das Problem?«

Er zögerte, und sie wartete geduldig, bis er bereit war, darüber zu reden. »Ich bin an dem Punkt, an dem die verschiedenen Handlungsstränge zusammenfließen sollen. Aber das Timing stimmt nicht. Ich habe mich bei den Distanzen verrechnet. Der Protagonist müsste fliegen können, um zur richtigen Zeit am richtigen Ort zu sein. Oder noch besser:

beamen. Aber ich kann schlecht auf einmal die Enterprise mitten in Wien landen lassen.«

»Sie könnte eine Zeitreise machen«, schlug Lea scherzhalber vor, was leider den völlig falschen Effekt erzielte. Michael reagierte total gereizt. »Du bist keine Hilfe!«

»Tut mir leid«, murmelte sie. »Ich kümmere mich um das Essen und du um dein Buch, okay?« Rückzug schien die beste Taktik zu sein. Er war offenbar nicht bereit, sich helfen – oder zumindest von seinem Problem ablenken – zu lassen. Mit einem Schnaufen stimmte er zu, und Lea verzog sich in die Küche, um die Lasagne zu kochen, für die sie die Zutaten mitgebracht hatte.

Die Stimmung blieb düster. Sie hörte Michael fluchen und sogar Sätze wie ›das ist doch alles Mist!‹, ›ich sollte es einfach lassen‹. Unbehagen breitete sich in ihr aus. Er arbeitete seit Wochen intensiv an diesem Manuskript. Würde er es wirklich löschen, weil er keine Lösung fand? Bestimmt ließ sich alles überarbeiten. So eine Datei war ja nicht in Stein gemeißelt, sondern veränderbar. Und wofür gab es Lektoren? Vielleicht sollte er sich professionellen Rat holen?

Lea spürte deutlich, dass er heute für solche Vorschläge nicht empfänglich war. Womöglich musste er dieses Tief durchleben, um es auflösen zu können. Sie hatte größten Respekt vor kreativen Prozessen, deshalb nahm sie sich zurück, um kein Störfaktor zu sein.

Zum Essen rief sie ihn dann allerdings ohne Bedenken. Ben hatte sie früher sogar in intensiven Phasen des Komponierens unterbrochen, weil er von selbst nie einen guten Zeitpunkt für eine Pause gefunden hätte. Zum Glück nahm auch Michi es ihr nicht übel, dass sie ihn vom Computer weghole.

»Das beschäftigt dich also schon die ganze Woche?«, erkundigte sie sich vorsichtig, nachdem beide eine Zeit lang schweigend gegessen hatten.

Michael blickte überrascht auf, fast so, als würde er sie erst jetzt richtig wahrnehmen.

»Ich dachte, es hätte etwas mit mir zu tun«, ergänzte sie.

»Was, nein!«, beteuerte er. »Tut mir leid, den Eindruck wollte ich wirklich nicht erwecken. Es ist nur ... es lief so gut, und ich dachte sogar, ich würde es bis Weihnachten schaffen, die Rohversion zu beenden. Aber dann ...«

Über die Details wollte er anscheinend noch immer nicht reden, deshalb bemühte sich Lea um einen Themenwechsel.

»Ich hab mich gefragt, ob wir nicht einmal was an einem Wochenende unternehmen könnten. Vielleicht sogar mit Jan.« Sie hielt die Luft an, weil sie sich ein wenig vor seiner Antwort fürchtete. Ihr Plan war, ihn auf andere Gedanken zu bringen, doch möglicherweise war es zu früh, um ihren Sohn einzubeziehen.

Zu ihrer Erleichterung antwortete Michael: »Christkindlmarkt?«

»Ja, vielleicht. Aber nicht der vor dem Rathaus, der ist mir zu voll.«

»Der am Karlsplatz ist schön«, meinte er.

Dort war Lea bei ihren Heimatbesuchen in der Weihnachtszeit noch nie gewesen. »Klingt gut«, erwiderte sie.

Während des restlichen Essens sprachen sie kaum, die Stimmung hatte sich jedoch ein wenig gebessert. Lea überlegte, was sie mit dem restlichen Abend – und der Nacht – am besten anfangen sollten, damit Michi sich nicht noch weiter in sein Problem hineinsteigerte. Doch als er das Besteck weglegte, fragte er: »Bist du mir böse, wenn wir unser Date hier beenden? Ich bin echt nicht in der Verfassung dafür. Und ich will nicht, dass du meine schlechte Laune abbekommst. Das wäre nicht fair.«

»Du könntest natürlich auch versuchen, für ein paar Stunden abzuschalten«, schlug sie vorsichtig vor. Bei Ben hatte das meistens funktioniert.

»Ich kann das nicht!« Er fuhr sich aufgebracht mit den Händen durch die Haare. »Dieser Mist frisst mich auf. Wenn ich das nicht lösen kann, muss ich alles löschen.«

»Das kannst du doch nicht machen!«, widersprach Lea energisch.

Leider brachte sie Michael dadurch noch mehr in Rage: »Wer soll mich daran hindern? Es ist *mein* Buch, und ich allein entscheide, ob es etwas taugt. Und wenn es Müll ist, dann gehört es genau dorthin.«

Er machte mehr und mehr den Eindruck, als wäre er kurz davor, sämtliche Dateien in den Papierkorb zu verschieben oder – noch schlimmer – endgültig zu löschen. Lea spürte die Panik in sich aufsteigen. Sie hatte Ben erlebt, wenn er Notenblätter nicht mehr finden konnte, mit denen er weiterarbeiten wollte. An so einer Krise wollte sie nicht Mitschuld tragen.

»Okay, ich räume hier noch auf und dann gehe ich«, sagte sie. »Aber nur, wenn du jetzt sofort eine Runde um den Block läufst, um dein Hirn auszulüften. Du brauchst das.«

Michael sah sie sekundenlang regungslos an. »In Ordnung«, gab er sich schließlich geschlagen. »Hirn lüften ist vielleicht eine gute Idee.«

»Dann zieh dich an und geh!«, forderte sie ihn auf, und er gehorchte.

Kaum war die Wohnungstür hinter Michael ins Schloss gefallen, stürzte Lea zu seinem Laptop. Sie wusste, dass er den Namen seines Protagonisten als Passwort benutzte, daher gelangte sie mühelos an seine Dateien. Schnell suchte sie die aktuelle Version des Manuskripts und legte eine Kopie an, die sie in einen anderen Ordner verschob. Zur Sicherheit änderte sie den Namen, damit die Suche sie nicht aufspüren konnte, falls Michael sein Werk wirklich gründlich vernichten wollte.

Nachdem das erledigt war, sorgte sie dafür, dass der Desktop wieder genauso aussah wie zuvor und klappte den Computer zu. Beruhigt kehrte sie in die Küche zurück und kümmerte sich um den Abwasch. Michi hatte ihr einmal erzählt, dass er sich nicht auf das Schreiben konzentrieren konnte, wenn seine Wohnung unordentlich war, deshalb wischte sie alle Flächen sorgfältig ab, trocknete das Geschirr und verräumte es. Die Reste der Lasagne stellte sie in den Kühlschrank.

Sie war gerade damit fertig, als Michael zurückkam.

»Hat es geholfen?«, erkundigte sie sich vorsichtig.

»Nicht wirklich«, brummte er. »Jetzt weiß ich definitiv, dass man zu lang braucht, um von Punkt A zu Punkt B zu kommen.« Anscheinend hatte er einen Abstecher in die angrenzende Innenstadt gemacht, um die Schauplätze seiner Geschichte aufzusuchen.

»Du findest einen Weg«, versuchte sie, ihn aufzumuntern, doch er gab nur einen abfälligen Laut von sich. »Ich lasse dich jetzt allein. Wenn du Hunger hast, es sind noch Reste da.«

Er nickte nur und vergrub die Hände tief in seinen Taschen. Lea ließ sich davon nicht beirren. Sie gab ihm einen schnellen Kuss, dann schlüpfte sie in Schuhe und Jacke und verabschiedete sich. Im Treppenhaus fragte sie sich, warum sie sich eigentlich immer zu Künstlern hingezogen fühlte.

AM SAMSTAGMORGEN SAß Lea allein beim Frühstück, als eine Nachricht auf ihrem Smartphone erschien.

> MICHI
>
> Es tut mir leid, dass ich gestern so unfreundlich war. Du hast recht, ich könnte Ablenkung gebrauchen. Hast du Pläne für das Wochenende?

Sie hatte tatsächlich bereits welche, allerdings gefiel ihr die Idee, Michael mitzunehmen. Vielleicht war das eine gute Gelegenheit, um ihn und Jan miteinander bekannt zu machen.

> LEA
>
> Meine Nachbarn schenken am Nachmittag für einen guten Zweck Glühwein aus. Hast du Lust, uns zu begleiten?

Selina hatte erwähnt, dass es bei der Veranstaltung auch ein Kinderprogramm gab, sodass Lea erwartete, die meiste Zeit allein herumzustehen. Jan würde sich bestimmt mit Tobi herumtreiben, und dessen Eltern waren eigentlich zum Arbeiten da.

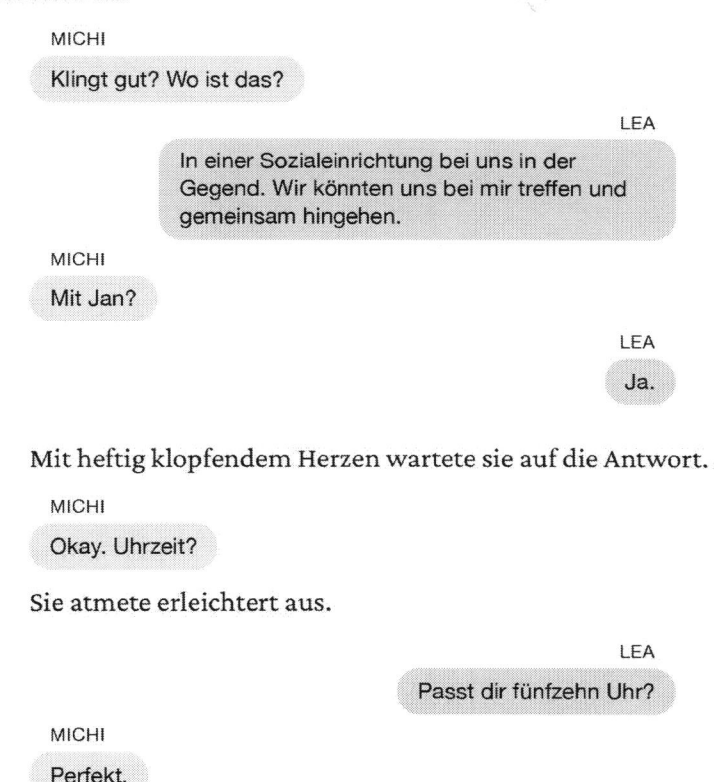

MICHI
> Klingt gut? Wo ist das?

LEA
> In einer Sozialeinrichtung bei uns in der Gegend. Wir könnten uns bei mir treffen und gemeinsam hingehen.

MICHI
> Mit Jan?

LEA
> Ja.

Mit heftig klopfendem Herzen wartete sie auf die Antwort.

MICHI
> Okay. Uhrzeit?

Sie atmete erleichtert aus.

LEA
> Passt dir fünfzehn Uhr?

MICHI
> Perfekt.

Der Plan erfüllte Lea mit Vorfreude und machte sie gleichzeitig nervös. Michi von seinen Problemen mit dem Manuskript abzulenken war nur ein Teil der Mission. Viel heikler erschien ihr plötzlich der Part, ihrem Sohn klarzumachen, dass es in ihrem Leben außer ihm noch einen weiteren Mann gab.

Die Gegensprechanlage läutete kurz vor drei. Da Jan in seinem Zimmer geblieben war, küsste Lea Michi an der Tür zur Begrüßung.

»Ich habe deinem Sohn eine Kleinigkeit mitgebracht.« Er hielt ein Nikolaussackerl hoch.

»Ich hole ihn.« Lea klopfte an den Türrahmen des Kinderzimmers. »Kommst du bitte? Michael ist da.«

Widerwillig legte Jan sein Spielzeug zur Seite und folgte ihr hinaus.

»Das ist Michi«, stellte Lea den Besucher vor. »Mein ... mein Kollege.« Sie wurde rot und warf Michael einen verstohlenen Blick zu. Der schien erleichtert zu sein, dass sie sich für diese Bezeichnung entschieden hatte. Ganz wohl fühlte er sich in der Gegenwart von Leas Sohn anscheinend nicht in seiner Haut.

»Das ist für dich«, sagte er und reichte Jan die rote Papiertasche mit dem Nikolausaufkleber.

»Darf ich es gleich aufmachen?«, fragte der seine Mutter, nachdem er einen Dank gemurmelt hatte.

»Ja, natürlich«, erwiderte sie, woraufhin Jan sofort an der Schnur zog.

»Mmm, ein Schokobananen-Nikolo«, rief er erfreut aus. »Und eine Ninjago-Minifigur. Cool.«

Neben Lea atmete Michi erleichtert auf.

Gemeinsam machten sie sich auf den Weg zu dem Lernzentrum, in dem Matthias sich in seiner Freizeit engagierte. Im Innenhof des Gebäudes, in dem das Projekt angesiedelt war, war ein Punschstand aufgebaut worden, daneben wurden auf Tischen Mehlspeisen verkauft. Zwei Feuerschalen spendeten Wärme, und über einer davon hing ein Kessel mit Gulasch, über der anderen konnten die Kinder Würstchen grillen. Auch der gebastelte Schmuck auf den kleinen Tannenbäumen konnte zur Unterstützung des Sozialprojekts käuflich erworben werden. Alles war liebevoll gestaltet, und Lea verspürte zum ersten Mal in diesem Jahr einen Hauch von Weihnachtsstimmung.

Eigentlich wollte sie Jan zum Aufwärmen gleich einmal einen Kinderpunsch kaufen, doch ihr Sohn entdeckte Tobi und war mit ihm im Haus verschwunden, ehe sie überhaupt reagieren konnte.

»Das Kinderprogramm ist drinnen«, erklärte Selina, die hinter dem Tresen stand und auf Leas Bestellung wartete. Oder auch darauf, dass sie ihr Michael vorstellte – da war sich Lea nicht so sicher. Selina gab sich sichtlich Mühe, sich ihre Neugierde nicht anmerken zu lassen, ganz gelang ihr das jedoch nicht.

»Glühwein, Kinderpunsch oder Punsch mit Schuss?«, bot sie an.

»Den Glühwein habt ihr gekocht?«, fragte Lea.

»Ja, nach dem Rezept, das wir letztens ausprobiert haben.«

»Dann lieber erst mal einen Kinderpunsch.«

»Hey!«, protestierte Selina. »Willst du damit sagen, er hat dir nicht geschmeckt?«

»Das nicht, aber ich weiß, wie stark er ist«, erwiderte Lea und wandte sich an Michael: »Was willst du? Die erste Runde geht auf mich.«

»Stark klingt gut. Ich nehme den Glühwein.«

Später fragte sich Lea, ob sie bei dem Satz hellhörig hätte werden müssen, doch in diesem Moment nahm sie an, dass Michi sich bei ihren Freunden beliebt machen wollte. Erst nach zwei Stunden fiel ihr auf, wie sehr er dem Alkohol zusprach. Es war wohl nicht ihre beste Idee gewesen, ihn zur Ablenkung zu einem Punschstand mitzunehmen. Dass er versuchte, seine Sorgen zu ertränken, war nicht der Plan gewesen.

Sie brachte ihm einen Teller Gulasch, um die Wirkung des Weins abzuschwächen. Dafür zeigte er sich zwar dankbar, es hielt ihn jedoch nicht davon ab, als Nächstes einen Punsch mit Schuss zu bestellen. Selina sah Lea mit gerunzelter Stirn an und füllte auf ihr Zeichen hin nur ganz wenig Schnaps in die Tasse.

»Ist das normal?«, zischelte sie Lea zu, als Michi sich von ihnen abgewandt hatte.

»Nein. Also zumindest habe ich ihn so noch nicht erlebt. Er hat eine künstlerische Krise.«

»Mit seinem Buch?« Lea hatte Selina davon erzählt. ›vorgeschwärmt‹ war vermutlich der bessere Ausdruck. Tatsächlich fand sie alles, was sie bisher gelesen hatte, großartig. Michael musste diesen Tiefpunkt schnellstens überwinden. Doch im Moment sah es nicht danach aus, als wollte er das überhaupt.

»Hoffen wir mal, dass das wirklich nur eine Phase und nicht sein Normalzustand ist«, bemerkte Selina offensichtlich besorgt um ihre Freundin.

»Er ist ein wirklich lieber Kerl«, versicherte Lea.

»Aber für heute hat er definitiv genug«, mischte sich Matthias ein. »Du solltest ihn nach Hause bringen, bevor es zu viel wird.«

Lea hielt es für sinnvoll, dem Rat zu folgen. »Könnt ihr nach Jan schauen?«

»Klar, der klebt doch eh an Tobi dran«, meinte Selina nur.

»Danke.«

IHR FREUND LIEß sich relativ unkompliziert nach Hause und in sein Bett verfrachten. Nach einer Stunde war Lea zurück und konnte mit ihren Nachbarn und den Kindern noch einen gemütlichen Abend verbringen. Sicherheitshalber behielt sie ihr Handy im Blick, weil sie für Michael da sein wollte, wenn er sie brauchte. Immerhin hatte sie ihn dazu verleitet, sich so zu betrinken.

Weit nach Mitternacht riss Lea der Klingelton, der das Eintreffen einer Nachricht auf ihrem Handy ankündigte, aus dem Schlaf.

> **MICHI**
> Der Mist ist weg.

Das bedeutete wohl, dass Michael das Manuskript tatsächlich gelöscht hatte. Heilfroh über die Sicherungskopie, die sie angelegt hatte, rollte Lea sich auf die andere Seite und schlief weiter.

AM SONNTAG WARTETE sie lange auf ein Lebenszeichen von Michael. Da es bis zum Nachmittag nicht kam, antwortete sie auf seine nächtliche Nachricht.

> **LEA**
> Hast du die Lösung gefunden?

> **MICHI**
> Die Lösung sind Überstunden, damit gar keine Zeit zum Schreiben bleibt.

»Du bist so ein Idiot«, murmelte Lea vor sich hin, verkniff es sich aber, ihm das zu schreiben, und versuchte es mit einer Aufmunterung.

> **LEA**
> Damit kannst du in der Vorweihnachtszeit bei Bert bestimmt Bonuspunkte sammeln.

Sie war sich nicht sicher, ob das die Unterstützung war, die Michi in dieser Phase brauchte. Eine bessere Idee, als ihm seinen Willen zu lassen und ihn zu gegebener Zeit zu der Kopie seines Manuskripts zu führen, hatte sie jedoch im Moment auch nicht.

KAPITEL 21

LEA

»Was ist hier los? Habt ihr euch gestritten?«

Bert hatte Leas Büro am Montagvormittag grußlos und ohne anzuklopfen betreten. Sie fuhr zusammen und musste dreimal tief durchatmen, um sich von dem Schock zu erholen.

»Wieso poltern eigentlich alle immer so in mein Büro?«, beschwerte sie sich. »Und was soll überhaupt diese Frage?«

»Ich weiß, dass zwischen dir und Michael etwas läuft. Aber heute geht ihr euch aus dem Weg. Also, was ist los?«

»Du weißt es?« Unbehaglich rutschte sie auf ihrem Sessel hin und her.

»Ich bin nicht blind«, erwiderte ihr Chef und ließ sich gegenüber von ihr nieder. »Dass es zwischen euch von Anfang an gefunkt hat, war nicht zu übersehen.«

»Hast du ein Problem damit?«

»Nicht, solange es keinen Einfluss auf die Abläufe hier im Haus hat. Aber heute drückst du dich entweder davor, ihm zu helfen, oder er hat dich nicht gefragt. Und gerade vorhin hat er mich um ein persönliches Gespräch gebeten. Darauf wäre ich gern vorbereitet. Also was ist los? Kündigt er, weil ihr euch getrennt habt?«

»Was? Nein!« Lea war schockiert über diese Vermutung. »Ich glaube, er will dich fragen, ob er Überstunden machen darf.«

Berts angespannte Haltung änderte sich augenblicklich. »Überstunden jetzt vor Weihnachten? So gut sollte er mich inzwischen schon kennen, dass er wissen müsste, dass ich die mit Handkuss bewillige«, stellte er fest. Doch sofort wurde er wieder skeptisch. »Oder steckt da noch mehr dahinter? Hat er Geldprobleme?«

»Nicht, dass ich wüsste.«

»Warum will er dann freiwillig mehr arbeiten? Für gewöhnlich stöhnen alle, wenn ich ihnen vor Weihnachten zusätzliche Dienstzeiten aufs Auge drücke.«

»Er braucht Ablenkung.« Lea hoffte, dass ihrem Chef diese Antwort genügte.

»Belastet ihn die Vorweihnachtszeit? Dann wäre es aber kontraproduktiv, sich erst recht in den Weihnachtsrummel zu stürzen.«

Berts Spekulationen entlockten Lea ein tiefes Seufzen. Wie viel konnte sie ihm verraten, ohne Michis Vertrauen zu missbrauchen?

»Er will sich nicht mit einem Projekt beschäftigen, an dem er gearbeitet hat«, erklärte sie. »Er ist an einem Punkt, an dem er nicht weiterweiß, und das frustriert ihn so, dass er alles verworfen hat.«

»Was für ein Projekt?«

»Du lässt echt nicht locker, oder?«, stöhnte sie.

»Ich bin von Natur aus neugierig. Und was Michael betrifft, will ich wirklich sichergehen, dass ich ihn nicht als Mitarbeiter verliere. Deshalb hilf mir bitte, Fettnäpfchen zu vermeiden!«

»Also gut«, gab Lea nach. »Aber du darfst mit keinem Wort erwähnen, dass ich dir das erzählt habe.«

»Ehrenwort«, versprach Bert und hob sogar zwei Finger zum Schwur.

»Michi schreibt an einem Roman. Einem historischen Roman, der hier in Wien spielt.«

»Oh, so was würde sich bei uns sicher bestens verkaufen«, meinte Bert.

»Wenn er seine aktuelle Krise überwindet und ihn beendet. Im Moment ist er der Ansicht, dass er nicht zum Autor taugt und diesen Traum besser an den Nagel hängen sollte.«

»Und du bist anderer Meinung?«

»Ich habe Teile gelesen und finde die Geschichte bis jetzt großartig. Auch wenn er mit dem Plot Probleme hat, die lassen sich bestimmt lösen.«

Bert nickte. »Irgendeine Lösung gibt es immer. Vielleicht muss er sich nur von ein paar Szenen verabschieden, von denen er im Moment glaubt, sie unbedingt zu brauchen.«

»Kann sein. Jedenfalls ist das der Grund, warum er mit dir reden will.«

»Okay, das beruhigt mich ungemein. Ich dachte echt schon, er wirft das Handtuch.«

»Er arbeitet gern hier«, versicherte Lea. »Wenn du es genau wissen willst, er fantasiert darüber, den Laden irgendwann zu übernehmen.«

»Dann muss ich erst recht aufpassen, dass er mir erhalten bleibt. Nachfolger sind heutzutage schwer zu finden.« Damit erhob sich Bert und ließ Lea wieder mit ihrer Arbeit allein.

Sie bezweifelte, dass es die richtige Taktik von Michi war, dem Schreiben ganz abzuschwören, doch nachdem er mit Bert gesprochen hatte, beobachtete Lea ihn, wie er beschwingt das Büro des Chefs verließ.

Es fiel ihr nicht leicht, ihn zu fragen: »Habt ihr euch geeinigt?«

»Ja, ich mache im Advent Überstunden«, erklärte er.

»Und du bist dir sicher, dass du das willst?«, hakte sie vorsichtig nach.

»Klar, warum nicht?«, erwiderte er mit einem Schulterzucken. »Ich habe nichts Besseres zu tun und vielleicht verschafft es mir ja ein paar Pluspunkte bei Maria, wenn sie die Wochenenden mit ihrer Familie verbringen kann.«

Lea glaubte ihm keinesfalls, dass er nichts Besseres zu tun hatte, aber sie schluckte ihre Antwort hinunter. Es war seine Entscheidung, und sie musste sie akzeptieren. Auch wenn sie bei der Sache ein mulmiges Bauchgefühl hatte.

Das Klingeln ihres Handys rettete sie aus dieser Unterhaltung, die ihr so viel Unbehagen bereitete. Sie entschuldigte sich bei Michi und wandte sich ab, um nachzusehen, wer sie anrief. Als sie den Namen ›Ben Talbot‹ las, beschleunigte sich ihr Herzschlag. Hatte Jan nicht gerade bei ihm Schnupperstunde?

»Ist irgendwas passiert?«, fragte sie grußlos in ihr Telefon.

»Was?«, antwortete Ben. »Nein!«

»Bist du nicht im Unterricht?«

»Die Stunde war vor einer Minute aus, die drei Rabauken sind auf dem Weg zum Mittagessen.«

»Ach so.« Erst jetzt erinnerte sie sich an ihre guten Manieren und fügte hinzu: »Hallo!«

»Hey! Ich störe dich ungern in der Arbeit, aber können wir kurz reden?«

»Ja, sicher. Gib mir nur einen Moment!«

Sie lief schnell die Treppe hinunter und schloss sich in ihrem Büro ein.

»Hat Jan irgendwas angestellt?«

Ben lachte. »Außer dass er heute an meiner Stelle die Stunde halten wollte, eigentlich nichts.«

»Was hat er gemacht?«

»Er hat mit Freddy und Tobi die Geduld verloren, weil sie nicht die richtigen Lagen gefunden haben, und hat ihnen erklärt, wie es richtig geht«, berichtete er.

»Ah ja. Und das wolltest du mir erzählen?«

»Nein, ich wollte dir ein paar Fragen stellen.«

»Okay.«

»Wie oft übt Jan? Und macht er es freiwillig oder weil du ihn dazu aufforderst?«

»Frage eins: oft. Fast täglich, würde ich sagen. Frage zwei: freiwillig und allein, meistens mit Kopfhörern. Aber er holt mich manchmal dazu und lässt sich Sachen von mir zeigen. Wieso willst du das wissen?«

»Hast du dir das Stück angeschaut, das sie für die Präsentation üben?«

Sie bejahte.

»Die Melodie ist ganz einfach, das schaffen alle Kinder in vier Wochen. Für die Präsentation bekommt jeder zwei Lagen zugeteilt und sie spielen abwechselnd. Sie müssen sich merken, wann sie mit ihrer Lage dran sind und wann sie wohin weiterrücken müssen. Einer wandert von ganz oben nach ganz unten, das finden sie besonders lustig, weil er um alle herum laufen muss. Und es soll ja in erster Linie Spaß machen und sie nicht überfordern. Jan hat mir allerdings in der dritten Stunde das ganze Stück durchgehend fehlerfrei in allen Lagen vorgespielt. Und da hatten wir zwar die Melodie schon geübt, das Stück im Ganzen aber noch nicht. Deshalb die Frage, ob er es selber lernen wollte oder ob du ihn dazu gedrängt hast.«

»Ich habe ihm am Anfang die richtigen Lagen gezeigt, aber er hat dann selber herumprobiert. Irgendwann wollte er, dass ich ihm das ganze Stück vorspiele. Da hatte ich den Eindruck, er kontrolliert sich. Ich glaube, er spielt rein nach Gehör.«

»Ja, das ist mir auch schon aufgefallen.«

»Also bist du der Ansicht, dass er das eine oder andere musikalische Gen mitbekommen hat?«, folgerte Lea.

»Er erinnert mich stark an mich selber. Ich war nur noch jünger und Notenlesen ist mir am Anfang sehr schwergefallen, deshalb habe ich alles nach Gehör gespielt. Und das versucht er anscheinend auch.«

»Auf was willst du hinaus?«

»Ich will darauf hinaus, dass ich der Ansicht bin, er ist in diesem Schnupperkurs völlig unterfordert. Er sollte Einzelunterricht bekommen. Deshalb würde ich mit deiner Zustimmung gern mit der Direktorin und Professor Berger über Jan reden.«

Lea wusste nicht so recht, was sie von seinem Anliegen halten sollte. »Wenn du glaubst, dass er so talentiert ist.«

»Du bist die Erziehungsberechtigte, du musst zustimmen!«

»Du bist das musikalische Genie, du musst das entscheiden!«

»Ich würde das nicht mit dir besprechen, wenn ich nicht der Meinung wäre, dass er gefördert werden sollte«, erklärte Ben.

»Dann mach es einfach!«, sagte sie etwas forscher als beabsichtigt. Ben konnte eigentlich nichts für ihre Anspannung. Zum Glück ließ er sich von ihrem Ton nicht beirren.

»Danke, dann rede ich mit ihnen«, sagte er hörbar erfreut.

Lea dagegen fühlte sich gestresst und fragte: »Gibt's noch was oder kann ich zurück an die Arbeit?« Eigentlich war sie ja auf dem Weg in die Gemeinschaftsküche gewesen, als sie Michi getroffen hatte. Doch irgendwie war ihr der Hunger vergangen.

»Das war's, danke!«

Nachdem sie aufgelegt hatte, wurde Lea bewusst, dass sie sich womöglich gerade ein neues Problem eingehandelt hatte. Die Schnupperstunden waren für die Kinder kostenlos, aber instrumentalen Unterricht außerhalb des Lehrplans mussten die Eltern extra bezahlen. Beim Elternabend hatten sich einige nach Möglichkeiten erkundigt, ihre Kinder mehr zu fördern, als der Schulschwerpunkt vorsah.

Eigentlich müsste Lea Überstunden machen, nicht Michael. Das würde vielleicht gegen diesen Knoten in ihrem Bauch helfen, der ihr mehr und mehr zu schaffen machte. Ihre finanziellen Schwierigkeiten ließen sich vielleicht durch Eigeninitiative lösen. Bei allem anderen hatte sie das Gefühl, nur reagieren oder potenziellen Schaden begrenzen zu können. Dabei wollte sie doch nur, dass es allen Menschen, die ihr am Herzen lagen und für die sie Verantwortung trug, gut ging.

KAPITEL 22

LEA

LEA HATTE DAS GEFÜHL, langsam den Blick darauf zu verlieren, was sie selbst für ihr Wohlbefinden brauchte. Als sich ihre Arbeitszeit am Mittwoch dem Ende neigte, war ihr nur noch danach zumute, sich daheim in ihrem Bett zu verkriechen. Leider hatte sie völlig vergessen, dass sie schon vor zwei Wochen mit Michael Pläne gemacht hatte. Er hatte Karten für ein Konzert besorgt. Lea kannte die Band nicht, aber da sie früher gern auf Konzerte gegangen war und Michi sie eingeladen hatte, hatte sie zugestimmt. Daran erinnerte sie sich allerdings nur, weil er auf dem Weg in seine Mittagspause an ihre Tür klopfte.

»Holst du mich nachher von hier ab?«, erkundigte er sich. »Nachdem uns der Chef offenbar längst durchschaut hat, können wir uns die Heimlichtuerei ja eigentlich sparen.«

»Hat er dir das vorgestern etwa gleich auf die Nase gebunden?«, wich sie seiner Frage aus. Sie überlegte, ob ihr ein Grund einfiel, um ihm für heute Abend abzusagen, der ihn nicht vor den Kopf stieß. Dass sie vergessen hatte, einen Babysitter zu organisieren, war unglaubwürdig. Das Arrangement mit ihren Nachbarn funktionierte immerhin seit Wochen tadellos.

»Erst am Ende unseres Gesprächs. Also? Kommst du her? Ich kann dich auch abholen, aber das wäre eigentlich ein Umweg. Wir könnten uns unterwegs etwas zum Essen besorgen.«

Lea stimmte zu und fuhr ihren Computer herunter. Michael verstand den Wink und verabschiedete sich von ihr. Sie blickte ihm nach und fragte sich, warum sie sich auf das heutige Date nicht freute.

Die kalte Dezemberluft half ihr, auf dem Heimweg den Kopf freizubekommen, und brachte zumindest ein wenig Klarheit: Sie verstand einfach nicht, wie Michi so gute Laune haben konnte, nachdem er sein Herzensprojekt in den Müll gekippt hatte. Ihrer Meinung nach war diese positive Stimmung nur aufgesetzt. Deshalb rechnete sie praktisch jeden Moment damit, dass er zusammenbrach. Sie fühlte sich dafür verantwortlich, da zu sein, wenn der Augenblick kam. Dieser Druck belastete sie, und sie wünschte sich nichts mehr, als ihn loslassen zu können. Doch stattdessen wurde die Last schwerer.

Jan kam mit der Neuigkeit nach Hause, dass er am nächsten Tag eine Stunde länger in der Schule bleiben sollte, damit Professor Berger und die Direktorin sich ein Bild von seinem Talent machen konnten. Den ganzen Nachmittag lang war er ungewöhnlich gesprächig, erzählte von seinem Schultag, vor allem aber von der Klavierstunde. Er war richtig stolz darauf, dass er das Stück so viel schneller als seine Freunde gelernt hatte. Seine gute Laune brach ein, als Lea ihn zu Hause aufforderte, alles für die Übernachtung bei Tobi einzupacken.

»Wieso muss ich schon wieder bei ihm schlafen?«, fragte er genervt.

»Weil ich heute auf ein Konzert gehe. Außerdem dachte ich, das macht dir Spaß.«

»Nicht mehr so.«

»Dann machen wir es nicht mehr so oft, okay?«, bot Lea ihrem Sohn an. »Aber heute bleiben wir bitte dabei.« Sie war zwar versucht, Jan doch noch als Ausrede zu benutzen, um das Date mit Michi absagen zu können, aber bei dem Gedanken fühlte sie sich erst recht unwohl. Sie durfte ihn nicht so kurzfristig hängenlassen.

»Na gut«, murmelte Jan ungnädig und schlurfte davon, um seine Zahnbürste zu holen.

Lea hatte absolut keine Lust, sich für den Abend aufzubrezeln. Sie zog ihre bequemsten Jeans, einen Hoodie und gemütliche Schuhe an – die Kleidung ihrer Wahl, wenn sie sich nicht besonders gut fühlte. Die Männer in ihrem Leben machten ihr gerade alle zu schaffen. Ben überforderte sie, Michael machte ihr Sorgen, und Jan gegenüber hatte sie ein schlechtes Gewissen. Wo *sie* in dem Chaos überhaupt bleiben sollte, wusste sie gar nicht.

Als sie Michi traf, war sie schweigsam. Ihr Gehirn hatte keine Kapazitäten für Small Talk frei, aber sie hatte auch das Gefühl, mit ihm nicht über das, was sie belastete, reden zu können. Immerhin war er ein Teil davon. Doch überraschenderweise war auch er es, der bewirkte, dass Lea zum ersten Mal seit geraumer Zeit wieder tief durchatmete.

Bis zum Konzertbeginn versuchte er gar nicht erst, sie in ein Gespräch zu verwickeln, fast so, als wüsste er, dass sie Ruhe brauchte. Seine körperliche Nähe ließ er sie spüren, auch während sie der Musik lauschten. Der Sound der relativ unbekannten Band war mitreißend, und Lea genoss es, für zwei Stunden all ihren Stress hinter sich zu lassen und sich nur auf die Musik zu konzentrieren. Michi war dabei immer an ihrer Seite, trotzdem konnte sie ganz für sich sein, in die Klänge abtauchen und Abstand von ihrem Alltag gewinnen.

Lea hatte ganz vergessen, dass Musik diese Wirkung auf sie hatte. Es war, als hätte sie ein Stück aus einer Vergangenheit wiedergefunden, in der ihr Leben noch unbeschwert gewesen war. Diese Erfahrung tat richtig gut, und sie verließ die Arena in deutlich besserer Stimmung, als sie sie betreten hatte.

»Hat es dir gefallen?«, wollte Michi wissen, legte dabei seinen Arm um ihre Schulter und drückte ihr einen Kuss auf die Schläfe.

»Ja, die waren überraschend gut.« Sie schmiegte sich an ihn.

»Willst du noch was trinken gehen? Oder zu mir? Oder einfach nach Hause?«

Vor drei Stunden war Lea entschlossen gewesen, den Abend bei der erstbesten Gelegenheit für beendet zu erklären. Doch nun schob sie die Hände unter Michaels Jacke, küsste ihn und entschied: »Zu dir, wenn du mich mitnimmst.«

»Selbstverständlich, schöne Frau«, erwiderte er und schlug den Weg zur U-Bahn ein.

AM NÄCHSTEN MORGEN schreckte Lea aus dem Schlaf hoch. Sie brauchte einen Moment, um sich zu erinnern, wo sie war. Dann verriet ihr ein kurzer Blick auf den Radiowecker, dass sie verschlafen hatte. Schnell kletterte sie aus Michis Bett und suchte im Dunkeln ihre Sachen zusammen.

»Was tust du da?«, fragte Michael verschlafen und schaltete ein Licht ein.

»Mich schleunigst aus dem Staub machen. Jan steht in fünfundzwanzig Minuten vor der Wohnungstür. Wenn ich renne, schaffe ich es, vor ihm da zu sein. Hast du meinen BH gesehen?«

»Gesehen nicht«, erwiderte er, zog ihn aber unter der Decke hervor. Hektisch zog Lea sich an und überlegte währenddessen, welcher der schnellste Weg zu ihr nach Hause war.

»Hast du wenigstens noch Zeit für einen Abschiedskuss?«, fragte Michi.

Fertig angezogen setzte Lea sich an die Bettkante.

»War schön mit dir«, sagte sie und küsste ihn. Doch als er versuchte, sie in seine Arme zu ziehen, machte sie sich los und protestierte: »Ich muss zu Jan!«

Gleich darauf stürmte sie aus der Wohnung und die Treppen hinunter. Sie hatte Glück und erwischte sofort eine Straßenbahn, auch beim Umsteigen musste sie nicht warten. Während der Fahrt schrieb sie Selina eine Nachricht und bat sie, ihr fünf Minuten mehr Zeit zu geben, bevor sie Jan nach Hause schickte. Eigentlich hatte sie geplant, daheim zu schlafen, und deshalb vereinbart, dass er zum Frühstück rüberkommen sollte. Sie schaffte es gerade mal rechtzeitig in die Wohnung, als er auch schon anläutete.

»Tut mir leid, mein Schatz, ich habe verschlafen«, entschuldigte sie sich sofort.

»Wie kannst du nur ausgerechnet heute verschlafen?«, warf er ihr vor.

Seine schlechte Laune traf Lea, doch sie rief sich für einen Moment die Leichtigkeit des Vorabends in Erinnerung und gewann daraus die Gelassenheit, damit umzugehen. »Wieso?«, erkundigte sie sich. »Was ist heute?«

»Na, mein Vorspielen!«

»Das ist doch erst in der sechsten Stunde.«

»Ja, aber ich will doch noch üben!«

Er war zu aufgebracht, um zu frühstücken, und setzte sich stattdessen ans Klavier. Lea ließ ihn zuerst gewähren, zwang ihn dann aber, seinen Kakao auszutrinken und wenigstens ein halbes Brot zu essen. Obwohl er sich ausnahmsweise mit dem Waschen und Anziehen beeilte, wartete Tobi bereits ungeduldig im Treppenhaus auf ihn. Jan verabschiedete sich nur halbherzig von seiner Mama, dann rannten die beiden los.

Lea blieb allein zurück und wurde von einer Welle des Frusts erfasst. Egal, wie sehr sie sich bemühte, nie konnte sie alle zufriedenstellen. Warum war es nur so schwer, ihre Herzensmenschen unter einen Hut zu bringen?

KAPITEL 23

LEA

Jans Direktorin rief Lea am Vormittag an und lud sie ein, bei dem Termin mit Professor Berger dabei zu sein, doch das lehnte sie als ›zu kurzfristig‹ ab. In Wahrheit hielt sie es für keine gute Idee, mit Ben und Jan in einem Raum zu sein, und bevorzugte es, vor der Schule auf ihren Sohn zu warten.

»Wie war es?«, erkundigte sie sich sofort, als Jan aus dem Gebäude stürmte.

»Voll gut«, erhielt sie als Antwort, was für sich genommen schon mehr war, als sie normalerweise aus ihrem Sohn herausbrachte. »Ich darf mit Ben extra Klavier üben. Kann ich jetzt jeden Donnerstag eine Stunde länger bleiben? Da hat er Zeit.«

Sie war zwar erleichtert, dass ihr Sohn nicht mehr böse auf sie war, musste seine Begeisterung jedoch bremsen.

»Langsam!«, unterbrach sie ihn. »Darf ich da auch noch mitreden?«

»Ben hat gesagt, du hast es erlaubt.«

»Ich habe erlaubt, dass er mit der Direktorin und Professor Berger über dich spricht. Und ich war einverstanden, dass du heute eine Stunde länger bleibst, damit sie sich anhören können, ob du Talent hast. Aber du warst gerade mal drei Wochen in einem Schnupperkurs und jetzt beschließt du einfach, dass du Klavier lernen möchtest?«

»Nächstes Jahr muss ich doch sowieso ein Instrument lernen«, argumentierte er. »Und ich spiele dann sicher nicht Klarinette.«

»Aber du hast noch Schlagzeug und Querflöte und Saxofon und ein paar andere Instrumente vor dir«, gab Lea zu bedenken.

Doch Jan hatte seinen Entschluss bereits gefasst. Wütend stampfte er mit einem Fuß auf und verkündete: »Ich lerne Klavier oder gar nichts!«

Lea seufzte. »Und unbedingt hier an der Schule mit Ben?«

Es war eine Sache, dass er zusammen mit seinen beiden besten Freunden die Schnupperstunden bei Ben hatte. Doch Einzelunterricht war etwas ganz anderes. Sie war sich nicht sicher, was sie davon hielt, dass Jan auf einmal Zeit allein mit seinem Vater verbringen sollte.

»Wieso soll ich es wo anders lernen?«, fragte Jan irritiert.

Der Einwand war berechtigt. Natürlich war es das Vernünftigste, die Klavierstunden direkt an seiner Schule zu nehmen, bei dem Lehrer, der dort unterrichtete. Aber mit diesem Gedanken musste sie sich erst anfreunden.

»Weißt du was, wir gehen erst mal nach Hause und essen etwas«, schlug Lea vor. »Ich habe Hunger.«

»Und du bist grummelig, wenn du hungrig bist«, erwiderte ihr Sohn grinsend.

Erst zu Hause merkte Lea, dass Ben ihr eine Nachricht geschrieben und sie gebeten hatte, ihn anzurufen. Sie wartete, bis Jan am Abend im Bett war, bevor sie zum Telefon griff. Erstens wollte sie nicht, dass er das Gespräch mithörte, und zweitens blieben ihr so ein paar Stunden Zeit, um sich Gedanken über die Situation zu machen.

»Was hältst du von der ganzen Sache?«, war Bens erste

Frage, und Lea war positiv überrascht, dass zumindest er es nicht für ausgemacht hielt.

»Ich bin mir nicht sicher«, antwortete sie ehrlich. »Aber ich bin schon mal froh, dass dich meine Meinung überhaupt interessiert. Bei Jan klang es, als wäre bereits alles beschlossen.«

»Anscheinend lässt er sich von Dingen, die er sich einmal in den Kopf gesetzt hat, nicht mehr so leicht abbringen«, bemerkte Ben lachend. »Von wem er das nur hat?«

»Ich weiß gar nicht, was du meinst«, erwiderte sie schmunzelnd. Wer von ihnen beiden der größere Sturkopf war, hatten sie nie endgültig geklärt.

»Lea, entschieden ist noch gar nichts«, stellte er klar. »Es ist ein Angebot. Sowohl Professor Berger als auch die Direktorin teilen meine Meinung, dass man so eine Begeisterung und Begabung nicht jeden Tag sieht, und halten es für sinnvoll, da gleich anzusetzen und nicht erst ein Jahr zu warten. Aber die Entscheidung liegt bei dir.«

»Einmal abgesehen davon, dass ich mir nicht sicher bin, was ich vom Lehrer halten soll –«

»Ich weiß, dass das ein Faktor ist«, unterbrach Ben sie. »Aber du solltest das getrennt voneinander betrachten. Es ist eine Frage, ob Jan überhaupt jetzt schon Klavier lernen sollte, und eine andere, ob es eine gute Idee ist, wenn ich ihn unterrichte.«

Lea hatte erwartet, eine emotionale Diskussion zu führen, bei der er ihr wieder unterstellte, sie würde ihn für einen schlechten Lehrer halten. Mit seiner sachlichen Herangehensweise konnte sie besser umgehen. »Okay, also was den Klavierunterricht an sich betrifft: Ich mache mir Sorgen, dass es ihn überfordert. Was, wenn er gleich wieder den Spaß daran verliert und wir nächstes Jahr mit einem Kind dastehen, das sich weigert, überhaupt irgendein Instrument zu spielen?« Erst als sie den Satz ausgesprochen hatte, merkte sie, dass sie ihn in der Wir-Form formuliert hatte.

»Niemand hat vor, ihn irgendeinem Druck auszusetzen«, versicherte Ben. »Das Wichtigste ist, dass er Spaß daran hat. Und falls du mit mir als Lehrer einverstanden bist: Ich bin ganz gut darin abzuschätzen, wie viel ich den Kindern zumuten kann.«

»Du hast über sieben Jahre lang nicht mehr unterrichtet.«

»Aber erstens tue ich es inzwischen schon seit ein paar Monaten wieder und zweitens gibt es Dinge, die man nicht verlernt. Zum Beispiel das Gespür dafür, wie sehr man die Kinder fordern kann. Das hat man oder man hat es nicht.«

»Ben, bitte sei ehrlich! Willst du das machen, um sein Talent zu fördern oder um Zeit mit ihm zu verbringen?«

»Beides«, gab er zu. »Es wäre schade, wenn er nichts aus seiner Begabung machen würde. Wenn er jetzt nicht die Möglichkeit dazu bekommt, verliert er vielleicht das Interesse oder weigert sich später aus Trotz – und entscheidet sich doch noch für Klarinette.«

»Schlagzeug, um mich extra zu quälen, aber Klarinette nie im Leben.«

»Die hat ihn irgendwie fertiggemacht, oder?«

»Ja, die Klarinette steht derzeit für alles Böse«, bestätigte Lea.

»Und das Klavier?«

Sie seufzte. »Das genaue Gegenteil. Ben, ich weiß, dass er es lernen will. Er blüht total auf, selbst wenn er nur Tonleitern rauf und runter spielt. Und wahrscheinlich hast du recht mit deinen Argumenten. Aber was die Frage des Lehrers betrifft: Ihr kennt euch erst seit ein paar Wochen. Wer weiß, was sein wird, wenn Jan erst erfährt, wer du wirklich bist? Oder was, wenn er merkt, dass ihm Klavier doch nicht so gut gefällt? Wenn es in Stress umschlägt und die Klarinette als das Ultraböse ablöst? Wenn er dir dann die Schuld dafür gibt, dass er überhaupt damit angefangen hat? Dann könnte der Plan voll nach hinten losgehen.«

»Lea, ich habe über das alles lange nachgedacht und mir

ist bewusst, dass es in einem Desaster enden könnte. Aber ich sehe es trotzdem als die beste Chance, eine unverkrampfte Beziehung zu meinem Sohn aufzubauen. Ohne dass dauernd über allem der Vorwurf schwebt, dass ich die ersten sechseinhalb Jahre seines Lebens nicht für ihn da war. Und den Vorwurf müsste nicht nur ich mir gefallen lassen. Irgendwann wird er anfangen, nach den Hintergründen zu fragen, und dann fällt es auf dich zurück.«

»Ich weiß.«

»Lass es uns versuchen«, bat Ben. »Von mir aus erst mal auf Probe. Wir sagen Jan, dass er vorläufig bis zu den Semesterferien mit mir spielen kann. Falls wir bis dahin zu der Erkenntnis kommen, dass es eine blöde Idee war, haben wir eine Sollbruchstelle.«

»Also gut«, lenkte Lea ein. »Aber wenn ich den Eindruck bekomme, dass ihn der zusätzliche Klavierunterricht stresst, ihm keinen Spaß macht oder sonst irgendwelche negativen Auswirkungen hat, beenden wir das Experiment sofort.«

»Es ist aber normal, dass die Kinder hin und wieder Durchhänger haben«, gab er zu bedenken.

»Ich werde nicht gleich überreagieren, wenn er mal eine Woche lang keine Lust zu üben hat«, versprach sie.

»Okay.«

Es trat eine kurze Stille ein, die Ben zögernd unterbrach: »Da ist noch etwas, worüber ich mit dir reden wollte.«

»Was denn?«

»Du hast letztens angedeutet, Jan hätte übertriebene Weihnachtswünsche.«

»Ja.«

»Ging es dabei um einen Roboter?«

»Woher weißt du das?«, wunderte sie sich.

»Ich habe heute einen Streit zwischen Freddy und Jan mitverfolgt. Freddy hat ihn ausgelacht, weil er den Roboter bestimmt nicht bekommt, Jan aber behauptet hat, er kriegt ihn sicher. Kaum war Freddy weg, hat er Tobi das Versprechen abgenommen, Freddy auf keinen Fall zu verraten, dass du Nein gesagt hast. Das scheint eine große Sache bei ihnen zu sein.«

Lea seufzte. »Ja, das fürchte ich auch. Jan wird leider von ein paar Kindern gehänselt, weil er gewisse Dinge nicht hat. Keine Spielkonsole, kein Tablet und schon gar kein eigenes Handy. Er beklagt sich deshalb schon seit zwei Monaten bei mir.«

»Darf ich etwas dazu beitragen, dass er sich nicht als Außenseiter fühlt und mitreden kann?«

»Du darfst ihm definitiv keine Spielkonsole oder irgend so ein Zeug kaufen«, stellte sie klar.

»Und den Roboter zu Weihnachten?«

»Das Problem ist nicht der Roboter, sondern dass man ein Tablet dazu braucht«, erklärte Lea. »Ich will nicht irgendeines, aber das eine, das ich selber gern hätte, kann ich mir echt nicht leisten.«

»Und wenn ich stattdessen *dir* ein Tablet schenke?«

Prinzipiell fand sie seinen Vorschlag genial. »Dann würde ich meine Autorität als Mama nicht verlieren, könnte ihn aber gleichzeitig total großzügig das Tablet mitbenutzen lassen. Und in der Schule könnte er behaupten, er hätte eines bekommen. Das wäre *die* Lösung des Problems – wenn ich keine Skrupel hätte, von dir ein Geschenk anzunehmen.«

»Und wieso hast du die?«, fragte er hörbar genervt.

»Ich mag dich erst seit ein paar Wochen wieder ein bisschen.«

»Ein bisschen? Na ja, immerhin ein Anfang und vermutlich eine deutliche Verbesserung zu vor zweieinhalb Monaten.«

»Tut mir leid, wie ich bei unserem Wiedersehen auf dich reagiert habe«, entschuldigte sich Lea.

»Ist schon okay. Ich mochte mich damals selber nicht besonders.«

»Und jetzt?«

»Es wird von Tag zu Tag besser.«

Die Aussage entlockte Lea ein Lächeln.

»Darf ich dir bitte dieses Tablet schenken?«, bat er. »Es würde mir viel bedeuten.«

Lea zögerte, denn sie erinnerte sich nur zu genau daran, dass Ben auf diese Weise seine Zuneigung ausdrückte. Es musste nicht immer gleich ein teures Gerät sein, aber er machte Menschen, die ihm am Herzen lagen, gern Geschenke. Sie war sich nicht sicher, wie sie damit umgehen sollte.

Er wartete geduldig auf ihre Antwort, und schließlich rang sie sich dazu durch, zuzustimmen: »Okay, wenn du darauf bestehst.«

»Tue ich.«

»Dann okay.«

»Gut, dann diktier mir bitte deine Wünsche an *Father Christmas!*«, forderte er sie auf.

Lea wusste genau, dass Bens Familie Weihnachten immer nach den englischen Traditionen feierte, trotzdem sagte sie: »An *Father Christmas?* Zu uns kommt das Christkind.«

»Da, wo ich herkomme, bringt *Father Christmas* die Geschenke.«

»Dann frage ich mich aber, wie der zu uns kommen soll. Wir haben keinen Kamin.«

»Das lass mal seine Sorge sein.«

KAPITEL 24

LEA

AM FREITAGABEND STAND die Firmenweihnachtsfeier der Buchhandlung auf dem Programm. Treffpunkt war im Weihnachtsdorf beim Schloss Belvedere, wo sich das Team mit Punsch oder Glühwein auf die Feier einstimmen wollte. Für später hatte Bert in einem nahe gelegenen Restaurant einen Tisch für sie reserviert.

Julie und Lea trafen als Erste ein, gleich darauf folgte Rosemarie, die vor Kurzem ihre Pension angetreten hatte. Da die Schlangen bei den Ständen ziemlich lang waren, bot Lea an, sich schon mal anzustellen. Während sie wartete, las sie Michis Nachricht ›bin auf dem Weg‹, und orderte daher vier Getränke.

»Du hast aber viel vor«, hörte sie eine vertraute Stimme sagen und hob den Kopf. Neben ihr stand Ben.

»Was machst du denn hier?«, fragte sie überrascht.

»Linus und seine Freundin sind in der Stadt.«

Als sie den Namen hörte, verspürte Lea einen kurzen Stich. Linus war neben Rebekka die Person aus Bens Freundeskreis, die ihr in den vergangenen Jahren am meisten gefehlt hatte. Sie hätte gern tausend Fragen über ihn gestellt.

»Er möchte sie davon überzeugen, dass Wien ein besserer Ort zum Leben ist als London«, fuhr Ben fort. »Deshalb zeigt er ihr die Vorzüge.«

»Und zu denen gehörst du?«

»Scheint so.«

»Geht es ihm gut?«, fragte Lea, um wenigstens eine Antwort zu bekommen.

»Ich glaube schon. Ehrlich gesagt habe ich ihn seit mehr als einem halben Jahr nicht gesehen.«

»Ihr redet wenigstens noch miteinander?«

»In den letzten Monaten haben wir uns hauptsächlich geschrieben, aber ja. Er will mich treffen, und ich hatte keinen Grund, das nicht zu tun.«

»Anders als bei deinem Bruder? Oder auch bei Jakob?«

»Nur Jonas«, betonte er und wechselte schnell das Thema: »Mit wem bist du hier?«

»Mit meinen Arbeitskollegen. Wir haben Weihnachtsfeier.«

»Ich weiß gar nicht, wo du arbeitest«, stellte er stirnrunzelnd fest.

»Ich betreue den Onlineshop einer Buchhandlung.«

»Selbstständigkeit ist kein Thema mehr?«

Sie verneinte. »Zu großes Risiko für eine Alleinerziehende.«

»Ich habe dir schon mehrmals gesagt, du sollst dich melden, wenn du Geld brauchst«, erinnerte er sie, doch sie winkte ab.

»Ich komme über die Runden.« Wie zum Beweis nahm sie ihre Brieftasche zur Hand und bezahlte die vier Tassen Punsch, die inzwischen vor ihr standen.

»Brauchst du Hilfe beim Tragen?«

»Nein, auch das schaffe ich«, lehnte sie ab und griff mit jeder Hand nach zwei Henkeln. Ben blieb nur, ihr noch viel Vergnügen bei der Weihnachtsfeier zu wünschen.

Während sie weg gewesen war, hatte sich ihr Grüppchen vergrößert, inzwischen waren alle Kollegen anwesend. Sie gab die Tassen an Julie, Rosemarie und Michi weiter, Bert übernahm es, sich für alle Übrigen um ein Getränk anzustellen.

»Mit wem hast du dich da unterhalten?«, erkundigte sich Michael und deutete mit dem Kopf zu dem Punschstand.

»Mit Jans Klavierlehrer«, antwortete sie. Das war zwar nicht gelogen, aber Lea war bewusst, dass es sich dabei nur um einen Bruchteil der Wahrheit handelte. Verstohlen blickte sie in Bens Richtung und stellte fest, dass er immer noch da war und sie beobachtete. Auch Michi bemerkte es und Lea entdeckte eine kleine Falte auf seiner Stirn, die ihr noch nie aufgefallen war. War er eifersüchtig? Um dieses Gefühl im Keim zu ersticken, legte sie den freien Arm um seine Hüfte und schmiegte sich an ihn.

♪

BEN

Die Eifersucht traf Ben so unvermittelt, dass er am liebsten aufgeschrien hätte. Obwohl die Vernunft ihm sagte, dass er damit hatte rechnen müssen, dass Lea nicht für immer Single sein würde, hatte er bis zu diesem Moment nicht geglaubt, sie könnte sich in einen anderen Mann verlieben. Zu allem Überfluss sah der hier nett aus und sie, als fühlte sie sich in seiner Gegenwart sehr wohl.

Das Klingeln seines Handys verhinderte, dass er weiterhin wie angewurzelt stehen blieb und die Gruppe beobachtete. Linus gab ihm seinen Standort durch, und Ben machte sich auf die Suche nach seinem Bandkollegen und dessen Freundin.

»*Good to see you*«, begrüßte er zuerst Flora und küsste sie auf beide Wangen. Da sie nur wenige Sätze Deutsch sprach, war es selbstverständlich, dass sich auch die Männer in ihrer Gegenwart auf Englisch unterhielten. Dann wandte er sich an Linus, der ihn in eine freundschaftliche Umarmung zog.

»Du siehst gut aus«, stellte der Drummer nach einer kurzen Musterung fest.

»Überraschend gut?«, vermutete Ben.

»Überraschend gut«, bestätigte Linus. »Ich weiß nicht, ob ich das persönlich nehmen soll.«

»Wieso?«

»Ein halbes Jahr ohne die Band und du wirkst wie ein neuer Mensch? Was daran sollte ich nicht persönlich nehmen?«

Ben schmunzelte. »Es könnte auch ein halbes Jahr weg aus London sein.«

»Oh, gutes Argument.« Linus drehte sich zu Flora. »Hast du das gehört? In Wien ist die Lebensqualität viel höher als in London. Er ist der lebende Beweis dafür.«

Flora lachte nur, und Ben erkundigte sich bei ihr: »Kommt er dir schon die ganze Zeit mit derart überzeugenden Argumenten?«

»Du hast keine Vorstellung davon«, stöhnte sie, machte jedoch ein amüsiertes Gesicht.

»Funktioniert es?«

»Ein bisschen«, gab sie zu. »Wien ist schön. Aber so ein Umzug in ein neues Land ist eine große Sache.«

»Ja, absolut. Als Erwachsener ist es allerdings deutlich leichter als im Kindesalter. Schon allein, weil man selber entscheiden kann, wann die Sehnsucht nach dem, was man zurückgelassen hat, so groß ist, dass man sich einfach in den Flieger setzt, um die alten Freunde zu besuchen.«

Linus runzelte die Stirn. »Du warst kein einziges Mal in England, seit du wieder nach Wien gezogen bist, oder? Oder hast du dich einfach nicht gemeldet?«

»Ich war nicht mehr da.«

»Also hast du uns wirklich nicht vermisst.«

»Doch«, widersprach Ben sofort. »Aber ich hatte mit mir zu tun.«

Linus gab einen brummenden Laut von sich, ließ das Thema jedoch auf sich beruhen.

Vorläufig jedenfalls. Als Flora sich eine Stunde später auf die Suche nach einer Toilette begab, musterte Linus Ben ernst und fragte: »Was ist es wirklich? Ich meine, du bist ein halbes Jahr weg von uns und wirkst zum ersten Mal seit Jahren gesund und erholt. War die Band so eine Belastung für dich?«

Ben erwiderte seinen Blick für einige Sekunden und entschied, dass Linus es verdiente, als Erster zu erfahren, was wirklich passiert war.

»Ich habe Lea getroffen«, sagte er und sah zu, wie seinem Kumpel die Kinnlade hinunterklappte.

»Ernsthaft? Wann? Wie? Seid ihr wieder zusammen? Ist sie hier?« Er sah sich suchend um.

Ben hob beschwichtigend die Hände. »Die Sache ist ziemlich kompliziert«, bremste er die Euphorie. »Sie ist hier irgendwo. Allerdings weiß ich seit vorhin, dass sie einen Freund hat.«

»Oh«, machte Linus. »*Shit!*«

Obwohl Ben gern in sein Fluchen eingestimmt hätte, winkte er auch jetzt ab. Der Neue war nur eine Randerscheinung, aber er wusste nicht, wie viel er Linus noch erzählen sollte. Er war nicht bereit, mit jemandem über Jan zu reden. »Wie gesagt, es ist kompliziert. Eigentlich dachte ich immer, wenn wir uns wiedersehen würden, würden sich alle meine Probleme in Luft auflösen. Es hat sich herausgestellt, dass das nicht so einfach ist.«

»Weil du deine Probleme in der Zwischenzeit zu gut gepflegt hast?«

An der Aussage war leider etwas Wahres dran. Ben hatte in den vergangenen Jahren kaum versucht, sich aus der Spirale der Selbstzerstörung zu befreien. Seine Freunde hatten die meiste Zeit nicht mehr tun können, als das Schlimmste zu verhindern. »Ja, vermutlich«, gab er zu.

»Immerhin hat das Wiedersehen bewirkt, dass du das eingesehen hast?«, hakte Linus vorsichtig nach.

»Nicht sofort.«

»Aber am Ende doch.«

»Ja.«

»Finde ich gut.«

Ben schmunzelte und seufzte. »Ja, ich auch.«

»Hör mal ...«, Linus sah sich kurz um, »... solange Flora noch weg ist ... Wie geht es ihr?«

Ben wunderte sich nicht wirklich darüber, dass sein Kumpel die Frage nicht vor seiner Freundin stellen wollte. Flora wusste vermutlich nichts über das ehemals enge Verhältnis der beiden und hätte das möglicherweise in den falschen Hals bekommen.

»Es geht ihr gut«, versicherte er.

»Hat sie mal nach mir gefragt?«

»Gerade vorhin.«

Ein kurzes Lächeln huschte über Linus' Gesicht.

»Soll ich ihr etwas von dir ausrichten?«, bot Ben an.

»Grüß sie einfach, okay?«

»Mach ich«, versprach er. »Aber nur –«

»Nur was?«

»Bitte erzähl niemandem von ihr!«, bat Ben den Drummer. »Ich bin noch nicht so weit. Außer dir weiß es niemand.«

»Okay.« Linus war sichtlich überrascht, doch Ben entnahm seinem Gesichtsausdruck auch, dass er sich durch sein Vertrauen geschmeichelt fühlte.

Später am Abend machte er ein Foto von Linus und Flora, und als er auf dem Heimweg in der Straßenbahn saß, schickte er es an Lea mit dem Text: ›*Greetings from Linus*‹.

Die Reaktion kam innerhalb von Sekunden in Form eines Herzens. Ben seufzte und steckte sein Handy ein. Er wünschte, das Herz hätte ihm gegolten, nicht seinem Freund.

KAPITEL 25

LEA

IN DER LETZTEN Woche vor den Weihnachtsferien hatte Jan seine erste Klaviereinzelstunde. Lea machte sich noch immer Sorgen wegen der Kosten, bisher hatte sie dazu keine Informationen erhalten. Es war nicht ausgeschlossen, dass Ben da seine Finger im Spiel hatte. Vielleicht hatte er der Direktorin erklärt, dass er Jan unentgeltlich unterrichten wollte? Lea konnte nur spekulieren.

Jedenfalls war ihr Sohn überglücklich – und das war für sie das Wichtigste. Sie hatte keine Lust auf weitere Krisen und wünschte sich nur, eine harmonische Weihnachtszeit mit ihren Lieben zu verbringen. Ob ein Christkindlmarktbesuch mit Jan und Michi dazu beitragen würde, war allerdings fraglich. Trotzdem hoffte Lea, dass Jan ihrem Freund eine Chance geben würde.

Beim gemeinsamen Mittagessen zeigte sich ihr Sohn ziemlich skeptisch. Er beobachtete Michi die ganze Zeit über argwöhnisch und beantwortete Fragen nur knapp und leise. Bis Michael das Thema ›Ninjago‹ anschnitt. Da taute Jan auf, und sie verbrachten zuerst einige Zeit mit Fachsimpeln, ehe sie sich gemeinsam ins Kinderzimmer zurückzogen, um mit Jans Lego zu spielen.

»Woher weißt du das alles?«, erkundigte sich Lea in der U-Bahn zum Karlsplatz bei Michael.

»Ich habe extra ein Seminar besucht«, behauptete er. »Der Titel lautete: ›Wie beeindrucke ich den Sohn meiner Freundin?‹.«

»Aha, und wer bietet das an?«

Er lachte. »Meine beiden Neffen. Ich glaube, der Originaltitel war: ›Ninjago für Dummies‹.«

»Ich bin beeindruckt. Ich habe es längst aufgegeben, mir die Namen von den Ninjas und Drachen und Fahrzeugen und allem zu merken. Aber wenn Jan sich für etwas interessiert, dann gründlich. Jetzt hat er sich mit vollem Eifer auf das Klavier gestürzt und würde am liebsten Tag und Nacht üben.«

»Wow, das ist beneidenswert. Ich habe leider nie ein Instrument gelernt, obwohl Musik wirklich wichtig für mich ist.«

»Ich beherrsche zwar mehrere Musikinstrumente, aber richtig gut bin ich in keinem. Allerdings war ich auch nie mit so viel Enthusiasmus beim Üben dabei. Von mir hat er das nicht.«

Michael versicherte sich mit einem kurzen Blick, dass Jan damit beschäftigt war, auf das Handydisplay seines Sitznachbars zu starren, der irgendein Spiel spielte.

»Weiß er, dass sein Vater Musiker ist?«, fragte er leise.

Lea war froh, dass Michi es so formuliert hatte, denn darauf konnte sie ehrlich sagen: »Nein, das weiß er nicht.«

»Also ist es ausgeschlossen, dass er ihm nacheifern will?«

Darauf gab sie ihm keine richtige Antwort.

Jan eiferte seinem Vater massiv nach, nur wusste er nicht, dass er es tat. Er hatte sich sogar geweigert, vor Weihnachten zum Friseur zu gehen, weil er sich die Haare wachsen lassen wollte. Lea war sich noch nicht sicher, was sie von dieser Entwicklung halten sollte.

Sie erreichten die Station Karlsplatz und mussten ihre Unterhaltung beenden. Lea nahm Jan an der Hand, damit er im Getümmel nicht verloren ging, und sie machten sich auf den Weg zum Christkindlmarkt vor der Karlskirche. Der Markt bot nicht nur Kunsthandwerk und ein stimmungsvolles Rahmenprogramm, sondern auch jede Menge Action für Kinder. Während die Erwachsenen Punsch tranken und sich unterhielten, streichelte Jan Tiere, tobte sich im Stroh aus und fuhr mit dem Karussell der Fundgegenstände und dem Draisinenexpress. Michi kaufte ihm außerdem bereitwillig jede Süßigkeit, um die Jan bettelte. Normalerweise hätte Lea das nicht erlaubt, aber heute machte sie eine Ausnahme.

Der Nachmittag verlief so nett und einträchtig, dass Lea sich ziemlich vor den Kopf gestoßen fühlte, als Jan auf ihre an Michael gerichtete Frage, ob er noch mit zu ihnen kommen wolle, verärgert reagierte.

»Wir wollten heute einen Film anschauen«, protestierte er.

»Michi kann doch mitschauen«, schlug sie vor.

»Auf unserer Couch ist kein Platz für ihn.«

Er hatte recht. Außerdem sah Lea ein, dass diese Filmabende für Jan etwas Intimes waren, ihre gemeinsame Kuschelzeit. Möglicherweise war der Sechsjährige der Meinung, im Pyjama mit Elchaufdruck nicht den Herrn im Haus markieren zu können.

Sie einigten sich darauf, dass Michael sie begleitete, weil Lea ihm noch sein Weihnachtsgeschenk geben wollte, dass er aber nicht bei ihnen bleiben würde. Deshalb kam er zwar mit in den Flur, behielt aber Schuhe und Jacke an. Lea verschwand in ihrem Schlafzimmer und kam mit einem grünen Karton zurück, um den sie eine Schleife gebunden hatte.

»Das ist für dich!«

»Danke!« Er gab ihr einen Kuss. »Darf ich es gleich aufmachen?«

»Erst am vierundzwanzigsten«, bestimmte sie, bedauerte aber ein bisschen, dass sie dann nicht sehen würde, wie ihm der Inhalt gefiel. Die Box enthielt zehn Kuverts mit der Aufschrift ›Öffnen, wenn ...‹ und jeweils einem Zusatz. Eines davon machte sie ein bisschen nervös, denn der Satz lautete: ›Öffnen, wenn du dein Buch beenden willst.‹. Darin befand sich ein Zettel mit dem Dateinamen der Kopie seines Buches. Michi machte allerdings nach wie vor nicht den Eindruck, als würde er es bereuen, dass er sein Manuskript gelöscht und dem Schreiben den Rücken gekehrt hatte.

Die anderen Kuverts sollte er öffnen, wenn Weihnachten war, wenn er Lea vermisste und Ähnliches. Alle enthielten kleine Geschenke, die zu der Aufschrift passten.

»Darf ich nicht einmal einen kurzen Blick hineinwerfen?«, fragte er.

»Na gut«, gab sie nach. »Aber wirklich nur kurz!«

Die eigentlichen Geschenke waren ohnehin extra verpackt, und das besagte Kuvert lag ganz unten in der Schachtel.

Michi löste die Schleife und hob den Deckel an.

»Das ist gemein«, stellte er fest, nachdem er die Aufschrift des Weihnachtskuverts gelesen hatte. »Das darf ich ja erst recht nicht heute aufmachen.«

»Genau.« Lea unterdrückte ein Grinsen und küsste ihn.

»Jetzt ich«, sagte er dann und holte ein Päckchen aus der Innentasche seiner Jacke. Es fühlte sich an wie ein Buch, was nicht verwunderlich war, da es ja von ihm kam.

»Auch erst morgen öffnen, wenn ich heute nicht darf!«, verlangte er.

»Okay, so lange halte ich das schon aus. Danke!«

Mit dem Päckchen in der Hand schlang sie ihre Arme um ihn.

»Wie lange sehen wir uns jetzt nicht?«, fragte sie seufzend.

»Ich habe nur über die Feiertage Pläne.«

»Wir zwar auch, aber ich weiß nicht, wie es danach mit Jan ist.«

»Ruf mich an, okay?«

»Mache ich«, versprach sie und ließ ihn schweren Herzens los.

Sie blickte ihm nach, bis er im unteren Stockwerk verschwunden war. Als sie sich umdrehte, um zurück in die Wohnung zu gehen, bemerkte sie, dass neben ihrer Tür ein Karton stand. Verdutzt warf sie einen Blick hinein und entdeckte zwei weihnachtliche Pakete, an denen jeweils ein Geschenkanhänger baumelte. Auf einem stand ihr Name, auf dem anderen der ihres Sohnes und beide waren unterschrieben mit *Father Christmas*.

Schnell schickte sie eine Nachricht an Ben.

LEA
Father Christmas hat sich in der Anzahl vertan.

BEN
Sorry, er konnte nicht widerstehen. Ist aber kein Roboter. Und keine Konsole. Und auch sonst nichts, was du ausdrücklich verboten hast.

Lea hob das Paket hoch und schloss aus Geräusch und Gewicht, dass es sich dabei vermutlich um ein nicht allzu großes Lego-Set handelte. Damit konnte sie leben.

LEA
Lego ist okay.

BEN
Glück gehabt. Ich hoffe, er mag es. Muss mein Handy jetzt gleich ausschalten.

Nach dem letzten Satz folgte ein Flugzeug-Icon.

LEA
Feierst du in London?

BEN
Nein, diesmal ausnahmsweise in Schweden.

Prompt bekam Lea ein bisschen Heimweh. Weihnachten in Schweden fand sie immer besonders stimmungsvoll. Aber sie freute sich auch auf die Feier mit ihren Eltern.

LEA

> Na dann ... God Jul!

BEN

> Merry Christmas!

Obwohl Lea und Jan nicht mehr tausend Kilometer von der Familie entfernt wohnten, blieben sie auch in diesem Jahr über die Feiertage bei Leas Eltern. Sie feierten gemeinsam Bescherung, besuchten Verwandte – und aßen und tranken viel zu viel. Das war wohl immer gleich, egal, in welchem Land man das Fest beging.

Jan war recht zufrieden mit seinen Geschenken, obwohl ihm der Roboter nur teilweise Freude bereitete. Glücklicherweise besaß Leas Vater ein Tablet, denn wie sich herausstellte, brauchte man sogar für den Zusammenbau eine App. Aber als sie sich fertig machten, um nach Hause zu fahren, wollte Jan das neue Spielzeug zuerst gar nicht mitnehmen, weil er meinte, er könne daheim ohnehin nichts damit anfangen. Lea überredete ihn schließlich doch dazu – mit der vagen Ausrede, sie würde Matthias bitten, ihnen sein Tablet zu leihen.

Zu Hause angekommen, erteilte Lea ihrem Sohn zuerst einige Anweisungen, damit sie Zeit hatte, unbemerkt zwei Pakete unter den kleinen Plastikchristbaum im Wohnzimmer zu legen. Dann schalteten sie gemeinsam feierlich die Beleuchtung ein.

Der Baum war wirklich mickrig im Vergleich zu dem im Haus ihrer Eltern oder dem der Familie Larsson, der jedes Jahr an die drei Meter hoch war. Trotzdem war es ein schöner Moment, als die Lichter ihr Heim erleuchteten. Lea fand, der Raum fühlte sich gleich viel behaglicher an.

»Noch mehr Geschenke!«, rief Jan überrascht aus und stürzte sich sofort auf die beiden Pakete. »Das ist für mich und das für dich.«

»Oh, wirklich?« Lea tat, als wüsste sie von nichts.

»Wer ist *F-a-t-h-e-r C-h-r-i-s-t-m-a-s*?«, fragte Jan verwundert. Er versuchte, die Wörter deutsch zu lesen.

»*Father Christmas*«, erklärte Lea. »Der Weihnachtsmann in England. Wie Tomte in Schweden.«

»Und warum bringt uns der Geschenke?«

Auf die Schnelle fiel Lea keine Antwort ein. Warum hatte Ben die Anhänger bloß so signiert? Wenn er einfach ›Weihnachtsmann‹ geschrieben hätte, hätte Lea irgendwas davon faseln können, dass der Weihnachtsmann wohl doch nicht nur zu Kindern in Deutschland kam, sondern auch manchmal einen Abstecher nach Österreich machte.

Zum Glück war Jans Neugierde auf den Absender des Pakets nicht so groß wie auf den Inhalt. Er steckte den Geschenkanhänger in seine Hosentasche und riss das Papier auf.

»Genau das habe ich mir gewünscht!« Begeistert umarmte er Lea, die doch gar nichts mit der Sache zu tun hatte.

»Von mir ist das aber nicht«, beeilte sie sich, zu betonen.

Jan verdrehte die Augen. »Aber ich weiß, dass es den Weihnachtsmann nicht wirklich gibt.«

»Vielleicht ja doch?«

Er winkte ab, als wollte er ihr sagen, dass sie sich keine Mühe zu geben brauchte, und erkundigte sich: »Warum machst du deines nicht auf?«

Lea hatte nur auf seine Aufforderung gewartet und zelebrierte nun das Auspacken, während er vor Neugier fast platzte. Beim Anblick des Tablets traute er seinen Augen kaum.

»Meines«, sagte Lea schnell. »Aber ich leihe es dir. Manchmal.«

»Können wir die App für den Roboter installieren?«

»Ich richte es zuerst ein und dann machen wir das, okay? Bau inzwischen dein Set zusammen!«

»Das ist das beste Weihnachten aller Zeiten«, murmelte Jan ehrfürchtig, während er die Teile auf dem Teppich ausleerte.

KAPITEL 26

LEA

Weihnachten hätte in diesem Jahr perfekt sein können, doch Lea wurde zunehmend unruhig. Michi hatte auf keine ihrer Nachrichten reagiert und keinen Anruf angenommen. Sie hatte das ungute Gefühl, dass ihr Geschenk ins Auge gegangen war.

Als Jan im Bett war, versuchte sie mehrmals, Michael zu erreichen, hatte aber keinen Erfolg. Langsam machte sie sich ernsthafte Sorgen um ihn. Selbst wenn er immer noch damit beschäftigt wäre, mit seiner Familie zu feiern, könnte er ihr doch eine kurze Nachricht schicken. ›Melde mich später‹ würde vollkommen ausreichen, um sie zu beruhigen. Aber nichts dergleichen kam.

Schließlich hielt sie die Unruhe nicht mehr aus und klingelte bei ihren Nachbarn, um sie zu bitten, auf Jan aufzupassen, während sie versuchte, Michis Schweigen auf den Grund zu gehen. Selina wanderte mit Freuden in Leas Wohnzimmer, denn Matthias bestimmte das Fernsehprogramm, und sie hatte keine Lust dazu, Männern mit Bierbäuchen dabei zuzusehen, wie sie Pfeile auf eine Zielscheibe warfen.

»Wenn da wenigstens Junge, Hübsche dabei wären«, beschwerte sie sich und schnappte sich Leas Fernbedienung.

»Danke, dafür schulde ich dir was«, erwiderte Lea.

»Lass gut sein«, winkte Selina ab. »Nach drei Tagen Hardcore-Familienzeit kann ich ein paar Stunden nur für mich ganz gut brauchen.«

Erleichtert machte sich Lea auf den Weg zu ihrem Freund. Unterwegs versuchte sie weiter, ihn anzurufen, landete aber jedes Mal auf seiner Mailbox.

Von der Straße aus konnte Lea sehen, dass hinter einem der Dachfenster Licht brannte, doch auf ihr Klingeln an der Haustür reagierte niemand. Daher schloss sie die Tür selbst auf und fuhr mit dem Aufzug bis zum vorletzten Stockwerk. Die Stufen bis ins Dachgeschoss legte sie mit rasendem Herzen zurück. Auch ihr Klopfen blieb ungehört, also sperrte sie zögerlich die Tür auf. In der Küche war es finster, doch was im Schein der Lampe aus dem Nebenraum zu sehen war, war für Michael völlig untypisch. Seine sonst so penibel aufgeräumte Küche war ein totales Chaos, auf dem Esstisch standen leere Behälter von Take-away-Essen herum und es stank nach einem Gemisch aus Speisen und Alkohol. Michael entdeckte Lea nebenan auf der Couch, eine Hand an einer Whiskyflasche. Auf dem Boden neben ihm lag aufgeklappt sein Laptop.

Besorgt stürzte sie zu ihm und überprüfte, ob er noch atmete. Sein Brustkorb hob und senkte sich regelmäßig, das war gut. Die Rettung zu rufen brauchte sie also nicht.

Sie holte einmal tief Luft, um sich zu beruhigen, dann hob sie den Computer auf und trug ihn zum Schreibtisch. Hatte Michi versucht, zu schreiben? Neugierig gab sie das Passwort ein, doch nichts passierte. Dass er den Namen seines Protagonisten nicht mehr benutzte, war eindeutig kein gutes Zeichen.

Sie fuhr sich mit den Händen durch die Haare und überlegte, was sie für ihn tun konnte. Angesichts der Unordnung um sie herum, erschien ihr Aufräumen eine gute Idee zu sein.

Während sie den Müll einsammelte, schlief Michael tief und fest und gab höchstens einmal ein Schnarchen von sich.

Auf einem kleinen Tisch neben der Couch entdeckte Lea ihr Weihnachtsgeschenk. Sie hob den Deckel an, um nachzusehen, ob er schon alles geöffnet hatte. Das Kuvert, das den Namen der Sicherungskopie enthielt, lag ungeöffnet am Boden des Kartons. Ihr Blick glitt von dem Umschlag zu Michi und weiter zu seinem Laptop – und ihr ging auf, was hier los war.

Gern hätte Lea kontrolliert, ob die Kopie noch auf seinem Laptop vorhanden war, aber ohne Passwort war das unmöglich. Deshalb konzentrierte sie sich auf die Wohnung, lüftete und machte auch die Küche sauber. Zuletzt stellte sie die Whiskyflasche in die Mitte des Couchtisches und lehnte das Kuvert mit der Anweisung, wo das Manuskript zu finden war, dagegen. Nach einer Stunde schloss sie die Tür hinter sich, machte sich auf den Heimweg und hoffte auf das Beste.

»Du bist mein Engel, meine Retterin! Was täte ich nur ohne dich?« Endlich hatte Michi Lea zurückgerufen, und er überschlug sich förmlich vor Dankbarkeit. »Weihnachten mit meiner Familie war grauenvoll. Meine Geschwister haben mit ihren Erfolgen angegeben, und ich bin mir vorgekommen wie der totale Verlierer. Auch wenn die letzten Kapitel Mist waren, mit den dreihundert Seiten davor war ich ja zufrieden. Du hast mein Buch gerettet! Und meinen Müll hast du auch runtergetragen.«

Lea lachte auf. »Ich bin wirklich froh, dass du wieder zur Vernunft gekommen bist. Du hast in den letzten Wochen echt den Eindruck gemacht, als hättest du mit dem Schreiben abgeschlossen.«

»Das habe ich mir auch sehr intensiv eingeredet«, gab er zu. »Ich hatte beim Schreiben früher auch schon Krisen, aber das war die schlimmste.«

»Hast du etwa schon öfter halb fertige Bücher gelöscht? Ist das der Grund, warum du noch nie etwas veröffentlicht hast?«

»Ja«, gestand er kleinlaut. »Ich kriege immer kurz vor Schluss kalte Füße. Und bisher hat mich niemand vor mir selbst gerettet.«

»Dann hält sich mein schlechtes Gewissen in Grenzen, weil ich heimlich an deinem Computer war.«

»Mein neues Passwort ist übrigens ›Lea‹. Nur für den Fall, dass du es noch mal brauchen solltest.«

Das fand sie zwar süß von ihm, sie ging jedoch nicht darauf ein. »Ich sollte besser dafür sorgen, dass dein Computer regelmäßig Back-ups in einer Cloud macht.«

»Das wäre vielleicht keine so schlechte Idee«, meinte er. »Meine früheren Manuskripte waren wahrscheinlich ohnehin zu schlecht, um sie zu veröffentlichen, aber das jetzt, das könnte wirklich gut werden.«

»Es *ist* gut«, betonte sie. »Für die Problembehebung gibt es Lektoren.«

»Stimmt, ja. Ich sollte mir professionelle Hilfe holen.«

»Besser fürs Schreiben als von den Anonymen Alkoholikern.«

»Du musst mich für einen Saufbold halten«, bemerkte er.

»Nein, das tue ich nicht. Aber ich bin der Ansicht, es ist gesünder, Probleme auf andere Art zu lösen.« Unwillkürlich wanderten ihre Gedanken zu Ben. Sie schrieben sich seit ein paar Tagen immer wieder kurze Nachrichten – seit er ihr Fotos von Weihnachten in Schweden und seiner Granny geschickt hatte. Es war eine merkwürdige Normalität, die in ihre Beziehung eingezogen war. Alles, woran er sie teilhaben ließ, vermittelte den Eindruck, dass er sich wieder dem Mann annäherte, den sie früher gekannt hatte.

»Du hast recht«, stimmte Michi ihr zu. »Ich schreibe es mir hinter die Ohren.«

»Ich kontrolliere das, wenn wir uns wiedersehen«, drohte

sie lachend. Sie fand die Vorstellung lustig, den Satz wirklich hinter Michaels Ohren zu lesen.

»Wann wird das sein?«, wollte er wissen.

»Ich weiß nicht. Die nächsten Tage sind für Jan reserviert, weil er danach eine Woche bei meinen Eltern verbringt. Ich muss nach Silvester wieder arbeiten.«

In dem Moment kam ihr Sohn ins Schlafzimmer, in das sie sich zum Telefonieren zurückgezogen hatte.

»Spielen wir was?«, bat er.

»Gleich, ich telefoniere nur schnell fertig.«

An Michi richtete sie die Frage: »Wie feierst du den Jahreswechsel? Unsere Nachbarn schmeißen eine Party. Willst du auch kommen? Sie haben bestimmt nichts dagegen.«

Jan warf Lea einen bösen Blick zu und verließ das Zimmer. Lea nahm es zur Kenntnis, fand aber, ihr Sohn konnte sich ruhig in Geduld üben. Das Telefonat würde nicht ewig dauern.

»Ich weiß nicht, ob sie das so gut finden würden«, antwortete Michael zurückhaltend. »Ich meine, nach der Sache mit dem Glühwein letztens –«

»Du kannst dich ja darauf rausreden, dass du nur so viel getrunken hast, um das Projekt zu unterstützen«, schlug sie schmunzelnd vor. »Trinken für einen guten Zweck ist doch in Österreich völlig salonfähig.«

»Ha, ha«, machte er. Nach kurzem Zögern meinte er: »Ich würde gern Silvester mit dir feiern.«

Darüber freute sich Lea sehr. »Ich gebe Selina Bescheid.«

»Okay.«

Sie plauderten noch ein paar Minuten, dann verabschiedeten sie sich, und Lea machte sich auf die Suche nach ihrem Sohn. Er lag schmollend in seinem Bett und hatte sich die Decke über den Kopf gezogen.

»Jan, was willst du spielen?«, fragte sie.

»Mit dir will ich gar nichts mehr spielen!«, rief er gedämpft.

»Ach, komm schon, was ist los? Gerade wolltest du noch.«

Er warf wütend seine Bettdecke auf den Boden. »Du spielst ja nur mit mir, damit ich mich nicht ärgere, weil du Michi schon wieder mitnimmst! Er soll nicht mit zu Tobis Feier kommen!«

Der Ausbruch stieß bei seiner Mutter nicht gerade auf Verständnis. »Aber am Christkindlmarkt hat es dir schon gepasst, dass er dich zum Karussellfahren und auf eine Zuckerwatte und weiß Gott was eingeladen hat«, erinnerte Lea ihren Sohn. »Wenn er dir etwas schenkt, ist das okay, aber er soll nichts mit uns zusammen unternehmen? So geht das nicht!«

»Dann soll er mir einfach nichts mehr schenken! Er kann die Minifigur zurückhaben!« Er griff nach der Lego-Figur, die auf einem Regal über seinem Bett stand, und schleuderte sie quer durch den Raum.

»Junger Mann, du beruhigst dich jetzt erst einmal! Wenn du spielen willst – du weißt ja, wo du mich findest.«

Verärgert verließ Lea das Zimmer ihres Sohnes und schloss die Tür hinter sich. Draußen atmete sie ein paarmal tief durch. Vor fünf Minuten war sie vollkommen glücklich gewesen, nun machte Jan alles kaputt.

Sie konnte sich doch nicht immer nur nach ihrem Sohn richten und ihre Bedürfnisse hintanstellen, weil es ihm nicht in den Kram passte, dass sie sich mit einem Mann traf. Frustriert zog sie sich in ihr Schlafzimmer zurück und grübelte darüber nach, wie sie dieses Dilemma lösen konnte. Sie nahm die Minidrehorgel zur Hand und drehte an der Kurbel, um sich zu beruhigen, doch die Tatsache, dass sie keine richtige Melodie spielte, deprimierte sie erst recht. Leider passte das irgendwie zu ihrer Situation, denn auch die war weit davon entfernt, ein harmonisches Ganzes zu ergeben.

KAPITEL 27

LEA

Egal wie schlecht Jans Laune war, sie besserte sich, sobald er sich ans Klavier setzte. Meistens jedenfalls, doch an einer Übung, die ihm Ben für die Ferien aufgegeben hatte, verzweifelte er. Lea bekam seinen Frust von der Küche aus mit und wunderte sich darüber, denn in ihren Ohren klang das, was er spielte, großartig. Immerhin hatte er vor den Ferien genau eine richtige Klavierstunde gehabt. Vermutlich war es wieder einmal Zeit für die Ansage, dass noch kein Meister vom Himmel gefallen war.

»Kannst du mal kommen?«, rief Jan nach einer Weile.

Lea legte das Geschirrtuch zur Seite. »Was gibt es?«

»Kannst du mir das bitte vorspielen?«

»Sicher.« Sie setzte sich neben ihn, sah sich das Notenblatt kurz an und legte die rechte Hand auf die Tasten. Ihrer Ansicht nach hatte Jan es ohnehin die ganze Zeit richtig gemacht.

Nach wenigen Takten protestierte er: »Nein, nicht so!«

»Aber es steht hier so.«

»Ben spielt es anders.«

»Wie spielt es Ben?«

»Das weiß ich ja nicht mehr!«, rief er aufgebracht.

Seufzend las Lea den Text durch, der über den Noten abgedruckt war, aber er enthielt keinerlei Hinweise auf das, was Jan meinte.

»Ben spielt es irgendwie so.«

Jans Spiel klang in Leas Ohren sehr unregelmäßig.

»Hier stehen lauter Viertelnoten, die sind alle gleich lang«, erklärte sie, brachte ihren Sohn damit aber nur noch mehr gegen sich auf.

»Er hat es aber nicht gleich lang gespielt«, beharrte er, und vor Ärger schossen ihm Tränen in die Augen.

»Die Noten behaupten was anderes«, murmelte Lea ratlos.

»Ich brauche keine Noten, ich kann das auch so!« Wütend sprang Jan auf und schleuderte eines von Leas Liederbüchern auf den Boden.

»Weißt du was?«, sagte sie genervt. »Ich kläre das.« Sie holte ihr Handy und wählte Bens Nummer. Er hob zum Glück sofort ab.

»Hey!«, meldete er sich hörbar überrascht.

»Hey!«, grüßte auch Lea. »Bist du zu Hause? Oder zumindest in der Nähe eines Klaviers?«

»Nicht daheim, aber ein Klavier lässt sich auftreiben. Ich muss nur ins Nebenzimmer gehen. Moment.«

»Wo bist du?«

»Noch bei Gran.«

Sie konnte hören, wie der Deckel eines Klaviers hochgeklappt wurde, dann sagte er: »Okay, bin bereit. Was brauchst du?«

»Du hast Jan eine Übung aufgegeben. Äh, ›Fingerübung mit fünf Tönen‹ ... dazu haben wir eine kleine Meinungsverschiedenheit, weil ich sie nicht so spiele wie du. Da stehen lauter Viertelnoten. Ich weiß nicht, was Jan von mir will.«

»Spielst du sie bitte kurz an?«, bat Ben.

Lea legte ihr Handy neben das Klavier, schaltete es auf Lautsprecher und spielte die ersten beiden Takte.

»Danke, ich kenne mich schon aus«, unterbrach Ben sie. »Hört Jan mich?«

Jan war vor Ehrfurcht erstarrt und nickte nur.

»Ja«, übersetzte Lea.

»Okay, also deine Mum spielt es vermutlich so.« Die Melodie, die aus dem Handy kam, klang exakt wie das, was Jan die ganze Zeit geübt hatte. »Was ich dir vorgespielt habe, war so.« Die Töne waren dieselben, nur spielte Ben jetzt jede erste und dritte Note punktiert, sodass es gleich ganz anders klang.

Jans Gesicht hellte sich auf.

»War es das, was du gemeint hast?«, wollte Ben wissen.

Diesmal kam Jan sogar ein ›Ja‹ über die Lippen, zu Leas Erstaunen gefolgt von einem ›Danke‹.

»Ich hatte befürchtet, dass dir die Übung ab der Hälfte der Ferien zu langweilig wird«, erklärte Ben. »Deshalb sollst du mit den Noten experimentieren. Variiere den Rhythmus, spiel es langsam, schnell, laut, leise. Probier aus, was passiert, wenn du die Tasten unterschiedlich fest drückst. Okay?«

»Okay«, sagte Jan und wandte sich sofort wieder dem Klavier zu.

Lea schaltete den Lautsprecher ab und hielt das Telefon an ihr Ohr. »Geht's dir gut?«, erkundigte sie sich.

»Ja, alles bestens. Und euch? Genießt ihr die Ferien?«

Lea konnte sich ein Seufzen nicht verkneifen. »Die Stimmung schwankt ein wenig. Danke für die Krisenintervention!«

»Kein Problem. Rutscht gut ins neue Jahr!«

»Du auch. Bis bald!«

Sie beendete den Anruf und legte das Telefon zur Seite. Erst da bemerkte sie, dass Jans Hände zwar auf den Tasten lagen, er sie jedoch nicht bewegte, sondern seine Mutter entgeistert anstarrte. »Wieso hast du die Telefonnummer von Ben?«

Lea wusste, sie könnte als Grund einfach angeben, dass er

Jans Klavierlehrer war, doch sie entschied, dass es langsam an der Zeit war, ihren Sohn an die Wahrheit heranzuführen. »Weil ich ihn schon sehr viel länger kenne als du.«

»Warum habe ich ihn dann nicht früher kennengelernt?«

»Weil wir in Stockholm waren.«

»Stimmt«, war sein einziger Kommentar dazu, und er widmete sich wieder seiner Übung.

Als Lea mit ihrer Arbeit in der Küche fertig war, machte sie es sich mit dem Buch, das Michi ihr geschenkt hatte, auf der Couch gemütlich. Er hatte es extra für sie anfertigen lassen, und es enthielt eine Auswahl an weihnachtlichen Geschichten, die er im Laufe der Jahre geschrieben hatte. Zu jeder hatte er eine kurze Einleitung formuliert. Es fing an mit einer Warnung, dass er noch sehr jung gewesen war, als er den folgenden Text verfasst hatte, und sie ihm deshalb die schlechte Qualität nicht verübeln solle. Schmunzelnd begann Lea zu lesen, doch sie kam nicht weit. Nach wenigen Minuten kuschelte sich Jan an sie.

»Wie lange kennst du Ben schon?«, wollte er wissen.

»Seit über zehn Jahren.«

»Und von wo?«

»Von einem Konzert. Eigentlich habe ich Linus zuerst kennengelernt.« Sie streckte sich, um den CD-Ständer zu erreichen, und griff nach dem erstbesten Album der Band.

»Das ist er, der Schlagzeuger«, erklärte sie und zeigte auf ihn. »Wir haben uns auf einer Zugfahrt getroffen. Er hat mir von seiner Band erzählt und mich gefragt, ob ich zum nächsten Konzert kommen will. Dort hat er mir Ben und die anderen vorgestellt.« Und es nur einen Tag später bitter bereut. Er war selbst ein bisschen in Lea verknallt gewesen, und ihr war es eigentlich ähnlich ergangen. Doch dann hatte Ben die Bühne betreten und ihm das Mädchen vor der Nase weggeschnappt. Lea mochte Linus bis heute furchtbar gern, aber gegen die Gefühle, die sich in kürzester Zeit für den Pianisten entwickelt hatten, war das, was sie bei der ersten Begegnung mit dem Drummer empfunden hatte, nur ein winziger Funken gewesen.

»Du hast gar nicht erzählt, dass du ihn kennst«, stellte Jan fest.

Lea seufzte tief. »Weil ich sehr, sehr böse auf ihn war und ihn eigentlich nie mehr wiedersehen wollte. Das war so ähnlich wie letztens bei dir und Frederik, als du heimgekommen bist und behauptet hast, dass du nie wieder mit ihm spielst, weil er so gemein war. Ben war zu mir gemein und ich wollte nicht mehr seine Freundin sein. Verstehst du?«

»Aber Freddy und ich haben uns am nächsten Tag wieder vertragen.«

»Stimmt. Bei Kindern ist das leichter. Erwachsene sind da oft stur. Wenn sie sagen, dass sie jemanden nie mehr sehen wollen, dann machen sie das manchmal auch wirklich.«

»Aber jetzt seid ihr doch wieder Freunde, oder?«, fragte er vorsichtig.

»Ja, schon. Aber erst seit Kurzem. Es hat sehr, sehr, sehr viel länger als bei dir und Frederik gedauert.«

»Erwachsene sind komisch«, bemerkte Jan.

»Da hast du recht«, stimmte Lea ihm zu und drückte ihn fest an sich.

Jan war noch nicht fertig mit den Dingen, die er mit ihr besprechen wollte. »Ich habe Ben gern, er ist immer so nett«, sagte er bestimmt. »Er ist zu uns allen nett, aber zu mir irgendwie mehr. Er erinnert mich an Nils.«

Lea seufzte tief. »Vermisst du Nils?«

Ihr Sohn nickte traurig. »Ja. Ich mag auch Matthias, der ist auch nett zu mir. Aber er ist nicht wie Nils. Nils hat immer mich auch gemeint.«

Lea verstand, was er sagen wollte. Matthias war stets freundlich, aber er machte einen Unterschied zwischen Tobias und Jan. Nils dagegen hatte Jan immer völlig selbstverständlich mit dazugenommen. Wenn er im Sommer mit den Kindern Eis essen gegangen war, hatte Jan nicht erst fragen müssen, ob er mitdurfte. Wenn er von Dienstreisen kleine Geschenke mitgebracht hatte, war auch für Jan eines dabei gewesen. Nils war für Jan das Nächste zu einem Papa, was er bis jetzt gehabt hatte.

Ihr stiegen Tränen in die Augen. Einerseits wegen Jans kindlicher Treffsicherheit bei der Wahl der richtigen Worte, andererseits weil sie Nils und seine Familie schmerzlich vermisste. Das Haus in Stockholm war jetzt bestimmt voller Leben.

»Glaubst du, Nils und die anderen denken an uns?«, fragte Jan.

»Ganz bestimmt«, versicherte Lea.

»Aber ich habe gar kein Weihnachtsgeschenk von ihnen bekommen. Wenn das Lego von ihnen gewesen wäre, hätte doch ›Tomte‹ draufstehen müssen, nicht ›*Father Christmas*‹.«

»Das stimmt«, gab sie ihm recht und meinte damit beides. Auch ihr war aufgefallen, dass Jette ihnen gar nichts geschickt hatte. Sie selbst hatte zwei Wochen vor Weihnachten ein Paket mit kleinen Geschenken für die ganze Familie aufgegeben. Natürlich bestand die Möglichkeit, dass die Post einfach nur überfordert war, trotzdem war sie ein wenig enttäuscht.

Um Jan aufzuheitern, schlug sie vor, gemeinsam etwas zu backen, das sie an ihre Wahlheimat erinnerte.

Es wirkte, er sprang sofort auf und rief begeistert: »Zimtschnecken!«

Eine Stunde später duftete die ganze Wohnung nach Zimt und Kardamom, und Jan bemerkte seufzend: »Wie in Schweden.«

Auch Lea atmete den Geruch tief ein und ließ ihn auf sich wirken. Sie beneidete Ben ein wenig, der im neuen Haus seiner Großmutter vermutlich gerade genau das erlebte, was sie an Schweden in der Weihnachtszeit so liebte. Die vielen Lichter, die die kurzen, dunklen Tage erhellten, Kaminfeuer und ein ganz besonderer Duft.

In dem Moment summte die Gegensprechanlage. Hektisch warf Lea einen Blick in den Ofen, sie musste die Zimtschnecken schnell herausholen. »Gehst du bitte?«, bat sie Jan, der nickte und aus der Küche trottete.

»Wer ist es?«, wollte sie wissen, als er zurückkam.

»Weiß ich nicht«, antwortete er mit einem Schulterzucken.

»Hast du nicht gefragt? Du sollst doch nicht einfach jeden reinlassen.«

»Er hat ›Lieferdienst‹ gesagt. Und er hat sich wie Nils angehört.«

»Wie Nils?« Lea betrachtete ihren Sohn skeptisch. Die Sehnsucht musste seinem Gehör einen Streich gespielt haben.

Da klingelte es auch schon an der Haustür. Sie wischte sich schnell die Hände ab und öffnete selbst.

»Überraschung!«, schallte es ihr sechsstimmig auf Schwedisch entgegen.

Vor der Tür stand die gesamte Familie Larsson, und jedes einzelne Familienmitglied strahlte von einem Ohr zum anderen. Lea war zuerst völlig gelähmt, dann zog sie die kleine Lotta, die ihr am nächsten stand, in eine stürmische Umarmung. Minutenlang drückten und herzten sich alle gegenseitig, und die eine oder andere Freudenträne floss.

»Wo kommt ihr her?«, erkundigte sich Lea endlich, nachdem Jette sie wieder losgelassen hatte.

»Wir haben den Kindern zu Weihnachten ein Wochenende in Wien geschenkt – inklusive Überraschungsbesuch bei euch«, erklärte ihre ehemalige Arbeitgeberin. »Du hast ja gesagt, dass ihr nicht wegfahrt, also haben wir es riskiert.«

»Ich freue mich so, euch zu sehen!« Lea fiel Jette noch einmal um den Hals. »Kommt herein! Unsere Wohnung ist winzig, aber irgendwo werdet ihr schon einen Platz finden. Und wir haben gerade *Kanelbullar* gebacken.«

Lea kochte Kaffee und dann machten sie gemeinsam *Fika*,

eine schwedische Kaffeepause. Sie mussten sich auf Couch, Esstisch und den Fußboden verteilen, damit alle einen Platz zum Sitzen hatten, aber Lea hatte ihre Wohnung noch nie so gemütlich empfunden wie an diesem Nachmittag. Ihre Überraschungsgäste machten sie überglücklich.

»Wie feiert ihr Silvester?«, wollte Nils wissen. »Wir würden euch gern zum Essen einladen, wenn ihr noch keine anderen Pläne habt.«

»Eigentlich haben wir schon welche«, gestand Lea betreten. Die Aussicht, den Jahreswechsel mit ihrer schwedischen Familie zu feiern, gefiel ihr mindestens so gut wie die Party bei ihren Freunden zusammen mit Michi. Da hatte sie eine Idee und sprang auf. »Ich bin gleich wieder da.«

Sie klingelte bei ihren Nachbarn und musste nicht lange warten, bis Matthias die Tür öffnete.

»Ich habe ein Angebot für dich«, sagte sie ohne Umschweife. »Ich stelle meine Küche, mein Bad und mein Wohnzimmer zur Verfügung, dafür darf ich noch mehr zusätzliche Gäste zu eurer Party mitbringen.«

Er sah sie misstrauisch an. »Wie viele?«

»Sechs?«, fragte sie vorsichtig.

Der begeisterte Hobbykoch zögerte, wirkte aber immerhin nicht total abgeneigt. »Wie viel Platz ist in deinem Kühlschrank?«

»Ziemlich viel. Wir haben fast nichts eingekauft, weil meine Mama uns über die Feiertage gemästet hat und ich in den letzten Tagen keine große Lust zum Kochen hatte.«

»Wie viele Bleche hast du für dein Backrohr?«

»Zwei. Kommen wir ins Geschäft?«

»Wer sind die Gäste überhaupt?«

»Unsere schwedische Familie stand gerade überraschend vor unserer Tür.«

»Oh, die will Selina bestimmt kennenlernen«, meinte er. »Okay, Deal.« Er streckte ihr die Hand hin, und Lea schlug ein.

»Stell dich darauf ein, dass ich am einunddreißigsten am Vormittag mit meinen Einkäufen in deiner Küche stehe.«

»Alles, was du willst.«

Aufgeregt kehrte Lea in ihre Wohnung zurück, um den Gästen die Neuigkeiten zu verkünden. Dem perfekten Jahresausklang stand nichts mehr im Weg.

KAPITEL 28

LEA

AM SILVESTERTAG KAM die Familie Larsson bereits am Vormittag vorbei, um Jan abzuholen. Sie hatten eine Sightseeingtour geplant, zu der sie ihn mitnehmen wollten, während Lea ihren Nachbarn bei den Partyvorbereitungen zur Hand ging. Am späten Nachmittag kehrten sie zurück und hatten jede Menge zu erzählen.

»Wien ist wirklich eine schöne Stadt«, befand Jette, während sie Lea dabei half, Getränke in den Kühlschrank zu räumen. »So ein Winterspaziergang in der Innenstadt ist ja richtig romantisch.«

»Mit fünf Kindern im Schlepptau«, neckte Lea.

»Man muss immer das Beste aus jeder Situation machen«, erwiderte Jette schulterzuckend. »Kommt dein Michael eigentlich heute?«

»Ja, er müsste bald auftauchen. Bist du etwa neugierig?«

»Ich kann's gar nicht erwarten, ihn kennenzulernen. Dass wir Ben zu sehen bekommen, wird wohl nicht passieren.«

Lea schloss die Kühlschranktür und meinte: »Vielleicht

lauft ihr euch am Flughafen über den Weg. Er ist in Schweden.«

»Oh.«

»Genau. Oh.« Lea kam nicht dazu, die Umstände näher auszuführen, weil Matthias um Hilfe rief. Er stand mit einer Ladung Fingerfood vor der Tür, die in Leas Ofen gebacken werden sollte.

Eine halbe Stunde später brachte Lea gerade die fertigen Happen zu ihren Nachbarn, als ihr Michi im Treppenhaus entgegenkam.

»Da bist du ja!«, begrüßte sie ihn und gab ihm einen schnellen Kuss. »Eine Sekunde.« Sie ließ ihn stehen und lieferte das Blech bei Matthias ab. Als sie wiederkam, war er nicht mehr allein, Jette und Nils hatten sich sofort auf ihn gestürzt. Beide Wohnungstüren standen offen und es ging zu, wie in einem Vogelhaus. Die Kinder liefen an ihnen vorbei, und Lea tippte jedem auf den Kopf und nannte den Namen, um sie Michael vorzustellen: »Tobi. Jan. Lotta. Emil. Malin.«

Nur Erik schloss sich der wilden Truppe nicht an, sondern stellte sich zu den Erwachsenen. Michi begrüßte ihn mit den Worten: »*Hur har du det?*«

Während Erik die Frage nach seinem Befinden mit einem schlichten ›bra‹ beantwortete, starrten die Erwachsenen Michael überrascht an.

»*Prata du Svenska?*«, wollte Jette wissen, doch er winkte sofort ab.

»Ich kann nur ein paar Sätze«, erklärte er auf Englisch. »Aber ich war schon ein paarmal in Stockholm und Göteborg. Hauptsächlich bei Konzerten.«

»Das hast du noch nie erwähnt«, stellte Lea fest und boxte ihm vorwurfsvoll gegen die Schulter.

Er zuckte mit den Achseln. »Hat sich nicht ergeben. Und du hast nie gefragt.«

Das war richtig, sie hatten bisher kaum über Leas Zeit in Schweden gesprochen – oder darüber, ob Michael mit dem

Land etwas anfangen konnte. Den schwedischen Besuchern war er nun jedoch auf Anhieb sympathisch und einem gemütlichen gemeinsamen Abend stand nichts mehr im Wege.

Als um Mitternacht das Läuten der Pummerin im Stephansdom aus dem Fernseher erscholl und gleich darauf der Donauwalzer erklang, stand Lea wunschlos glücklich auf der Terrasse ihrer Nachbarn und betrachtete die Feuerwerke über der Stadt. Einen schöneren Jahresbeginn hätte sie sich gar nicht ausmalen können.

♫

BEN

BEN SASS ALLEIN vor dem Kamin im Wohnzimmer und betrachtete das Feuer. Granny und Per waren bereits ins Bett gegangen, wo seine Eltern waren, wusste er nicht. Mum hatte sich beim gemeinsamen Abendessen nicht sonderlich gut gefühlt. Es machte ihm nichts aus, den Silvesterabend allein zu verbringen, irgendwie passte das zum vergangenen Jahr. Aber er sorgte sich um sie.

Da hörte er ein Geräusch und blickte auf. Sein Dad stand mit einem Glas in der Hand neben ihm und deutete auf den freien Sessel. »Darf ich?«

»Sicher«, sagte er.

Bevor Henry Talbot sich setzte, fragte er: »Willst du auch einen?«

Ben vermutete, dass es sich bei der klaren Flüssigkeit um einen Gin Tonic handelte, und verneinte. Er zeigte auf das Wasserglas auf dem Beistelltisch und erwiderte: »Ich bin versorgt.«

»Deine Mutter hat sich hingelegt«, berichtete Henry. »Migräne. Wieder einmal.«

»Das häuft sich, oder?« Ben hatte sich im letzten Jahr nicht gerade viel um seine Familie gekümmert, aber das hatte er mitbekommen.

Sein Dad seufzte. »Ich wünschte, sie würde sich endlich helfen lassen. Aber sie ist überzeugt davon, dass sie ohnehin nur Schmerzmittel schlucken und schlafen kann – und dafür muss sie zu keinem Arzt gehen. Ich bin der Ansicht, dass es eine Ursache geben muss.«

Ben nickte, er war derselben Meinung. Er wusste aber auch, dass es zwecklos war, seine Mutter zu einem Arztbesuch zu drängen. Sie hatte ihren eigenen Kopf – und musste dann wohl auch damit zurechtkommen, wenn er ihr Schmerzen bereitete.

Stille trat ein, beide Männer konzentrierten sich auf den Schein der Flammen. Ben genoss es, hier fast im Dunkeln zu sitzen.

»Wie gefällt dir eigentlich das neue Zuhause deiner Großmutter?«, erkundigte sich Henry nach einer Weile.

»Es ist hier eindeutig ruhiger als in London«, meinte Ben. »Das Haus ist schön und die Gegend auch. Trotz der wenigen Sonnenstunden. Ich kann verstehen, warum man hier leben will.« Beim letzten Satz dachte er nicht an Granny, sondern an Lea. Er war bisher nur für Konzerte in Schweden gewesen, und das nie länger als ein paar Tage. Dieser Aufenthalt zeigte ihm, wie lebenswert das Land war.

»Willst du wieder weg aus Wien?«, hakte sein Dad nach.

»Nein, nein«, wehrte Ben sofort ab. »Auf keinen Fall.« Sollte er ihm den Grund verraten, warum er sich für Schweden interessierte? Er zögerte.

»Danke jedenfalls, dass du mitgekommen bist und mit uns Weihnachten gefeiert hast«, fuhr Henry fort. »Es war schön, wenigstens einen Sohn hier zu haben.«

Bens Stimmung sank augenblicklich. »In diesem Jahr hätte es vermutlich keinen Ort auf der Welt gegeben, an dem ihr mit beiden Söhnen hättet feiern können.«

Sein Vater seufzte tief. »Ich hatte gehofft, Weihnachten könnte helfen, die Gräben zu überwinden.«

»Jonas hat alles hingeschmissen, also liegt es auch an ihm, die Schaufel in die Hand zu nehmen. Und komm mir jetzt ja nicht damit, dass ich der Ältere bin und vernünftig sein sollte! Meine Tür war zu jederzeit offen.«

»Ich weiß. Ich mache euch auch keinen Vorwurf, weil ihr beide versucht, eure Leben auf die Reihe zu bekommen. Aber Wünsche darf man als Vater doch wohl haben, oder?«

Ben nickte, fragte sich aber insgeheim, welche Probleme sein Bruder wohl haben könnte. Ein Haus zu renovieren und eine Hochzeit zu planen waren zweifellos arbeitsintensiv. Er sah jedoch nicht, was es dabei ›auf die Reihe zu bekommen‹ gab.

»Immerhin scheint es dir deutlich besser zu gehen«, stellte Henry fest.

»Ja«, bestätigte Ben und überlegte schon wieder, ob er von Lea erzählen sollte. Bisher wusste außer Linus niemand von ihrem Wiedersehen. Und über Jan hatte er mit keinem gesprochen. Vielleicht war es an der Zeit.

»Was hat dir geholfen?«

Die direkte Frage gab den Ausschlag.

»Ich habe Lea getroffen«, antwortete Ben und drehte sich zur Seite, um im Schein des Feuers die Reaktion seines Vaters zu sehen. Er hob lediglich die Augenbrauen ein wenig an.

»Tatsächlich?«

»Sie wohnt ganz in meiner Nähe. Wahrscheinlich war es nur eine Frage der Zeit, bis wir uns über den Weg laufen. Wobei – sie ist auch erst vor einem halben Jahr zurück nach Wien gekommen. Was irgendwie schon ein irrer Zufall ist.«

»Wo war sie?«

Ben lachte leise. »In Schweden. Stockholm. Sie hat nicht nur mich, sondern gleich das Land verlassen.«

»Und wie geht es ihr jetzt?«

Ben musste daran denken, wie er sie auf dem Christkindlmarkt mit ihrem Freund gesehen hatte. Sie hatte ziemlich glücklich gewirkt. Er verscheuchte das Bild und konzentrierte sich stattdessen auf den Eindruck, den er im Herbst von ihr gewonnen hatte.

»Es geht ihr gut. Sie hat sich verändert. Im Gegensatz zu mir nur auf positive Art.«

»Sei nicht so hart zu dir«, unterbrach ihn sein Vater.

Doch er fuhr unbeirrt fort: »Früher war sie in manchen Bereichen unsicher, viel zu wenig selbstbewusst. Bei ihrer Arbeit – sie hat sich immer unter Wert verkauft. Auch sonst hat sie oft einen Schubs gebraucht. Jetzt habe ich den Eindruck, dass sie alles allein im Griff hat – und das vielleicht besser als mit mir zusammen.«

»Das klingt danach, als wäre sie einfach erwachsen geworden«, meinte Henry.

»Es ist mehr als das.« Ben zögerte noch einmal kurz. »Nicht bloß erwachsen. Mutter.«

»Sie hat ein Kind?«

Ben konzentrierte sich ganz auf seinen Vater. »*Wir* haben ein Kind. Du bist ein *Grandpa*.«

Henry war gerührt, das war an seinen Augen zu erkennen. Doch mehr Emotion zeigte der Engländer nicht, was seinen Sohn in diesem Moment ziemlich amüsierte. Die Reaktion seiner Mutter würde bestimmt komplett gegenteilig ausfallen.

»Bitte sag es Mum noch nicht«, bat er.

Sein Vater stutzte. »Warum?«

»Weil sie sich im Gegensatz zu dir einmischen wird. Aber ich muss das allein auf die Reihe bekommen. Die Beziehung zu Lea kitten. Zu Jan eine aufbauen.«

»Jan? Ein Sohn?«

»Jan Henry, wenn du es genau wissen willst«, verriet Ben. »Sie hat ihn nach dir und mir und deinem Vater benannt.«

Wieder zeigte sich Rührung in der Miene seines Dads. »Sie hatte nie vor, dich endgültig zu verlassen, oder?«, schloss auch er aus dem Namen.

»Nein.« Ben stöhnte auf und lehnte sich zurück. Für einen Moment wünschte er sich, sein Glas würde doch etwas anderes als Wasser enthalten. »Sie wollte bloß ein Zeichen setzen. Ich war's, der die Sache gründlich vergeigt hat. Sie hat eigentlich nur darauf gewartet, dass ich ihr mit dem neuen Album meine Liebe beweise. Das wäre ihr genug gewesen, um mir den Seitensprung zu verzeihen – und vermutlich, um darauf zu vertrauen, dass sich das nicht wiederholt. Ich war zu stolz, zu dumm oder was auch immer.«

»Vielleicht verletzt?«, schlug Henry vor.

»Auch das. Aber in dem Fall ist das keine Entschuldigung. Ich habe ihr zuerst das Herz gebrochen. Ich kann es ihr wohl kaum verübeln, dass sie sich gewehrt hat. Außerdem hatte die ganze Aktion den Zweck, eine Basis zu schaffen, auf der unsere Beziehung noch eine Chance hatte. Sie wusste, dass ein Leben mit einem Rockstar schwieriger werden würde als eines mit einem Klavierlehrer. Und wenn der Idiot gleich bei der ersten Versuchung schwach wird ...« Ben brach ab. Wenn er nicht aufpasste, eröffnete er wieder eine Spirale aus Selbstvorwürfen, aus der es kein Entkommen gab. Er musste mit der Vergangenheit endgültig abschließen.

»Du musst damit aufhören«, mahnte auch sein Vater eindringlich.

»Ich weiß«, erwiderte er. »Ich arbeite dran.«

KAPITEL 29

LEA

Nachdem die Familie Larsson abgereist war, brachte Lea ihren Sohn zu den Großeltern, wo er die restlichen Weihnachtsferien verbringen sollte. Sie genoss es, die folgenden Nächte mit Michi verbringen zu können, ohne Jan dafür ›abschieben‹ zu müssen. Er hatte das Wort zuletzt benutzt, und es lag Lea im Magen. Obwohl der Silvesterabend harmonisch verlaufen war, war Jan nach wie vor kein Fan davon, dass seine Mutter einen Freund hatte. Sie vermutete, dass es gar nicht an Michis Person lag, meistens verstanden sich die beiden ganz gut. Aber so richtig wollte das Kind sich mit dem neuen Mann an Leas Seite nicht anfreunden. Doch nun konnte Lea diese Gedanken für ein paar Tage weit von sich schieben und einfach nur ihre Beziehung genießen, ohne ein schlechtes Gewissen zu haben.

Mit dem Ferienende kehrte der Alltag zurück – und damit die Notwendigkeit, den Spagat zwischen dem großen und dem kleinen Mann in ihrem Leben zu schaffen. Und dann war da noch ein dritter.

Eine ›Beziehung‹ zu Ben existierte nur in Form von Kurznachrichten, allerdings ertappte Lea sich immer öfter dabei, dass sie sofort zum Handy griff, wenn es einen Ton von sich gab. Insgeheim hoffte sie jedes Mal, dass er es war, der ihr schrieb.

Diese Tatsache verbarg sie vor Michi ebenso wie die Nachrichten selbst, was zunehmend für einen Gewissenskonflikt sorgte.

Dabei war das meiste wirklich harmlos. Einmal entschuldigte er sich dafür, dass er und Jan die Klavierstunde überzogen hatten. Er wollte ihr lediglich mitteilen, dass sie sich keine Sorgen zu machen brauchte, weil sich ihr Sohn verspätete. Oder er schickte für Jan Aufnahmen von Klavierübungen, damit es nicht wieder zu so einer Situation wie in den Ferien kam. In den vergangenen Wochen hatte er ihr darüber hinaus Grüße von Linus ausgerichtet und während der Ferien Fotos aus dem Haus seiner Großmutter und der Umgebung geschickt.

Der Großteil seiner Nachrichten war unverfänglich, jedenfalls für einen Unbeteiligten. Sogar das Bild von dem Schokokuchen, obwohl er das bestimmt schickte, weil er wusste, wie gut Lea ihn und seine Schwächen kannte. Er vergaß zwar gern einmal, dass er über ein Hungergefühl verfügte, aber bei Schokolade konnte er nicht widerstehen.

Diese Erinnerung war der Grund, warum Lea am Vorabend seines Geburtstags in der Küche stand, um Schokoladen-Muffins zu backen. Als Dekoration hatte sie runde Aufleger mit Star-Wars-Motiven besorgt – Darth Vader und Luke Skywalker. Sie hoffte, er würde die Anspielung ebenso witzig finden wie sie.

Die fertigen Muffins packte sie zusammen mit einer Geburtstagskarte in einen Geschenkkarton und gab sie am folgenden Morgen Jan mit in die Schule.

♫

BEN

Wie immer, wenn Jan den Raum betrat, ging Ben das Herz auf. Es fiel ihm von Mal zu Mal schwerer, ihn nicht zur Begrüßung fest an sich zu drücken. Wie viel Liebe er für den Jungen empfand, den er doch erst nach und nach kennenlernte, konnte er auch heute kaum fassen.

Jan stellte seine Schultasche ab und kramte darin herum, während Ben einen Blick in seine Mappe warf, um nachzusehen, welche Übungsstücke sie in der letzten Woche durchgenommen hatten. Als er sich dem Piano zuwandte, stand auf dem Korpus eine bunte Box, die dort vorher mit Sicherheit nicht gewesen war.

»Ist die von dir?«, fragte er Jan.

»Von meiner Mama«, erwiderte dieser schüchtern.

Ben unterdrückte ein tiefes Seufzen. Es bedeutete ihm unendlich viel, dass Lea seinen Geburtstag nicht vergessen hatte. Neugierig griff er nach der Schachtel, hob den Deckel an und lachte, als er den Inhalt sah. »*Your mum is the best*«, murmelte er.

»*I know*«, erwiderte Jan, wodurch Ben erst merkte, dass er Englisch gesprochen hatte.

Wie gut beherrschte sein Sohn die Sprache? Er wollte es testen und stellte auch seine nächste Frage – ob er Lust auf einen Schokomuffin habe – auf Englisch. Als Jan, ohne nachzudenken, ebenso antwortete, stellte Ben fest: »Dein Englisch ist ziemlich gut.«

Jan starrte ihn irritiert an, und Ben fühlte sich, als hätte man ihm einen Spiegel hingehalten. So sah er also aus, wenn ihn jemand darauf hinwies, dass er wieder einmal die Sprache gewechselt hatte, ohne es selbst zu merken.

»Klavier spielen oder Muffins essen?«, fragte er nun wieder auf Deutsch.

Jan war sichtlich hin- und hergerissen. »Beides?«

Sie einigten sich darauf, zuerst alle Stücke durchzuspielen und sich dann eine Belohnung zu gönnen.

Nach einer halben Stunde klappte Ben das Piano zu und hielt Jan die Box mit den Muffins hin. »Welchen willst du?«

»Darth Vader«, kam es wie aus der Pistole geschossen.

»Den wollte eigentlich ich«, bemerkte Ben. Leas Ich-bin-dein-Vater-Anspielung war kaum zu übersehen.

»Aber Darth Vader ist cooler.«

Ben war ein wenig irritiert davon, dass sein sechsjähriger Sohn auf Star Wars stand. War er dafür nicht eigentlich zu jung? Er nahm für sich den Luke-Muffin aus der Packung, löste den Aufleger und klebte ihn kurzerhand Jan auf die Nase. Der fand das wahnsinnig lustig und machte dasselbe bei Ben mit Darth Vader.

»Das muss ich festhalten.« Ben packte sein Smartphone aus, um ein Selfie von ihnen beiden zu machen. Am Ende wurde es eine ganze Reihe. Den Gedanken, dass er in seiner Position als Jans Lehrer möglicherweise gerade ein paar Grenzen überschritt, schob er achtlos zur Seite. Er genoss die Situation viel zu sehr, insbesondere, als Jan für ein Bild seine Arme um seinen Hals schlang. Am liebsten hätte er ihn noch fester an sich gezogen und nie mehr losgelassen.

»Ben?«, sagte Jan auf einmal zögerlich.

»Ja?«

»Können wir Englisch miteinander reden? Früher in Schweden haben wir meistens entweder Englisch oder Schwedisch gesprochen. Jetzt verlerne ich beides wieder.«

Ben war von der Bitte überrascht, gleichzeitig aber hocherfreut. Da er zweisprachig aufgewachsen war, freute es ihn besonders, dass Jan mehrere beherrschte. Er wusste, welcher Startvorteil es war, wenn man eine Sprache im frühen Kindesalter erlernte. So mühelos gelang einem das später nicht mehr.

»*Sure*«, erwiderte er und freute sich über das glückliche Lächeln seines Sohnes.

♪

LEA

Lea brannte darauf, zu erfahren, wie Ben auf ihr Geschenk reagiert hatte, doch Jan sagte lediglich schulterzuckend: »Er hat sich gefreut.«

Zuerst dachte sie, das wäre alles, was sie zu dem Thema von ihm hören würde. Aber nachdem er seine Hausaufgaben gemacht hatte, kam er zu ihr und sah sie nachdenklich an.

»Kann ich dich was fragen?«

»Natürlich, mein Schatz.« Lea war dabei, die Wäsche aufzuhängen und schüttelte Jans Hose aus.

»Du hast gesagt, du kennst Ben von früher.«

Sie erkannte, dass dieses Thema ihre ganze Aufmerksamkeit erforderte, legte das Kleidungsstück zurück in den Korb, setzte sich auf die Couch und bedeutete Jan, neben ihr Platz zu nehmen.

»Wart ihr damals richtig gute Freunde?«, wollte er wissen.

»Warum fragst du?«, erkundigte sie sich vorsichtig. War der Moment gekommen, ihm zu verraten, dass Ben sein Vater war?

»Du weißt seinen Geburtstag. Und dass er am liebsten Schokomuffins mit Schokostückchen isst. Und du hast die Karte auf Englisch geschrieben. In der Schule weiß keiner, dass er aus England kommt, da reden alle Deutsch mit ihm.«

»Hat er dir das erzählt?«

Jan nickte. »Wir reden jetzt Englisch miteinander, damit ich es nicht vergesse.« Er sah besorgt aus.

Lea hatte sich in den vergangenen Monaten manchmal gefragt, wie sich Jans sprachliche Fähigkeiten wohl entwickeln würden. In Schweden hatte sie mit ihm Deutsch gesprochen, wenn sie allein gewesen waren, wenn andere Kinder dabei waren, jedoch Englisch. Schwedisch hatte sie selbst nur langsam gelernt, während Jan vieles aufgeschnappt hatte. Ihm schienen drei Sprachen einfach zugeflogen zu sein, und sie war unsicher, wie viel Pflege es brauchte, damit er sie nicht wieder verlernte.

»Das ist eine gute Idee«, sagte sie deshalb.

Jan wirkte darüber sehr erleichtert. Hatte er gedacht, sie würde es nicht gut finden, dass er diese Vereinbarung mit Ben getroffen hatte? Wenn ihn die Situation belastete, mussten sie sich langsam wirklich Gedanken über eine Lösung machen.

»Um deine Frage zu beantworten«, kehrte sie zum ursprünglichen Thema zurück, »ja, Ben und ich waren richtig gute Freunde, deshalb weiß ich das alles über ihn.«

»Und jetzt mögt ihr euch wieder?«

»Ja, schon«, bestätigte sie.

Er nickte ernst, sagte aber nichts weiter.

»Hilfst du mir mit der Wäsche oder willst du rüber zu Tobi? Er hat schon nach dir gefragt.«

Wenig überraschend entschied Jan sich für seinen Freund.

Lea beendete zuerst ihre Arbeit, dann nahm sie ihr Smartphone zur Hand. Erst da merkte sie, dass Ben ihr ein Foto mit der Bildunterschrift ›*You made my day*‹ geschickt hatte. Es zeigte ihn und Jan – mit Tortenauflegern auf den Nasen. Dafür waren die eigentlich nicht gedacht gewesen. Lea verdrehte die Augen.

LEA

> Die Muffins waren zum Essen gedacht, nicht als Spielzeug.

BEN

> Wir HABEN sie gegessen. Danach.

Zum Beweis sandte er ihr ein zweites Foto, auf dem die Muffins angebissen waren, und Jan deutliche Schokospuren um den Mund hatte.

> **LEA**
> Schaut aber auch hier mehr nach Blödsinn machen aus als nach Klavierstunde aus.

> **BEN**
> Du hast doch nicht geglaubt, dass du mir Schokomuffins hinstellst und ich es bis zum Ende der Stunde schaffe, die nicht anzurühren?

> **LEA**
> Nicht wirklich.

Lea schmunzelte über die Unterhaltung, doch gleich darauf entlockte ihr das nächste Foto ein Seufzen. Sie wusste nicht, ob sie gerührt sein sollte oder verwirrt oder ob beides falsch war. Das Bild zeigte Jan – mit Schokolade im Gesicht –, wie er seine Arme um Ben gelegt hatte. Die beiden wirkten so vertraut und glücklich, dass ihr das Herz schwer wurde. Doch gleichzeitig meldete sich die Stimme der Vernunft, die ihr sagte, dass Ben sich auf dünnem Eis bewegte.

> **LEA**
> Hältst du es wirklich für eine gute Idee, solche Fotos mit ihm zu machen? Im Unterricht, meine ich. Du bist sein Lehrer.

> **BEN**
> Das hat doch niemand mitbekommen.

> **LEA**
> Und wenn? Sie könnten dir weiß Gott was unterstellen.

> **BEN**
> Wieso sollte das jemand tun?

Lea fielen dafür durchaus Gründe ein, aber sie merkte, dass Ben die nicht hören wollte. Außerdem wollte sie ihm den Geburtstag nicht mit einer Moralpredigt verderben.

> **LEA**
> Bring dich einfach nicht in Schwierigkeiten, okay?

> **BEN**
> Das habe ich nicht vor. Ich mag den Job viel zu gern.

> **LEA**
> Hast du das Unterrichten vermisst?

> **BEN**
> Nicht direkt. Aber ich merke langsam, dass mir in den vergangenen Jahren einige Dinge von früher gefehlt haben. Die Struktur. Stundenpläne helfen.

Lea seufzte schon wieder. Sie hoffte wirklich, dass der Job Ben dabei unterstützte, ein stabiles Grundgerüst für sein Leben zu bauen. Ihr war bewusst, wie sehr er es brauchte. Nach wie vor fühlte sie sich schuldig, weil sie mindestens einen Pfeiler entfernt hatte, als sie ihn verlassen hatte. Lea war überzeugt gewesen, dass andere ihre Stelle einnehmen würden. Rebekka und Jakob waren als beste Freunde immer für Ben da gewesen. Vermutlich hatte sie seinem Umfeld zu viel zugemutet – oder die Dimension des Wandels, der zu dem Zeitpunkt vonstattengegangen war, unterschätzt.

> **LEA**
> Hat so ein Rockstar-Leben keine Struktur?

> **BEN**
> Es schwankt zwischen zu vielen Vorgaben und zu wenigen.

Beides war für ihn schwierig, das wusste sie. Sein Dilemma war, dass Liveauftritte einerseits wichtig für ihn waren, um seine Liebe zur Musik in jeder Facette ausleben zu können. Andererseits bedeutete jede Tour für ihn enormen Stress. Solange die Band sich alles selbst organisiert hatte, hatten sie auf die Bedürfnisse der einzelnen Bandmitglieder Rücksicht genommen. Das war das Erste gewesen, was weggefallen war, als sie den Vertrag bei dem Label unterschrieben hatten. Sie hatten zwar umgehend einen Manager engagiert, der für ihre Interessen eintreten sollte, doch unterm Strich hatte für alle der Erfolg Vorrang vor dem Wohlergehen der Musiker gehabt.

Damals waren sie zu jung und naiv gewesen, um die Anzeichen zu erkennen. Lea nahm sich nicht dabei aus, auch sie hatte gedacht, der Plattenvertrag und alles, was dazugehörte, wären der Lohn für viele Jahre harte Arbeit, und nun würde sich alles bezahlt machen.

Sie wagte es nicht, die Frage zu stellen, die ihr auf der Seele brannte: Hätte sie Ben helfen können, eine Balance zwischen den Extremen zu finden? Hätte sie sein Anker sein können?

Tief in ihrem Herzen kannte sie die Antwort, doch sie war noch nicht bereit dafür.

KAPITEL 30

LEA

Weil Michael für den Freitagabend andere Pläne hatte, hatte sich Lea mit Selina zu einem Mädelsabend verabredet. Sie machten sich schick und besuchten zusammen eine Cocktailbar. Diesen Luxus konnte Lea sich ohne schlechtes Gewissen leisten, denn Ben hatte sie am Vormittag um ihre Kontodaten gebeten und die erste Rate seiner Nachzahlungen überwiesen. Das war einer der Gründe, warum sie den zweiten Tag hintereinander in viel engerem Kontakt standen als bisher. Blödeleien darüber, was Lea mit ihrem unverhofften ›Reichtum‹ anstellen würde, wechselten sich ab mit ernsthaften Diskussionen über die Verwendung der Geldbeträge.

Ben bestand darauf, dass Lea nicht alles für Jan auf die Seite legte, aber sie tat sich nach wie vor schwer damit, seine Unterstützung anzunehmen. Wegen der herrschenden Eiseskälte hatte Lea behauptet, sie würde von dem Geld ein Flugticket in den Süden kaufen. Anstatt dagegen zu protestieren, schickte Ben ihr ein Urlaubsangebot an irgendeinem Traumstrand nach dem anderen.

»Hör endlich auf, mit deinem Freund zu flirten«,

beschwerte sich Selina und gab Lea einen Klaps auf die Finger, weil sie schon wieder zu ihrem Handy greifen wollte, das neben ihrem Cocktailglas lag.

»Das ist nicht Michi«, entgegnete sie. »Das ist Ben.«

»Ben?« Selina riss die Augen weit auf. »Du flirtest die ganze Zeit mit Ben?«

»Ich flirte nicht«, widersprach Lea.

»Und du grinst auch nicht die ganze Zeit wie ein Hutschpferd.«

»Tu ich nicht! Nichts davon«, protestierte sie, obwohl das mit dem Grinsen möglicherweise stimmte. Die Unterhaltung mit Ben amüsierte sie und sorgte bei ihr schon seit Stunden für beste Laune.

Das Display von Leas Smartphone leuchtete auf, und Selina schnappte sich das Gerät, bevor sie selbst zugreifen konnte.

»Klar, ihr flirtet nicht. Deshalb schickt er dir eine Einladung zu einem Romantikurlaub.«

Lea riss ihr Handy an sich und warf einen Blick auf die neue Nachricht. Das Resort, zu dem Ben ihr einen Link geschickt hatte, bezeichnete sich tatsächlich als ›ideal für einen Paarurlaub‹.

»Auf das hat er bestimmt nicht geachtet, nur auf den weißen Sandstrand auf dem Foto«, behauptete sie.

Selina sah sie skeptisch an. »Bist du dir sicher, dass du dir da nichts vormachst? Dein Ex versucht, dich zurückzugewinnen. Und du scheinst ganz vergessen zu haben, dass du eigentlich einen Freund hast. Den ich im Übrigen wirklich mag.«

»Und Ben nicht?«

Ihre Nachbarin ging in die Defensive. »Für ihn spricht, dass Tobi ihn bisher für den besten Musiklehrer hält. Er mag zwar Schlagzeug lieber als Klavier, aber Bens Unterricht hat ihm mehr zugesagt.«

»Ben hat nun mal mehr Erfahrung als die Studenten«, gab Lea zu bedenken.

»Genau! Also beruht meine gute Meinung vom ihm lediglich auf etlichen Jahren Vorsprung den anderen gegenüber. Nicht auf seinem Charakter.«

»Ben ist genauso nett wie Michi«, betonte Lea. »In manchen Bereichen sind sich die beiden sogar ziemlich ähnlich.«

»Bist du deshalb mit Michi zusammen?«, unterstellte Selina. »Weil du in ihm im Herbst all das gesehen hast, was du in Ben bei eurem Wiedersehen nicht mehr finden konntest?«

»Falls du dich noch erinnerst: Ich habe schon von Michi geschwärmt, bevor ich in Ben hineingerannt bin«, verteidigte sich Lea, doch gleichzeitig spürte sie, dass in Selinas Aussage ein Fünkchen Wahrheit steckte.

»Aber die Frage ist doch: Hättest du eine Beziehung mit ihm angefangen, wenn Ben sich nicht so zum Negativen verändert hätte? Oder hätte er dann gar keine Chance bei dir gehabt, weil die alten Gefühle sofort wieder da gewesen wären und sich nicht erst langsam einstellen würden?«

Der Protest blieb Lea im Hals stecken. War es so, wie Selina behauptete? Kehrten die alten Gefühle heimlich, still und leise zurück? War Ben gerade dabei, sich wieder in ihr Herz zu schleichen? Hatte er es überhaupt jemals verlassen?

»Lass uns über was anderes reden«, bat sie und packte das Handy in ihre Tasche, damit Selina es nicht mitbekam, falls Ben noch weitere Nachrichten schickte. Sie wollte das Thema nicht vertiefen, denn sie wurde die Ahnung nicht los, dass Selina da auf etwas gestoßen war, das Lea in Schwierigkeiten bringen würde.

»Du siehst aus, als hättest du eine anstrengende Nacht hinter dir«, neckte Leas Mutter am nächsten Tag bei der Begrüßung. »Hattest du eine schöne Zeit mit deinem Michael?«

Lea überging den unterschwelligen Vorwurf, dass sie ihren Eltern ihren Freund noch immer nicht vorgestellt hatte. Seit letzter

Nacht quälte sie die Ahnung, dass sie sich das ohnehin sparen konnte. »Ich war nicht bei Michi. Selina und ich waren zusammen in einer Cocktailbar. Kann sein, dass das etwas ausgeartet ist.«

Das stimmte nicht ganz, sie waren kurz vor Mitternacht zu Hause gewesen und hatten auch nicht übermäßig viel getrunken. Allerdings hatte Lea die ganze Nacht kein Auge zugetan. Sie hatte sich in ihrem Bett hin und her gewälzt und darüber nachgedacht, ob sie dabei war, ihren Freund mit ihrem Ex zu hintergehen.

»Was bedrückt dich dann?«, erkundigte sich Lisbeth.

»Ich weiß auch nicht«, wehrte Lea ab. Sie konnte das, was in ihr vorging, nicht in Worte fassen.

Ihre Mutter versicherte sich, dass Jan damit beschäftigt war, zusammen mit seinem Opa die italienische Speisekarte zu entziffern, und fragte leise: »Ist es die Situation mit Ben und Jan? Ich hatte den Eindruck, dass er ziemlich angetan von Ben ist. Ich meine, als du erzählt hast, dass er jetzt sein Klavierlehrer ist, da habe ich das Ganze zuerst für eine Katastrophe gehalten. Aber Jan redet immer sehr begeistert von ihm. Das muss schwierig für dich sein.«

»Das ist es nicht. Mit Ben läuft es ganz gut.«

Zu gut. Genau das war das Problem. Sie fragte sich, ob sie vielleicht wirklich dabei waren, dasselbe zu tun wie vor zehn Jahren. Auch damals hatten sie sich zuerst über einige Tage zahllose Nachrichten geschickt, bevor sie sich an das erste Date herangewagt hatten.

»Und mit Michael?«

»Auch.«

Genau hier lag der Hund begraben. Mit Michi war alles wunderbar, es gab eigentlich keinen Grund, um in irgendeiner Form an ihrem Verhältnis zu rütteln. Außer dem, dass sie möglicherweise auf dem besten Weg war, ihren Freund zu betrügen. Sie durfte es nicht so weit kommen lassen. Aber die Frage war, was aufhören musste. Die Annäherung an Ben oder die Beziehung mit Michi? Die Suche nach einer Antwort raubte ihr den Schlaf.

Sie mussten ihre Unterhaltung unterbrechen, weil der Kellner kam. Lea zeigte lustlos auf die nächstbeste Pizza, sie hatte eigentlich gar keinen Appetit. Die unmögliche Entscheidung, mit der sie sich konfrontiert sah, schlug ihr auf den Magen.

♪

BEN

Zum tausendsten Mal kontrollierte Ben sein Smartphone, doch noch immer hatte Lea ihm nicht geantwortet. Er könnte sich dafür ohrfeigen, dass er ihr den letzten Link geschickt hatte. Zweifellos hatte sie den Zusatz mit dem ›Paarurlaub‹ in den falschen Hals bekommen. Ben hatte damit gerechnet, dass sie ihm irgendwas schreiben würde wie ›nett von dir, dass du mir und meinem Freund einen Urlaub finanzieren willst‹. Eine Antwort wie diese hätte ihm die Möglichkeit gegeben, sich näher nach ihrer Beziehung zu erkundigen.

Aber Lea reagierte seit fast vierundzwanzig Stunden einfach gar nicht. Das musste bedeuten, dass sie sauer auf ihn war. Schmollen beherrschte sie gut.

Das überraschende ›Ping‹ des Handys ließ Ben zusammenfahren, und er las sofort die neue Nachricht.

> REBEKKA
> Bist du zu Hause? Kann ich vorbeikommen?

Da niemand hier war, musste er sich keine Mühe geben, seine Enttäuschung zu verbergen. Er hatte so eine Ahnung, warum Rebekka ihn besuchen wollte, und seine Begeisterung hielt sich in Grenzen.

> **BEN**
> Hast du an einem Samstagabend nichts Besseres zu tun?

> **REBEKKA**
> Ich habe NIE etwas Besseres zu tun, als dir auf die Nerven zu gehen.

Vermutlich konnte er die Ablenkung gebrauchen.

> **BEN**
> Bin daheim.

> **REBEKKA**
> Zehn Minuten.

Seufzend ergab er sich seinem Schicksal und ließ seinen Blick durch den Raum schweifen, um zu kontrollieren, ob irgendwo etwas Verräterisches herumlag. Die Fotos von Jan waren sicher im Schlafzimmer verstaut. Hinweise auf Lea fanden sich nur in seinem Chatprogramm.

Er startete die Kaffeemaschine, weil Rebekka zu den Menschen gehörte, die selbst um Mitternacht Koffein zu sich nehmen konnten, ohne je Einschlafschwierigkeiten zu haben. Ben hatte gerade erst den Wassertank nachgefüllt, als es bereits klingelte.

Sie hatten sich zuletzt an seinem Geburtstag vor zwei Tagen getroffen, trotzdem begrüßten sie sich mit einer innigen Umarmung. Rebekka zog Stiefel und Mantel aus und holte aus ihrem Rucksack, der ebenso topmodisch wie der Rest ihrer Aufmachung war, eine dicke Mappe. Ben verzog gequält das Gesicht. Der Inhalt interessierte ihn nicht einmal ansatzweise.

»Muss das sein?«, fragte er.

»Sie sind unsere Geschwister.«

»Aber im Gegensatz zu deiner Schwester redet mein Bruder seit einem Dreivierteljahr nicht mit mir.«

Unbeirrt legte Rebekka die Mappe auf dem Küchentisch ab.

»Ich dachte, du hättest dich über seine Glückwünsche zum Geburtstag gefreut. Wäre das kein Anlass, um mal anzufangen, ein Loch für das Kriegsbeil zu graben?«

»Er hat geschrieben ›*Happy Birthday, Bro!*‹ und ich habe geantwortet ›*Thanks*‹. Dann kam nichts mehr. Das war jetzt nicht gerade der Beginn einer tiefsinnigen Unterhaltung.«

»Du hättest auch noch ein ›schön, von dir zu hören‹ anhängen können«, meinte Rebekka und setzte sich hin.

Ben wandte ihr den Rücken zu und hantierte an der Kaffeemaschine, um einen Grund zu haben, sie nicht ansehen zu müssen. Er würde sich von ihr ganz bestimmt nicht in die Rolle des vernünftigen großen Bruders drängen lassen.

Als er sich wieder umdrehte, um Rebekka einen Cappuccino zu servieren, hatte sie die Mappe mit den Hochzeitsplanungen geöffnet und blätterte darin herum.

»Becks, lass uns nur eine Sache klarstellen«, bat er.

Sie hob den Kopf und sah ihn erwartungsvoll an.

»Wir machen das hier, weil du jemanden brauchst, der dir beim Laut-Denken zuhört, oder? Du erwartest nicht, dass ich zu alledem eine Meinung habe.« Er deutete auf ihre Unterlagen.

Rebekka grinste teuflisch. »Eigentlich wollte ich dir die Entscheidung überlassen, ob wir die Stuhlhussen in Creme oder Elfenbein bestellen. Da ist Lou sich sehr unsicher.«

Höchstwahrscheinlich konnte ihre künstlerisch äußerst begabte Schwester zwischen den beiden Farben sogar einen Unterschied sehen, deshalb verstand er, dass das für sie ein Problem war. Allerdings eines, mit dem er nun wirklich nichts zu tun haben wollte.

»Das könnte ebenso ein Blinder entscheiden«, brummte Ben, was Rebekka sichtlich amüsierte.

»Keine Angst, das wissen wir. Aber was Lou ganz ernsthaft Sorgen macht, ist die Frage, ob sie mit dir für die Musik während der Trauung rechnen kann.«

Ben nahm gegenüber von Rebekka Platz und verschränkte die Arme vor der Brust.

»Du hast als Jonas' Trauzeuge zugesagt«, erinnerte sie ihn.

»*Bevor* er sich dazu entschlossen hat, die Band hängenzulassen«, stellte er klar.

»Kannst du nicht einmal ein bisschen verstehen, dass er eine Pause gebraucht hat?«

»Eine *Pause* wäre kein Problem, wenn er es je so deklariert hätte. Aber er ist ohne ein Wort der Erklärung gegangen.« Es irritierte Ben, dass Rebekka über diese Antwort erleichtert wirkte. »Was?«

»Das mit der Pause kam ursprünglich von Lou«, verriet sie. »Deshalb bin ich froh, dass du über den Teil nicht sauer bist. Sie hat ihn mehr oder weniger dazu gezwungen. Allerdings hatte sie erwartet, dass er euch das Ganze erklärt und nicht im letzten Moment einfach abspringt.«

Ben zog die Augenbrauen zusammen. »Deine Schwester ist dem Typen, den sie heiraten will, aber schon mal begegnet, oder? Wann hat Jonas je einen Entschluss gefasst, nachdem er ausführlich über eine Sache nachgedacht hat? Er verlässt sich doch immer darauf, dass ihm sein Bauchgefühl im entscheidenden Moment das Richtige sagt.«

Sein Gegenüber zuckte mit den Schultern. »Sie gibt die Hoffnung nicht auf, dass er mal erwachsen wird.«

Ben schüttelte nur den Kopf. Manchmal wunderte er sich darüber, was Lou in seinem Bruder sah. Aber vermutlich war ihre Beziehung ein Paradebeispiel dafür, dass sich Gegensätze anzogen. Lou neigte dazu, über alles zu viel nachzudenken. Die dicke Mappe mit den Planungen für die Hochzeit war der beste Beweis dafür. Jonas dagegen folgte immer seinem Gefühl. Das bedeutete nicht zwingend, dass er sich nicht mit dem Für und Wider einer Sache beschäftigte, aber er hatte entweder von Anfang an eine bestimmte Meinung oder schwankte bis zum allerletzten Moment.

»Ich verstehe euch echt nicht.« Rebekka fixierte Ben mit

ihrem Blick. »Ja, Jonas hätte das Ganze anders angehen müssen, vorher mit euch reden, euch eine Chance geben, eure Meinung zu äußern. Wer weiß, vielleicht hättet ihr gemeinsam entschieden, dass ihr wirklich eine Pause braucht und es nicht das Schlechteste wäre, eine Zeit lang auf Abstand zu gehen. Ich meine, keiner von euch macht den Eindruck, als würde ihm die Auszeit schaden. Jakob scheint auf dieser Reise die Zeit seines Lebens zu haben, Linus bastelt fröhlich an seinen Projekten. Und du? Seit du wieder unterrichtest, bist du wie ausgewechselt.«

Ben war ziemlich froh, dass Rebekka seinen Wandel von selbst an etwas festmachte und nicht versuchte, einen Grund dafür aus ihm herauszuquetschen. Er liebte sie von Herzen, aber manchmal war sie ziemlich unberechenbar. Wie sie auf die Offenbarung, dass er Lea schon vor Monaten getroffen hatte, reagierte, war nicht absehbar.

»Unterm Strich geht es wahrscheinlich sogar Jonas am schlechtesten.«

Der Nachsatz machte Ben neugierig. So egal, wie er versuchte, Rebekka glauben zu lassen, waren ihm weder sein Bruder noch diese Hochzeit. »Was ist mit ihm?«

»Genau weiß ich das auch nicht, aber irgendwas war zwischen ihm und eurer Mum. Du bist nicht der Einzige in der Familie, mit dem er seit Monaten nicht gesprochen hat. In dem Fall geht es allerdings von ihr aus.«

Ben fiel aus allen Wolken. Er hatte sich gewundert, warum Jonas in den Weihnachtsplänen seiner Eltern nicht vorgekommen war, hätte jedoch niemals erwartet, dass ihre Mum ihn absichtlich davon ausgeschlossen hatte. Erst jetzt fiel ihm auf, dass nur Granny und Dad mit seinem Bruder gesprochen hatten, als er sie in Schweden angerufen hatte.

»Deshalb«, fuhr Rebekka fort, »wäre es hilfreich, wenn wenigstens du über deinen Schatten springen könntest. Ich habe keine Ahnung, was zwischen euch allen läuft, aber ich weiß, dass meine Schwester langsam die Nerven verliert. Sie hat dieses Bild von der perfekten Hochzeit im Kopf, auf dem alle wild herumkritzeln.«

»Dass sich das so auf Lou auswirkt, tut mir leid«, sagte Ben. Er wollte ihr den angeblich schönsten Tag im Leben wirklich nicht verderben.

»Aber du kannst dich nicht mit deinem Bruder an einen Tisch setzen und über eure Differenzen sprechen?«, erwiderte Rebekka ärgerlich.

»Becks, ich ...« Ben wusste nicht, wie er ihr verständlich machen konnte, was ihn blockierte. Seine beste Freundin war wie alle anderen Leute in ihrem Umfeld der Ansicht, dass Jonas sich in den vergangenen Jahren für Ben völlig aufgerieben hatte. Er konnte nicht in Worte fassen, warum er seinem Bruder dafür kein bisschen dankbar war. Auch wenn sie dafür wenig Verständnis hatte, wusste er, dass er noch mehr Zeit brauchte, um mit sich selbst klarzukommen. Erst dann konnte er sich den Problemen mit Jonas stellen.

»Ich gebe mir Mühe«, versprach er und hoffte, dass diese Worte ausreichten, um Rebekka zu besänftigen. Und um zu untermauern, dass er bereit war, seinen Beitrag für eine gelungene Hochzeit zu leisten, erkundigte er sich: »Was für Musik hätte Lou eigentlich gern bei der Trauung?«

KAPITEL 31

LEA

AM MONTAGMORGEN KLOPFTE Michael zum ersten Mal seit etlichen Wochen eine Viertelstunde vor seinem Dienstbeginn an Leas Bürotür. Ihre Krise war augenblicklich um eine Facette reicher, denn bei seinem Anblick konnte sie gar nicht anders, als zu lächeln. Sie freute sich wirklich, ihn zu sehen, genoss den Begrüßungskuss und verspürte gleichzeitig ein Bedauern, dass er am Freitag keine Zeit für ein Date gehabt hatte.

»Wie war euer Mädelsabend?«, erkundigte er sich gut gelaunt.

»Nett. Wie war das Konzert?«

Er verdrehte die Augen. »Du hast nichts verpasst.« Michi hatte sie gefragt, ob sie ihn begleiten wollte, aber diesmal hatte ihr die Musikrichtung so gar nicht zugesagt, deshalb hatte sie abgelehnt.

»Nächstes Mal doch wieder was mit einem richtigen Sänger?«, neckte sie.

»Death Metal ist nicht grundsätzlich miese Musik«, verteidigte er sich. »Aber die Band war es.«

»Verstehe. Hattest du am Wochenende Zeit zum Schreiben?«

»Ja, ich habe ziemlich viel geschafft.«

»Immerhin etwas.«

»Wie war's bei dir?«

Die Frage brachte Lea in Verlegenheit. Sie konnte ihm nicht antworten, dass sie seit Freitag kaum geschlafen hatte, dass ihr ihr Zwiespalt auf den Magen schlug – und schon gar nicht, dass sie bis vor fünf Minuten der Meinung gewesen war, einer Lösung ganz nahe zu sein.

»Es war okay«, sagte sie nur. »Nichts Besonderes.«

»Sehen wir uns diese Woche mal irgendwann am Abend? Außer Freitag, meine ich.«

»Ich rede mit Selina, okay?«

»Okay.«

Er verabschiedete sich mit einem zärtlichen Kuss und ging an seine Arbeit. Nur Sekunden später leuchtete das Display von Leas Handy auf.

BEN

Schau, was ich gefunden habe:

Auf dem Foto, das folgte, war ein handgeschriebenes Notenblatt abgebildet. Lea brauchte gar nicht erst hineinzuzoomen, um einzusehen, dass Selina recht hatte. Ben versuchte wirklich, die alte Nähe zwischen ihnen wiederherzustellen. Selbst wenn es sich nicht um ein Liebeslied handelte – was durchaus möglich war, denn es existierten eine Reihe Songs, in denen in irgendeiner Form gemeinsame Erinnerungen verpackt waren –, war es eindeutig, was er bewirken wollte. Lea spürte ihren inneren Widerstand schwinden. Sie war heilfroh, dass sie am Abend mit Jette verabredet war, denn sie brauchte dringend jemanden zum Reden.

Selbst via Video bemerkte Jette sofort, dass es Lea nicht gut ging.
»Was ist passiert?«, fragte sie. »Hat Michi Schluss gemacht?«

»Nein!«, antwortete Lea schnell, doch dann sank sie gegen ihr Betthaupt und ergänzte: »Aber ich glaube, ich sollte das tun.«

Jette war von der Ansage sichtlich überrascht. »Was ist passiert?«

»Ben ist passiert.«

»Hast du etwas mit deinem Ex angefangen?«

Lea schüttelte den Kopf.

»*Noch* nicht?«, vermutete Jette.

»Möglicherweise.«

»Und weil die Möglichkeit besteht, willst du dich von Michi trennen?«

»Ich *will* nicht«, widersprach Lea energisch. »Aber wäre alles andere nicht einfach nur unfair ihm gegenüber? Selina findet, ich flirte hinter seinem Rücken mit Ben. Ist das nicht irgendwie schon Betrügen?«

»Das kommt darauf an«, meinte Jette. »Was genau läuft zwischen dir und Ben?«

»Da ›läuft‹ eigentlich nichts. Wir schreiben uns Nachrichten. Ziemlich viele allerdings.«

»Unanständige?«

»Nein! Manche sind Anspielungen auf früher. Viele aber einfach nur ein harmloses Geplänkel oder sogar ernsthafte Diskussionen.«

»Aber eure Kommunikation macht dir ein schlechtes Gewissen Michi gegenüber?«

»Genau genommen hat Selina mir ein schlechtes Gewissen gemacht«, stellte Lea klar. »Sie hat allerdings nicht ganz unrecht. Und jetzt quäle ich mich mit der Frage herum, wie ich möglichst wenig Schaden anrichte.«

»Bist du wieder in Ben verliebt?«, fragte Jette direkt.

»Ich weiß es nicht.« Auch jetzt konnte Lea das Gefühl in ihrer Brust nicht richtig fassen. Die beste Beschreibung war, dass ihr Herz sich für etwas bereitzumachen schien. »Ich glaube, es fehlt nur so viel.« Sie zeigte einen kleinen Abstand zwischen Daumen und Zeigefinger.

»Und du siehst eine Chance, das hier«, Jette tat es ihr gleich, »zu überwinden?«

»Erinnerst du dich daran, was ich im Herbst über Ben gesagt habe? Dass er sich so verändert hat? Ich habe ihn kaum wiedererkannt. Aber jetzt tue ich das. Jeden Tag ein bisschen mehr.«

»Verstehe.«

Beide schwiegen.

»Ich weiß nicht, was ich dir raten soll«, sagte Jette nach einer Weile. »Ich hatte den Eindruck, dass Michi dir guttut.«

»Das stimmt auch.«

»Aber ich war auch dabei, als du versucht hast, mit dem Liebeskummer wegen Ben fertigzuwerden. Ich habe gesehen, wie sehr du darunter gelitten hast, ihn zu verlieren. Und ihr habt ein Kind. Wenn es eine Chance gibt, dass ihr eine richtige Familie werden könntet ...« Sie beendete den Satz nicht. »Vor drei Wochen habt du und Michi ziemlich verliebt gewirkt.«

Lea nickte nur. Sie wusste das. Sie fühlte es. »Kann man in zwei Männer gleichzeitig verliebt sein?«, fragte sie.

»In unseren Herzen ist Platz für mehr als einen Menschen.«

Das klang zwar schön, beschrieb für Lea jedoch den schlimmstmöglichen aller Fälle. Zwei Männer zu lieben, sich nie entscheiden zu können, bedeutete das nicht, andauernd beide zu verletzen?

»Vielleicht wäre die Trennung von Michi wirklich das Fairste«, meinte Jette nach einer längeren Stille. »Aber bevor du dich wieder mit Ben einlässt, solltest du dir absolut sicher sein, dass er derjenige ist, mit dem du alt werden willst. Die Gefahr, dass er dir noch mal das Herz bricht, wird immer bestehen. Deshalb solltest du die Entscheidung für ihn keinen Tag bereuen.«

»Wenn Nils dich heute betrügen würde –«

»Würde ich ihn möglicherweise dafür hassen, dass er unser gemeinsames Leben weggeworfen hat, aber es würde mir um keine Sekunde leidtun.«

Lea dachte an die Zeit, von der Jette gesprochen hatte, als der Liebeskummer wegen Ben sie fest im Griff gehabt hatte. Sie hatte nie bedauert, ihm drei Jahre ihres Lebens geschenkt zu haben. Sie hatte die beweint, die sie nicht mehr mit ihm verbringen würde.

Obwohl auch ihre Beziehung Höhen und Tiefen gehabt hatte, hatte sie an seiner Seite immer das Gefühl gehabt, ihren Platz im Leben gefunden zu haben. Sie hatte nichts mehr geliebt, als in seinen Armen aufzuwachen. Wie in dem Song, den er für sie geschrieben hatte, und dessen Text er als Tattoo auf seiner Brust trug. Je öfter sie allein aufgewacht war, weil er mit der Band unterwegs gewesen war, desto mehr hatte sie diese Morgen zu schätzen gelernt. Doch nachdem sie ihn verlassen hatte, hatte jeder einzelne Tag mit einem Stich im Herzen begonnen.

»Kannst du dir mit Michi eine Zukunft vorstellen wie die, die du dir damals mit Ben ausgemalt hattest?«, wollte Jette wissen.

Lea versuchte es, suchte nach einer Situation, in der sie sich mit Michael auch noch in vielen Jahren sah, so wie in Bens Armen an einem Morgen ohne Verpflichtungen. Doch sie fand keine und schüttelte zögerlich den Kopf.

Darauf lief es wohl hinaus. Auch wenn sie sich nicht mehr sicher war, ob Ben wirklich der Mann ihres Lebens war – Michael war es nicht.

NACH EINER WEITEREN schlaflosen Nacht wusste Lea, dass sie das Unvermeidliche nicht länger vor sich herschieben konnte.

Bevor Michael in der Buchhandlung eintraf, rief sie Selina an, um sie zu fragen, ob Jan am Abend zu ihnen kommen konnte. Nachdem das geklärt war, kam der schwierige Teil. Sie wollte Michi den Tag nicht jetzt schon ruinieren, aber ihm das Treffen nach der Arbeit als spontanes Date zu verkaufen, fühlte sich ebenso falsch an. Noch dazu bemerkte er ihre Niedergeschlagenheit sofort, als sie sich in der Kaffeeküche trafen.

»Was ist mit dir?«, erkundigte er sich besorgt.

»Ich kann seit Nächten nicht schlafen«, wich sie aus.

»Kann ich irgendwas für dich tun?«

»Hast du am Abend Zeit? Gehen wir was trinken? Jan kann zu den Nachbarn.«

Er reagierte auf den Vorschlag wesentlich begeisterter, als sie ihn vorgebracht hatte. »Klar, gern. Holst du mich von hier ab? Ich muss zusperren.«

»Ja, okay.« Lea bemühte sich um ein Lächeln, obwohl ihr mehr nach Weinen zumute war. Sie wollte ihm nicht das Herz brechen. Aber wenn sie es nicht tat, würde ihr eigenes explodieren, weil es zu viel fühlte.

JAN WAR NICHT BEGEISTERT über die Planänderung. Mit kurzfristigen Ansagen tat er sich immer schwer, deshalb besprach Lea außergewöhnliche Dinge normalerweise mindestens einen Tag im Voraus mit ihm. Doch heute sah sie keinen anderen Weg. Sie musste den Unmut ihres Sohnes in Kauf nehmen.

»Vielleicht bin ich nicht lange weg, dann hole ich dich noch ab und du kannst in deinem Bett schlafen«, stellte sie ihm in Aussicht.

Selina, die Jan an der Tür in Empfang genommen hatte, sah ihre Freundin besorgt an. »Machst du mit ihm Schluss?«

Lea hob die Schultern und ließ sie kraftlos wieder sinken. »Habe ich eine Wahl?«

Selina machte einen Schritt auf sie zu und zog sie in eine

feste Umarmung. »Du wirst das Richtige tun, da bin ich mir sicher.«

Lea war unendlich dankbar, dass sie ihre Entscheidung nicht infrage stellte.

Noch nie hatte Lea sich in Michaels Nähe so unbehaglich gefühlt wie an diesem Abend. Auf dem Weg zu seinem Lieblingspub sprachen sie kaum ein Wort. Lea hatte die Hände tief in den Taschen vergraben, um gar nicht erst in Versuchung zu kommen, nach seiner zu greifen. Jetzt noch Körperkontakt zu suchen wäre Heuchelei.

Sie fanden einen freien Tisch, und Michael bestellte Bier an der Bar. Als er wiederkam, musterte er sie besorgt. »Du schaust nicht gut aus. Bist du krank?«

Lea schüttelte den Kopf, nahm ihren ganzen Mut zusammen und sagte: »Wir müssen reden.«

Michi ließ sich auf einen Stuhl plumpsen. »Wieso habe ich das Gefühl, dass ich nicht will, dass du weitersprichst?«

»Weil es wahrscheinlich so ist.« Sie betrachtete ihn unsicher und konnte es schon jetzt kaum ertragen, ihn leiden zu sehen.

»Bitte nicht ...« Er griff nach ihrer Hand, doch sie zog sie reflexartig zurück. »Was habe ich getan?«

»Nichts, gar nichts«, versicherte sie schnell. »Du hast nichts falsch gemacht. Im Gegenteil. Das alles wäre deutlich leichter, wenn ich dir irgendwas vorzuwerfen hätte.«

»Warum sitzen wir dann hier?«

»Weil es sonst dir gegenüber unfair wäre.«

»Unfair?« Er sah sie entgeistert an. »Unfairer, als eine Beziehung aus heiterem Himmel zu beenden?«

Lea verstand ihn, hatte aber keine Ahnung, wie sie ihn hätte vorwarnen können, ohne den Schmerz unnötig in die Länge zu ziehen. Stumm saßen sie einander gegenüber, Lea wusste nicht weiter. Er hatte verstanden, was sie ihm hatte mitteilen wollen. War das Gespräch damit bereits beendet?

»Erklärst du es mir wenigstens?«, bat er nach einer Weile.

»Wenn ich nichts falsch gemacht habe, was ist es dann?«

Sie nickte, hatte aber keine Ahnung, wo sie anfangen sollte. Nach längerem Zögern brachte sie den Satz heraus: »Es liegt an Jans Vater.«

Michis Miene verfinsterte sich augenblicklich. »Hat der Typ dich mit Kind sitzen gelassen und ist auf einmal zurück und macht auf heile Familie?«

»Nein!«, rief sie aus, ließ sich seine vorschnelle Analyse kurz durch den Kopf gehen, und fuhr fort: »Nein, das ist es nicht. Erstens hat er mich damals nicht sitzen gelassen, sondern ich ihn. Allerdings ... das ist jetzt zu kompliziert zu erklären. Ich wollte eigentlich nicht richtig Schluss machen, aber dann sind ein paar Dinge zusammengekommen und am Ende haben wir die letzten sieben Jahre in zwei verschiedenen Ländern verbracht. Er in England, wir in Schweden. Bis Herbst wusste Ben nicht mal von Jans Existenz.«

»Okay.« Michael verschränkte die Arme vor der Brust und wartete auf mehr.

»Wir haben uns zufälligerweise am selben Tag wiedergetroffen, an dem wir beide uns kennengelernt haben.«

Er sprang sofort zur nächsten Schlussfolgerung: »Und dann hast du mit mir etwas angefangen, um ihm zu zeigen, dass du nicht so leicht zurückzuhaben bist?«

»Nein, auch das nicht«, betonte Lea. »Das Wiedersehen mit ihm war schwierig und aufreibend. Voller gegenseitiger Vorwürfe. Sehr viele verletzte Gefühle. Wenn ich mit dir zusammen war, konnte ich das alles vergessen. Du warst mein Ruhepol. Deshalb wollte ich mit dir zusammen sein.«

»Und jetzt hat der Mohr seine Schuldigkeit getan und kann gehen?«, fragte er.

»So ist es nicht«, beteuerte Lea und merkte, dass sich ihre Augen mit Tränen füllten. Die Härte in seiner Miene zu sehen, tat furchtbar weh. Sie wollte ihn nicht verlieren. »Ben war damals meine große Liebe, ich konnte mit ihm nie ganz abschließen. Ich hab mir aber auch ein Wiedersehen nicht so kompliziert vorgestellt. Ben ... das Rockstar-Leben der letzten Jahre hat Spuren hinterlassen, er war kaum wiederzuerkennen. Deshalb wusste ich nicht, wie ich Jan seinen Dad vorstellen soll. Ein Teil von mir wollte gar nicht, dass sie sich kennenlernen, sondern einfach neu anfangen – mit dir.«

Michi gab lediglich ein verächtliches Schnaufen von sich.

»Aber Ben hat doch irgendwie die Kurve gekriegt, hat Jan getroffen und es war auf beiden Seiten Liebe auf den ersten Blick. Er hat sich für ihn in kürzester Zeit so zum Guten verändert. Als ich ihn nach zwei Monaten wiedergesehen habe, war er wie ausgewechselt. Auch da am Christkindlmarkt.«

»Moment«, unterbrach Michael sie. »Der Typ, den du mir als Jans Klavierlehrer verkauft hast, ist Jans Vater?«

»Er unterrichtet ihn wirklich«, beeilte sich Lea, klarzustellen.

»Ben Talbot ist der Vater deines Sohnes?«, präzisierte er.

»Du kennst ihn?«

»Nicht persönlich, aber seine Band, seine Musik. Und ich habe ihn damals auch nicht richtig erkannt. Aber jetzt redest du auf einmal von einem Ben, und der Typ kam mir bekannt vor. Irgendwie hat das mit dem Klavierlehrer gepasst, obwohl ich es mir nicht ganz erklären konnte.«

»Er hat als Klavierlehrer gearbeitet, als wir uns kennengelernt haben. Neben dem Studium. Und jetzt wieder, weil die Band irgendwie in Trümmern liegt.«

»Also stimmen die Gerüchte, dass sie sich getrennt haben?«

»Davon weißt du auch?«

Michi zuckte mit den Schultern. »Ich interessiere mich eben für die Branche.«

Wie wichtig Musik für ihn war, hatte sie mehrfach mitbekommen, deshalb nickte sie nur.

»Tja, gegen den Rockstar hat ein kleiner Buchhändler wohl keine Chance«, stellte Michael frustriert fest.

»Das hat absolut nichts damit zu tun«, behauptete Lea. »Als wir zusammen waren, hatte er noch nicht einmal einen Plattenvertrag. Über sein Leben als Rockstar weiß ich gar nichts, schon gar nicht, ob darin überhaupt Platz für mich ist. Aber er ist Jans Vater und in letzter Zeit berührt er mich mehr, als ein Mann sollte, wenn man mit einem anderen zusammen ist.«

»Und deshalb muss ›der andere‹ weichen«, brummte Michi.

»Es wäre dir gegenüber nicht fair.« Nun versuchte Lea, nach seiner Hand zu greifen, doch er zog sie zurück. Im Flüsterton fuhr sie fort: »Wäre es dir lieber, wir würden ein Paar bleiben, aber du wüsstest nie, was zwischen ihm und mir abgeht, wenn wir beisammen sind? Wenn ich meinem Herzen schon nicht traue – wie solltest du das können?«

Er schwieg zuerst eine Weile, dann stand er unvermittelt auf. »Ich schätze, wir sehen uns morgen in der Arbeit«, sagte er, nahm seine Jacke und ging.

Lea blieb niedergeschmettert zurück. Sie hatte die Hoffnung gehegt, sie würde sich leichter fühlen, wenn sie es hinter sich gebracht hatte, doch stattdessen liefen Tränen über ihre Wangen, und sie brachte nicht die Kraft auf, ebenfalls zu gehen.

Eine Kellnerin trat an ihren Tisch und zeigte auf Michis halb leeres Glas. »Kann ich das schon mitnehmen?«

Schnell wischte Lea über das feuchte Gesicht, um ihren Zustand zu vertuschen, und nickte.

Die Frau sah sie dennoch mitleidig an. »Hat er Schluss gemacht?«

Sie schüttelte den Kopf. »Ich mit ihm.«

»Oh«, machte die Kellnerin. Und dann ergänzte sie aufmunternd: »Das wird schon wieder.«

Darauf wusste Lea keine Antwort, deshalb fragte sie: »Sind die Getränke bezahlt?«

»Ja, wir kassieren bei Bestellung.«

»Okay.« Sie griff nach ihrer Jacke und erhob sich. »Danke«, murmelte sie noch, dann verließ auch sie das Lokal und machte sich auf den Heimweg.

Als sie zu Hause ankam, war es eigentlich noch früh genug, um Jan abzuholen, aber sie schaffte es nicht, bei ihren Nachbarn zu klingeln. Stattdessen verkrümelte sie sich in ihrem Zimmer und weinte sich in einen unruhigen Schlaf.

KAPITEL 32

LEA

LEA HATTE ERWARTET – oder zumindest gehofft –, dass sich ihr Gefühlschaos legen würde, sobald sie mit Michael reinen Tisch gemacht hatte, aber das war nicht der Fall. Er tat nichts, um ihr das Leben schwer zu machen, doch genau das war es, was sie im Nachhinein an ihrer Entscheidung zweifeln ließ. Sie gingen einander in der Arbeit zwar nicht direkt aus dem Weg, suchten jedoch auch nicht – so wie früher – bewusst die Gesellschaft des anderen. Bevor Bert sich Lea gegenüber zu der veränderten Situation äußerte, erhielt sie eine Nachricht von Michael.

MICHI

Ich habe es dem Chef gesagt.

Sie war ihm unendlich dankbar für diesen Schritt. Allerdings erinnerte er sie damit auch daran, warum sie sich eigentlich in ihn verliebt hatte – weil er alles leichter machte.

Lea informierte zwar Selina und Jette über die Trennung, mit Jan sprach sie allerdings nicht darüber. Ein Sechsjähriger kannte den Unterschied zwischen Freundschaft und Beziehung ohnehin nicht. Vermutlich war es ihm ziemlich egal, ob sie etwas mit Michi unternahmen. Und dass er nicht mehr – insbesondere spontan – bei den Nachbarn schlafen *musste*, war in seinen Augen bestimmt kein Nachteil. Lea war sich zwar ziemlich sicher, dass er spätestens in zwei Wochen darum betteln würde, aber so war ihr Sohn eben.

Unterdessen kämpfte sie sich mühsam durch den Alltag. Am schwersten war es, sich nicht anmerken zu lassen, wie schlecht es ihr ging. Am liebsten wäre sie den ganzen Tag im Bett geblieben. Sie war heilfroh, als der Freitag endlich da war und sie sich vor der Welt verkriechen konnte. Sie ging sogar so weit, ihrer Mutter zu schreiben, dass sie sich nicht gut fühlte und das gemeinsame Essen am Samstag ausfallen lassen wollte. Mitten in der Grippewelle missverstand Lisbeth ihre Tochter genau auf die Art, die sie sich erhofft hatte, und bot an, Jan erst am Sonntag nach Hause zu bringen, damit sie sich auskurieren konnte.

Das Schlimmste war, dass Lea ständig versucht war, Michi zu schreiben oder anzurufen. Ein Teil von ihr wollte sichergehen, dass er sie verstand, ein anderer wollte alles zurücknehmen, was sie gesagt hatte. Sie sehnte sich nach ihm, nach seiner Nähe und nach der Ruhe, die er ihr verschaffte.

Ihrer Familie erzählte sie auch nichts von der Trennung, als ihre Eltern Jan am Sonntagabend vorbeibrachten. Sie war froh, dass ihre Mutter die geröteten Augen und laufende Nase einer schlimmen Erkältung zuschob und sogar Hühnersuppe mitgebracht hatte.

Jettes Frage nach ihrem nächsten Videocall blockte sie ebenso ab wie Selinas Versuche, mit ihr zu reden. Lea war überzeugt, sie hatte sich selbst in diese Situation gebracht, deshalb musste sie auch allein damit fertigwerden.

Auch Bens Nachrichten ignorierte sie, obwohl sie damit nur bewirkte, dass er sich Sorgen um sie machte. Zum Glück traf er am Montag in der Schule Jan, der ihm erzählte, dass seine Mama krank war. Daraufhin wünschte er ihr eine gute

Besserung und versuchte nicht mehr, sie in Chatunterhaltungen zu verwickeln.

Doch Lea hatte seine Fürsorglichkeit unterschätzt. Als sie Jan am Donnerstag nach der Schule die Wohnungstür öffnete, stand draußen nicht nur er, sondern auch sein Dad.

♪

BEN

BEN WUSSTE, er überschritt eine Grenze, aber seine Sorge um Lea war größer als sein schlechtes Gewissen. »Ich wollte nur kurz sehen, wie es dir geht«, rechtfertigte er sein unangemeldetes Auftauchen.

Zu seiner Überraschung trat Lea einen Schritt zur Seite. »Komm rein!«, forderte sie ihn auf.

»Ich will euch nicht stören«, wehrte er ab.

»Nun mach schon!«, wiederholte sie. »Du kannst mit uns essen. Ich habe ohnehin zu viel Spaghettisoße gekocht.«

Er zögerte und versuchte gleichzeitig, dahinterzukommen, was hier nicht stimmte. Lea wirkte nicht krank, aber es war, als würde sie eine düstere Wolke umgeben.

»Ist es okay, wenn er zum Essen bleibt?«, wandte sie sich an Jan. Die begeisterte Zustimmung brachte Ben um seine letzte Möglichkeit, die Einladung auszuschlagen, und er gab nach. Es war ja nicht so, als wollte er nicht mit den beiden essen, im Gegenteil.

Während Lea in der Küche verschwand, folgte er Jan in den nächsten Raum, wo auf wenigen Quadratmetern Wohn- und Essbereich untergebracht waren. Die Erkenntnis, wie beschränkt die beiden lebten, während er allein zwei Stockwerke bewohnte, bereitete ihm Unbehagen. Er suchte noch einmal nach einer Ausflucht, doch Lea legte mit solcher Selbstverständlichkeit ein drittes Gedeck bereit, dass er sich geschlagen gab.

Das ungute Gefühl verschwand beim gemeinsamen Essen. Ben erkannte die Besonderheit des Moments erst nach einigen Minuten, weil er damit beschäftigt war, Jan zuzuhören, der wie ein Wasserfall quasselte. Lea musste ihn mehrmals erinnern, dass sein Essen kalt wurde. Sie selbst aß kaum etwas. Es war ein seltsames erstes gemeinsames Essen, das Bens Herz trotz der eigenartigen Stimmung wärmte.

Nachdem Jan aufgegessen hatte und in seinem Zimmer verschwunden war, bot Lea Ben Kaffee an. »Filterkaffee allerdings«, warnte sie.

»Er wird schon trinkbar sein«, erwiderte Ben und betrat mit ihr die Küche, wo sie zuerst die Kaffeemaschine einschaltete und dann die Spülmaschine einräumte. Seine Hilfe nahm sie nicht an, deshalb blieb ihm nichts anderes übrig, als tatenlos am Kühlschrank zu lehnen, wo er ihr am wenigsten im Weg war.

»Geht's dir gut?«, erkundigte er sich. »Ich wollte vor Jan nichts sagen, aber du wirkst so deprimiert.«

Mit einem tiefen Seufzer startete Lea den Geschirrspüler, bevor sie sich ihm gegenüber an die Küchenschränke lehnte.

»Ich habe mit Michi Schluss gemacht,« sagte sie leise.

Ben war gleichermaßen erfreut und betroffen. Falls *er* der Grund für diese Entscheidung war, dann war das ein gutes Zeichen. Möglicherweise hatte er sich doch nicht darin getäuscht, dass Lea sich ihm geöffnet hatte, bevor ihr intensiver Austausch plötzlich wieder abgebrochen war, und für das abrupte Ende ihrer Konversation war etwas anderes verantwortlich als etwas Falsches, das er geschrieben hatte. Nämlich Leas Liebeskummer, den man ihr so deutlich anmerkte, dass es auch ihm wehtat. Er ertrug es kaum, sie so zu sehen.

»Und Jan hast du gesagt, du bist krank?«, fragte er, nur um irgendwie zu reagieren.

Sie lachte freudlos auf. »Eigentlich war das meine Mama. Der gegenüber habe ich das behauptet, damit sie sich um ihn kümmert.«

»Wieso hast du ihr nicht einfach die Wahrheit erzählt?«, wunderte er sich. Lea hatte in seiner Erinnerung ein sehr gutes Verhältnis zu ihrer Mutter. Es kam ihm seltsam vor, dass sie mit ihr nicht über die Trennung sprach.

Ihre Antwort war nur ein Flüstern. »Ich kann nicht.«

»Und Jan?«

»Dem muss ich es doch nicht extra erklären«, meinte sie. »Ich wüsste ja nicht einmal, wie ich ihm das Konzept von Liebeskummer vermitteln sollte. In seiner Wahrnehmung sehe ich Michi jeden Tag in der Buchhandlung. Wo ist das Problem, nur weil wir uns nicht mehr außerhalb treffen?« Sie sah ihn direkt an und ergänzte: »Über unsere Beziehung habe ich ihm auch nur gesagt, dass wir früher Freunde waren, als er mich zum ersten Mal danach gefragt hat. Mit Verliebtsein kann er noch nichts anfangen.«

Der Kaffee war fertig, und Lea füllte zwei Tassen. Doch anstatt sich gemütlich im Wohnzimmer auf die Couch zu setzen, blieben sie, wo sie waren.

»Wann hast du dich von ihm getrennt?«, wollte Ben wissen.

»Letzte Woche.«

»Und warum? Du wirkst nicht gerade glücklich über die Entscheidung.« Ben merkte allerdings, dass er es mehr und mehr war.

»Weil die Perspektive fehlt«, erwiderte sie vage.

Ben runzelte die Stirn, denn er verstand nicht genau, was sie damit meinte. »Muss es immer eine geben? Manchmal will man einfach nur Spaß haben.«

»Aber wenn man schon weiß, dass etwas nicht für immer halten kann, ist es dann nicht besser, es gleich zu beenden?«, fragte sie unsicher.

»Hättest du unsere Beziehung beendet, wenn du geahnt hättest, dass sie nicht für immer ist?«, entgegnete er.

»Das war etwas anderes«, winkte sie ab.

»Inwiefern?«

»Damals habe ich geglaubt, es wäre für immer.«

Ben wagte es nicht, nachzuhaken, ob sie der Meinung war, es könne wieder so werden. Ob das sogar der Grund war, warum sie sich von ihrem Freund getrennt hatte. Trotzdem spürte er in sich drin den Keim der Hoffnung sprießen. Vielleicht hatte er sie doch noch nicht verloren.

»Warum bespreche ich das eigentlich ausgerechnet mit dir?«, murmelte sie in ihre Kaffeetasse.

Ben schmunzelte. »Vermutlich, weil ich gerade da bin und dich danach gefragt habe.«

Da betrat Jan die Küche. »Ich bin mit der Hausübung fertig, bekomme ich was Süßes?«

»Ja, hol dir etwas«, erlaubte Lea.

Sofort öffnete Jan die Naschlade.

»Bekomme ich auch was?«, bat Ben automatisch.

Lea grinste. »Wie konnte ich nur vergessen, dir einen Nachtisch anzubieten.«

»Du warst schon mal netter zu mir«, konterte er und bedankte sich bei Jan für den Schokoriegel, den er ihm reichte.

»Wie lange bleibst du noch da?«, erkundigte sich Jan, während er seine eigene Schokolade auspackte.

»Keine Ahnung«, erwiderte Ben und warf Lea einen fragenden Blick zu.

Sie zuckte lediglich mit den Schultern, woraufhin ihr Sohn bettelte: »Darf er bleiben?«

Sie gab sich schnell geschlagen. »Meinetwegen.«

»Spielst du mit mir Klavier?«, wandte er sich euphorisch an Ben.

»Ja, sicher«, stimmte der sofort zu.

»Moment mal!«, bremste Lea ihren Enthusiasmus. »Zuerst will ich deine Hefte sehen!«

Jan brummte widerwillig ›Okay‹, schlurfte aber gehorsam davon, um sie zu holen.

Ben trat in den Flur und schaltete das Piano ein. Die Räume, die er noch nicht gesehen hatte, mussten winzig sein, wenn das der einzige Platz war, den sie für das Instrument gefunden hatte.

Lea war ihm gefolgt, und er konnte gar nicht anders, als ›*Stillframe in my heart*‹ anzuspielen. Er sah sie auffordernd an, doch Lea murmelte nur: »Vergiss es!«, und betrat das Zimmer, in dem Jan verschwunden war.

KAPITEL 33

LEA

AM FREITAGNACHMITTAG SAß Lea allein mit ihrem Liebeskummer am Klavier und versuchte, irgendetwas Fröhliches zu spielen. Doch nach ein paar Takten klang alles wie ein Trauermarsch. Frustriert stand sie auf, um sich eine andere Beschäftigung zu suchen. Ein Blick auf ihr Handy verriet ihr, dass sie einen Anruf von Ben verpasst hatte. Ohne lange nachzudenken, wählte sie seine Nummer.

»Hey, du hast angerufen«, begrüßte sie ihn.

»Ich wollte eigentlich nur wissen, wie es dir geht.«

Sie seufzte. »Nicht besonders.«

»Falls du reden willst, ich hätte Zeit«, bot er an. »Ich leihe dir gern mein Ohr.«

Lea dachte über den Vorschlag nach und verglich ihn mit den anderen Optionen für den Nachmittag und Abend. Wohnung putzen, Lebensmitteleinkauf für das Wochenende erledigen, traurigen Liebesfilm streamen. Nichts davon erschien ihr sonderlich verlockend.

»Blöde Idee?«, hakte er vorsichtig nach.

»Nein, gar nicht. Ich habe nur überlegt, was ich eigentlich

tun wollte oder müsste und welche Möglichkeit besser klingt. Oder dringender ist. Das Putzen und Einkaufen sollte ich vielleicht nicht aufschieben.«

»Du könntest das in Ruhe erledigen und am Abend zu mir kommen«, schlug er vor. »Ich koche uns was und dann reden wir.«

»Das klingt gut. Soll ich was Süßes mitbringen?«
»Natürlich. Immer.«
»Okay. Wann soll ich bei dir sein?«
»Passt dir sechs?«
»Ja, in Ordnung.«

Beim Auflegen fragte sie sich, ob ihr Ex-Freund soeben ihren Liebeskummer dazu benutzt hatte, um ein Date mit ihr zu vereinbaren. Obwohl sie der Gedanke verwirrte, beschloss sie, sich auf den Abend mit ihm einzulassen. Es war dasselbe Gefühl, das sie am Vortag dazu bewogen hatte, ihn zum Bleiben zu bitten. Wenn sie schon mit ihrem Freund Schluss gemacht hatte, weil sie die Ahnung hatte, dass sich mit Ben wieder etwas entwickeln könnte, konnte sie ebenso gut die Flucht nach vorne antreten.

Sie erledigte die unangenehmsten Punkte auf ihrer To-do-Liste sofort, danach schrieb sie eine Einkaufsliste für das Wochenende und setzte auch noch die Zutaten für einen schwedischen Schokoladenkuchen darauf.

PÜNKTLICH UM SECHS stand Lea mit einer Kuchenform und rasendem Herzen vor Bens Tür. Sie war sich nicht sicher, ob es wirklich eine gute Idee war, den Abend mit ihm zu verbringen, aber einen Rückzieher zu machen erlaubte sie sich nicht.

Er ließ sie herein, begrüßte sie nur kurz und entschuldigte sich, weil er sich gleich wieder um das Essen kümmern musste. Das gab ihr Zeit, sich endlich einmal in seiner Wohnung umzusehen.

Vom Eingangsbereich aus gelangte man in einen

komplett offenen Raum, dessen Decke von Stahlträgern gestützt wurde, was ihm einen gewissen Industrial Chic verlieh. Gleich links führte eine provisorisch wirkende Wendeltreppe ins obere Stockwerk. Wenn sie davon ausging, dass der zweite Stock die gleichen Maße hatte wie dieser, war Bens Wohnung vermutlich viermal so groß wie ihre eigene.

Die Einrichtung machte allerdings nicht den Eindruck, als wäre sie mit Liebe und Sorgfalt ausgewählt worden. Die Küche im linken Teil des Raumes stammte dem Anschein nach aus einem billigen Möbelhaus. Auch der daran anschließende Küchentisch wirkte nicht hochwertig, war aber heute immerhin hübsch für zwei gedeckt. Lea konnte sich des Eindrucks nicht erwehren, dass Ben an diesem Abend den ersten Versuch gestartet hatte, sein Zuhause einladend zu gestalten.

Die Couch zu ihrer Rechten schien immerhin gemütlich zu sein und war so geräumig, dass sie in Leas Wohnung nicht einmal hineingepasst hätte. Der Flügel, ein paar Bücherregale und ein großer Fernseher vervollständigten die spartanische Einrichtung. Die Wände waren bis auf ein einziges Bild kahl.

Auf das steuerte Lea direkt zu, um es aus der Nähe zu betrachten. In der Mitte stand die Zahl ›30‹, umgeben von lauter Fotos. Offensichtlich handelte es sich um ein Geschenk zu Bens dreißigstem Geburtstag vor einem Jahr. Vermutlich hatten Rebekka und Lou die Collage gebastelt.

Wehmütig betrachtete Lea die Bilder, die fast ausschließlich Menschen zeigten, die sie kannte. Die ganze Clique fand sich darauf, Lou und Rebekka, Jonas, Linus mit seiner Freundin und Jakob. Sehnsucht nach den alten Zeiten überkam sie, und sie wandte sich ab, um das Gefühl nicht Oberhand gewinnen zu lassen.

»Habt ihr deinen Geburtstag dieses Jahr auch gefeiert?«, fragte sie.

»Nein, ich war nur mit Rebekka essen«, antwortete Ben.

»Jakob ist seit dem Sommer auf Weltreise. Um Linus zu sehen, hätte ich nach London fliegen müssen.«

»Und Jonas?«

»Essen ist fertig.« Damit war klargestellt, dass Ben nicht über seinen Bruder reden wollte.

Sie setzte sich an den Tisch, und er servierte den ersten Gang. Während sie aßen, sprachen sie nicht viel, aber Lea merkte, dass sie das genoss. Es tat gut, sich von Ben kulinarisch verwöhnen zu lassen und ihren Herzschmerz für eine Weile auszublenden.

Er hatte immer schon Antennen dafür besessen, was sie brauchte. Wenn sie Stress hatte, sich über Kunden ärgerte oder es ihr einfach nicht gut ging – es war ihm nie besonders schwergefallen, etwas zu tun, das ihr ein Lächeln entlockte. Außerdem hatte sie ihm nie lange böse sein können, wenn er irgendetwas gemacht hatte, das ihr gegen den Strich ging. Dabei hatte sie es häufig versucht – einfach aus Prinzip. Spätestens, wenn er sich – scheinbar nur für sich – ans Piano gesetzt und einen ihrer Lieblingssongs nach dem anderen gespielt hatte, war sie machtlos gewesen. Insbesondere durch ungewöhnliche Interpretationen der Lieder hatte sich ihre Stimmung gehoben, egal wie entschlossen sie war, tagelang zu schmollen.

»Woran denkst du?«, erkundigte sich Ben, nachdem sie besonders lang geschwiegen hatte.

»An deine plumpen Versuche, mich zu besänftigen, wenn ich sauer auf dich war«, antwortete sie wahrheitsgemäß, aber provokant.

»Meine *was*?«, empörte er sich. »*Plump*? Liebevoll und maßgeschneidert!«

Unwillkürlich musste sie lachen.

»Das ist besser«, stellte er fest. »So deprimiert gefällst du mir nicht.«

»Eigentlich fühle ich mich heute gar nicht so niedergeschlagen. Eher nachdenklich.«

»Denkst du über die Beziehung nach, die du gerade beendet hast, oder die davor?«, wollte er wissen.

»Die davor«, gestand sie.

»Zufälligerweise auch, weil du noch eine Menge Fragen hast?«

»Nein, eigentlich nicht.« Es war eher so, dass die Fotos und Bens Gegenwart Erinnerungen geweckt hatten. Doch wenn sie genauer darüber nachdachte, waren da auch viele Dinge, die ungeklärt im Raum standen. Schon allein die Sache mit Jonas, die sie nicht verstand.

»*Du* hast also Fragen«, stellte sie fest.

Er nickte.

»Hast du mich deshalb eingeladen? Weil du über uns reden wolltest? Hattest du nicht angeboten, mir dein Ohr für meinen Liebeskummer zu leihen?«

»Ich bin für dich da, egal, was du brauchst«, beteuerte er. »Aber was mich betrifft, ja, ich habe Fragen. Wenn heute der falsche Tag dafür ist, ist das auch okay.«

»Weißt du was? Vielleicht ist das eine gute Idee.«

Da Lea vorläufig keine Lust auf Nachtisch hatte, schlug Ben einen Wechsel zur Couch vor.

»Möchtest du was anderes trinken?«, bot er an. Beim Essen hatten sich beide mit Wasser begnügt. »Bier?«

Lea zögerte. Sie wusste nicht, ob es eine gute Idee war, mit ihm oder in seiner Gegenwart, Bier zu trinken. Hatte er es nur eingekauft, weil er wusste, dass sie es mochte? Seine Andeutung im Herbst war zu vage gewesen, um die Situation beurteilen zu können.

»Hast du noch ein Alkoholproblem?«, erkundigte sie sich vorsichtig.

»Ist das deine erste Frage?«

»Ja.«

»Entscheide dich zuerst, dann beantworte ich das.«

Sie ging darauf ein und nahm dankend die Bierflasche an.

Er hatte auch für sich eine aus dem Kühlschrank geholt, auf Gläser verzichteten beide.

»Ich hatte nie ein echtes Alkoholproblem«, erklärte er, nachdem sie miteinander angestoßen hatten. »Es waren nur ein paar Monate, auf der Tour zum dritten Album, da habe ich es ziemlich übertrieben. Diese Songs ständig live zu spielen, war schwer auszuhalten. Also alle, außer ›*Stillframe in my heart*‹. Beim Rest habe ich mich wie ein Tourmusiker für meinen Bruder gefühlt.«

»Was ist zwischen euch vorgefallen?«, versuchte Lea es noch einmal.

Er wich wieder aus. »Zuerst darf ich.«

Sie hielt es für fair, dass sie sich abwechselten, deshalb gab sie nach.

»Der Brief, den du vorbereitet hattest. Ich verstehe, dass du ihn nicht abschicken wolltest, als du das Album zum ersten Mal gehört hast. Aber hast du später nie darüber nachgedacht? Ich meine, gab's mal einen Moment, in dem du deine Entscheidung bereut hast und zu mir zurückkommen wolltest?«

»Nach Jans Geburt hatte ich oft Zweifel an meiner Entscheidung«, gab Lea zu. »Davor nicht, da war ich noch wild entschlossen, dir ein für alle Mal klarzumachen, dass du dir das mit den Groupies gleich wieder abschminken kannst, wenn du mit mir zusammen sein willst. Ich war absolut überzeugt, dass mein naiver Plan funktioniert. Aber als ich dann allein mit einem Baby dastand, habe ich erkannt, wie dumm ich war.«

»So dumm war der Plan gar nicht«, meinte Ben.

»Aber nicht durchdacht genug. Ich habe zum Beispiel nicht damit gerechnet, dass du so schnell aus unserer gemeinsamen Wohnung ausziehst. Das war ein ziemlicher Schock.«

»Wie hast du das herausgefunden?«

»Ich war da. Ein paar Wochen nach Jans Geburt. Ich habe mit ihm meine Familie besucht. Ihr wart zu dem Zeitpunkt auf

Tour, das wusste ich, deshalb habe ich nicht erwartet, dich anzutreffen. Aber mit dem neuen Namen auf dem Türschild hatte ich nicht gerechnet.«

Bens Miene bekam einen verbissenen Zug.

KAPITEL 34

BEN

Hier hatte er also einen neuerlichen Beweis dafür, dass er Lea in den vergangenen Jahren ungerechterweise die Schuld für das Ende ihrer Beziehung gegeben hatte. Nicht nur, dass er sie mit einem Seitensprung vertrieben hatte, *seine* falschen Entscheidungen waren es gewesen, die die Trennung immer weiter verlängert hatten.

Er hätte den Plattenvertrag sausen lassen können. Er hätte sich weigern können, nach England zu ziehen. Er hätte weiterhin jeden Mittwoch pünktlich um halb zehn bei Leas Eltern vor der Tür stehen können, bis Lisbeth endlich einknickte und ihm verriet, wo Lea war. Er hätte da sein können, als sie noch einmal zu ihrer gemeinsamen Wohnung zurückgekehrt war.

Mitten hinein in seine Selbstvorwürfe verlangte Lea: »Jonas. Ich will endlich hören, was zwischen euch vorgefallen ist.«

»Später«, bat er. »Meine Probleme mit Jonas haben nichts mit unserer Beziehung zu tun.« Außerdem wusste er nicht, wo er anfangen sollte. Die Sache hatte sich über Jahre aufgeschaukelt, doch er erinnerte sich nicht an den ursprünglichen Auslöser.

Genau das war der Knackpunkt. Wie sollte er Lea erklären, dass er sich mit seinem Bruder nicht mehr so gut wie früher verstand, weil er ständig ein vages Gefühl hatte, dass er wütend auf ihn sein musste? Es hatte begonnen, als Lea gegangen war. Wahrscheinlich war er der Meinung, Jonas hätte ihn von dem Seitensprung abhalten sollen. Denselben Vorwurf – so unberechtigt er war – könnte er allerdings auch Jakob oder Linus machen.

»Dann reden wir über dein Tattoo«, bestimmte Lea und zeigte dabei auf Bens Brust.

Als sie ihn kurz nach ihrem Wiedersehen aus dem Bett geklingelt und die Tätowierung auf seinem halb nackten Oberkörper entdeckt hatte, war sie ziemlich aufgebracht gewesen. Nun wirkte sie eher neugierig. Auch Ben hatte mit diesem Thema kein Problem. Er war gern bereit, ihr jede einzelne Frage dazu zu beantworten, warum er sich den Text eines Liebesliedes auf eine Weise hatte stechen lassen, die ihn für immer daran erinnerte, wie er die Frau, um die es darin ging, verloren hatte.

»Wann hast du das machen lassen?«, wollte Lea wissen.

»Vor fünf Jahren.«

Sie runzelte die Stirn. »Da waren wir schon über zweieinhalb Jahre nicht mehr zusammen.«

Er nickte.

»Warum erst so spät und warum diesen Text? Warum nicht ›*Stillframe in my heart*‹? Das musst du doch etwa zu der Zeit geschrieben haben.«

»Stimmt, das haben wir damals aufgenommen«, gab er ihr recht. »Aber es handelt vom Loslassen von etwas, das dir einmal alles bedeutet hat. Der Text hier, das ist eine Erinnerung, die ich unbedingt behalten wollte.«

»Du hast damit aber nicht nur die guten Erinnerungen verewigt.«

»Ja, auch die schlechten. Ich wollte mir das einfach immer vor Augen halten.«

Lea schwieg nachdenklich.

Ben hätte viel dafür gegeben, ihre Gedanken lesen zu können. »Was denkst du über das Tattoo?«, wollte er wissen.

»Kann ich es noch einmal sehen?«, fragte sie zögerlich.

Er nickte und zog Shirt und Hoodie so weit in die Höhe, dass sie seine nackte Brust sehen konnte. Lea richtete sich auf und betrachtete stumm die Zeilen. In ihrer Miene war nicht zu erkennen, was sie davon hielt.

Schließlich sank sie zurück in die Polster der Couch und stellte fest: »Für so ein Tattoo braucht man schon eine gehörige Portion Masochismus.«

»Mit Masochismus kenne ich mich aus«, murmelte Ben, während er sich wieder ordentlich anzog.

»Hast du je gedacht, eine Tätowierung könnte dazu beitragen, mich zurückzugewinnen?«

Er schüttelte den Kopf. »Mal abgesehen davon, dass das entweder vorausgesetzt hätte, dass wir uns wiedersehen oder dass du peinliche Fotos für Jugendmagazine mit der Lupe untersuchst – dich damit zurückzugewinnen, war keine Intention dahinter. Dich für immer bei mir zu haben, das schon.«

Das Lächeln, das für einen Moment ihre Lippen umspielte, traf ihn mitten ins Herz.

»Du bist wieder dran«, forderte Lea ihn auf.

Er entschied sich für eine Sache, die er bisher nicht durchschaut hatte. »Wieso bist du in Schweden geblieben, als du draufgekommen bist, dass du schwanger bist? Und später auch noch? Wie hat das überhaupt funktioniert? Wie kann man mit eigenem Kind Au-pair sein?«

Sie schmunzelte und trank einen Schluck, ehe sie antwortete: »Dieser Job war einfach sehr speziell. Habe ich je die Berufe von Jette und Nils erwähnt?«

Er verneinte.

»Hebamme und Unfallchirurg. Wenn beide ihre Jobs

ausüben wollen, zu der Familie aber mehrere Kinder gehören, versagt die beste Planung.«

Das leuchtete Ben ein. Babys hielten sich selten an Pläne und als Chirurg konnte man schlecht mitten in einer Operation alles stehen und liegen lassen.

»Bevor ich zu ihnen kam, hat die Großmutter von Nils bei ihnen im Haus gewohnt. In einer kleinen Wohnung in einem Anbau. Sie hat sich um die Kinder gekümmert, aber irgendwann hat sie das nicht mehr geschafft und ist in ein Altenheim gezogen. Was die beiden dann gesucht haben, war jemand, der für ein Taschengeld, Kost und Logis bei ihnen wohnt, im Gegenzug aber jederzeit zur Verfügung steht, wenn sie Unterstützung brauchen.«

»Verstehe.«

»Als ich den positiven Schwangerschaftstest in Händen hielt – zu dem mich übrigens Jette gezwungen hatte –, dachte ich auch, sie würden mich wieder heimschicken. Aber Jette sah keinen Grund dafür. Sie war der Ansicht, solange es zu keinen Komplikationen käme, könne ich meinen Teil des Deals erfüllen.«

»Und du wolltest auch nicht zurück nach Hause?«

Lea zuckte mit den Schultern. »Was hätte ich in Österreich tun sollen, außer meinen Eltern auf der Tasche liegen? Mit meiner Firma habe ich zu keinem Zeitpunkt genug verdient, um allein über die Runden zu kommen. Schwanger einen Job suchen? Eine eigene Wohnung? Ich hatte bei den Larssons alles.«

Aus dieser Perspektive betrachtet, leuchtete es Ben ein, warum sie in Schweden geblieben war.

»Jette wurde dann selbst noch mal ungeplant schwanger«, erzählte Lea weiter. »Das war für sie eine Katastrophe, weil sie gerade erst begonnen hatte, ihre eigene Hebammenpraxis aufzubauen. Aus dem Grund war sie sehr froh darüber, dass ich nicht wegwollte. So konnte sie relativ bald wieder in den Job einsteigen und zumindest Beratungen anbieten.«

Er nickte als Zeichen, dass er verstanden hatte, und gab den Ball an sie zurück.

»Warum seid ihr so plötzlich nach England gezogen?«, fragte sie. »Wessen Idee war das? Du hast nie erwähnt, dass du wieder dort leben willst.«

»Ich habe es nie erwähnt«, erklärte er langsam, »weil ich Angst vor deiner Reaktion hatte.«

Sie sah ihn irritiert an. »Ab wann war es ein Thema?«

»Eigentlich ab der Vertragsunterzeichnung. Unser damaliger Manager hat den Vorschlag gemacht. Die anderen drei waren sofort dafür, ich habe mir Bedenkzeit erbeten.«

»Meinetwegen?«

»Ja.«

»Warum?«

»Ich wollte nicht, dass du schon wieder von vorne anfangen musst. Beruflich, meine ich. Du hast über zwei Jahre Arbeit in deine Firma gesteckt und so viele Rückschläge hinnehmen müssen, bis es endlich halbwegs lief. Dich zu bitten, mit nach England zu kommen, hätte geheißen, dass das alles umsonst gewesen wäre und du möglicherweise wieder eine Zeit lang auf meine Kosten leben müsstest. Und wir wissen beide, wie gut es deinem Stolz tut, mir auf der Tasche zu liegen.«

LEA

LEA NAHM den Treffer grummelnd hin. In diesem Punkt hatte Ben eindeutig recht. Allerdings bezweifelte sie rückblickend, dass seine Vorsicht in Bezug auf dieses Thema angebracht gewesen war.

»Denkst du, du wärst mitgekommen, wenn ich dich darum gebeten hätte?«, wollte er wissen.

»Ja, ich glaube schon«, erwiderte sie. »London wäre ein Abenteuer gewesen, nicht nur das gewöhnliche Leben, der Alltag, den man irgendwie versucht, auf die Reihe zu bekommen. Wahrscheinlich hätte ich es zumindest für einige Zeit versucht. Ein paar Wochen hätte ich auch vom Ausland aus arbeiten können. Habe ich von Schweden aus ja auch gemacht, bis alle Projekte abgeschlossen waren.«

Ben sah aus, als hätte er lieber eine andere Antwort gehört. »Ich war echt dämlich«, murmelte er.

»Damit sind wir schon zwei.«

»Dein Plan war nicht so verkehrt«, widersprach er.

»Fühlt sich aus heutiger Sicht aber so an«, beharrte sie. »Ich meine, ich hätte dir wenigstens eine Nachricht hinterlassen können oder mich mit deinen Freunden verbünden. Rebekka wäre im ersten Moment bestimmt auf meiner Seite gewesen und hätte mir liebend gern dabei geholfen, dir eine Lektion zu erteilen, die du nie vergisst.« Rebekka war die Loyalität in Person, aber Lea wusste, zwischen ihr und Ben hätte sie sich zu jedem Zeitpunkt für ihn entschieden. Sie hätte allerdings auch alles getan, was nötig gewesen wäre, damit Lea bei Ben bleiben konnte.

»O ja, das hätte sie«, stimmte er zu. »So warst allerdings *du* das Ziel ihrer Rachepläne.«

Lea versteckte das Gesicht in einem Kissen. »Ich will gar nicht wissen, was sie mir alles angedroht hat.«

»Eine Menge. Wenn du ihr zufällig auf der Straße begegnest, renn besser, so schnell du kannst«, riet er grinsend.

»Weiß sie, dass wir wieder Kontakt haben?«

»Das wissen nur Linus und mein Dad.«

»Deine Mum nicht?«, wunderte sie sich.

Er schüttelte den Kopf.

»Warum nicht?«

»Weil sie es mit an Sicherheit grenzender Wahrscheinlichkeit nicht geschafft hätte, sich herauszuhalten, auch wenn ich sie darum gebeten hätte. Dad dagegen –«

»Ist die Zurückhaltung in Person.«

»Genau.«

»Und Linus?«

»Dem war ich es irgendwie schuldig. Er hat nie verstanden, warum du den Kontakt zu ihm auch so radikal abgebrochen hast. Wie hast du das überhaupt geschafft? Du warst von einem Moment auf den nächsten für niemanden mehr zu erreichen.«

»Länger dauert es nicht, bei einem Telefon die SIM-Karte zu tauschen.«

»Und Social-Media-Profile zu deaktivieren und seine E-Mail-Adresse zu löschen?«

»Auch das. Die Familie davon zu überzeugen, dass sie niemandem den Aufenthaltsort verraten darf, braucht etwas länger. Aber sie haben dir den Seitensprung so übel genommen, dass sie bereit waren, meinen Plan mit dem Untertauchen zu unterstützen.«

»Als ich das erste Mal bei deiner Mutter war, hat sie mir ordentlich den Kopf gewaschen«, erzählte Ben zerknirscht. »Nicht, dass das unbedingt notwendig gewesen wäre. Ich wusste längst, dass ich einen großen Fehler gemacht hatte.«

»Mit der Zeit hat sie ihre Meinung geändert und hätte lieber alles getan, um uns wieder zusammenzubringen. Sie wollte dir auch von der Schwangerschaft erzählen.«

»Aber ich bin nicht mehr aufgetaucht?«, vermutete er.

Lea nickte.

»Die Jungs haben die Geduld mit mir verloren. Sie haben zuerst versucht, die Songs für das neue Album ohne mich zu schreiben. Aber den Produzenten hat immer das gewisse Etwas gefehlt – und allen war klar, dass das mein Part war. Also musste ich eines aufgeben, dich oder die Band.«

Der letzte Satz versetzte Lea einen schmerzhaften Stich, denn ihr wurde bewusst, dass Ben sich gegen sie entschieden hatte, dass ihre dauerhafte Trennung nicht einfach nur eine Anhäufung unglücklicher Zufälle gewesen war.

»Mir ist noch nie etwas so schwergefallen, wie damals ins Flugzeug zu steigen und unser gemeinsames Leben zurückzulassen«, sagte Ben. »Jedes Mal, wenn ich wieder in Österreich war, hatte ich die Hoffnung, dich irgendwie zu finden. Ich konnte ja nicht ahnen, dass ich dir auf so mancher Tour näher war als hier.«

»Ich war jedes Mal zu Hause, wenn ihr ein Konzert in Stockholm gespielt habt. Alternativ hätte ich mich von Jette in den Keller sperren lassen.«

»Du hättest dich auch einfach in die erste Reihe stellen und mich noch einmal aus den Socken hauen können«, meinte Ben mit Bedauern in der Stimme.

»Hätte ich. Aber ich hatte viel zu viel Angst, dass das kein zweites Mal funktionieren würde.«

»Was hättest du getan, wenn ich aus der Band ausgestiegen wäre?«, wollte er wissen.

»Ich hätte herausgefunden, wo du gerade bist, hätte mich in den nächsten Flieger gesetzt und dich gefragt, ob du von allen guten Geistern verlassen bist«, behauptete Lea nachdrücklich. »Dass du für mich die Band aufgibst, das wollte ich zu keinem Zeitpunkt. Es ging ja nicht bloß um *deine* Karriere, sondern auch die der anderen. Und ohne Musik, ohne *eure* Musik wärst du nicht derselbe.«

Ohne eure Musik hätte ich mich nicht in dich verliebt, ergänzte Lea in Gedanken. Mehr noch, sie hätten sich wahrscheinlich nie kennengelernt. Wäre sie nicht während einer langen Zugfahrt mit Linus ins Gespräch gekommen und hätte der ihr nicht von seiner Band erzählt, und sie zu einem Konzert eingeladen, ihre Blicke hätten sich niemals getroffen – und Ben hätte sich nicht ihretwegen verspielt. Danach hatte es nicht lange gedauert, bis beide überzeugt gewesen waren, ihren Lebensmenschen gefunden zu haben.

»Was war dein erster Gedanke, als du gemerkt hast, dass ich weg bin?«, fragte Lea nach einer längeren Stille.

Ben verzog nachdenklich das Gesicht. »Ich glaube, ich war an dem Tag unmittelbar nach dem Aufwachen überhaupt nicht denkfähig. Zuerst hatte ich nur ein vages Gefühl, dass etwas nicht stimmt. Erst nach und nach habe ich verstanden, dass du nicht bloß zum Einkaufen gegangen bist. Und dann ist meine Welt in sich zusammengebrochen. Ich wäre in dem Moment lieber tot gewesen, als mit dem Wissen weiterzuleben, wie sehr ich dich verletzt habe.«

Lea zuckte zusammen. »Hast du es irgendwie ...?« ›versucht‹, wollte sie sagen, aber sie brachte den Satz nicht zu Ende. Sie traute es ihm zu, dass er in einem Augenblick des Fallens Dummheiten beging.

»Jonas ist aufgetaucht, bevor die Verzweiflung mich völlig im Griff hatte«, antwortete er. »Ich weiß eigentlich gar nicht, warum er plötzlich da war. Er hatte eine gebrochene Nase, von der war ich total irritiert. Und er hat seltsam reagiert, als ich ihn danach gefragt habe, was passiert ist.«

Ben brach ab und sah aus, als wäre er von seiner eigenen Erzählung verwirrt. Lea betrachtete ihn aufmerksam und hätte gern gewusst, was gerade in seinem Kopf vorging.

KAPITEL 35

BEN

Die gebrochene Nase. Die Erkenntnis traf ihn wie ein Schlag. Wie der Faustschlag, der das Nasenbein seines Bruders zertrümmert hatte. Bens Faust.

Das Bild war plötzlich da, als hätte jemand die Abdeckung eines Gemäldes gelüftet. Oder bei einem Film, der jahrelang pausiert gewesen war, auf ›Play‹ gedrückt. Er selbst hatte seinem Bruder ins Gesicht geschlagen. Jonas war nicht gestürzt, wie er an dem Morgen behauptet hatte. Warum hatte er Ben auf seine Frage, wieso er einen Verband auf der Nase trug, diese Antwort gegeben? Warum nicht etwas wie ›weil du Arsch sie mir eingeschlagen hast‹?

Weil er wusste, dass er es verdient hatte?

Bens Filmriss aus dieser Nacht schloss sich so unvermittelt, dass er geräuschvoll ein- und ausatmete. Diese Lücke – die Psychologin hatte eine Art Gedächtnisverlust durch ein Trauma vermutet. Er selbst war bisher der Meinung gewesen, schlicht und einfach zu viel getrunken zu haben.

Jonas war schuld ...

»Ben?« Lea berührte sanft seinen Arm. »Alles okay?«

Er holte noch einmal tief Luft. »Ja. Alles klar.« Sehr viel klarer, als es viele Jahre gewesen war.

Dieser verdammte ...

»Was ist los? Du schaust aus, als wärst du gerade auf irgendeinen Trip abgedriftet.«

»Eigentlich bin ich eher gerade von einem zurückgekommen«, erwiderte er.

»Erklärst du mir das oder muss ich mich mit kryptischen Andeutungen begnügen?«

Er zögerte, fragte sich, ob er bereits über genügend Informationen verfügte, um Lea in diesen Teil der Geschichte einzuweihen. Aber da fehlte noch etwas. Er musste mit Jonas reden, ob er wollte oder nicht. Auch wenn das vielleicht zum endgültigen Bruch führte.

»Ich kann nicht«, sagte er. »Noch nicht.«

»Hat es mit Jonas zu tun?«, hakte sie nach.

»Ja.«

»Mit dem Grund, warum ihr euch nicht mehr vertragt?«

»Ja.«

Deshalb war Jonas in den vergangenen Jahren so ängstlich besorgt gewesen. Der Mistkerl hatte schlicht und einfach ein schlechtes Gewissen, weil er dafür verantwortlich war, dass Lea Ben verlassen hatte. Er hatte seinen Bruder nicht bloß nicht davon abgehalten, seine Freundin zu betrügen, er hatte ihn dazu herausgefordert.

Warum um alles in der Welt hatte Ben ihm die Nase erst danach eingeschlagen und nicht schon davor, als er ihm die Challenge präsentiert hatte? Hatte er wirklich geglaubt, er könnte seinem Bruder etwas beweisen, ohne dabei Lea das Herz zu brechen? Hatte er gedacht, sie würde nie erfahren, was er getan hatte?

♪

LEA

»Wie hast du es eigentlich herausgefunden?«, fragte Ben unvermittelt. »Ich meine, dass sie mir ihre Telefonnummer aufgemalt hat, musste ja noch lange nichts bedeuten.«

»Nein, musste es nicht. Aber ich wollte es mit Sicherheit wissen, und zwar sofort. Also habe ich die Nummer von deinem Handy aus angerufen.« Ein kurzes Gespräch hatte genügt, um Leas schlimmste Befürchtung zu bestätigen. Die Frau am anderen Ende der Leitung hielt Ben für den Anrufer und erkundigte sich unverblümt, ob er Lust auf eine zweite Runde hatte.

»Und dann musste mein nagelneues Smartphone dran glauben«, bemerkte er fast ein wenig belustigt.

Lea beugte sich vor, funkelte ihn mit gespieltem Ernst an und erwiderte: »Sei froh, dass es das Smartphone war und nicht etwas, was mehr wehgetan hätte.«

»Autsch«, machte er und kniff die Augen zusammen.

»Aber für die physische Bestrafung hast du dann ohnehin selbst gesorgt«, stellte sie fest und meinte es eigentlich als Frage.

Ben verstand und nickte.

»Wie schlimm waren die Essstörungen?«, fragte sie, hatte jedoch gleichzeitig Angst vor seiner Antwort.

»Sehr.«

»Lebensbedrohlich?«

Zu ihrem Entsetzen bejahte er auch das.

»Und der Grund dafür war, dass ich dich verlassen hatte?«

Ben wiegte den Kopf hin und her. »Nur indirekt. Also es war nicht so, dass ich aus Liebeskummer nicht mehr gegessen hätte oder so. Und es hat auch nicht gleich angefangen. Aber irgendwann ist Nahrungsaufnahme auf meiner unterbewussten Prioritätenliste abgerutscht. Nach der Tour, als ich Zeit für mich allein haben wollte, war niemand da, der dem entgegengewirkt hätte, mich bekocht, mich ans Essen erinnert. Da war es dann wohl so was wie eine Selbstgeißelung.«

Lea fand die Vorstellung furchtbar und verstand nicht, wie seine Familie und seine Freunde es so weit hatten kommen lassen. Sie hatten doch alle gewusst, wie er tickte.

»Warum hat sich niemand um dich gekümmert?« Sie blinzelte, um die Tränen zurückzudrängen.

»Weil ich es nicht zugelassen habe. Sie haben es versucht. Aber dieses Ausmaß der Selbstzerstörung hat niemand kommen sehen.«

»Wie hast du die Kurve gekriegt?«

»Ich habe eine Verabredung nicht eingehalten, das hat Granny alarmiert.« Er machte eine kurze Pause, dann holte er weiter aus. »Die Weltreise, die meine Mum immer machen wollte, erinnerst du dich?«

Lea nickte. Henry Talbot war beruflich oft unterwegs gewesen, während seine Frau mit den Söhnen zu Hause geblieben war. Martha hatte ihn um so manche Reise beneidet und deshalb davon geträumt, einmal selbst auf Weltreise zu gehen. Lea fand die Idee bis heute abschreckend, aber Bens Mum hatte es sich immer wie den ultimativen Luxus vorgestellt, mit einem Kreuzfahrtschiff zu aufregenden und exotischen Orten zu fahren.

»Dad hat ihr die Reise zur Silberhochzeit geschenkt. Es war der beste Zeitpunkt. Die Söhne aus dem Haus und selbst dauernd unterwegs, sie beide noch jung und fit genug, um jede Station auskosten zu können. Es war perfekt, niemand wollte ihr das verderben.«

»Außer dir«, unterstellte Lea.

»Ich habe nicht einmal einen Gedanken daran verschwendet, dass irgendwas, was ich tue, Einfluss auf die Reise haben könnte«, widersprach Ben. »Ich habe mir nicht einmal viel dabei gedacht, als ich nicht bei dem letzten Treffen vor ihrer Abfahrt aufgetaucht bin. Granny hat sich irgendeine Entschuldigung ausgedacht, damit meine Eltern unbeschwert losfahren konnten. Aber sie hat geahnt, dass irgendwas ganz und gar nicht mit mir stimmte. Wenn es mir gut geht, versetze ich angeblich niemanden.«

Lea kannte Ben tatsächlich als sehr zuverlässig. Wenn ihm etwas dazwischenkam, sagte er Termine so früh wie möglich ab.

»Gran ist also direkt nach dem Abschied von meinen Eltern zu meiner Wohnung gefahren. Ich wollte auch sie abwimmeln, woraufhin sie drohte, die Tür aufbrechen zu lassen. Ich habe irgendwann nachgegeben – und sie hat mich direkt zu einer Ärztin geschleift. Danach hat sie mich gezwungen, meinen Mietvertrag zu kündigen, hat mein Hab und Gut in ihr Haus verfrachtet und mich unter Dauerüberwachung gestellt. Granny, Per und Jonas haben außerdem entschieden, unsere Eltern vorläufig nur zu informieren, falls mein Zustand sich akut verschlechterte. Ich glaube, Mum und Dad wissen bis heute nicht genau, wie schlimm es um mich wirklich stand.«

»Und du hast all das über dich ergehen lassen?«

»Einerseits war mir alles egal. Andererseits hat sie mich mit dem Flügel erpresst.« Er deutete mit dem Kinn auf das Instrument.

»Und wie bringt sie dich jetzt noch dazu, zu tun, was sie möchte?«, neckte Lea.

»In Wahrheit muss sie mich ja einfach nur bitten. Ich würde auch so alles für sie tun.«

Lea wusste, dass das stimmte. Grace Talbot hatte sieben Enkelkinder, aber zu keinem so ein enges Verhältnis wie zum ältesten.

»Du kannst ihn gern ausprobieren.«

Sie verstand erst, was Ben meinte, als er deutlich auf das Klavier zeigte. Energisch schüttelte sie den Kopf.

»Warum hast du solche Angst davor? Du wärst nicht einmal die Erste, die darauf bloß ›Alle meine Entchen‹ spielt.«

»Das würde ich immerhin noch fehlerfrei hinbekommen«, murmelte sie.

»Darum geht es doch nicht«, meinte er.

»Das kann man leicht behaupten, wenn man keine Fehler macht, *Amadeus*.«

»Beethoven hat gesagt: ›Eine falsche Note zu spielen ist unwichtig, aber ohne Leidenschaft zu spielen, ist unverzeihlich!‹ Was machen ein paar schräge Töne, wenn du mit deinem Herzen dabei bist?«

»Wo ist das Piano?«, wich Lea aus. »Hast du das auch hier?«

»Bei meinen Eltern. Wieso willst du mir nichts vorspielen?«

Sie seufzte über seine Hartnäckigkeit. »Weißt du noch, wie du mir unterstellt hast, ich hätte dir nie vertraut, weil ich dich nicht gefragt habe, ob du mir Klavierspielen beibringst?«

Er nickte.

»Was ›damals‹ betrifft, lagst du falsch. Aber ich bin noch nicht sicher, ob ich dir jetzt wieder vertrauen kann.« Sie war immer leiser geworden, weil sie Ben nicht zu nahe treten wollte, wenngleich es die Wahrheit war.

Er nahm es stumm zur Kenntnis.

»Es tut mir leid«, fügte sie hinzu, als sein Schweigen anhielt.

»Es muss dir nicht leidtun«, wehrte er ab. Nach kurzem Zögern fuhr er fort: »Besteht noch eine Chance, dass ...« Er beendete die Frage nicht, aber Lea hatte sie verstanden.

»Ich denke schon. Ich weiß nur nicht, wie viel Zeit es braucht.«

♪

BEN

BEN SPÜRTE das Pflänzchen der Hoffnung förmlich wachsen. Leas Antwort war mehr, als er zu wünschen gewagt hatte. Dass er vielleicht noch viel Geduld haben musste, machte ihm nichts aus. Was zählte, war, dass sie die Tür zu ihrem Herzen nicht für immer fest verschlossen hatte. Er war bereit, für sie zu kämpfen, denn sie noch einmal zu verlieren, war schon in seiner Vorstellung unerträglich.

Er würde ihr alle Zeit geben, die sie brauchte. Außerdem hatte er selbst noch einige Dinge zu klären, ehe er sich voll und ganz auf Lea und vor allem die neue Rolle als Vater einlassen konnte. Er musste mit der Vergangenheit abschließen.

Seit der Erkenntnis, dass das – bisweilen grausame – Spiel, das er sein halbes Leben lang mit seinem Bruder gespielt hatte, der Auslöser der ganzen Geschichte gewesen war, war Jonas in den Mittelpunkt seines Fokus gerückt. Niemand außer ihnen wusste, welch große Rolle eine kleine Drehorgel eingenommen hatte, wenn es darum ging, ihre brüderlichen Rivalitäten auszutragen. Bis es außer Kontrolle geraten war.

In den vergangenen Jahren hatte Ben sich häufig gefangen gefühlt, weil sein jüngerer Bruder um ihn ein enges Überwachungsnetz gesponnen hatte. Zugegeben, es hatte ihm mehr als einmal das Leben gerettet, wenn er kurz davor gewesen war, Dummheiten zu begehen. Wenn Ben sich beklagt hatte, dass Jonas ihn bevormundete, hatten andere stets versucht, ihn mit Phrasen wie ›er meint es nur gut‹ oder ›es ist nur zu deinem Besten‹ zu besänftigen. Mitunter wurde ihm vorgeworfen, er wäre undankbar und sollte froh sein, einen Bruder zu haben, der sich so um ihn sorgte, bis hin zur Selbstaufgabe ...

Aber Jonas hatte zu keinem Zeitpunkt selbstlos gehandelt. Er hatte lediglich versucht, seine Schuld zu begleichen. Denn mit seiner letzten Herausforderung war er zu weit gegangen.

Ben wusste, er selbst war es gewesen, der dieses Spiel vor langer Zeit begonnen hatte. Weil es ihm Spaß gemacht hatte, den kleinen Bruder zu quälen. Am Ende hatte er für seine geschwisterlichen Bosheiten einen hohen Preis bezahlt.

»Erde an Ben!«

Er zuckte zusammen und richtete seine Aufmerksamkeit wieder auf Lea. »Was?«

»Ich habe nur festgestellt, dass dieses Haus wirkt, als hättest du es direkt aus deinen Träumen erschaffen.« Er grinste belustigt. »Wohnst du hier nur oder hast du auch irgendwo ein Tonstudio? Das Lokal ganz unten fehlt.«

»Eigentlich hat meine Mum die Wohnung für mich gefunden«, informierte er sie. »Und nein, mir gehört nicht das ganze Haus, obwohl ich rein gar nichts dagegen hätte, wenn das mit dem Tonstudio möglich wäre. Aber dazu müsste ich Linus an Bord holen.« Der Drummer war gelernter Tontechniker.

»Ah, deshalb unterstützt du ihn bei seinen Versuchen, seine Freundin vom Umzug nach Wien zu überzeugen«, unterstellte Lea.

»Solange wir auf mehrere Länder verteilt sind, wird es schwer, die Band noch einmal zusammenzubringen.«

»Willst du das? Die Band wieder vereinen? Doch noch den Plattenvertrag unterschreiben? Dort weitermachen, wo ihr aufgehört habt? Dich wieder mit deinem Bruder vertragen?«

Die letzte Frage ignorierte er absichtlich. »Der Plattenvertrag ist nicht so wichtig. Ich würde lieber eigenständiger arbeiten. Wir sind heute finanziell unabhängiger als damals – und viel erfahrener. Deshalb wäre das mit dem eigenen Tonstudio schon sehr verlockend.«

Die Art, wie Lea die Nase krauszog, verriet ihm, dass sie mit seiner Antwort nicht zufrieden war, aber sie verzichtete darauf, weiter in dem kaputten Verhältnis zu Jonas herumzubohren.

Stattdessen erkundigte sie sich wie nebenbei: »Wo leben Jonas und Lou eigentlich?«

»Hier in Wien. Sie haben ein altes – ziemlich baufälliges – Haus in der Nähe unserer Eltern gekauft, das renovieren sie seit dem Sommer. Für Mai ist die Hochzeit geplant.«

»Bist du eingeladen?«

»Er hat mich sogar gefragt, ob ich sein Trauzeuge sein will.

Das war allerdings ein paar Wochen, bevor das Ganze eskaliert ist.«

»Und willst du das noch?« Sie sah ihn eindringlich an, was ihn dazu veranlasste, genau darüber nachzudenken.

Was wollte er eigentlich? Seinen Bruder bis ans Ende ihrer Tage verteufeln oder die Gräben überwinden? Jonas hatte etwas Ungeheuerliches getan, aber wenn Ben vollkommen ehrlich war, trug er selbst keinen geringen Teil der Verantwortung. Er hatte eine Racheaktion provoziert …

War es diese Sache wirklich wert, die Beziehung zu seinem Bruder zu opfern, der ihm den Großteil seines Lebens extrem nahegestanden hatte, mit dem er nicht nur seine Träume geteilt, sondern auch hart an der Verwirklichung gearbeitet hatte?

»Ja, ich will noch sein Trauzeuge sein«, sagte er schließlich, obwohl ihm auch ein wenig vor der Aufgabe graute. Man konnte getrost behaupten, dass die Planungen, in die Rebekka ihn letztens eingeweiht hatte, das genaue Gegenteil davon waren, wie Ben sich seine Hochzeit vorstellte. Es gab eigentlich nur eines, worauf er sich freute, nämlich dass die gesamte englische Verwandtschaft dabei sein sollte. Ursprünglich hatte Jonas auch davon gesprochen, dass er einige Songs für Lou mit der Band spielen wollte. Den Punkt hatte er vermutlich gestrichen.

»Muss Jonas auf dich zukommen oder kannst du den Schritt machen?«

Er ließ sich auch diese Frage durch den Kopf gehen. »Wenn die Zeit gekommen ist.«

♪

LEA

Ben hatte sich merklich zurückgezogen. Lea nahm das nicht persönlich, aber sie hatte das Gefühl, dass ihr Gespräch einige

Dinge ausgelöst hatte, die er mit sich selbst ausmachen musste.

»Wie wär's mit Nachtisch?«, schlug sie deshalb vor.

»Gute Idee.« Er stand sofort auf, und sie folgte ihm.

Sie verzichteten darauf, den Kuchen auf Tellern anzurichten, sondern nahmen sich beide eine Gabel und aßen ihn direkt aus der Backform.

Nach einer Weile stellte Ben doch noch eine Frage: »Wenn es Jan nicht gäbe, was hättest du gemacht, nachdem du in mich hineingelaufen bist?«

»Dazu wäre es gar nicht gekommen, weil ich in dem Fall inzwischen mit einem schwedischen Traummann verheiratet wäre und mit ihm einen Haufen Kinder hätte«, behauptete sie mit gespieltem Ernst. »Aber falls wir uns trotzdem begegnet wären, wäre ich wahrscheinlich so schnell wie möglich weitergegangen. Und hätte dem imaginären Ehemann schockiert erzählt, dass ich meinen Ex getroffen habe, der wie ein Junkie aussieht, und dass ich wirklich glücklich darüber bin, nicht mehr mit ihm zusammen zu sein, sondern ein wunderbares Leben mit meiner Familie in Schweden zu führen.« Die Schokolade beflügelte Leas Fantasie.

»Dann hatte ich ja Glück, dass es Jan gibt«, stellte Ben fest.

»Wissen Linus und dein Dad eigentlich auch von ihm oder nur von mir?«

»Dad hab ich eingeweiht.«

»Und deine Mum? Findest du nicht, sie sollte es auch erfahren?«

»Natürlich. Aber seit dem Bruch mit Jonas versucht sie dauernd, meine Probleme zu lösen. Sie hat nicht nur die Wohnung gefunden, sondern mich extrem bemuttert, für mich eingekauft und alles Mögliche. Sie wollte sogar, dass ich zu einer ganz bestimmten Therapeutin gehe – übrigens in deiner Straße. Diese Sache wollte, will – nein, muss ich allein auf die Reihe bekommen.«

»Du bist auf einem ganz guten Weg«, meinte Lea.

Er nahm es lächelnd zur Kenntnis.

Sie fand, das war ein guter Schlusspunkt für den gemeinsamen Abend, und legte die Gabel zur Seite. »Ich werde nach Hause gehen.«

Ben warf einen Blick auf die Uhr. »Du könntest hierbleiben«, schlug er vor. »Ich habe ein Gästezimmer.«

»Danke, aber ich habe ja nur ein paar Minuten bis nach Hause«, lehnte sie ab. »Und es schneit, das könnte also sogar ein schöner Spaziergang werden.« Vor dem Fenster tanzten Schneeflocken im Schein der Straßenlaternen.

»Soll ich dich begleiten?«

»Ich bin schon groß«, versicherte sie.

»Okay, wie du meinst«, gab er nach. »Darf ich den restlichen Kuchen behalten?«

»Selbstverständlich.« Sie stand auf und schob den Stuhl zurecht. Ben erhob sich und begleitete sie zur Garderobe, wo sie sich einfach auf den Boden setzte, um leichter in ihre Stiefel zu kommen.

Ben streckte ihr die Hand entgegen, um ihr aufzuhelfen. »War schön mit dir«, sagte er.

»Fand ich auch«, stimmte sie ihm zu. »Kommst du mit den neuen Erkenntnissen zurecht?«

»Ich muss über einiges nachdenken.«

Sie nickte und stellte sich spontan auf die Zehenspitzen, um ihn auf die Wangen zu küssen. Es gefiel ihr, wie sich sein Bart unter ihren Lippen anfühlte. Doch bevor sie auf dumme Gedanken kommen konnte, wandte sie sich zum Gehen. »Gute Nacht!«

»Pass auf dich auf!«

Sie winkte ihm kurz zu und trat wenig später hinaus auf den frisch verschneiten Gehweg.

KAPITEL 36

LEA

LEA genoss ihren Heimweg durch die menschenleeren Straßen. Auf dem ersten Stück war der Schnee noch vollkommen unberührt. Hüpfend und stapfend hinterließ sie Fußabdrücke, bis sie in ihre eigene Straße einbog. Dort war es nicht mehr so friedlich: Zu ihrem Haus führten mehrere Spuren und direkt beim Eingang stand eine Gestalt, die verschiedene Knöpfe der Gegensprechanlage drückte. Als Lea sich vorsichtig näherte, erkannte sie, dass es Michael war.

Zuerst setzte sie zu einer Kehrtwendung an, bevor er sie bemerkte, doch dann trat sie zögernd an ihn heran. Sie wollte nicht, dass er ihretwegen in Schwierigkeiten geriet. Er versuchte, ihre Klingel zu erwischen, traf aber dauernd eine andere. Da meldete sich auf einmal eine Stimme: »Hier spricht die Polizei.«

Michi zuckte zusammen, aber Lea war erleichtert. »Matthias, bist du das? Kannst du herunterkommen und mir helfen?«

»Lea? Was ist los?«

»Michi ist los.«

»Ich bin gleich da.«

Michael stand verdutzt neben Lea. Eine Weile sagte er gar nichts, dann bemerkte er auf einmal: »Da bist du!«

Sie wurde den Eindruck nicht los, dass er ziemlich betrunken war, denn seine Bewegungen waren ungewöhnlich langsam und er lallte ein wenig.

Es dauerte nur eine Minute, bis ihr Nachbar aus der Haustür trat. Gemeinsam begutachteten sie Michael, der dümmlich grinsend neben ihnen stand.

»Klingelt er schon lange?«, wollte Lea wissen.

»Ich bin gerade erst aus dem Dienst gekommen, also kann er noch nicht lange da sein«, erwiderte Matthias. »Was machen wir mit ihm? Soll ich ein Taxi rufen?«

»Was, wenn er nicht nach Hause findet? Es schneit, er erfriert doch, wenn er stolpert und liegen bleibt.«

Wie zum Beweis geriet Michael ins Schwanken, und Matthias packte ihn am Arm.

»Was dann?«

»Hilfst du mir, ihn hinaufzubringen? Er kann in meinem Bett schlafen. Ich nehme das von Jan.«

»Wenn du meinst.« Überzeugt klang Matthias nicht, aber er legte sich sofort Michis Arm über die Schultern und verfrachtete ihn in den Aufzug.

»Warum wart ihr nicht zusammen unterwegs?«, wollte er wissen, als sich die Türen schlossen.

»Ich habe letzte Woche mit ihm Schluss gemacht«, erklärte Lea.

Matthias fuhr herum. »Und trotzdem lässt du ihn in deine Wohnung? Was, wenn er aggressiv wird?«

»Dann schreie ich so laut, dass du mich hörst.«

»Sperr bitte wenigstens Jans Zimmer ab, wenn du schlafen gehst!«, bat er.

Gemeinsam hievten sie Michi in Leas Bett und zogen ihm Schuhe und Jacke aus. Inzwischen war er dazu übergegangen, ihr immer und immer wieder zu versichern, wie wunderbar sie war und dass er es ohne sie nie geschafft hätte. Aber bevor er erklären konnte, was er eigentlich meinte, war er eingeschlafen.

»Ich glaube nicht, dass er sich bis morgen früh noch einmal rührt«, vermutete Lea und breitete eine Decke über ihn.

Matthias war nicht überzeugt davon. »Hoffentlich hast du recht. Sperr ab und halt dein Handy bereit! Und ruf mich sofort an, wenn er irgendwie komisch wird! Hast du verstanden?«

»Ja, habe ich, Herr Inspektor. Danke für deine Hilfe!«

Sie begleitete ihn zur Tür, doch kaum war die ins Schloss gefallen, sank sie dahinter erschöpft zusammen. Vor zehn Minuten hätte sie sich nicht träumen lassen, dass der Tag mit Michi in ihrem Bett enden würde.

»Wo gibt es hier eine Erdspalte, in der ich versinken kann?«

Lea blickte von der Zeitschrift auf, in der sie blätterte, während sie ihren Frühstückskaffee trank. Michi stand in der Schlafzimmertür und sah grauenvoll aus. Und offenbar fühlte er sich auch so.

»Mach zwei Schritte nach rechts, dort tut sich jede halbe Stunde eine auf«, erwiderte sie gelassen. »Aber du kannst dich gern zu mir setzen und einen Kaffee trinken, während du wartest.«

»Es tut mir so leid«, entschuldigte er sich, nachdem er auf den Stuhl gegenüber von ihr gesunken war. »Ich habe mich aufgeführt wie ein Volltrottel.«

Er stützte die Ellbogen auf und vergrub sein Gesicht in den Händen. Lea schenkte ihm eine Tasse Kaffee ein, die sie vorsorglich bereitgestellt hatte, und erkundigte sich freundlich: »Was wolltest du mir so spät in der Nacht denn so Dringendes sagen?« Sie hatte nicht vor, die Situation für ihn unnötig zu verschlimmern.

»Eigentlich war ich schon zum dritten Mal da. Beim ersten Mal war ich noch nüchtern. Beim zweiten Mal etwas angetrunken. Beim dritten Mal ... nun ja, du warst ja dabei –«

»Okay, also was wolltest du mir beim ersten Mal sagen?«

Michi entspannte sich sichtlich. »Ich wollte mit dir feiern. Ich habe Leseproben von meinem Buch bei mehreren Verlagen eingereicht.«

»Wolltest du es nicht zuerst fertig schreiben?«

»Ja, aber dann dachte ich mir, was soll's? Wenn es alle für Müll halten, kann ich mir die Arbeit sparen.« Lea wollte protestieren und ihm einen Vortrag darüber halten, wie gut sie sein Manuskript fand. Doch das war gar nicht nötig, denn Michi richtete sich sichtlich stolz auf und verkündete: »Ich habe auf Anhieb eine Zusage erhalten. Es ist zwar nur ein kleiner Verlag, trotzdem ... Sie haben geantwortet, dass sie genau solche Manuskripte suchen – historische Romane mit regionalem Bezug. Das wusste ich natürlich, ich habe meine Hausaufgaben gemacht und nur an passende Verlage geschrieben. Aber damit hatte ich nicht gerechnet.«

Lea freute sich wahnsinnig für ihn. »Ich bin echt stolz auf dich.« Sie legte anerkennend ihre Hand auf seine.

»Danke, dass du an mich geglaubt hast.« Er sah ihr direkt in die Augen. »Ohne dich wäre ich nie so weit gekommen.«

»Du hast es verdient, dass das Buch verlegt wird, es ist wirklich gut. Hast du mich schon ermordet?«

»Wie kommst du darauf?«, fragte er entrüstet.

»Machen Schriftsteller das nicht so?«, unterstellte sie. »Sie rächen sich stellvertretend für reale Personen an ihren Figuren?«

»Okay, ich gebe zu, ich habe eine neue Figur eingebaut. Aber umgebracht habe ich sie nicht.«

»Gefoltert? Muss sie hungern? Ist das ganze türkische Heer über sie hergefallen?«

Er wiegte den Kopf hin und her. »Ich bin noch nicht sicher, was für ein Schicksal sie erwartet. Möglicherweise lasse ich sie doch überleben. Irgendwie wäre es schade um sie.«

Lea lächelte ihn an. »Freut mich, das zu hören. Willst du etwas frühstücken?«

»Ich weiß nicht. Ich sollte besser gehen und duschen und überhaupt. Wann triffst du deine Eltern?«

»Da ist noch Zeit.«

»Lea, wo warst du gestern Abend?«, fragte er unvermittelt.

»Bei Ben«, antwortete sie ehrlich. »Wir haben ziemlich lang geredet.«

»Kommt ihr wieder zusammen?«

»Ich weiß es nicht.«

In dem Moment läutete Leas Handy.

»Wenn man vom Teufel spricht«, murmelte Michi nach einem kurzen Blick auf ihr Display.

»Es ist halb, da drüben öffnet sich gleich die Erdspalte«, erwiderte Lea und nahm den Anruf an.

»Hey!«, meldete sich Ben. »Ich wollte nur wissen, ob du gut heimgekommen bist?«

»Ja, bin ich«, versicherte sie. »Allerdings hat mich vor der Tür mein anderer Ex-Freund erwartet.«

Michi fuchtelte wild mit den Armen herum und gab ihr zu verstehen, sie solle nicht weitersprechen.

»Wirklich? Und was ist jetzt?«

»Jetzt sitzt er mir gegenüber und deshalb kann ich nicht länger mit dir reden. Ich melde mich später, okay?«

»Okay«, antwortete er wenig erfreut und beendete den Anruf.

»Was ist mit dir?«, fragte sie Michi.

»Bitte erzähl ihm das nicht, okay?«, bat er.

»Warum nicht?«

»Weil ich ein riesiger Fan bin. Sollte ich ihm irgendwann unter – wie soll ich sagen? – angenehmeren Umständen begegnen, dann wäre es schön, wenn er noch ein bisschen Respekt vor mir hätte.«

Lea konnte ein Schmunzeln nicht unterdrücken. »Das hast du gar nicht erwähnt.«

»Aus Eifersucht. Aber jetzt habe ich ja nichts mehr zu verlieren. Ich würde mir gern das Fünkchen Würde bewahren, das mir geblieben ist.«

»Es steht wirklich noch nicht fest, was aus Ben und mir wird, aber ich bin froh, dass du es nicht total negativ siehst.«

»Ihr seid eine Familie.« Er lächelte tapfer, doch er konnte seinen Schmerz nicht ganz verbergen. Entschlossen leerte er seine Tasse. »Danke für den Kaffee. Und das Bett. Und überhaupt. Ich gehe jetzt.«

Er stand auf, und Lea begleitete ihn in den Flur.

»Wir sehen uns in der Arbeit«, sagte er zum Abschied. »Und ich verspreche, ich werde dich inzwischen nicht umbringen.«

»Komm her!«, bat Lea, ehe er sich wegdrehen konnte, und zog ihn in eine Umarmung. »Ich bin wirklich, wirklich stolz auf dich«, versicherte sie noch einmal und drückte ihn fest an sich.

Er seufzte und küsste sie auf die Wange. »Ich gehe besser.«

Lea nickte und öffnete ihm die Tür.

DASS SIE BEN ZURÜCKRUFEN WOLLTE, hätte Lea beinahe vergessen. Sie wählte seine Nummer erst, als sie sich auf den Weg zum Mittagessen mit ihren Eltern machte.

»Bist du schon vor Eifersucht explodiert oder zahlt sich eine Erklärung noch aus?«, erkundigte sie sich.

»Wieso sollte ich eifersüchtig sein, wenn du die Nacht mit deinem Ex verbringst?«, erwiderte er, aber sein Ton strafte ihn Lügen.

»Wir haben die Nacht nicht *miteinander* verbracht, wir haben in getrennten Betten geschlafen«, korrigierte Lea. »Ich wollte ihn nur nicht angetrunken nach Hause fahren lassen.«

»Du lässt deinen betrunkenen Ex-Freund bei dir übernachten?« Jetzt klang er ungefähr so wie Matthias mitten in der Nacht.

»Es ist nichts passiert«, versicherte Lea. »In keinerlei Hinsicht. Er wollte eigentlich mit mir feiern, weil er einen Verlagsvertrag in Aussicht hat.«

»Und jetzt ist er wieder weg?«

»Ich bin schon auf dem Weg zu meinen Eltern. Wir haben nur Kaffee getrunken und geredet, dann ist er gegangen. Irgendwie muss der Mond gerade günstig stehen, um vergangene Beziehungen aufzuarbeiten.«

»Ist diese Beziehung wirklich Vergangenheit?«

»Ich tue jetzt einfach mal so, als würdest du aus reiner Neugierde fragen«, neckte Lea.

»Ich glaube, ich habe letzte Nacht so eindeutige Andeutungen gemacht, dass du dir das sparen kannst«, erwiderte er schlicht.

»Die Beziehung mit Michi ist definitiv vorbei. Ich bin allerdings froh, dass es danach aussieht, als könnten wir Freunde bleiben. Immerhin müssen wir weiterhin miteinander arbeiten.«

DASS ES ÜBERHAUPT SO ETWAS WIE einen Valentinstag gab, war in den letzten Jahren fast unbemerkt an Lea vorübergegangen. Deshalb überraschte es sie umso mehr, als Michi unerwartet in ihrem Büro stand und ihr einen USB-Stick in die Hand drückte.

»Happy Valentinstag!«

Sie warf einen kurzen Blick auf die Datumsanzeige auf ihrem Computer. Er hatte recht, dort stand der vierzehnte Februar.

»Was ist das?«, erkundigte sie sich.

»Mein Buch.«

»Bist du fertig?«

»Ja«, verkündete er stolz. »Mit der Rohversion jedenfalls.«

»Und ich darf es als Allererste lesen?«

»Ja, denn ohne dich wäre es nicht fertig geworden.«

»Ich fühle mich geehrt. Wirklich. Wie lang ist es?«

»In Normseiten sind es ungefähr achthundert.«

»Okay, du erwartest hoffentlich nicht bis morgen eine Rückmeldung von mir, oder? Ich würde schon gern zwischendurch schlafen.«

»Ich erwarte nur, dass du dir die Zeit nimmst, es zu lesen. Es muss nicht sofort sein.« Obwohl sie allein im Raum waren, fuhr er mit gesenkter Stimme fort: »Außerdem sieht es der Chef möglicherweise nicht gern, wenn du während der Arbeit Bücher liest, die er hier nicht verkauft.«

»Hey, aber vielleicht tut er das bald«, flüsterte Lea zurück.

»Ja, das wäre cool«, stellte er fest. »Ich gehe besser zurück an meine Arbeit.« Und er verschwand so schnell, wie er gekommen war.

Obwohl sie eigentlich zu tun hatte, konnte Lea der Versuchung nicht widerstehen, den USB-Stick sofort in ihren Computer zu stecken. Sie wollte die Datei in ihre Cloud laden, um sie später auf ihrem Tablet aufrufen zu können. Aber nachdem der Upload abgeschlossen war, öffnete sie das Buch dann doch.

Auf der ersten Seite stand eine Widmung:

Für Lea.

Lächelnd scrollte sie weiter, um den Beginn zu lesen. Davon hatte Michi an die zehn Versionen verfasst, und Lea war neugierig, für welchen Einstieg er sich am Ende entschieden hatte.

Nach sieben Seiten zwang sie sich dazu, die Datei wieder zu schließen. Fürs Lesen bezahlte Bert sie nicht.

Eine zweite Überraschung wartete zu Hause auf Lea. Vor ihrer Wohnungstür lag ein kleines Päckchen mit der Aufschrift ›*Happy Valentine!*‹. Darin befand sich eine CD mit einer handgeschriebenen Titelliste. Die meisten erkannte Lea wieder, es waren die Songs, von denen sie erwartet hatte, dass mindestens einer auf dem Album landen würde.

Nachdem sie Jan an diesem Abend ins Bett gebracht hatte, schob sie Bens CD in den Player, rief Michis Buch am Tablet auf und machte es sich in ihrem Bett gemütlich.

Schon nach wenigen Minuten wünschte sie sich, sie könnte die beiden Männer immer so harmonisch in ihrem Leben vereinen.

KAPITEL 37

LEA

Lea hatte bis tief in die Nacht hinein gelesen, aber ihre dunklen Augenringe waren jede wache Minute wert. Nach der Arbeit konnte sie es kaum erwarten, das Buch wieder zur Hand zu nehmen. Doch zuerst musste sie ein Mittagessen kochen und dafür sorgen, dass Jan seine Hausaufgaben ordentlich machte. Allerdings trödelte ihr Sohn heute, normalerweise sollte er längst daheim sein. Der Strudel war fertig, und Lea schaltete den Backofen aus, ehe sie einen Blick auf ihr Handy warf. Für gewöhnlich informierte Ben sie, wenn sie die Zeit übersahen und die Klavierstunde zu spät beendeten.

In dem Moment ertönte der Klingelton, doch anstelle von Bens Namen stand ›Schule‹ auf dem Display. Hektisch hob Lea ab. Die Direktorin meldete sich und teilte ihr mit, dass es einen Vorfall in der Schule gegeben hatte und sie bitte kommen solle, um Jan abzuholen. Er wartete im Hort auf sie. Auf Details wollte die Schulleiterin vorläufig nicht eingehen, was Lea erst recht nervös machte. Sie zog sich rasch an und rannte die ganze Strecke bis zum Schulgebäude. Erst beim Eingang bremste sie sich ein und atmete tief durch, bevor sie eintrat.

Im Hort traf sie sofort auf Jans Gruppenleiterin, die sie mit den Worten begrüßte: »Oh, das ging ja schnell. Ich hole ihn gleich.«

Nur eine Minute später verließ Jan mit der Schultasche auf dem Rücken den Gruppenraum. Lea ging vor ihm in die Hocke.

»Was ist passiert?«, fragte sie eindringlich und streichelte ihm übers Gesicht. Er sah aus, als hätte er geweint. »Geht es dir gut?«

»Ja, aber Ben —«

»Was ist mit Ben?« Ihr Herz raste. War ihm etwas zugestoßen? Vor Jans Augen?

Die Augen ihres Sohnes füllten sich mit Tränen. »Ich darf nicht mehr zu ihm.«

»Warum?«

»Die andere Lehrerin hat es gesagt.«

»Welche Lehrerin?«

»Die reingekommen ist.«

»In eurer Klavierstunde?«

Er nickte.

»Weißt du, wo er ist?«

»Die Direktorin hat ihn mitgenommen.«

Die Vermutung lag nahe, dass sie in ihr Büro gegangen waren, daher machte Lea sich mit ihrem Sohn an der Hand auf den Weg dorthin und klopfte, ohne zu zögern, an die Tür.

»Herein!«, forderte eine Stimme sie auf.

Sie drückte die Klinke hinunter.

»Ah, Frau Ebner, guten Tag«, begrüßte die Direktorin sie freundlich von ihrem Schreibtisch aus. Ihr gegenüber saßen Ben und eine Lehrerin, die Lea nicht kannte. »Sie hätten nicht extra herkommen müssen. Ich hätte mich später noch mal bei Ihnen gemeldet.«

»So ist es doch einfacher«, erwiderte Lea.

»Ich denke nicht, dass wir das vor dem Kind besprechen sollten«, meldete sich die Lehrerin zu Wort.

Lea suchte Bens Blick, doch er hatte sich an Jan gewandt, streckte den Arm nach ihm aus und fragte ihn: »*Are you okay?*«

»*Yes*«, flüsterte Jan und wollte sich in seine Richtung bewegen, doch das entrüstete Schnauben der Lehrerin ließ ihn erschrocken innehalten.

Lea dämmerte, was hier los war. Die Kollegin verdächtigte Ben, einem Schüler näher gekommen zu sein, als es angebracht war.

»Hast du es ihnen gesagt?«, raunte sie ihm zu.

Er schüttelte den Kopf. »Das konnte ich doch ohne deine Zustimmung nicht. Und ich hatte keine Gelegenheit, dich anzurufen.«

Die Direktorin hatte unterdessen einen vierten Stuhl geholt, auf den sich Lea setzen konnte. Sie zog Jan auf ihren Schoß.

»Ich bin immer noch der Ansicht, dass wir nicht vor ihm über die Angelegenheit reden sollten«, wiederholte die Lehrerin.

Dem stimmte Lea nur aus einem Grund zu. Sie hatte nicht gewollt, dass er auf so bedauerliche Art erfuhr, dass Ben sein Vater war. Abgesehen davon war sie sich ziemlich sicher, dass nichts Schlimmes vorgefallen war. Hätte Ben Jan auf irgendeine Art Schaden zugefügt, würde sich ihr Sohn anders verhalten.

»Er hat mich doch nur gekitzelt«, bemerkte Jan leise.

Lea musste ein Schmunzeln unterdrücken. Diese Information reichte aus, damit sie sich vorstellen konnte, was passiert war. Wenn man Jans Kreischen nicht kannte, konnte man das schon mal für einen echten Hilfeschrei halten.

»Er hat ihm unter den Pullover gefasst«, betonte die Lehrerin empört. »Ich habe es genau gesehen.«

Lea sah Ben ein wenig zusammenzucken und nahm an, dass der Vorwurf berechtigt war.

»Aber Nils hat das doch auch manchmal bei mir gemacht«, flüsterte Jan, der mit der ganzen Situation sichtlich überfordert war.« Und Matthias macht das mit Tobi auch. Ein Dad darf das doch.«

Ben wurde kreidebleich, und Lea war sich sicher, dass ihre Gesichtsfarbe seiner ziemlich ähnlich war.

Der Direktorin entging der Kern der Feststellung zuerst und sie sagte: »Der eigene Papa. Da ist es okay.« Doch dann dämmerte ihr, was Jan wirklich gemeint hatte, und sie blickte verdutzt von Ben zu Lea und wieder zurück.

Lea fing sich als Erste. »Schatz, was hast du gesagt?«

Jan sah sie mit Tränen in den Augen an. »Ben ist doch mein Dad, oder?«

Sie wusste nicht, wie sie reagieren sollte, deshalb schloss sie ihren Sohn erst einmal fest in die Arme. Dabei fiel ihr Blick auf Ben, der wie versteinert auf seinem Platz saß. Ohne Jan loszulassen, stand sie auf und reichte ihn an seinen Vater weiter.

»Ich glaube, ihr zwei braucht das jetzt«, bemerkte sie und beobachtete lächelnd, wie Jan die Arme um Ben schlang und sich fest an ihn klammerte.

»Das ist eine etwas überraschende Wendung«, stellte die Direktorin fest.

»Es tut mir leid«, entschuldigte sich Lea automatisch. »Wahrscheinlich hätte ich das melden müssen. Er hat die Vaterschaft erst nach Schulbeginn anerkannt, und das Sorgerecht liegt nur bei mir, deshalb habe ich nicht daran gedacht. Und Jan wusste es ja noch nicht.« Zumindest hatten sie das gedacht. Wie er von allein dahintergekommen war, konnte Lea sich nicht erklären. Aber das würden sie später in Ruhe besprechen.

Die Direktorin wirkte ein wenig verwirrt und murmelte etwas von ›Formalitäten‹. Doch dann fasste sie sich und ein Schmunzeln huschte über ihr Gesicht. »Wenn man sie so zusammen sieht, ist es eigentlich offensichtlich.«

»Er ist sein leiblicher Vater?«, fragte die Lehrerin, die das Aufsehen verursacht hatte, ungläubig.

Irgendwie tat sie Lea leid. »Ich habe Ben übrigens schon vor Wochen nahegelegt, dass er darauf achten muss, wie er sich zusammen mit Jan in der Schule verhält. Er hat meine Sorge, es könnte zu Missverständnissen kommen, allerdings als überflüssig abgetan. Tut mir leid.«

»Mir tut es leid«, erwiderte die Lehrerin mit sichtlichem Unbehagen. »Ich wollte nicht –«

»Schon gut«, wehrte Lea ab. Sie wollte die Angelegenheit schnellstens beenden und richtete ihre nächste Frage wieder an die Direktorin: »Soll ich die Dokumente vorbeibringen?«

»Ich kann das machen«, mischte sich Ben ein, und alle Augen richteten sich auf ihn. Jan saß auf seinem Schoß und versteckte das Gesicht im Hoodie seines Dads. »Außer natürlich, ich werde der Schule verwiesen.«

»Dafür sehe ich inzwischen keinen Grund mehr«, versicherte seine Chefin. »Ich denke, wir können die Sache abschließen.«

Alle verabschiedeten sich voneinander, die Direktorin blieb im Büro und die Lehrerin verschwand fluchtartig im Nebenraum. Lea und Ben fanden sich zusammen mit Jan unschlüssig im Flur wieder.

»Ich muss noch meine Sachen aus der Klasse holen«, erinnerte sich Ben. »Treffen wir uns bei den Garderoben?«

Lea nickte und ließ sich von ihrem Sohn den kürzesten Weg dorthin zeigen.

»Hast du im Hort was gegessen?«, erkundigte sie sich unterwegs.

»Nein. Hast du gekocht?«

»Ja.«

»Was?«

»Spinat-Schafskäse-Strudel.«

Die meisten Kinder hätten vermutlich angewidert das Gesicht verzogen, aber Jan liebte das Gericht, das er normalerweise bei Leas Eltern bekam.

»Wie der von Oma?«, fragte er, während er seinen Spind öffnete.

»Mal sehen, ob er mir so gut gelungen ist.«

Die Unterhaltung war irritierend banal, wenn man bedachte, was sich soeben zugetragen hatte. Lea vermutete, dass sie selbst noch ein wenig unter Schock stand.

Ben stieß zu ihnen, bevor Jan fertig angezogen war.

»Kommst du mit zu uns?«, bot sie an. »Ich glaube, das Essen reicht auch für dich.«

»Eigentlich wollte ich Jan mal meine Wohnung zeigen«, erwiderte er. »Aber wenn du gekocht hast.«

Lea fand seine Idee gut, deshalb machte sie einen Kompromissvorschlag. »Oder ich packe alles ein und wir essen bei dir.«

Am Ende entschieden sie sich für ein schnelles Mittagessen in Leas Wohnung, danach spazierten sie hinüber zu Ben, wo Jan gleich einmal alles neugierig in Augenschein nahm. Im Gegensatz zu seiner Mutter hatte er keinerlei Berührungsängste mit Bens Flügel. Er war zwar schwer beeindruckt, was ihn jedoch nicht daran hinderte, ihn auszuprobieren. Das gab seinen Eltern die Möglichkeit, in Ruhe auf der Couch zu sitzen und über die Vorfälle in der Schule zu sprechen. Bens Nervenkostüm war ziemlich überlastet, das erkannte Lea an seiner Haltung. Früher hätte sie ihn geküsst, um ihn zu entspannen, jetzt beschränkte sie sich darauf, über seinen Arm zu streicheln.

»Sie ist dazwischengefahren, als würde ich mich an ihm vergehen«, berichtete er. »Dabei ist sein Pulli gerade einmal fünf Zentimeter hochgerutscht. Ich habe ja nicht damit gerechnet, dass er gleich so zu kreischen anfängt, dass man ihn in der halben Schule hört.«

Trotz der ernsten Situation musste Lea lachen. Sie kannte das von Jan sehr wohl. Seit sie in einer Wohnung wohnten, vermied sie es deshalb, ihren Sohn zu kitzeln.

»Sie war so schnell da, als hätte sie nur darauf gewartet,

die Tür im richtigen Moment aufzureißen«, erzählte er weiter. »Die ganze Situation war total unwirklich – wie ein schlechter Film. Als dann Wörter fielen wie ›Übergriff‹ und ›Schulverweis‹ wusste ich gar nicht mehr, was los war.«

»Ich habe dich gewarnt«, konnte Lea sich nicht verkneifen, zu betonen.

»Ja, ich weiß. Aber ich hatte echt nicht damit gerechnet, dass so etwas passieren könnte. Ich würde doch nie ...« Er schaffte es nicht einmal, das Ungeheuerliche auszusprechen. »Stell dir vor, die Presse würde von so einem Verdacht Wind bekommen! Das wäre das Ende meiner Karriere.«

»Die Sache würde eher deine Karriere als Lehrer beenden als die mit der Band. Als Musiker könntest du eine gute Geschichte über deinen verlorenen Sohn daraus machen. Die Klatschpresse würde das lieben.«

Ben schnaufte verächtlich. »Genau – und dann könnten wir alle zusammen umziehen, damit ich euch aus der Schusslinie bekomme. Das Beste daran, wieder hier zu leben, ist, dass ich von der Presse in Ruhe gelassen werde. In England sind die Reporter wie Geier, die stellen alles Mögliche für eine gute Story an. Außerdem sind wir dort viel bekannter als hier, das kommt ja noch dazu.«

»Ich habe nie darüber nachgedacht, was es für Jan heißt, offiziell dein Sohn zu sein«, stellte Lea fest.

»Ich habe nicht vor, ihn ins Rampenlicht zu ziehen«, versprach Ben. »Zumindest nicht, bis er alt genug ist, um sich bewusst dafür zu entscheiden. Wenn er selber Musiker wird, ist das etwas anderes.« Er hatte plötzlich einen verträumten Ausdruck im Gesicht, als male er sich Vater-Sohn-Auftritte und gemeinsame Aufnahmen aus.

»Ich glaube, wir konzentrieren uns besser auf die nahe Zukunft«, holte Lea ihn in die Gegenwart zurück. »Wie geht es jetzt mit uns weiter? Vielleicht können wir uns ja den Alltag mit Jan ein bisschen teilen?«

»Wie zum Beispiel?«

»Du könntest Jan vom Hort abholen, wenn ich lange arbeite, damit er nicht der Letzte ist«, schlug sie vor.

»Ja, das ginge.«

Sie überlegten weiter, wie ihr Sohn am meisten von der neuen Situation profitieren konnte. Am besten gefiel Lea daran, dass sie sich nicht mehr so viele Sorgen darüber machen musste, was passierte, wenn Jan einmal krank war. Außerdem war sie bisher mit ihren Urlaubstagen sehr sparsam umgegangen, um für die Ferien genügend Reserven zu haben. Nun konnte sie ganz anders kalkulieren, weil sie nicht mehr allein für alles verantwortlich war. Ein Stück der Last abzugeben war eine große Erleichterung.

Doch es gab da noch eine Sache, die sie beschäftigte.

Ben rief Jan zu sich, um ihn zu fragen: »Wie bist du draufgekommen, dass ich dein Dad sein könnte?«

Jan quetschte sich zwischen seine Eltern, sah Ben an und antwortete: »Du passt auf alles.«

»Auf was alles?«

»Na, auf alles. Ich weiß, woher die Babys kommen.«

Ben zog überrascht eine Augenbraue hoch, sodass Lea sich bemüßigt fühlte, zu erklären: »Jette hat als Hebamme immer großen Wert darauf gelegt, dass den Kindern – auf verständliche Art – die Wahrheit vermittelt wird und nicht irgendeine Geschichte vom Klapperstorch.«

»Verstehe.«

»Jette hat mir auch gesagt, dass ich schon in Mamas Bauch war, als sie nach Schweden gekommen ist«, fuhr Jan fort.

Dass er dieses Detail kannte, war selbst für Lea eine Neuigkeit.

»Deshalb hast du gewusst, dass dein Vater jemand sein muss, mit dem deine Mum befreundet war, bevor sie nach Stockholm gegangen ist«, vermutete Ben.

»Genau. Und in den Weihnachtsferien hat Mama mir erzählt, dass sie *dich* schon lange kennt. Außerdem warst du immer so nett zu mir wie Nils.«

»Ich bin zu allen Kindern nett«, behauptete Ben.

»Ja, schon, aber nicht so«, beharrte Jan.

Ben setzte eine nachdenkliche Miene auf. »Mag sein, dass ich dich unbewusst bevorzugt habe. Obwohl ich das eher darauf geschoben hätte, dass du viel motivierter warst als Freddy und Tobi.«

»Aber denen hast du nichts zu Weihnachten geschenkt.«

»Doch, Schokosterne«, widersprach Ben.

»Ich meine nicht die Schokosterne! Ich meine das Lego! Und Mamas Tablet!«

Beide Eltern sahen ihn verdutzt an.

»Woher weißt du, dass das von Ben war?«, fragte Lea.

»Ich habe den Anhänger aufgehoben.«

Das war ihr aufgefallen.

»Auf dem steht mein Name.«

Die Erwachsenen nickten.

»Und Ben schreibt immer meinen Namen auf die Notenblätter, die er mir gibt. Das schaut genau gleich aus.« An Ben gewandt, fügte er hinzu: »Du schreibst das J so komisch. Nicht so, wie wir es gelernt haben.«

Lea lachte. Sie hätte Bens J nicht als ›komisch‹ bezeichnet, aber es war sehr markant. Er machte oben keinen Strich, dafür unten eine Schlaufe.

»Auf der Karte steht auch ›*Father Christmas*‹. Mama hat mir erklärt, dass so der Weihnachtsmann in England heißt. Du bist aus England.«

»Ertappt«, gab Ben verlegen zu.

»Außerdem wolltest du unbedingt den Darth Vader haben und hast mir Luke gegeben.«

»Hast du die Filme etwa schon gesehen?«, fragte Ben und warf Lea einen irritierten Blick zu. Offensichtlich hielt er seinen Sohn für zu jung, um Star-Wars-Fan zu sein.

»Keinen einzigen«, versicherte Lea.

»Dass Darth Vader der Vater von Luke ist, weiß doch jeder«, behauptete Jan.

»Wir haben dich eindeutig unterschätzt«, erkannte Lea und streichelte ihrem Sohn über die Haare. »Tut mir leid, dass du auf so blöde Art erfahren hast, dass du recht hast.« Eigentlich meinte sie ›verstörende‹, aber sie hielt es für besser, es harmloser auszudrücken. Zum Glück machte Jan nicht den Eindruck, als hätte ihn der Vorfall in der Schule traumatisiert. Er war viel zu aufgekratzt von all den neuen Möglichkeiten, die sich ihm plötzlich erschlossen. Bens Wohnung, die so viel größer und beeindruckender war als ihre eigene, war nur eine davon.

»Gehen wir zusammen in den Zoo?«, fragte er ohne Überleitung. »Da gibt es Eisbären.«

Ben konnte dem Gedankensprung schneller folgen. »Warum nicht? Ich war seit Ewigkeiten nicht mehr da. Am Wochenende vielleicht?«

Lea, die bisher teure Freizeitaktivitäten vermieden hatte, brauchte einen Moment länger, um sich für die Idee zu begeistern. Sie hatte sich noch nicht daran gewöhnt, dass ihr Kontostand neuerdings am Monatsende kein leichtes Minus mehr aufwies. Abgesehen davon war sie sich ziemlich sicher, dass Ben es sich nicht nehmen lassen würde, die Kosten für so einen Ausflug zu übernehmen. Sie musste sich ermahnen, das zuzulassen. Hier war kein Raum mehr für verletzten Stolz. Viel wichtiger war es, Jan und Ben die Möglichkeit zu geben, schnellstens gemeinsame Erinnerungen zu schaffen.

Am Samstagnachmittag startete die Sonne ein erstes Comeback nach dem Winter, trotzdem war der Tiergarten um diese Jahreszeit nicht so überlaufen wie in den warmen Monaten. Jan hatte im Vorfeld eine Liste aller Tiere erstellt, die er sehen wollte. Mithilfe des Zooplans bemühte sich Lea, eine halbwegs effiziente Route zurechtzulegen, damit sie nicht planlos kreuz und quer liefen. Von den Raubkatzen ging es weiter zum Affenhaus und dann zu den Elefanten. Nach

Wölfen suchten sie vergeblich, aber die Mähnenrobben trösteten Jan über diese Enttäuschung hinweg. Dann kamen sie endlich zu den Eisbären.

»Früher gab es im Zoo einen weißen Pfau«, behauptete Ben. »Aber den hat der Eisbär gefressen.«

Lea gab ihm einen Klaps. »Erzähl nicht solchen Blödsinn!«

»Das stimmt wirklich!«, beteuerte er. »Die Besucher haben dabei zugeschaut.«

Sie glaubte ihm kein Wort, aber Jan war von der Geschichte beeindruckt. Wie auch schon bei den anderen Gehegen ließ er sich auch hier von Ben die Beschreibungstafel vorlesen – auf Englisch, denn Deutsch lesen konnte er mittlerweile selbst ganz gut.

Nach der ersten großen Runde wärmten sie sich im Kaiserpavillon bei Kaffee und heißer Schokolade auf. Die Männer ließen es sich nicht nehmen, den größten Schokoladenkuchen zu bestellen, den sie in der Vitrine fanden. Lea entschied sich für einen Apfelstrudel, ihren kulinarischen Inbegriff von Heimat. Kein anderes Essen hatte sie in Schweden so sehr vermisst.

Sie blieben, bis der Tiergarten für diesen Tag schloss und machten sich mit der U-Bahn auf den Heimweg. Das letzte Stück legten sie zu Fuß zurück, Ben links, Lea rechts und Jan in der Mitte.

»Du kannst bei uns abendessen«, verkündete Jan vor ihrer Haustür, ohne seine Mama nach ihrer Meinung zu fragen. Lea widersprach ihm nicht. Sie wollte noch nicht, dass der gemeinsame Nachmittag endete. Ben ließ sich nicht zweimal bitten.

Nach dem Essen duschte Jan beinahe freiwillig, er stellte nur die Bedingung, dass Ben dablieb und ihn nachher ins Bett brachte. Die Erfahrung war für alle drei neu. Lea genoss es, unerwartet früh Zeit für sich zu haben, und zog sich in ihr Zimmer zurück. Obwohl sie seit Tagen jede freie Minute die Nase in Michis Buch steckte, fehlte ihr noch ein Drittel. Das Drittel, über das sie nicht viel wusste, weil Michael große Teile davon nach Weihnachten komplett neu geschrieben hatte. Hier begegnete Lea auch erstmals die Figur, von der sie vermutete, dass sie selbst als Vorbild gedient hatte, aber sie war noch nicht weit genug, um ganz sicher zu sein.

Durch ein Klopfen am Rahmen ihrer Schlafzimmertür machte Ben auf sich aufmerksam, und sie blickte vom Tablet auf.

»Er ist noch wach, aber ich bin entlassen«, teilte er ihr mit.

»Okay, er schläft heute sicher schnell ein«, erwiderte sie. »Nach so viel Bewegung an der frischen Luft.«

»Was liest du?«

»Michis Buch.«

»Michis Buch?« Der neuerliche Anflug von Eifersucht war nicht zu überhören.

»Er hat mir zum Valentinstag die Rohversion geschenkt.«

Bens Ausdruck verfinsterte sich weiter. Erst da bemerkte Lea bestürzt, dass sie sich für *sein* Geschenk noch gar nicht bedankt hatte. »Es tut mir so leid!«, entschuldigte sie sich betreten. »Ich wollte dir nicht nur eine Nachricht schreiben, aber nach der Sache in der Schule habe ich es völlig vergessen. Danke für die CD, ich liebe sie. Wirklich! Auch wenn du nicht ausschaust, als würdest du mir das glauben.« Bens Miene blieb düster, deshalb betonte sie noch einmal: »Es tut mir schrecklich leid, dass ich bisher nichts gesagt habe.«

»Kein Wunder, wenn du so mit dem anderen Geschenk beschäftigt warst«, brummte er.

»Das Buch ist total mitreißend – und ich sage das nicht nur, weil ich mit dem Autor geschlafen habe.« Sie provozierte ihn absichtlich, denn sie genoss seine Eifersucht ein kleines bisschen. Nicht zuletzt, weil sie ein Beweis dafür war, dass er noch immer Gefühle für sie hatte. Noch war Lea nicht bereit, die unsichtbare Mauer zwischen ihnen zu überwinden. Aber sie wusste auch, sie war auf dem besten Weg, Schwung dafür zu holen – und sich wieder bis über beide Ohren in ihn zu verlieben.

Trotzig wandte Ben sich von ihr ab und betrachtete die Fotos auf der Kommode neben ihm, insbesondere das von Erik, Malin, Emil und Lotta.

»Sind das die Schwedenkinder?«, fragte er.

»Ja«, erklärte sie bereitwillig. »Und das auf dem Bild daneben sind Jette und Nils.«

Ben bemerkte die Minidrehorgel und drehte an der Kurbel. Wie immer spuckte sie nur wenige Töne aus.

Lea seufzte. »Die ist kaputt.«

»Was sollte sie spielen?«

»Ich habe keine Ahnung. Erik und ich haben versucht, dieses Rätsel zu lösen. Das war während der Zeit in Schweden so ein Ding zwischen uns. Sie hat schon nicht mehr funktioniert, als ich sie gefunden habe. Ich habe sie nur mitgenommen, weil sie mich an deine Drehorgel erinnert hat und so kaputt war wie unsere Beziehung.« Beim letzten Satz verzog sie peinlich berührt das Gesicht. Diesen Teil hatte sie bisher niemandem erzählt. Und auch nicht, dass ihr der Gegenstand in den letzten Monaten manchmal wie ein Hinweis vorgekommen war, den sie nicht verstand. Bestimmt bildete sie sich das nur ein, deshalb erwähnte sie es auch jetzt nicht.

Ben zog eine Augenbraue hoch. »Wo hast du sie gefunden?«

»Auf dem Weg von unserer Wohnung zum Taxistand.«

»Du hast jahrelang ein kaputtes Spielzeug aufgehoben, das dich an mich erinnert?«

Sie zuckte mit den Schultern. So richtig konnte sie nicht erklären, warum sie das Ding behalten hatte.

»Soll ich es mir anschauen?«, bot er an. »Vielleicht kann ich ja – jetzt, wo unsere Beziehung nicht mehr ganz so kaputt ist – dein Symbol dafür reparieren.«

Lea dachte an Erik und sagte sofort: »Das wäre wunderbar.«

»Ich nehme sie mit, okay?«

»Ja, gern.«

»Dann lasse ich dich jetzt mit deinem Buch allein«, murmelte er und verließ ihr Zimmer.

»Die Eifersucht steht dir nicht!«, rief Lea ihm nach. Doch er brummte nur irgendetwas Unverständliches, und gleich darauf hörte sie, wie die Wohnungstür hinter ihm ins Schloss fiel.

Später am Abend erhielt sie eine Nachricht.

> BEN
> Im Spielwerk sind Teile abgebrochen. Ich schaue, ob ich Ersatz bekomme.
>
> LEA
> Weißt du schon, was sie spielt?
>
> BEN
> Ja. Verrate ich aber nicht.

Lea hatte so lange versucht, die Melodie herauszufinden, da kam es auf ein paar Tage mehr nicht an. Sie freute sich schon jetzt darauf, Erik die Neuigkeit bald mitteilen zu können.

KAPITEL 38

BEN

BEN SCHOB die Notenblätter zu einem Stapel zusammen und packte sie in seine Tasche. Jan war bereits auf dem Weg in die Garderobe, und auch er musste sich heute beeilen. Sein Herz klopfte vor Aufregung, wenn er an das dachte, was ihm bevorstand, aber es war eine positive Aufregung. In den vergangenen Wochen hatte sich sein Leben auf eine Art entwickelt, die er vor zehn Monaten, als Jonas die Band im Stich gelassen hatte, nicht für möglich gehalten hätte.

Er hatte sich nach dem ultimativen Tiefpunkt wieder nach oben gekämpft. Den Impuls dazu hatte ihm Lea gegeben, nun gab ihm auch Jan täglich Kraft. Nur den wichtigsten Punkt auf der Liste der Dinge, die er auf die Reihe bringen musste, wagte er nicht, anzugehen. Ben sehnte sich mit jeder Faser danach, Lea wieder so nahe sein zu können wie früher, doch noch war seine Angst vor einer Zurückweisung zu groß.

Vieles zwischen ihnen war mittlerweile wieder selbstverständlich. Sie sahen sich praktisch täglich, wenn nicht, telefonierten sie zumindest miteinander. In ihr Familienleben war fast schon so etwas wie Routine eingekehrt. Doch Ben traute sich nicht, den nächsten Schritt zu tun und es darauf ankommen zu lassen, ob das, was sie verband, eine innige Freundschaft oder die große Liebe war.

Immerhin war er sich mittlerweile sicher, dass seine Beziehung zu Lea stabil war. Jedenfalls genug, dass er nicht mehr das Gefühl hatte, sie anderen wichtigen Menschen in seinem Leben verschweigen zu müssen, weil sie sonst Gefahr lief, im Chaos gut gemeinter Einmischungen zu versinken. Deshalb war er heute mit seiner Mum verabredet. Sein Dad wusste ja bereits seit Silvester Bescheid und hatte seinen Enkel kürzlich kennengelernt. Nun war es höchste Zeit, auch seiner Mum zu erzählen, dass sie Oma war.

Er warf einen Blick auf sein Handy, um die Uhrzeit abzulesen, doch die eingeblendete Nachricht ließ ihn erstarren.

MUM
Ich komme doch zu deiner Schule.

Ben erbleichte. Wieso hielt sie sich nicht an den Plan? Sie sollte in seiner Wohnung auf ihn warten. Hier bei der Schule hatte sie nichts verloren.

Er ging zum Fenster, um es zu schließen, und bekam den nächsten Schock. War das Lea? Was machte sie denn hier?

BEN
Stehst du vor der Schule???

Er sah, wie sie ihr Telefon auspackte, wartete aber nicht, bis sie ihre Antwort getippt hatte.

LEA
Ja. Ich wollte Jan überraschen.

Ben versperrte die Tür, dann tippte er auf ihren Namen in seiner Anrufliste.

»Schlechter Tag für Überraschungen. Meine Mum wird gleich auftauchen«, erklärte er ohne Umschweife.

»Ich dachte, ihr trefft euch in deiner Wohnung«, erwiderte Lea verdutzt.

»Das dachte ich auch. Siehst du sie schon?«

»Nein, aber ich verstecke mich besser. Mist, da ist sie.«

Obwohl Rennen im Schulgebäude verboten war, hastete Ben die Treppen hinunter. »Hat sie dich gesehen?«

»Ich glaube nicht. Kommt Jan schon?«

»Er müsste eigentlich gleich draußen sein.«

»Du hast etwas verloren!« Auch das noch. Er blieb stehen und drehte sich zu der Stimme um. Eine Schülerin hielt ihm sein Notizbuch entgegen. Er hatte die Tasche nicht richtig geschlossen und in der Eile nicht bemerkt, dass es herausgerutscht war. Rasch bedankte er sich und setzte seinen Weg fort.

»Ben? Ben, bist du noch da?«

Er hielt das Handy wieder an sein Ohr. »Ja, ich bin da.«

»Ich warte vorne an der Ecke auf Jan. Er rechnet ja nicht mit mir, und deine Mum kennt ihn nicht. Also wird er einfach an ihr vorbei und Richtung nach Hause gehen.«

»Gute Idee.«

»Da kommt er. Und ein Schwung größerer Kinder.«

Endlich erreichte Ben den Eingang, sah die Gruppe ebenfalls und bremste sich ein. Ein Mädchen hielt Jan freundlich die Tür auf.

Ben beschloss, hinter der Glastür zu warten, bis Jan nach links abgebogen war, ehe auch er das Gebäude verließ. Seine Mutter, die ein Stück rechts stand, würde sich noch kurz gedulden müssen, bis er sein Telefonat beendet hatte. Er wollte eigentlich eine Show daraus machen, falls sie ihn sah, doch da hörte er Lea entgeistert fragen: »Wo will er hin?«

Sofort richtete er seine Aufmerksamkeit wieder auf Jan, der sich nicht nach links, sondern nach rechts gewandt hatte. In einer Panikreaktion riss Ben die Tür auf, um Jan zu erinnern, dass er in der anderen Richtung wohnte, doch er sah fassungslos zu, wie sein Sohn direkt auf seine Mutter zulief und erfreut ausrief: »Oma Martha, was machst du denn hier?«

LEA

Äußerlich wirkte Ben gelassen, als er an seine Mutter herantrat, doch Lea verspürte das dringende Bedürfnis, sich mit ihrem Sohn aus dem Staub zu machen. Sie hastete auf die drei zu, um sich Jan zu schnappen, und bekam gerade noch mit, wie Ben fragte: »Ihr kennt euch schon?« Es klang gefährlich ruhig.

Jan bekam von alledem nichts mit. »Ja, das ist Oma Martha«, plauderte er fröhlich darauf los. »Wir treffen uns manchmal im Kaffeehaus.«

Lea schnappte einen Meter entfernt so laut nach Luft, dass er sie bemerkte. »Hallo, Mama, wieso holst du mich ab?«, fragte er unbedarft.

»Ich war heute schneller«, sagte sie nur. »Komm, lass uns gehen! Ich habe eine Überraschung für dich.«

Zum Glück brauchte es nicht mehr, um Jans Aufmerksamkeit ganz auf sich zu ziehen, allerdings musste sie sich schnellstens eine richtige Überraschung überlegen. Das war jedoch nicht ganz einfach, denn ihr Gehirn war überfordert mit der Frage, wieso Jan Bens Mutter aus dem Kaffeehaus kannte. Ihre eigene Mutter hatte eine Kaffeehausrunde, aber dass Martha der auch angehörte, war Lea neu. Trotzdem war das die einzige Erklärung, die sie sich zusammenreimen konnte.

»Was ist die Überraschung?«, wollte Jan wissen.

Leas Blick fiel auf die Filiale einer Bäckerei. »Du darfst dir da etwas aussuchen«, verkündete sie kurzerhand und zog ihn hinein. Da sie das noch nie gemacht hatte, war er zufrieden und suchte sich aus der Vitrine einen Schokoladen-Muffin aus. Lea bestellte einen zweiten für Ben und außerdem einen Himbeermuffin für sich, dann setzten sie den Heimweg fort. Sie hätte Jan wirklich gern zu seiner Bekanntschaft mit ›Oma Martha‹ befragt, hielt es aber für besser, das erst beim Essen zu tun. Stattdessen zerbrach sie sich weiter den Kopf darüber, wie und wann Martha von Jan erfahren haben könnte.

Ben besaß seit Kurzem einen Schlüssel für ihre Wohnung und ließ sich selbst hinein, als Lea und Jan sich gerade zum Mittagessen hingesetzt hatten. Sie hatte erwartet, dass er kommen würde, hatte aber nicht so schnell mit ihm gerechnet.

»Alles okay?«, erkundigte sie sich. »Willst du etwas essen?«

Er schüttelte den Kopf. »Mir ist jeglicher Hunger vergangen.« Trotzdem setzte er sich zu ihnen und wandte sich an Jan: »Seit wann kennst du *Oma Martha* schon?« Irgendwie schaffte er es, insgesamt freundlich zu klingen, den Namen aber verächtlich zu betonen.

Jan zuckte mit den Schultern. »Immer schon. Wenn ich mit Oma in die Konditorei gehe, ist sie auch manchmal da. Sie ist immer sehr nett zu mir. Und sie hat gesagt, ich kann sie Oma Martha nennen.« Plötzlich wurde sein Gesichtsausdruck unsicher. »Aber sie hat auch gesagt, dass das unser Geheimnis ist und dass ich Mama nicht von ihr erzählen soll. Habe ich etwas Falsches gemacht?«

Ben strich ihm beruhigend über die Haare. »Nein, du hast nichts Falsches gemacht. Nur die Erwachsenen.«

»Bist du böse auf Oma Martha?«

Lea sah Ben tief durchatmen und merkte, wie viel Mühe es ihn kostete, nicht auszurasten. »Jan, deine ›Oma Martha‹«, erklärte er, »ist meine Mutter, also deine richtige Oma.«

Jan blieb vor Staunen der Mund offen stehen. »Wieso hat sie mir das nie gesagt?«

»Die Frage lautet eher, wieso sie es *mir* nie gesagt hat.«

Lea hatte die Unterhaltung bisher schweigend verfolgt. Jetzt schob sie den halb vollen Teller von sich weg, ihr war inzwischen ebenfalls der Appetit vergangen. Dass Bens Mum ihn hintergangen hatte, war nur eine Seite der Medaille. Aber ihre eigene Mutter steckte in der Sache ebenfalls mit drin.

Jan war der Einzige, der noch Hunger hatte. Er schaufelte

sich das Essen gierig in den Mund, was ihm normalerweise eine Rüge von Lea eingebracht hätte. Doch sie schwieg, bis sein Teller leer war.

»Was hältst du davon, wenn wir fragen, ob du mit Tobi zusammen Hausaufgaben machen darfst?«, schlug Lea vor. Sie wollte nicht, dass Jan in der Nähe war, wenn Ben endgültig die Beherrschung verlor.

Selina wunderte sich, stimmte aber zu, und Jan stürmte in die Wohnung. Kaum war er außer Hörweite, erklärte Lea knapp: »Ultimative Krise in Bens Familie, Details folgen.« Im Moment war sie zu aufgewühlt für weitere Erklärungen. »Kann Jan bei euch bleiben, bis sich die Lage beruhigt hat?«

»Okay, aber ab dem dritten Tag verrechnen wir Kost und Logis«, erwiderte Selina.

»Hoffen wir mal, dass es nicht so lange dauern wird.«

Lea kehrte in ihre eigene Wohnung zurück, wo Ben mittlerweile auf der Couch saß. Er hatte den Kopf in den Nacken gelegt und starrte an die Decke.

»Hast du mit ihr geredet?«, fragte sie vorsichtig.

»Reden kann man das nicht nennen. Es hat mich meine ganze Beherrschung gekostet, sie nicht vor den Schülern anzubrüllen.« Er hob seinen Kopf und sah sie an. »Sie hat gesagt, sie weiß seit fünfeinhalb Jahren von Jan!«

»War das nicht ungefähr zu der Zeit, als du so krank warst?« Sie sank neben ihm auf die Couch.

Er nickte. »Wenn das nicht zeitlich zusammengefallen wäre, wäre ich ihr gleich an die Gurgel gesprungen. So hat sie die Tatsache gerettet, dass ich heilfroh bin, dass du mich damals nicht erlebt hast. Ich hätte sofort den Kontakt zu dir gesucht, was zu dem Zeitpunkt eine ziemlich schlechte Idee gewesen wäre. Aber es ist ja nicht so, als hätte es danach nicht eine Million Gelegenheiten gegeben, es mir zu sagen.« Lea sah förmlich, wie er innerlich wieder hochging, und legte beruhigend ihre Hand auf seinen Oberarm. »Und nicht nur, dass sie es mir verschweigt, sie baut hinter meinem Rücken eine Beziehung zu meinem Sohn auf! Was hat sie sich dabei gedacht? Sich selbst vergönnt sie den Enkel, den sie sich schon so lange wünscht, mir aber nicht meinen Sohn?!«

Lea wusste keine Antwort darauf. Sie war bemüht, Ruhe auszustrahlen, was ihr aber nicht leichtfiel, weil ihr die Frage auf den Nägeln brannte, welche Rolle ihre eigene Mutter bei dieser Sache gespielt hatte. Was hatten die beiden noch alles hinter ihrem Rücken geplant?

»Wieso kommt es mir plötzlich nicht mehr wie ein Zufall vor, dass wir beide gleichzeitig zurückgekommen und in dieselbe Gegend gezogen sind?«, überlegte sie laut.

Ben wurde blass. »Also, ich weiß nicht, wie es bei dir war, aber meine Mutter hatte massiven Einfluss darauf, dass ich in Wien geblieben und in genau diese Wohnung gezogen bin.«

»Glaubst du, sie wusste von unserer Rückkehr und meinen genauen Plänen? In welcher Schule ich Jan angemeldet hatte?«

»Gibt es eine andere logische Erklärung?«

In dem Moment läutete es an der Wohnungstür und Lea erhob sich. Ein kurzer Blick durch den Spion verriet ihr, wer draußen stand.

»Hallo, Martha«, grüßte Lea angespannt und trat einen Schritt zur Seite. Erst jetzt hatte sie Gelegenheit, Bens Mutter ins Gesicht zu sehen, und sie stellte bestürzt fest, wie viel älter als in ihrer Erinnerung sie heute aussah. Das Gesamtbild hatte sich kaum verändert. Sie trug ihre Haare noch immer als klassischen blonden Bob und hatte offensichtlich ihre Vorliebe für bunte Accessoires, mit denen sie ihren ansonsten eher schlichten Kleidungsstil aufpeppte, beibehalten. Doch an die Falten – waren es Sorgenfalten? – erinnerte Lea sich nicht.

»Er ist doch hier?«, fragte Martha grußlos, was eher verzweifelt als unhöflich klang.

Lea nickte nur und deutete auf das Wohnzimmer.

Ben hatte mitbekommen, wer an der Tür war. Sofort sprang er auf und machte endlich seinem Ärger Luft. »Was willst du hier?«

»In Ruhe mit dir reden«, erwiderte Martha verzagt.

»Jetzt willst du auf einmal reden?«, herrschte er seine Mutter an. »Nach fünfeinhalb Jahren? Wenn du mir in der Zeit nichts zu sagen hattest, kann ich jetzt auch darauf verzichten!«

»Ben, bitte hör mir zu!«, bat sie. »Ich wollte doch immer nur dein Bestes.«

Lea zuckte zusammen. Ben akzeptierte gewisse Einmischungen in sein Leben, wie die Regeln, die seine Freunde aufgestellt hatten. Aber eine derartige Bevormundung war zu viel. Um bei dieser Auseinandersetzung nicht ins Kreuzfeuer zu geraten, suchte sie Zuflucht bei den Nachbarn.

»Bekomme ich auch Asyl?«, bat Lea Selina. »Und kann ich hier in Ruhe telefonieren?«

»Fühl dich wie zu Hause«, antwortete ihre Freundin und öffnete die Tür zu einem Arbeitszimmer. »Aber was um alles in der Welt ist bei euch los?«

»Ben hat herausgefunden, dass seine Mum schon seit über fünf Jahren von Jan wusste.«

Selinas Augen weiteten sich vor Staunen. »Und das hat er nicht besonders gut aufgenommen?«, vermutete sie.

»Das ist die Untertreibung des Jahres«, murmelte Lea.

»Woher wusste sie es?«

»Ich vermute von meiner Mama. Deshalb muss ich jetzt telefonieren.«

»Okay, ich lass dich allein.«

Sie verließ den Raum, und Lea holte mit zitternden Händen ihr Smartphone hervor und rief ihre Mutter an. Es läutete nur zweimal, dann sagte die Stimme am anderen Ende: »Ich habe schon auf deinen Anruf gewartet.«

»Dann weißt du ja, was ich wissen will«, erwiderte Lea.

»Ich kann es mir zumindest denken«, meinte ihre Mutter.

»Wie es kommt, dass Martha Jan kennt?«

»Genau.«

»Durch einen Zufall. Wir sind uns bei einem Spaziergang mit Jan über den Weg gelaufen. Ausweichen war unmöglich, daher blieb mir nichts anderes übrig, als ihr die Wahrheit zu sagen. Sie hat die Ähnlichkeit natürlich sofort bemerkt. Und das Alter passte ja auch.«

»Wieso hast du mir das damals nicht erzählt?«, fragte Lea.

»Ich wusste nicht wie. Was hätte ich sagen sollen? Ach übrigens, ich habe Bens Mutter getroffen, kann sein, dass er bald vor deiner Tür steht?«

»Aber was hättest du getan, wenn er das wirklich gemacht hätte?«

Lea hörte ein tiefes Seufzen. »Ich habe mir so sehr gewünscht, dass ihr wieder zusammenfindet. Und dass er dich vielleicht dazu bringt, dass ihr nach Hause kommt.«

Jetzt seufzte Lea. »Ach, Mama –«

»Ich habe dir schon gesagt, ich hätte Ben erzählt, dass du schwanger bist, wenn er mich noch einmal besucht hätte. Als ich Martha begegnet bin, dachte ich, das wäre jetzt die Chance, euch wieder zusammenzubringen. Aber dann hat sie entschieden, deinen Wunsch zu respektieren.«

Leas Wunsch. Nach der riesengroßen Enttäuschung über das Album hatte Lea behauptet, Ben nie von seinem Sohn erzählen zu wollen. Wenn er mit ihr abgeschlossen hatte, dann galt das auch für Jan. Sie hatte ihrer Familie das Versprechen abgenommen, Ben keinesfalls zu verraten, dass er ein Kind hatte, falls er ihnen jemals über den Weg laufen sollte.

Da in ihrer Wahrnehmung der Kontakt zwischen Bens und ihrem Umfeld komplett abgerissen war, hatte sie über die Sache bald nicht mehr nachgedacht. Ohne eine geeignete Gelegenheit konnte niemand ihr Geheimnis ausplaudern. Doch in dem Punkt hatte sie sich getäuscht.

»Ihr habt euch weiterhin getroffen?«, vermutete sie.

»Sie hat mir leidgetan«, rechtfertigte sich Lisbeth. »Ich habe Jan in den ersten Jahren viel seltener gesehen, als mir lieb war. Aber sie hatte gar keinen Kontakt, nur das Wissen, dass sie einen Enkel hat. Deshalb war ich einverstanden, als sie mich gebeten hat, ein ›zufälliges‹ Treffen mit Jan zu arrangieren.«

»Verstehe.« Lea atmete tief durch.

»Es tut mir leid, mein Schatz, ich hätte dir das nicht verheimlichen dürfen. Ich wollte es dir im Herbst beichten, als ihr euch getroffen habt. Aber du meintest, du könntest nicht mehr Neuigkeiten verkraften ...«

Lea erinnerte sich daran, dass sie für einen Moment erwartet hatte, ihre Mutter würde ihr noch irgendetwas enthüllen – und auch daran, dass sie nichts mehr hatte hören wollen. »Ich weiß nicht, was ich sagen soll.«

»Er hat es nicht besonders gut aufgenommen, oder?«

»Hat Martha dich angerufen?«

»Ja, vorhin, weil sie deine genaue Adresse wissen wollte. Sie hatte ihn aus den Augen verloren, aber angenommen, dass er zu dir wollte. Ist er da?«

»Sie sind in meiner Wohnung. Ich habe ihn selten so wütend gesehen.«

»Lea, seid ihr wieder zusammen oder habt ihr euch nur wegen Jan arrangiert?«, wollte ihre Mutter wissen.

»Wir waren in den letzten Wochen hauptsächlich bemüht, für Jan die Familie zu sein, die er bis jetzt nicht hatte. Auch wenn sich das absolut richtig anfühlt, ist die Frage, ob wir wieder ein Paar sein wollen, noch offen.«

Lea wusste die Antwort längst, doch ihr fehlte der Mut für den nächsten Schritt. An manchen Abenden war die Sehnsucht danach, in Bens Armen einzuschlafen und am Morgen neben ihm aufzuwachen, kaum zu ertragen. Wenn er sich erst verabschiedete, nachdem er Jan ins Bett gebracht hatte, und sie für kurze Zeit allein waren, war die Spannung jedes Mal greifbar. Doch bisher hatte Lea nie den Mut aufgebracht, ihn zu bitten, über Nacht zu bleiben. Stattdessen hatte sie ihn gehen lassen und war vor lauter Einsamkeit viel zu lange wach gelegen.

»Aber du schließt es nicht aus?«, hakte Lisbeth nach.

»Wir schließen es beide nicht aus«, erwiderte sie.

»Ich bin froh, das zu hören.«

Darauf fiel Lea keine Antwort ein. »Ich sehe besser nach, wie es drüben läuft.«

»Wo ist Jan?«

»Ich habe ihn zu Tobi geschickt, bevor Martha gekommen ist.«

»Das ist gut. Halt mich auf dem Laufenden, Schatz, in Ordnung?«

»Mache ich«, versprach Lea und legte auf.

»Neue Erkenntnisse?«, fragte Selina, als Lea in die Küche trat, um sich von ihr zu verabschieden.

»Nur die, dass in meinem Leben in den vergangenen Jahren einiges nicht so war, wie ich dachte.«

»Der große Tag der Wahrheit?«

»Mir war gar nicht klar, dass es den braucht.«

KAPITEL 39

LEA

LEA KAM DAZU, als Ben seiner Mutter den Schlüssel für seine Wohnung abnahm und ihr erklärte, dass er sie ab sofort weder hören noch sehen wollte. Gleich darauf stürmte er hinaus und drückte Lea im Vorbeigehen den eben erhaltenen Schlüssel in die Hand.

»Bitte werd sie für mich los!«, murmelte er, ehe die Tür mit einem lauten Knall hinter ihm ins Schloss fiel.

Zögernd betrat Lea ihr Wohnzimmer und setzte sich zu dem Häufchen Elend auf die Couch.

»Er hasst mich«, schluchzte Bens Mum.

Lea hätte ihr gern widersprochen, hatte aber dasselbe Gefühl. »Warum hast du es ihm nicht gesagt? Ich meine, warum hast du ihm nicht erklärt, warum du es ihm nie gesagt hast?« Lea war sich sicher, dass Martha ihm irgendwelche anderen Gründe genannt haben musste, denn sonst hätte Ben sie zur Rede gestellt und wäre nicht sofort davongerauscht.

»Das konnte ich doch nicht riskieren.«

»Dass er auf mich wütend ist?«

Martha nickte.

»Das wäre dann mein Problem gewesen, nicht deines.«

»Aber wenn ihr euch wieder verkracht hättet? Ich weiß doch nicht, ob eure Beziehung das schon aushält.«

Darüber machte Lea sich eigentlich gar keine Sorgen, denn die Phase der gegenseitigen Schuldzuweisungen lag hinter ihnen. »Warum hast du dich überhaupt an das gehalten, was ich von meiner Familie verlangt hatte?«

»Zuerst wollte ich es Ben sofort erzählen, aber nicht am Telefon. Er war in England, ich hier, so einfach war das mit einem persönlichen Gespräch nicht. Eigentlich hatte ich vor, es ihm vor unserer Abreise zu sagen.«

»Vor der Weltreise?«

Martha nickte.

»Ben ist nicht zum vereinbarten Treffen gekommen«, stellte Lea fest und brauchte einen Moment, um diese Erkenntnis zu verarbeiten.

»Genau«, stimmte seine Mum im Flüsterton zu. »Es wäre alles anders gekommen, wenn ... Aber danach ... Nach unserer Rückkehr ging es ihm so schlecht. Ich wollte, dass er sich erst einmal erholt.«

Lea vermutete, dass Bens Gesundheit in dieser Phase für jeden in der Familie das Wichtigste gewesen war.

»Einige Monate später habe ich Lisbeth um ein Treffen gebeten. Eigentlich war es als Vorbereitung gedacht, eine arrangierte Begegnung, die ich Ben als reinen Zufall verkaufen wollte. Dein Sohn war damals so ein entzückender kleiner Kerl.« Für einen Moment lächelte sie Lea selig an, doch gleich darauf veränderte sich ihr Ausdruck. »Meiner dagegen ... Ich hatte wirklich vor, ihm die Geschichte zu erzählen, aber als wir uns wenige Tage später in London trafen ... Ich konnte es nicht. Ich musste ständig an Jan denken, so süß und unschuldig. Ben war verbittert und aggressiv, unzufrieden mit ihrer Arbeit, schlecht auf seinen Bruder zu sprechen.«

Martha machte eine Pause und ergriff Leas Hand. »Verstehst du? Ich musste meinen Enkel beschützen. Und dich. So einen Vater hättest du für dein Kind nicht gewollt.«

Lea schnappte nach Luft. Es schockierte sie, dass Bens Mum ihr Wohlergehen über das ihres Sohnes gestellt hatte. Gleichzeitig musste sie sich eingestehen, dass sie selbst die Situation vermutlich ähnlich beurteilt hätte. Sie hatte sich im Herbst bei dem Gedanken, Vater und Sohn miteinander bekannt machen zu müssen, alles andere als wohlgefühlt. Marthas Worten entnahm sie, dass Ben damals noch eine größere Zumutung für ein Kind gewesen wäre – noch dazu für ein viel jüngeres, dem man die Dinge nicht so erklären konnte wie einem Schulkind.

»Dann kam der Alkohol dazu«, fuhr Martha fort. »Er war in einer Abwärtsspirale gefangen. Ich habe ihn in dieser Zeit nicht oft gesehen, aber wenn, hatte ich selten den Eindruck, es würde ihm besser gehen als beim letzten Mal.«

Lea gewann langsam den Eindruck, dass Ben ihr einiges verschwiegen hatte, aber sie hakte nicht nach, sondern hörte weiter zu.

»Anfang letzten Jahres hat mir deine Mutter erzählt, dass du mit Jan nach Österreich zurückkommen wirst. Ben schien sich ein wenig gefangen zu haben, deshalb hatte ich Hoffnung, es könnte doch noch eine Chance für euch geben. Ich wollte alles dafür tun, besonders nach Jonas' Beichte.«

Lea hob reflexartig die Hand, um Martha zu unterbrechen, doch diese sprach unbeirrt weiter und bestätigte die Vermutung, die sie vorhin Ben gegenüber geäußert hatte: »Ich habe ihn überredet, in Wien zu bleiben, und eine Wohnung in eurer Nähe für ihn gesucht. Außerdem habe ich immer wieder versucht, ihn an Orte zu locken, wo er dir begegnen könnte. Aber bis vor einer Stunde dachte ich, es hätte nicht geklappt.«

Die Umstände, die zu ihrem Wiedersehen geführt hatten, waren also tatsächlich kein schräger Zufall, kein Schubs des Universums, sondern schlicht und einfach das Werk von Bens

Mutter – die allerdings monatelang keine Ahnung vom Erfolg ihres Komplotts gehabt hatte.

»Hast du dich deshalb heute nicht an den Plan gehalten?«, fragte Lea. »Bist du zur Schule gekommen, um ihm zu sagen, dass er seinen eigenen Sohn unterrichtet?«

Martha schmunzelte verlegen. »Das hatte ich tatsächlich vor. Es war eine jämmerliche Idee. Aber ich war verzweifelt. Ich wusste nicht, was ich sonst noch tun könnte. Er hat mit keinem Wort erwähnt, dass ihr längst –«

»Er wollte es allein auf die Reihe bringen«, verteidigte Lea Ben.

Seine Mum nickte traurig. »Das verstehe ich irgendwie.«

Schweigend saßen die beiden Frauen nebeneinander. Martha wirkte nicht mehr so zerstört wie zu Beginn ihrer Unterhaltung. Lea hatte langsam den Eindruck, sie allein lassen zu können.

»Ich werde nach Ben sehen«, verkündete sie. »Du kannst dich im Bad frisch machen, bevor du gehst.« Sie wies ihr den Weg.

»Danke.« Martha stand auf und verschwand hinter der angezeigten Tür.

Inzwischen packte Lea für Jan einige Dinge für eine Übernachtung bei den Nachbarn und den nächsten Schultag zusammen. Sie brachte alles zu Selina, die sich nach dem neuesten Stand der Dinge erkundigte und Lea versicherte, dass sie sich um Jan kümmern würde. Nachdem der Sohn versorgt war, konnte sie sich mit dem Vater befassen.

Das wilde, aggressive Klavierstück rollte schon im Treppenhaus wie eine Welle über Lea hinweg. Sie ließ sich selbst in die Wohnung. Den Schlüssel hätte sie lieber unter anderen Umständen bekommen.

Ben spielte so konzentriert, dass er Lea erst bemerkte, als

sie neben ihm am Flügel stand und die Anfangstöne der Schicksalssymphonie in die Tasten klopfte.

»Ha, ha«, brummte er und nahm die Hände von den Tasten. »Wo ist sie?«

»Ich habe sie nach Hause geschickt. Lebend. Nur falls du etwas anderes gemeint hast mit ›loswerden‹.«

»Ich verstehe nicht, warum sie es mir nie gesagt hat.«

Lea wusste auf die Schnelle keine Antwort und setzte sich erst einmal zu ihm auf die Klavierbank. Er machte Platz, rückte aber nicht weiter von ihr weg als unbedingt notwendig.

»Und wenn ich dir sage, dass ich der Grund bin, warum sie es dir verschwiegen hat?«, fragte sie.

Ben sah sie von der Seite skeptisch an. »Was sollte das ändern?«

»Ich habe meiner Familie verboten, dass sie mit dir über Jan reden, solltest du ihnen über den Weg laufen.«

»Aber es war doch *deine* Mutter, die es meiner erzählt hat? Und *meine* Mutter, die es dann mir verschwiegen hat.«

Lea merkte, dass mit dieser Argumentation nichts zu holen war. »Sie hatte dafür Gründe.«

»Sie ist meine Mutter«, beharrte er. »Sie sollte auf meiner Seite sein! Ich weiß nicht, an wen sie die ganze Zeit gedacht hat, während sie hinter meinem Rücken eine Beziehung zu meinem Sohn aufgebaut hat. An mich bestimmt nicht!« Er schlug mit der Hand auf die Klaviatur und erzeugte einen wütenden Aufschrei des Flügels. »Nicht einmal Dad wusste Bescheid! Kannst du dir das vorstellen? Wie egoistisch kann man sein?«

»Ich glaube nicht, dass sie das aus Egoismus gemacht hat«, versuchte Lea, ihn zu beschwichtigen, obwohl sie von der Information, dass Martha ihren Ehemann ebenfalls nie eingeweiht hatte, schockiert war. Wie hatte sie dieses Geheimnis so viele Jahre bewahren und mit sich herumtragen können? Es musste sie doch förmlich innerlich aufgefressen haben, es ihren Lieben zu verschweigen.

»Sie wollte dir bestimmt nicht wehtun.« Beschwichtigend legte Lea ihre Hand auf seine, doch er zog sie sofort zurück.

»Was dann? Sie wollte nur mein Bestes? Wie alle, die in den vergangenen Jahren dafür gesorgt haben, dass ich überlebe, ohne wirklich etwas zu tun, um mir mein Leben zurückzugeben!«

»Jetzt bist du ungerecht«, warf Lea ihm vor. »Ich bin mir sicher, alle haben sich echte Sorgen um dich gemacht. Sie haben versucht, dich vor dir selbst zu beschützen. Solange du nicht bereit warst, an dir zu arbeiten, konnten sie nicht mehr für dich tun.«

Er atmete tief durch und beruhigte sich etwas.

Lea wagte einen weiteren Vorstoß. »Glaubst du, du hättest für Jan in den vergangenen Jahren ein guter Dad sein können?«

♫

BEN

Nein. Das war die schlichte Antwort auf Leas Frage. Ben betrachtete den Fußboden neben dem Klavier. Ein Typ, der stundenlang dalag, an die Decke starrte und sich selbst bemitleidete, war keine Vaterfigur. Auch nicht der Kerl, der sich lieber betrunken hatte, anstatt seinem Bruder zu gestehen, wie sehr er es hasste, diese Songs live zu spielen. Und schon gar nicht der, der sich reihenweise mit Groupies eingelassen hatte, weil er endlich aufhören wollte, an die einzige Frau zu denken, die je sein Herz berührt hatte.

Für Ben war es jedoch auch eine Tatsache, dass er den Absprung nur geschafft hatte, weil eben diese Frau anders war als alle anderen. Weil sie ihm sein Verhalten an den Kopf geworfen hatte, anstatt ihn in eine Blase aus Mitleid und Fürsorge zu packen. Lea war die erste Person, die ihn in der Verantwortung für all den Mist der vergangenen Jahre gesehen hatte.

Die anderen ... nicht nur Bens Bruder hatte seine Schuldgefühle überspielt, auch seine Mum. Für Jonas hatte Ben in gewisser Weise Verständnis. Für seine Mum konnte er keines aufbringen.

»Hey«, sagte Lea sanft und griff noch einmal nach seiner Hand. Diesmal zog er sie nicht zurück, sondern genoss die Berührung.

»Ben, wir sind Menschen, keine Superhelden. Das gilt auch für dich.« Sie tippte mit dem Zeigefinger gegen seine Brust. »Wenn ich dir das verzeihen kann, solltest du auch versuchen, die Vergangenheit ruhen zu lassen und dich mit deiner Familie auszusöhnen.«

Ihr Lächeln ging Ben durch und durch, aber mehr noch trafen ihn ihre Worte.

»Kannst du das denn?«, fragte er. »Mir verzeihen?«

Sie zuckte leicht mit den Schultern. »Ich glaube, das habe ich längst.«

Sein Herzschlag beschleunigte sich.

»Und du? Kannst du mir verzeihen, dass du meinetwegen all das durchmachen musstest?«

»Das war nicht deine Schuld«, wehrte er automatisch ab, obwohl er ihr diesen Vorwurf vor einigen Monaten gemacht hatte.

»Ein Teil schon.«

»Ja, okay, ein Teil vielleicht. Wenn du nicht ganz so radikal reagiert hättest ...« Er hatte ihr für sehr viel mehr die Schuld gegeben, doch für das meiste davon war er selbst verantwortlich. Auch diese eine Sache würde er ihr bestimmt nicht länger vorhalten. Er musste sie nur in Erinnerung behalten. Die Lektion, dass er ihre Beziehung nicht noch einmal leichtfertig aufs Spiel setzen durfte, hatte er gelernt.

»Also?«, hakte sie nach, doch Ben hatte Schwierigkeiten, sich an die Frage zu erinnern. Lea war aufgestanden und hatte sich rittlings auf seinen Schoß gesetzt. Die Annäherung kam so plötzlich, dass es ihm nicht nur die Sprache verschlug. Er war völlig überwältigt von der Mischung aus selbstverständlicher Vertrautheit und mutigem Vorstoß.

Einen kurzen Moment der Nähe hatte es in den vergangenen Wochen immer wieder gegeben, doch nie hatte er es gewagt, ihn in die Länge zu ziehen – egal, wie sehr er ihn genossen hatte. Nun saß er mit rasendem Herzen da, spürte Leas Körper so nahe an seinem, sah ihr wunderschönes Gesicht direkt vor sich. Sie musterte ihn mit einem leichten Lächeln um die Lippen – um diese süßen Lippen, nach denen er sich in jeder schlaflosen Nacht sehnte.

Als sie seine berührten, hatte er das Gefühl, dass in seiner Welt wieder alles an den richtigen Platz rückte.

»Das kam überraschend«, bemerkte er schmunzelnd, als Lea sich wieder von ihm löste, und schob eine lose Haarsträhne hinter ihr Ohr.

»Eine schöne Überraschung oder eine böse?«, flüsterte sie.

»Die schönste.«

»Bist du sicher?« Sie lächelte verschmitzt. »Ich glaube, mir fallen noch ein paar schönere Dinge ein.«

»Das klingt beinahe, als hättest du vor, mich zu verführen.« Er streichelte mit dem Daumen über ihre Wangen und ihr Kinn.

»Beinahe nur? Dann muss ich wohl eindeutiger werden.« Sie küsste ihn noch einmal und schob dabei die Hände unter sein T-Shirt. Ben blieb die Luft weg, als sie seine nackte Haut berührte.

»Ich glaube, ich erinnere mich, worauf du hinauswillst«, raunte er.

KAPITEL 40

LEA

Lea erwachte in der Abenddämmerung. Ben schlief neben ihr, sein Arm lag quer über ihrer Brust. Schmunzelnd betrachtete sie ihn und verspürte fast so etwas wie einen kleinen Triumph, weil sie sich getraut hatte, ihn zuerst zu küssen. Sie hatte das Warten und die Sehnsucht so sattgehabt. Jede Sekunde in seinen Armen hatte ihr gezeigt, dass sie die richtige Entscheidung getroffen hatte. Jede zärtliche Berührung hatte die Jahre der Trennung weiter in die Ferne rücken lassen. Sie wusste jetzt, sie konnte ihm wieder so vertrauen, wie sie es früher getan hatte.

Plötzlich verspürte sie einen Drang, Ben dieses wiedergefundene Vertrauen zu beweisen. Sie löste sich vorsichtig aus seiner Umarmung und suchte im Halbdunkel des Raumes nach Kleidungsstücken. In Slip und einem von Bens T-Shirts, das so unheimlich vertraut roch, schlich sie sich aus dem Zimmer und über die Wendeltreppe ins untere Stockwerk.

Der Flügel flößte Lea noch immer Respekt ein. Aber sie nahm ihren ganzen Mut zusammen und setzte sich davor. Mit einem tiefen Atemzug klappte sie die Abdeckung hoch und berührte vorsichtig die Klaviatur. Ehrfürchtig strich sie über die schwarzen und weißen Tasten, bevor sie ihre Finger in der richtigen Lage in Position brachte. Die ersten Töne klangen zaghaft, und sie verspielte sich gleich mehrmals. Doch dann atmete sie tief durch, fing noch einmal von vorne an und entlockte dem wunderbaren Instrument lautere Klänge.

Schon am Ende des ersten Refrains stand Ben, ebenfalls nur mit Boxershorts und einem T-Shirt bekleidet, neben ihr. Verunsichert brach sie ab, doch er forderte sie auf weiterzuspielen und setzte sich links von ihr auf die Bank.

Er wartete, bis sie wieder in das Lied gefunden hatte, dann legte er seine Hände auf die Tasten und spielte mit. Lea erkannte das Motiv des Basses. Er streckte sich hinter ihr in Richtung der hohen Oktaven und baute die Gitarrenstimme mit ein. In ihren Ohren klang es unglaublich. Das Unglaublichste daran war, dass sie Teil des Ganzen war.

Als die letzten Töne verklungen waren, saß sie sprachlos da.

Ben legte seinen rechten Arm um sie, küsste sie auf die Schläfe und flüsterte mit Belustigung in der Stimme: »Willst du es hören?«

»Was?«

»Ich sagte doch, dass es nur auf das Gefühl ankommt.«

Seine Genugtuung war offensichtlich, deshalb warf sie ihm einen gespielt verärgerten Blick zu. Er zog sie fester an sich.

»Das war richtig gut«, lobte er. »Du musst einfach nur loslassen, die Musik fließen lassen.«

»Es hilft natürlich, wenn man die Noten beherrscht«, erwiderte sie.

Er lachte und gab ihr einen schnellen Kuss. Dann legte er seine Stirn an ihre und flüsterte: »Ich liebe dich.«

Sie lächelte aus tiefstem Herzen. »Und ich dich.«

»Sollten wir nicht endlich zusammenziehen?«, schlug er unvermittelt vor.

Lea war von dem Themenwechsel überrumpelt. »Hier?« Sie sah sich kurz um. Die Wohnung war ja ganz schön, aber selbst mit viel Wohlwollen konnte man Bens Einrichtung höchstens als ›zweckmäßig‹ bezeichnen.

»Du darfst alles so gestalten, wie du es haben willst«, lockte er. »Zimmer gibt es genug, und das Einzige, woran ich hänge, ist der Flügel.«

»Okay, na dann.« Sie besiegelte den Deal mit einem Kuss.

»Heiratest du mich auch?«

Obwohl diese Frage noch entscheidender war, zögerte Lea diesmal nicht. Sie hatten so viel gemeinsame Zeit verloren, das wollte sie nicht noch einmal riskieren. Deshalb konnte es nur eine Antwort geben: »Ja.«

»Das war leicht«, bemerkte er lächelnd. »Aber bitte, bitte, bitte ohne eineinhalb Jahre Vorbereitungszeit und den ganzen Zirkus, mit dem Rebekka mich seit Wochen quält.«

»Meinetwegen gehen wir einfach aufs Standesamt und erledigen das«, erwiderte Lea. »Ich lege keinen Wert auf eine Feier, ich will nur mit dir verheiratet sein.«

Ben grinste. »Habe ich erwähnt, dass du meine Traumfrau bist?« Doch er wurde gleich wieder ernst. »Also nur du, ich, Jan, Jonas.«

»Jonas?«, unterbrach Lea ihn. »Rufst du ihn endlich an?«

»Ich werde dafür sorgen, dass er da ist«, versprach Ben so vage, dass sie sich wunderte, was er im Schilde führte.

»Wer soll deine Trauzeugin sein?«, wollte er wissen.

»Selina vielleicht.« Jette würde wohl kaum extra für eine kurze Zeremonie nach Wien jetten.

»Keine Eltern.«

Lea war sich nicht sicher, ob das eine Frage oder eine Feststellung war. Sie dachte darüber nach, ob sie ihre Eltern damit kränkte, wenn sie sie nicht zu ihrer Hochzeit einlud. Vermutlich würden Freude und Erleichterung überwiegen, wenn sie erfuhren, dass sie und Ben endlich Nägel mit Köpfen gemacht hatten. Außerdem sprach nichts dagegen, im Nachhinein mit allen zu feiern. Lea stellte sich eine entspannte Gartenparty vor.

Bei Bens Eltern war die Lage zweigeteilt. Henry fand die Dimension der Hochzeit von Lou und Jonas übertrieben. Von ihm war nicht zu erwarten, dass er auf eine klassische Hochzeitsfeier bestand. Aber wie Martha nach dem heutigen Tag auf eine heimliche Hochzeit reagieren würde, war nicht vorherzusehen.

»Willst du ihr das wirklich antun?«, fragte Lea deshalb.

»Sie hat es verdient.«

Dieser Meinung war sie zwar nicht, aber sie fand, es war der falsche Zeitpunkt, um darüber zu diskutieren. In ein paar Tagen schwand sein Ärger vielleicht und alles sah ganz anders aus.

»Ihr seid eine Familie«, erinnerte sie ihn trotzdem, was ihm ein verächtliches Schnauben entlockte.

»Wenn Familie für das steht, was meine getan hat, kann ich darauf verzichten. Alle lügen und haben Geheimnisse voreinander.«

»Ben, du hast auch monatelang niemandem erzählt, dass wir uns getroffen haben.«

»Das ist etwas anderes«, beharrte er. »Unsere Beziehung ist allein deine und meine Angelegenheit. Ich wollte nicht, dass sich jemand einmischt. Sie dagegen haben Entscheidungen für mein Leben getroffen, über meinen Kopf hinweg.«

»›sie haben‹? Mehrzahl?«

»Mum und Jonas.«

»Was hat Jonas ...?« Lea brach ab, sie musste sich zuerst Marthas Worte ins Gedächtnis rufen. »Deine Mum hat vorhin kurz irgendwas von Jonas und einer Beichte erwähnt. Was hat sie gemeint?«

Bens Miene war nachdenklich. »Wann war das?«, wollte er wissen. »Also die Beichte?«

»Keine Ahnung. Sie hat nur gesagt, dass sie danach

versucht hat, die Dinge so einzurichten, dass wir uns wiedersehen. Deine Wohnung so nahe bei unserer und diese Dinge.«

»Deshalb wollte sie unbedingt, dass ich zu einer ganz bestimmten Therapeutin gehe.«

»Vermutlich.«

Ben verschränkte die Arme vor der Brust. »Wenn Jonas ihr wirklich alles gebeichtet hat –«

»Was genau ist ›alles‹?«, fragte Lea ungeduldig. Er machte dauernd diese Andeutung in Bezug auf seinen Bruder, ging aber nie darauf ein.

Auch jetzt lenkte er ab, beugte sich zu dem Regal hinter ihnen und griff nach etwas. »Die wollte ich dir geben.« Er stellte die Minidrehorgel auf dem Klavier ab.

Lea war hin- und hergerissen zwischen Neugierde auf das Lied, das sie spielte, und dem Ärger über sein Ablenkungsmanöver.

»Probier mal!«, forderte er sie auf.

Sie griff nach dem Spielzeug, setzte dabei aber einen widerwilligen Gesichtsausdruck auf. Er verwandelte sich in Sekundenschnelle in Überraschung.

»›*Stairway to heaven*‹? Wie deine?« War das ein Zufall oder der Zusammenhang, den sie bisher nicht durchschaut hatte? Seit sie Ben wiedergetroffen hatte, war sie das vage Gefühl nicht losgeworden, dass das kaputte Spielzeug ein Hinweis auf irgendwas war, das mit ihm zusammenhing.

»Das *ist* meine«, bemerkte er knapp.

»Wusstest du das, als du sie bei mir gesehen hast?«

Ben nickte.

»Wieso habe ich das Gefühl, dass da eine Geschichte dahintersteckt, die ich kennen sollte?«

Er seufzte. »Weil es so ist. Das Ding ist für einiges verantwortlich, was zwischen Jonas und mir schiefgelaufen ist. Damit könnte man ein ganzes Buch füllen.«

Sie sah ihn argwöhnisch an. »Eine Minidrehorgel?«

»Wir haben sie vor vielen Jahren gemeinsam im Urlaub gekauft. Ich war zwölf oder so ... keine Ahnung. Alt genug, um Led Zeppelin cool zu finden. Mein Geld hat nicht gereicht, deshalb haben wir zusammengelegt. Nur hat sich herausgestellt, dass man sich so ein Ding schwer teilen kann.« Er zuckte mit den Schultern. »Ich habe dann recht schnell erkannt, dass ich damit meinen kleinen Bruder erpressen kann. Ich habe ihn alles Mögliche für mich erledigen lassen und dafür durfte er sie für eine gewisse Zeit in sein Zimmer stellen. Er hat aber gemerkt, dass er den Spieß auch umdrehen kann. So wurde daraus eine Art Dauereinrichtung bei uns. Anfangs war es im wahrsten Sinne des Wortes Kinderkram. Aber wir wurden älter, leichtsinniger und in gewisser Weise grausamer.«

»Ihr habt euch aus Spaß gegenseitig gedemütigt?«, hakte Lea nach. »Ein Wunder, dass ihr euch überhaupt so gut vertragen habt.«

»Wir haben uns nichts geschenkt«, bestätigte Ben. »Aber eben beide nicht und genau das hat irgendwie die natürliche Rivalität zwischen uns in geordnete Bahnen gelenkt.«

»Was waren das für Sachen?«

Er zögerte. »Wie soll ich sagen ...? Nicht alles, was Jonas im Laufe unserer Jugend Lou angetan hat, ist auf seinem Mist gewachsen.«

»Was?« Lea boxte ihm gegen den Oberarm. Sie kannte genug Geschichten, um entsetzt zu sein. Wie sich die Nachbarin der Talbots am Ende in Jonas verliebt hatte – nach all den Streichen, die er ihr gespielt hatte –, war ihr immer noch ein Rätsel. Vielleicht konnte Ben in dieses Dunkel irgendwann auch Licht bringen, doch nun mussten sie zuerst wichtigere Fragen klären. »Ich will es gar nicht so genau wissen. Aber ich nehme mal an, Jonas hat dir eine Herausforderung gestellt, die dazu geführt hat, dass du mit einer anderen Frau ins Bett gegangen bist.«

»Genau«, gab Ben zähneknirschend zu. »Ich hätte zu dem Zeitpunkt die Notbremse ziehen und es für immer beenden müssen, aber wie wir wissen, habe ich das nicht getan. Da war viel Alkohol und noch mehr Testosteron im Spiel. Und Dummheit. Ich habe die Situation komplett unterschätzt.«

Lea erinnerte sich an das, was er ihr über den Morgen danach erzählt hatte, und fragte entsetzt: »Und du hast ihm deshalb die Nase gebrochen?«

Er nickte. »Die Drehorgel war der Grund, warum er vor dem Haus auf mich gewartet hat. Laut unseren Regeln muss der Herausforderer sie unmittelbar nach Erledigung der Aufgabe herausrücken. Dabei hat er mich völlig auf dem falschen Fuß erwischt. Ich war so wütend auf ihn, und auf mich selber noch viel mehr, dass ich zuerst das Ding mit aller Kraft gegen die Hauswand geschleudert und ihm dann einen rechten Haken mitten auf die Nase verpasst habe. Danach verschwimmt meine Erinnerung.«

Lea atmete tief durch. Das soeben Gehörte wühlte sie auf, denn diese Seite von Ben war ihr völlig neu. Sie hatte nichts von dem Spiel der Brüder geahnt.

Nach einer Weile unterbrach sie das Schweigen: »Und jetzt?«

Ben grinste überlegen. »Jetzt wird Jonas keine andere Wahl haben, als mein Trauzeuge zu werden.«

»Wieso bittest du ihn nicht einfach ganz normal darum?«, fuhr sie ihn genervt an. »Trittst du das alles jetzt wieder los? Wo soll das hinführen? Reicht es nicht, dass uns dieses kindische Machtspiel auseinandergebracht hat?«

Bevor sie sich weiter hineinsteigern konnte, verschloss Ben ihr den Mund mit einem langen Kuss. Leas Ärger löste sich in Luft auf.

»Also gut«, gab sie seufzend nach. »Von mir aus benutz das dämliche Ding, um sicherzustellen, dass Jonas dein Trauzeuge wird. Aber danach hört ihr mit dem Blödsinn auf, okay?«

»Vielleicht fallen uns ja weniger blödsinnige Herausforderungen ein.«

»Ben! Ich meine es ernst! Hört damit auf, ihr seid erwachsen! So, und jetzt gebe ich endlich Erik Bescheid, welche Melodie die Drehorgel spielt.«

Entschlossen stand sie auf, um nach ihrem Handy zu suchen. Zuerst tippte sie den Titel ein, doch dann löschte sie die Nachricht und entschied sich dafür, ein Video zu drehen.

»Hilf mir mal!«, forderte sie Ben auf und drückte ihm ihr Smartphone mit vorbereiteter Videokamera in die Hand. Sie kurbelte, er filmte. Eine Minute später schickte sie das kurze Video an Erik.

> ERIK
> Wie hast du das geschafft???

> LEA
> Ein Freund hat sie repariert. Kennst du das Lied?

> ERIK
> ›Stairway to Heaven‹ sagt Papa, und er sucht gerade die Platte für mich raus.

»Wie alt ist er?«, fragte Ben.

»Demnächst vierzehn.«

»Dann gehört die Bildungslücke aber schnellstens geschlossen.«

»Nils kümmert sich ja schon darum.«

Sie legte ihr Handy zur Seite. Ben stupste sie leicht mit dem Arm an.

»Vertragen wir uns?«, fragte er.

Sie nickte.

»Willst du mich immer noch heiraten? Jetzt, wo du über meine Darth-Vader-Seite Bescheid weißt?«

»Natürlich.«

»Gut.« Er küsste sie. »Versprichst du mir etwas?«

»Was?«

»Was auch immer passiert oder wonach es aussieht oder

was du glaubst oder liest, was ich getan haben könnte, geh nie wieder fort, ohne mir die Chance zu geben, mich zu rechtfertigen, zu entschuldigen oder das Missverständnis aufzuklären! Falls ich Mist baue, kannst du danach deine Konsequenzen ziehen. Aber lass mich bitte zuerst zu Wort kommen! Okay?«

»Ja, okay.«

»Danke.« Er legte seinen Arm um sie und zog sie fest an sich. »Was auch immer kommt, entzieh mir bitte nie mehr die Verantwortung für euch! Ich funktioniere nicht richtig, wenn ich nur für mich selbst da bin. Und ich will diese selbstzerstörerischen Programme gar nicht erst wieder hochfahren. Es ist genug.«

»Das trifft sich gut, denn ich habe festgestellt, dass mein Leben sehr viel leichter ist, wenn sich nicht die ganze Verantwortung auf mich konzentriert. Ich gebe dir gern ein Stück davon ab.«

»Nimmst du ab jetzt auch Geschenke von mir an, ohne dass ich deshalb mit dir diskutieren muss?«

»Wenn dir das so wichtig ist –«

»Ist es«, betonte er.

»Okay.«

Er rückte von ihr weg und betrachtete sie nachdenklich. »Weißt du, ich habe nie begriffen, dass du mit den kleinen Dingen wirklich zufrieden bist. Ich habe schon gemerkt, dass dir Geschenke nicht wichtig sind. Ich habe nur nicht verstanden, wie es sein kann, dass es dir genügt, einfach mit mir zusammen zu sein. Nur im gleichen Raum, wenn ich Klavier spiele. Aber du tickst wirklich so, oder? Aus irgendwelchen, mir völlig unverständlichen Gründen macht es dich schon glücklich, mich an deiner Seite zu haben.« Beim letzten Satz stupste er sie sanft mit dem Ellbogen an.

Lea suchte nach einem Bild, um Ben ihr Inneres zu beschreiben, und dachte an die Magie, die sie gespürt hatte, als er sich in ihr Klavierspiel eingemischt hatte.

»Es ist wie bei einem vierhändigen Stück«, erklärte sie. »Auch wenn ich beide Stimmen beherrsche, kann ich allein immer nur eine spielen. Damit die Melodie richtig schön, vollständig, vollkommen klingen kann – dafür braucht es zwei.«

»Wow, das ist ...« Der Satz endete in einem Seufzen.

»Was?«

Seine blauen Augen strahlten. »Die schönste Liebeserklärung, die du mir je gemacht hast.«

Lächelnd tippte sie mit dem Zeigefinger auf die Stelle auf seiner Brust, wo sich unter dem T-Shirt sein Tattoo mit dem Songtext verbarg. »Meine ist die.«

Auch er schmunzelte. »Das wusste ich. Das ist der Grund, warum es hier steht.«

»Bringst du mir bei, es zu spielen?«, bat Lea, obwohl sie vor Bens Komposition den größten Respekt hatte.

Seine Reaktion überraschte sie. Mit einem tiefen Seufzer schloss er die Augen, sagte aber kein Wort.

»Was ist?« Sanft streichelte sie über seinen Rücken.

»*This means everything to me*«, flüsterte er und schmiegte sich an sie.

Seine Ergriffenheit berührte auch sie tief in ihrem Herzen. Sie küsste ihn, konnte sich dann aber die Bemerkung nicht verkneifen: »Mal sehen, ob du das in einer halben Stunde auch noch sagst oder ob du dann froh bist, dass ich mir eine andere Lehrerin gesucht habe.«

Er schob sie von sich weg und sah sie vorwurfsvoll an. »Du spielst gut, du musst dir nur mehr zutrauen!«, rügte er.

»Du komponierst aber ganz schön komplizierte Stücke«, entgegnete sie.

»Na und?« Er zuckte mit den Schultern. »Du hast ja den Rest deines Lebens Zeit, es zu üben.«

»Stimmt eigentlich.« Vor ihrem geistigen Auge tauchte ein Bild auf, wie sie in vierzig Jahren an diesem Flügel saß und unter seiner Anleitung versuchte, eine besonders schwierige

Stelle endlich richtig hinzubekommen. Bei der Vorstellung musste sie lachen.

»Hauptsache, es bleibt für immer unser Lied«, sagte sie und legte ihre Hände auf die Tasten.

ENDE

ÜBER DIE AUTORIN

Lina Hansson schreibt Wohlfühlromane mit Happy End Garantie. Für die Schauplätze wählt sie Orte, die sie selbst faszinierend findet und gerne bereist. Insbesondere ihr Lieblingsland Schweden spielt fast immer eine Rolle. Lina lebt mit ihrer Familie in der kleinsten Großstadt der Welt, aber im Sommer genießt sie die endlos langen Tage und die Natur im Norden Europas.

Wenn du über Lina Hanssons Bücher auf dem Laufenden bleiben und Zugang zu Bonusmaterial erhalten willst, melde dich für den Newsletter "Linas Liebesbriefe" an.
   https://www.linahansson.com/newsletter

Printed in Poland
by Amazon Fulfillment
Poland Sp. z o.o., Wrocław